对话的文学经典教育

——中国现当代文学本科生、硕士生课程论坛

张丽军 等著

本书的出版获得山东省研究生教育创新教学研究项目和山东师范大学本科教学团队人才培养项目的经费支持

山东文艺出版社

图书在版编目（CIP）数据

对话的文学经典教育：中国现当代文学本科生、硕士生课程论坛/张丽军等著．—济南：山东文艺出版社，2021.11

ISBN 978-7-5329-6456-7

Ⅰ．①对… Ⅱ．①张… Ⅲ．①文学—教学研究 Ⅳ．①I-42

中国版本图书馆CIP数据核字（2021）第206397号

对话的文学经典教育：中国现当代文学本科生、硕士生课程论坛
DUIHUA DE WENXUE JINGDIAN JIAOYU：ZHONGGUO XIANDANGDAI WENXUE BENKESHENG、SHUOSHISHENG KECHENG LUNTAN

张丽军 等著

主管部门	山东出版传媒股份有限公司
出版发行	山东文艺出版社
社　　址	山东省济南市英雄山路189号
邮　　编	250002
网　　址	www.sdwypress.com
读者服务	0531-82098776（总编室）
	0531-82098775（市场营销部）
电子邮箱	sdwy@sdpress.com.cn
印　　刷	山东新华印务有限公司
开　　本	710毫米×1000毫米　1/16
印　　张	17.25
字　　数	250千
版　　次	2021年11月第1版
印　　次	2021年11月第1次印刷
书　　号	ISBN 978-7-5329-6456-7
定　　价	60.00元

版权专有，侵权必究。如有图书质量问题，请与出版社联系调换。

序 言

从 2006 年到 2021 年，我在山东师范大学工作了 15 年。

无论是在文学院还是在新闻与传媒学院，我都始终立于教学一线，给本科生、硕士研究生和博士研究生上文学课。这些年上过的课有中国现代文学史、中国现代诗歌史、中国现代文学精选、中国当代文学精选、中国现代文学研究方法论、文学巨匠与当代文化建设（合上）、当代文学史理论与实践等本科生和研究生课程。即使在担任新闻与传媒学院院长的忙碌时光里，我也和另一位老师合上中国现代文学精选的课程，尽可能与本科生接触，做一线的教学工作。山师文学教育 15 年，让我收获颇丰，感慨良多。离开了故乡，才开始思念故乡；离开了山师，才开始对山师的记忆进行梳理。正好借此机会，整理一下 15 年来我在山师进行文学教育的过程、理念和点滴成果，算是对老师、朋友和心爱的学生们积极参与的交代和总结，对这些珍贵时光、情谊、思想的温故和凝视，以之温暖彼此，继续前行。

一

大学教育是建立知识体系的专业教育。何为大学教育，与研究生教育的区别何在？这是我不断思考和追问的问题。在数年的教学实践中，我渐渐意识到，大学教育，对一个大学生而言，是建立起一个较为完整的知识结构体系的专业教育。大学中文系四年下来，要对古今中外的文学有一个起码的、基本的、框架性的知识体系，知道一些基本的经典文学名著、作家及其艺术风格，建立起对文学作品的阅读、欣赏、阐释和评价的能力，能够文从字顺、有理有据、有思想有情感地表达对文学作品的理解。

大学文学教育是培育一颗"文人之心"的人文教育。我在对知识体系进行思考的同时，进一步追问文学教育的深层价值和精神追求。什么是文学，文学何以区别于其他学科？学文学，除了熟悉那些大作家、经典作品，还需要什么？从深层的意义而言，怎样才算是学好了文学？2007年，我在山师长清校区给文学院本科生上课的时候，学校的图书馆还没有建起来，周围是一大片一大片的草地，野生的蒿草在秋天有一米多高。我在草地漫步时，顺手折了一棵蒿草，拿在手中，蒿草独有的青草气息扑鼻而来，一下子让我记忆起了童年在山中闻到的熟悉味道。夜晚上课前，弯弯的月牙正悬挂在黑魆魆的山顶上，构成初秋的澄澈夜空。晚上，上现代文学课，我就问学生们，校园里渐渐枯萎的蒿草，你们闻到它的味道没有？是否闻到那一种浓浓的蒿草味道？上晚课的路上，你们是否抬头看到西南边黑魆魆山顶上那一弯月牙？学生们说没有啊，显现出一片茫然。我说，很多同学问我期末考试怎么考，很关心成绩，这固然是好的，有一种好好学习、提升成绩的上进愿望，但这依然是一种中学的学习思维。而事实上，大学的文学学习，成绩只是一个有形的显现，还有些更重要的、更根本的东西，是不以分数、成绩来形容的，也是分数和成绩衡量不出来的，那就是一个人对文学的理解能力，一个人在大学四年所培养的文学理念，一种对世界万物、社会人生、日常生活的诗意的美的理解、发现和欣赏，即一颗诗意的、柔软的、美的心灵。我们可能都有体会，这个世界很多时候是这么坚硬、冰冷、漠然，但是一个学习文学的人，要学会温柔的"文人之心"，要学会思考和探索如何诗意地栖居于大地之上。培育出一颗美的诗意的"文人之心"才是文学教育成功的深层体现。

大学文学教育是经典教育。为什么要到大学来读小说、诗歌？自己一个人看不也可以吗？我意识到大学教育是经典教育，能够进入文学史的作品都具有强烈的经典性品格。大学课堂讲述的文学作品，都是人类千百年不断淘洗过、不断筛选之后所保留的公认的经典。所以大学教育作为一种科班教育，体现出来的就是经典教育品质：通过对经典的学习，培养一种典雅高贵的审美趣味、审美品格、审美感知力。所以，我不反对读杂书，但要求学生们一定要去读经典，以此来铸就审美的感受力、理解力、欣赏力和批判力。2013年作为中国现代文学馆客座研究员，我参加了复旦大学组织的大学教育与文学经典圆桌会议。我与同一届的客座研究员一起听陈思和教授谈他对大学教育与文学经典的理解，深受启发。陈思和先生提出不仅要读经典，而且以自己为例谈他的老师对文学原典、外文原典的阅读和学习的要求，哪怕是翻译的经典都不够精准表达原义。同时，我们很多老师都谈到现在的大学生对文学经典原著阅读的严重缺位，仅仅依靠文学史的表述来回答问题。学好文学史中的表述，固然可在考试中获得较高分数，但是在面试中往往最早败下阵来。因为研究生面试中，老师提的问题都往往是对文学经典原著，尤其是对经典名著其中细节的提问和追问。我们这些一线大学老师都深感，中文系学生阅读文学经典原著是第一位的事情。

如何真正落实这种知识体系、"文人之心"和经典原著阅读呢？在与山师80年代时期著名文学批评家宋遂良教授聊天时，他跟我提出了一个问题，让我深受启发，一直记忆犹新。他说，丽军，你看你们在课堂上，一堂课要讲多少话啊。一学期下来，四年下来，学生的耳朵里灌满了多少话啊，怎么能记得住啊。你要在一次课堂上，有意识地凝练为几句话，让学生记得住。退一步讲，其实有一句话，让学生在大学四年之后还记得，那就是很大的成功。宋遂良老师的一席话，让我茅塞顿开，深深体味到讲课要体现课堂教学的艺术性与科学性，要思考课堂教学有效性问题。因此，我在课堂上提出，大学四年最重要的工作，就是一句话，就是你读了多少文学经典。同学们只记住我这一句话就可以了。师傅领进门，修行在个人。老师把话说开了，至于你悟性如何，行动力如何，就看自己了。为了督促同学们读经典，我要求课堂上看不见手机，只看见每人带一部文学经典。课上、课间休息，睡前、睡后，身边都要有一部经典陪伴，时时翻阅。就这样，让经典陪伴我们的大学时光，乃至成为一生的经典阅读习惯和生活方式。

对于大学高年级同学开设中国现代文学研究方法论课程，我在给学生讲述俄国形式主义、英美新批评、新历史主义、读者接受美学等理论的同时，每学期末都组织一次文学经典阅读交流会，把学习的理论应用于现当代文学经典的解析之中。为此，我都提前布置阅读书目，邀请其他老师、博士生、硕士生和本科生一起来共读一本书。"疑义相与析",让学生感受感受同学们之间、研究生之间和老师之间是如何分析、解读文学作品的,以此体验和感受文学阅读、分析,提升阅读兴趣和研究能力,达成一次真正意义的学术训练和专业阅读。这样不仅学生受益,而且作为老师的我,也每每为学生的奇思妙想所激动和启发,体验到教学相长的快乐,以及看到学生成长而发出的由衷快乐。《对话的文学经典教育——中国现当代文学本科生、硕士生课程论坛》中的本科生课程论坛文章就是从我的本科生课程实录中整理出来的,这只是其中的一部分,当然也是课程论坛对话中最成功的部分。一些文章已经在《海南师范大学学报》、河南大学的《汉语言文学研究》等刊物发表,获得学界的认可和支持。

二

2009年,我被遴选为硕士研究生导师。从2009年开始,我在中国现当代文学、语文课程教学论、电影学等专业相继指导了硕士研究生40多人,多名研究生获得山师的国家奖学金、学术十杰和优秀硕士学位论文等荣誉。在研究生教育中,我获得山东师范大学第二届"我心目中的好导师"、学校首届"五导"学术团队、研究生教学名师等荣誉。记录于本书中的《五四青年演说:最美的年华里最知心的相遇》,就是我作为"我心目中的好导师"的研究生导师代表的现场演讲。

大学研究生教育是对话教育。本科生因为繁重的课程学习和人员数量众多的原因,在有限的课堂中,无法进行一对一的对话教育,只能是选择一部分或者是让本科生自告奋勇地主动对话,但也无法做到更多的对话。因此我就跟本科生说,可以用邮件、电话、微信等多种方式,跟老师联系、交流。而研究生因为招生名额有限,数量基本稳定。山师文学院中国现当代文学专业硕士研究生最多时有40多人,后因为专硕的冲击,降为30多人,到现在稳定在20~30人之间,正好可以开展小型的、有效的、对话式的教学。我主要开设中国新文学研究方法论和文学巨匠与当代文化建设(合上)这门研究生的课。研究生课程教学要与大学教学有所区别,不仅是教学内容的深化、专业化、前沿化，而且要注重教学的启发、对话和探索。因此，我在中国新文学研究方法论主讲中，同时注重文学理论原典的阅读与对话。在文学巨匠与当代文化建设的课程中，我在主讲茅盾、老舍、赵树理、贾平凹、莫言、张炜、文学陕军、文学鲁军、中国70后作家群等作家与创作群体的同时，注重文学史的前后勾连，上下衔接，以此推进对话的丰富性、有效性和个体性。在三节课的时间里，我讲一个小时到一个半小时，休息一次，学生轮流讲两个小时，这样就能达到每个人都能发言，而且老师和同学可以随时插话、对话、点评，以达到一对多、一对一的老师与同学之间、同学与同学之间的有效对话。

我倡导一种从个体的独特生命体验出发、以文本细读为基础的感性阅读和理性思考相结合的对话方式。这样的对话才是真实的、诚挚的、从内心出发的、有生命温度的对话。感人心者，莫先乎情。对文学作品的阅读、对话、阐释，首先要有阅读的感受力，有文学阅读的"初体验"。而这种极为珍贵的阅读"初体验"恰恰是一个人文学积累、文学修养和文学能力的综合表达。正是基于这种真实的、可信的、诚挚的、个体的阅读体验之上的文学对话，让研究生课堂教学氛围变得生动、鲜活、斑斓而异常活跃激烈，看出每一个人的性情、气质和情怀。这本书在关于老舍的对话中，针对任淑芸的发问：文学的使命是什么？我在回顾自己的学术心路历程后，谈出做博士论文时的思考："一个农民的孩子，能够为这些兄弟亲人们做点什么，就是发出他们的声音来。我们就要找到这些能够和你的生命情感深处相关联的东西。所以这也是我们做学术论文选题，或者我们做学术的一种意识，我们到底想做什么研究？这个研究和我们有什么关系？它值得我做吗？值得我三年甚至一生去投入吗？你要有问题意识，一篇文章要有问题意识，一个学位论文同样要有问题意识。这就是入门的东西，你要追问自己，别人代替不了。"

当然，作为老师，我在做出属于我个人的文学点评外，也跟学生申明：老师不是真理的评判者，更不是真理的终结者，在人生的路途上，我和你们都是真理的探索者、对话者。对人文学科而言，真理不是唯一的，可以有多个不同的答案和理解；重要的是，能够自圆其说，能够让人信服。从这个意义上，大学研究生对话教育是一种平等的、知心的对话。《对话的文学经典教育——中国现当代文学本科生、硕士生课程论坛》中的硕士生教学论坛文章，就是从这些年文学巨匠与当代文化建设的课程对话中选出来的，是这些硕士课程的教学实录，一些课程对话在《关东学刊》刊发出来得到关注。在写作序言过程中，我又读了一遍，依然心潮澎湃，好像又回到了那个对话的场景，而同学们可爱的身影、活跃的对话姿态立刻浮现出来。在这个意义上，我于五四青年演说的研究生会议上说："在千万人中，在最美的年华里，在思想最需要精神锻造的时候，我们相遇在一起，做最知心的精神对话，这是我们的研究生教育，这就是我们的师生缘。愿知识、才华、健康、爱、美与我们一生相伴。"

除了研究生课堂的对话，我与自己所带的研究生开启了每月的读书交流会，以此来推进研究生的培养，增进不同年级研究生的集体认同感和增加互相交流、彼此学习的机会。每月一次的读书交流会，是一种思想的盛宴，一些肯读书、用心读书、善于思考的同学侃侃而谈，我从让他们的目光中感受到一种精神的光芒。所以，我常对研究生说，看看自己的眼睛里是否有一种光芒，当你眼睛里闪烁着精神的光芒时，你就真正进入状态了，有自己的精神收获了。针对不同年级、不同学习阶段、不同同学的阅读状况，我给予不同的指导，提出及时的、切合实际的、具有可操作性的建议。研究生们就这样从师兄、师姐那里，从同年级同学那里，从老师那里得到学习氛围的感染、学术路径的获得、学术兴趣的培养和学术小共同体的认同。乃至，很多同学期盼着每月一次的读书交流会，一些毕业的硕士、博士希望继续参与读书交流会，继续一起读书交流。读书交流会是我对研究生进行一对一的学术指导的最主要、最有效的方式。

大学研究生教育要注重学术能力的训练。正是在读书交流会上，我会对发言很好、有自己读书心得的同学说，把这个发言进一步总结、思考、提升，写成长篇文章给我，有意识地培养和锻炼他们的论文写作能力。过去，一些老先生不倡导学生过早写文章发表，是有道理的，但也不是绝对的。过去发表渠道本来就少，今天发表机会多，学生思想活跃，可以多加练笔。我的主张是，不一味寻求发表，但有好的想法一定要写出来，作为一种学术练笔和思维训练。研究生的能力、信心和学术兴趣就是这样一步步在一篇篇论文的写作中激发出来的。与之相反的是,很多研究生眼高手低,可以高谈阔论,但是下笔却一筹莫展。所以,我主张,在阅读与思考相对成熟的基础上,鼓励学生进行学术练笔式写作,这样会大大提升他们进行学术研究的能力和信心。

大学研究生教育是做学问、做人、做事等能力素养的全方位培育。在学术训练之外,我还注重研究生的做人品质和做事能力的培养。对于研究生培养来说,不仅仅要读书、写论文,还要进行心灵的培育和人格的培育。首先,在学习方面,严格要求,认真指导,切实培养一种严谨的学术意识,进而扩展为一种做事情的严谨作风和学术精神。对研究生学位论文中的注释、标点等错误,一一指出,确立求真求实的学术意识和批判意识。其次,在生活中,追寻诗意、爱与美。学问和日常生活是连在一起的,不是隔膜的。我倡导生命、生活相融合的生命态度和学术化生活方式。老师不仅关心学生的学习,还关心大家的身体、心境和生活近况,在一对多的对话基础上,进行一对一的对话和交谈,指导研究生解决内心的、生活的、学术的困扰,即把做人、做事、做学问统一起来,把导生活、导学术、导思想和导人生等有机结合起来,立体、全方位培养。

在学习之余,我带领研究生到大自然与艺术世界中化育美的心灵。我们一起去千佛山一览众山小,去大明湖畔看垂柳,去珍珠泉数往上冒的气泡,去黑虎泉观泉水,去山东省美术馆观看敦煌壁画,一同去感受艺术与美。而事实上,现在的学生,即使到了研究生阶段,依然对学校之外的社会、大自然知之甚少、接触甚少。文学是人学,理解了人,才能理解文学艺术。因此,在与人、自然、社会打交道与做事情方面,我通过一个个做事的细节与过程来教导和引领研究生,提升综合素质能力,让他们更好地理解人和适应社会,毕业后与社会有个很好的衔接。

三

教育是一个永无止境的过程,是一个需要不断投入时间、精力和心血的过程，是一个需要用爱的生命之气灌注的过程。面对这些历尽艰辛考上来的优秀学子，我常常追问自己，是否投入了足够的精力和时间；面对跟我学习的很优秀的研究生，我常常追问自己，如何不耽误他们的成长；而面对那些课堂上玩游戏、睡觉的个别同学，我常常走到他们的身边，问询他们的情况，鼓励他们发奋学习。课堂上，我常常以《士兵突击》中的"不抛弃、不放弃"来对大家说，希望每一个同学都不掉队。

一个学生就是一个世界。让学生的世界向我们敞开，是很不容易的。对于学生提出的需要，我都尽可能给予精心的、专业化的指导。一个大一本科生曾打电话咨询我，说上大学的困惑，不知从何学起。我说等找个时间，课后我们详细谈谈。我对她说，可以从自己喜欢的作家作品读起，进入文学世界的内部。她说，我没有找到自己喜欢的作家作品。我说，那也好啊，你可以更宽广地阅读，在广泛的阅读基础上，发现自己的阅读趣味，找到自己喜欢的作家作品，乃至发现自己喜欢的学习兴趣。总之，要找到阅读的快乐、学习的快乐。后来，这个学生到大三时，跟我说，自己找到了，喜欢语言学。大四时，她考取了北京大学的语言学研究生。

记得亚洲金融危机时，学生找工作很难。一个专升本的大四学生跟我说，我得了很多荣誉、奖励，成绩名列前茅，但是依然屡屡被招考单位拒绝，到现在也没找到工作。我跟学生说，大学教育给你知识、素养和能力，不是给你一份工作。教育的目的不是为了就业，是提升你适应社会生活的能力，最终的目的是让你获得快乐和幸福。当然，我也没有具体的办法，这依然需要你去寻找和探索，不要气馁。

学生主动愿意跟老师交流，是对老师的信任。信任是对老师最大的嘉奖。因此，对于学生社团组织的诗歌诵读大赛等活动、学生班级邀请的答疑解惑，我都尽力争取参加，与学生做更多的互动。据我所了解，山东师范大学文学院和新闻与传媒学院的很多老师都特别敬业、特别乐意支持学生工作。我记得一次学生组织山东高校大学生诗歌大赛，文学院80多岁的吕家乡教授很乐意受邀去指导活动，让我既感动又受教育。我就开车从市区到长清校区和吕老先生一起欣然前往。这本书中所收录的"院长论坛"和"稷下论坛"的演讲，是来自学校研究生院和图书馆的邀请而整理出来的讲稿,保持了原来的面貌,读者分别是文学院的研究生和图书馆的读者听众。

亲其师而信其道。教师工作的独特性,就是培育的对象是有丰富情感的人。教师的工作就是爱的传递。下课的时候,学生和我一起走出教室,一个本科生问我,老师,为什么您在课堂上总是那样富有激情?我一听,就笑了。我说,那是因为老师爱啊,爱文学、爱你们啊。这种对文学发自内心的热爱,自然就汩汩地流淌出来啊。希望你们也这样爱文学,感受这种爱并传递这种爱,让文学滋养我们的心灵。而十多年来,这样的珍贵记忆还有很多很多。而我特别感动的是,一次在长清校区给大一本科生上课,中间休息时,一个本科生走过来,说马上就毕业参加工作了,很怀念我课上的经典文学作品讨论,要跟我合影,作为对山师的一个记忆。学生发自内心的情感表达,让我进一步体会到大学文学经典教育的深刻价值、意义和魅力。

一花一世界,一叶一菩提。我与山师文学教育相伴十五年。教书育人的十五年,是我教育学生的过程,更是被山师文学院许多老先生和许多同事教育的过程,也是与学生互相启发、互相教育的过程。美学家宗白华说,生命如天空的流云一样美,一样充满着变动。变中有常,常中有变。一刹那即永恒。山师文学教育十五年的一刹那,在我心中已定格为美的"一刹那"。

山师文学教育十五年

这一刹那　有

我与山师的故事

我与我的学生的故事

我与学术的故事

我与自己内心的故事

我与这个世界的故事

我和我们这个时代的故事

亲爱的,过去的、现在的和未来的有缘的读者,请您读吧

张丽军

暨南大学第一文科楼

2021年10月17日

目 录

一 本科生教学论坛 / 001

追寻人类精神天空的高度、困惑与局限 ——格非《人面桃花》研讨 / 002

一个农民·一座城市·一部心灵成长史 ——刘玉栋《年日如草》研讨 / 018

寻找精神父亲与社会主义新道路 ——柳青《创业史》研讨 / 033

现实主义与当代社会的守夜人 ——阎真《活着之上》研讨 / 048

成长的疼痛：生命体验、生存法则、欲望救赎及其他 ——苏童《黄雀记》研讨 / 073

二 硕士生教学论坛 / 097

论茅盾作品的经典性及其对当代文学的启示 / 098

论老舍的经典性及其对当代文学的独特价值 / 115

论赵树理文学创作的独特性及其当代启示 / 156

文学鲁军的过去、现在与未来及其对当代中国文坛的启示 / 173

经典化进程中的中国70后文学及其当代价值 / 191

三 论坛与演讲 / 221

论现实的、可能的与理想的生活 ——"院长论坛"的演讲 / 222

因疫而思：论当代中国生态文学 ——"稷下讲坛"的演讲 / 242

五四青年演说：最美的年华里最知心的相遇 / 260

一　本科生教学论坛

追寻人类精神天空的高度、困惑与局限
——格非《人面桃花》研讨

张丽军 刘雨等

内容摘要：《人面桃花》是格非20世纪90年代以来先锋文学转向较为成功的一部作品，展现了他在21世纪历史文化语境下对革命、性、乌托邦的新思考。本研讨在表达关于《人面桃花》独特审美阅读体验的基础上，主要讨论了格非在小说中对中国传统文化的借鉴与继承，分析了《人面桃花》悬疑解疑的结构方式、错位的爱情叙述和乌托邦理念，阐述了格非对人类内在精神的可贵追寻，以及追寻所具有的精神高度、困惑与局限。

关键词：格非；《人面桃花》；传统文化；乌托邦

主持人：张丽军　山东师范大学文学院副教授

参与人：刘雨　东北师范大学文学院教授、博士生导师

国昊芳、佟小杰等　山东师范大学中国现当代文学专业硕士生

孔铎、徐菲等　山东师范大学汉语言文学专业本科生

时间：2009年5月26日

地点：山东师范大学教学四楼4201教室

一、关于《人面桃花》的审美阅读体验

张丽军：我接触《人面桃花》是在 2005 年左右，当时我还在长春读硕士，是我的硕士生导师刘雨教授推荐的。他说《人面桃花》这部作品非常好，讲述了一个乌托邦的梦想和人类精神的探求。这样的作品在今天是十分少见的，因为我们现在正处于一个强调发展经济的时代。格非在这时创作出一部关于精神的小说，是具有独特意义的。我读完这部小说后，觉得小说真的非常好。它好在哪里呢？它与众不同的地方在哪里呢？它与中国传统小说的结合在哪里？与《红楼梦》的相似之处在哪里？小说中多次出现了瓦釜，秀米和张季元敲打着瓦釜，感觉自己轻轻地浮起来了，而它发出的声音几乎能让主人公看到自己的命运。我在阅读中同样感受到这种命运的飘浮感。另外一点就是小说中出现了大量的风景描写，这些都是如今的当代文学所匮乏的。当代的很多作品往往都极快速地进入情节，缺乏大量具有抒情内蕴的风景描写，而《人面桃花》的风景描写来自中国及西方的现代文学传统，传统的文学都会有大量的风景描写，比如晚清时期的小说。我在资料里看到，格非想写一部地方志，而大量的风景描写正是为了突出这个地方的特色，色彩感非常浓重，并且和主人公的经历体验密切结合。这是我对《人面桃花》的审美阅读体验与思考。请大家谈谈自己的阅读体验和感受。

刘 雨：在这样一个充满诱惑和焦虑的时代，最珍贵的品格就是冷静和沉思。因为冷静才能避免随波逐流，才有时间决定选择还是拒绝；只有沉思才有希望返回自我和完成对现实的超越，从而在精神的深度上实现对历史与现实的深刻反思。唯实唯利的商品经济现实，焦虑浮躁的精神状态，确实无法提供冷静和沉思的土壤。当潜心十年的"铸剑者"格非拉开剑匣，亮出内蕴浑凝、精湛锋利的《人面桃花》时，他不仅让我们再一次体验到阅读经典的快意，更重要的是从精致完美的叙事中，看到了一个民族乌托邦精神的寓言，它既是一些鲜活生命的生活史，也是一个民族的精神史。

张元珂：从前我对格非是敬而远之的，因为他总是会设太多的圈套。而读完第一章之后，我觉得作品还是有很多特色的，我就简单来谈一下我的感受。

首先这个"乌托邦狂想"从开始就注定了它是个悲剧，而且是个闹剧。他们对桃花源梦想的痴迷和执着，未尝不是对现实的一种反驳，或者叩问。但是他们对革命、对乌托邦理想，存在着偏狭的理解，这决定了结局将是一场不折不扣的大悲剧。像秀米的父亲陆侃的疯和出走，以及荒岛上的匪首王观澄的梦想和他最后的被杀，张季元的神秘来往和死亡，还有秀米的被捕和沉寂，可以说他们都是理想的实践者，都是为了要建立一个乌托邦世界。实际上，乌托邦梦想是我们每个人都有的情怀，但他们不仅想了，而且真的去做了，甚至不惜牺牲自己的生命，我觉得这是小说打动人的地方。但小说的结局呢，他们却是在看与被看中凄惨地死去，死亡可以说是他们乌托邦梦想的终结。小说的悲剧性在这里充分地体现出来，革命不仅没有成功，还将自己的青春烧成了灰。秀米出狱后看着地上的蚂蚁联想到自己，"她觉得自己就是一只花间迷路的蚂蚁，生命中的一切都是卑微的，琐碎的，没有意义，但却不可漠视，也无法忘却"。想想秀米在奋斗了这么久以后，就只是认为自己是琐碎和卑微的，没有意义的，这应该就是革命的大悲剧。

再者，文本中，革命与性又是一对孪生姊妹，革命的话语和性的膨胀被格非巧妙地融合在一起，革命背后性的展览又几乎成了他们革命的动力。张季元的革命是与秀米和梅芸之间的暧昧关系和性幻想掺杂在一起的，加上荒岛土匪之间的残杀，则暗示了革命的悲剧结局。在这里，革命实际上成为人性的孤寂、迷乱和欲望的表达。

孔　铎：格非小说展现出一种新的历史观。从秀米一生的遭遇和她面对环境的反应，能够看出小说的内在逻辑。秀米所处的地点是江南一个小村庄，作者没有展现她的童年，而是把她放在一个即将成为成年人的位置上。陆侃出走不久，张季元出现。张季元来之前，秀米自己就在幻想一种与现在的平淡生活完全不同的生活，包括她听到戏文中的唱词感到激动。但她也无法利用已有的经验概括出自己到底需要什么样的生活。张季元是她第一个深层次接触的非普济人，一定程度上符合了秀米的期许。经过一系列事件后，秀米和张季元对彼此也有了一些了解，秀米对张季元有一层在情欲层面的想象，同时通过张季元的日记获得了对外部世界感知的满足。秀米第一次知道了在普济之外的事，秀米也被张季元的日记塑造了，大同世界的价值理念由此进入了秀米的世界观中。

秀米被绑架后，她发现荒岛上的劫匪也有大同观念，似乎正中秀米的下怀。秀米从东京回来后，依旧主张革命，实践经验还是张季元的那些办法。秀米所有的经验都指向对大同世界肯定的这一条道路，当她经历了入狱等事情后，这种一元的经验结构就被打破了。我们也能从秀米形象中看出作者对历史和个体生命的理解：历史的主线被描述得十分模糊，个体生命无法看清，个体生命能够做的只是依据自己仅有的经验来进行判断。作者在文中有意引用某些革命志、地方志式的记述，同作品本身一起正好符合了新历史主义的互文性特点，消解了主流历史中革命英雄的概念，表达了作者的历史观。

孙　琳：我感觉这是一部新的"革命＋恋爱"小说。"人面"我理解为通过人物的外在行动来展现革命，而"桃花"则是人物在革命中的内心感受，包括爱情等。我将从多重叙述视角谈谈我对作品的解读。首先在《人面桃花》的人称上，不是单纯的你、我、他，而是多重的，比如作品开头写"父亲从楼上下来了"，到后面张季元出现的时候，说他"眼睛又深又细"，这些都是从秀米的角度来叙述的，表现了秀米对这个世界的理解，甚至到下文，秀米在看到张季元时呼吸急促的感觉都能为读者所感知到。再到对张季元日记的描写，这是从张季元的角度进入对革命和欲望的描述，至此"人面"代表革命，"桃花"代表爱情的含义慢慢地被暗示出来。另外一点就是作品中穿插的一些历史志，它们可以让读者从小说中走出来，进入一段近乎真实的历史世界。这三种叙事视角也让我对一些人物有更多的解读，像在张季元的视角里，"有一件事你一边在全力以赴，同时你却又明明怀疑它是错的,从一开始就是错的";又如在大金牙的视角里,"革命就是杀人,和杀猪的手艺按说也差不了多少,都是那白刀子进,红刀子出的勾当";在秀米的视角里,她说"革命,就是谁都不知道他在做什么,他知道他在革命,没错,但他还是不知道他在做什么,就好比一只蜈蚣,整日在皂龙寺的墙上爬来爬去,它对这座寺庙很熟悉,每一道墙缝、每一个蜂孔、每一块砖、每一片瓦,它都很熟悉,可你要问它,皂龙寺是什么样子,它却说不上来";在翠莲的视角里,她认为秀米的革命就是"把普济的人都变成同一个人,穿同样的颜色、样式的衣裳;村里每户人家的房子都一样,大小、格式都一样"。作者试图让我们摆脱书中的历史,摆脱"革命者都是英雄"的观点,告诉我们革命者是一直在探索中前进,他们也有常人的欲望和困惑。

张丽军:孙琳同学刚才提到一个观点,就是革命者的怀疑,他们无法看到每一个现象,像蜈蚣无法看到皂龙寺的全貌,但小说中提到,鹞鹰是可以看到的。秀米是个被革命牵引的人,她也不知道是谁在控制着她。

贺 进:我觉得小说的主题是陆秀米的成长故事,讲了作为一个人她是如何长大的,这也是很多小说中都会涉及的问题。比如她长到一定年纪就有了对爱情的渴望,这就有一个"爱情先行"的问题,革命不过是对爱情的附属。

张丽军:贺进提到,这是一部成长小说,格非自己也说,秀米是身处革命的一个大环境里,如果她不处在这样的环境里也不会有这样的命运。

贺 进:包括她后来的一些经历,成长本身是有很多偶然因素的,因而我觉得成长的概念在小说中是占有一个重要位置的。就像格非也说到自己并非是在写一部新历史主义的小说。格非的创作的确发生了很大变化,不再像他的《褐色鸟群》,读起来让人觉得无迹可寻,《人面桃花》给人的感觉就清晰了很多。另外,这部作品对很多传统的东西也做了关照。

张丽军:刚才贺进提到的一点很好,一个人的成长,不仅有外部力量,也有内部力量。像秀米进入成人世界,她的成长,她的个人欲望的膨胀,都是人的内部作用。

徐 菲:我主要从小说设置的悬念和象征的角度谈一下我的阅读感受。

我觉得小说在象征方面最大的成功在于塑造了几个用于象征的物象，比如"忘忧釜"和"金蝉"，这些东西都是贯穿全文始终的，作品中的各种人物围绕着这些物象而有了各种经历和体验的转变，从而让读者对这些物象产生独特的理解和思考。因为作者自始至终都没有告诉我们这些东西到底代表着什么，更多的是留给读者来思考和感悟。比如忘忧釜敲击发出的一种特别美妙和清新的声音，似乎是来自乡村田园或是所谓的乌托邦的声音，是一种进入梦境的感觉。

我觉得小说似乎是幻想小说或是志人志怪小说。文本中到处都充斥着这样的场景，最明显的一个细节就是秀米在孙姑娘的葬礼上做的一个梦，醒来发现梦似乎和现实是相融的，给人的感觉就是奇幻的、难解的，当我读到张季元之死，突然才意识到这是写革命的小说。问题就是作品的象征前后没有一个良好的衔接和过渡，而且悬疑和象征没有保持住，在手法上又更偏向现实主义，从而整体上显得非常分裂。

二、《人面桃花》与中国传统文化的关系

张丽军：格非是当代先锋文学的代表，但《人面桃花》却反映出了中国传统文学的内涵，还有人说它与《红楼梦》所代表的传统文学也有密切的联系。

刘　雨：从父亲出走那天起，秀米觉得自己身边发生的一切就像做梦似的，张季元从哪里来？他到普济来究竟想做什么？"她隐约知道，在自己花木深秀的院宅之外，还有另一个世界，这个世界是沉默的，而且大得没有边际。"在她的眼里，"这个村庄里正在发生的一切都是神秘的，所有的神秘都对她缄口不语。她的好奇心，就像一匹小马驹，已经被喂得膘肥体壮，不由她做主，就会撒蹄狂奔"。正是在张季元日记的阅读中，这个沉默的世界在秀米的心中才逐渐变得清晰起来。"就像突然间打开了天

窗，阳光从四面八方涌入屋内，又刺得她睁不开眼睛。""她的心就像一片树叶被河中的激流裹挟而去，一会儿冲上波峰，一会儿又沉入河底。她觉得自己就快要疯掉了。"她不仅了解了革命党秘密活动的内幕，也走进了张季元爱的情感世界。"在张季元的日记中，她隐约知道了什么是桑中之约，什么是床笫之欢，当然她知道的比这还要多得多。到了出嫁的前一天，她孤身一人躺在床上，拿起那本日记，凑在灯下翻来覆去地读，一边读一边和他说话。她还从来没有和一个人赤裸的内心挨得那样近。恍惚中她觉得张季元就坐在她的床前，就像是一对真正的夫妻那样谈天说笑。"秀米的爱情体验开始于张季元的日记，她与张季元之间超越现实的精神之恋，显然带有柏拉图式精神恋爱的意味。这种爱的试探和压抑，朦胧的觉醒和想象的体验，体现了中国传统的人情美和人性美。

在格非富于节制的巧妙叙述中，表面上平静的生活充满着血与火的波诡云谲。革命党人的秘密活动，金蝉的不断出现，神秘的人物"六指"，张季元与梅芸的关系，父亲出走的原因和去向，以及花家舍中各色人等之间的关系，都给秀米和读者留下阅读的悬念。悬念的悬而未解，使小说叙事增添了一种引而不发的蓄势效果，蓄之既久，如箭之在弦，成一触即发之势，又使叙事一波三折，摇曳多姿。而格非并没有通过全知视角的转换直接揭秘，而是依然保持秀米视角的限定性，通过人物视角的互补形式来完成，深得举重若轻之妙。张季元日记的插入，既具有文本回应的互文性效果，又起到揭秘和缀合故事整体的作用。小说的伏线是革命党密谋反清的地下活动，这是秀米所无法全面了解的，它只能通过张季元的叙述完成由隐及显的过程。秀米在不知不觉卷入一个复杂的关系过程中，通过岛上的神秘人物韩六和花家舍的马弁的叙述，不断地揭开秀米心中的谜团。这种"通过简单来写复杂，通过清晰描述混乱，通过写实达到寓言的高度"的叙事策略，使格非的叙述纵横捭阖，出神入化。

国昊芳：读书之前，我首先联系到那句诗"人面不知何处去，桃花依旧笑春风"。小说的语言感非常强，给人的感觉就是干净秀雅，但又洋溢着华丽的光辉，这应该是从中国古典文学中学习到的。无论是成长中的爱情故事、破碎的革命叙事，还是人们心中的乌托邦理想，都是用一种十分诗意的语言叙述出来的。我更多关注的还是其中的爱情故事，格非也说过，爱情主题是前排的，其他的目标都是附着的。我着重看的是秀米的爱情视角，以及由此而来的一些革命幻想和追求。整部小说以辛亥革命为背景，但我觉得格非试图照亮的是辛亥革命及其以后的东西，就是人们心中能够保存的以及能够付诸行动的一种理想。刚才老师也说，格非是当代先锋作家，先锋小说提出的很多观念，在这部小说中也有很明显的体现。先锋文学是把小说视作语言学，和我们把文学视作语言的艺术不同，它把语言从工具论转向本体论，非常注重语言和语言风格，从这部小说的语言给我们的整体感觉就能看出来；另外一点就是小说从描写换成叙述，给人一种非常平静的感觉。有些先锋文学过度关注革命、自由、反叛，这样就会导致自己创作的局限性，而格非这部创作吸取了中国古典文学的精华，无论从语言叙述，还是章节安排上，都展现了先锋小说的新的发展可能性。

孙　琳：我觉得《人面桃花》里带着一些宿命论的观点，像是秀米的梦境，可以理解为魔幻现实主义，另外又如尼姑韩六，应该就是代表着佛教的一种符号，作者试图利用她的口吻阐述自己的佛教理念。韩六说："一个人看透生死倒也容易，毕竟生死不由人来做主，可要真正看透名利抛却欲念，那就难了。""佛家说，世上万物皆由心生，皆由心造，殊不知到头来仍是如梦如幻，是个泡影。"这些话都体现了佛教里的"空"的理念。还有秀米的母亲说的"这都是我作的孽啊""这都是报应啊"，还有"她要真是个卖肉的，倒也是我前世修来的福分"，这体现了佛教文化中"前世今生"的宿命论观点。一般人认为宗教是一种悲观主义，但格非在这里用的一些佛教文化也给我们带来一些希望，比如忘忧釜，在文中最后，它让我们看到了一个人的追求和未来，而且还交代了她儿子的一些情况，似乎革命已经成功了，这就给我们带来了一些希望。另外，格非写的佛教文化里还有一种普度众生的善念。

缪　慧：我觉得《人面桃花》是对传统文化的反思。里面的人物似乎都被赋予了一些神灵的色彩，他们超然、梦幻，具有神秘色彩，处于梦想和现实交叉重叠的状态，本身具有一种扑朔迷离的情调。我想谈两个方面，首先是佛教禅宗的影响，禅宗是佛教中国化的产物，当代很多作家都从禅宗里找到了创作理念。像在《人面桃花》中，禅宗意味是非常浓厚的，比如尼姑韩六的话，还包括秀米在出狱后她的心达到了寂静的状态，这是禅宗对人的影响。其次，我觉得文学创作应该超越禅宗，否则就不是文学而是一种文化的再现，文化是说一种已有的东西，而文学是建立在现实基础上的虚构的东西，我觉得一个优秀的作家应该会很好地处理这种关系，超越禅宗，超越文化。

贺　进：我觉得中国文化最重要的就是写意，西方文化重视的是写实，我很推崇中国写意文学，尤其是沈从文，从他的语言上就能看出中国文化的血脉。而从前格非在他的先锋理念里几乎没有传统的东西，现在他试图在《人面桃花》里加进写意的东西，这个从语言上就能很明显地看出来。再就是格非在文本中加入了丰富的想象力，而余华就是要把生活很冷静地反映出来，这就和中国传统离得很远。格非如此做是在回归传统，给人很温暖的感觉。

王　菲：我谈的主要是格非作品中成长视角，比如这个视角里有三个主要人物，就是少年秀米、少年老虎和喜鹊，而围绕三者的一个主线就是成长，不管是生理的成长，还是心理的成长，作者都有涉及。它让我们有一种对生命的超验性思考，而不只是观看一个历史事实。然后我要谈的是格非对故事矛盾的错位式处理，比如张季元和秀米之间的感情，不是直接发生，而是通过日记来展现的。我觉得日记的形式特别好，是一种新形式的开辟。然后小说中具有哲理和禅意的语言提高了小说的层次，拓宽了读者的视野。还有文中对风景的描写，比如"花家舍"这个地名就具有很浓厚的中国古典的味道。最后我觉得先锋文学技巧对文本创作而言还是有一定意义的，我们还应当关注技巧的问题。格非的《人面桃花》比较好的地方就在于能把先锋技巧和写意融合在一起，这为中国当代文学的创作提供了更好的范式。

张安珍：对于这部作品而言，语言的神秘感和悬念是有的，也是值得肯定的，有中国传统文学之美。整个小说最体现中国传统特色的地方在于家庭视角的采用，作者从一个从家庭写起，扩展到整个社会。作者的计划是写三部作品，三部作品分别对应辛亥革命前后、新中国成立初期与90年代。中国文学史上以家庭为视角的小说作品很多,从曹雪芹的《红楼梦》到巴金的《家》《春》《秋》,都是由一个家庭扩展到整个社会,从这个方面来说,作品还是继承了中国文学传统的。

项大鹏:我最近看了一篇记者采访王德威的材料,王德威提到,格非是一位非常刻苦、非常努力的作家。这里体现出的一个问题,就是格非在刻意地追求一些东西。我认为格非写小说时缺乏一点灵性。阎连科、余华的作品都能够让小说的故事一直延续下来,然而在读《人面桃花》时,我却感觉到故事有一定的刻意性,作者并没有做到让故事顺其自然地流淌。从秀米的形象来说,她本身就带有一种朦胧性,这是我们品味这个形象的一个很重要因素。如果这个形象被作者写得过于直白的话,那这个形象就没什么可品味的了。秀米本身夹杂了很多的不确定性和朦胧性,这才使我们更多地去品味。

前面也有同学谈到,《人面桃花》在写作风格上前后不是很一致。前面的部分有拉美魔幻现实主义的风格,后面的部分又十分写实,也不能说是前后不一致,只是稍微有一点不太和谐的感觉。在中国传统文化这一方面,我感觉有些东西是刻意加进去的。他加进来的这些中国文化确实能够显示出作者十分刻苦努力的品质以及精雕细琢的技巧,但稍微少了一点自然流露的灵性。

马 征:秀米这个人物,她很孤独,她是一个地主家的小姐,从小就非常自由,也受过一定的教育。在翠莲、喜鹊这些人看来,秀米的处境是非常优越的,但秀米自己却不这样认为。她同别人交流都有所保留,给人感觉她很孤独。孤独的人爱幻想。当自己初潮来临时她不愿意把这件事告诉自己的母亲,一般来说母亲是孩子最亲近的人,而秀米却不愿意把这件事告诉母亲。她最后选择的人是翠莲,然而我们看到她最后也没有告诉翠莲。同时秀米又很聪慧,很有悟性,很敏感,还很好奇,她认为所有人在交流时都对她有所保留,这个世界对于她来说是非常沉默的。其实真正的原因在于她自己对别人保守了一些秘密,所以她觉得周围的人对自己有所保留。为什么张季元对她的影响能够如此之大?秀米从小就缺乏父爱,后来张季元出现了,当时的张季元四十多岁,还同秀米的母亲保持着肉体关系，这在一定程度上替代了秀米的父亲。后来张季元留下了一本日记，秀米读张季元的日记是她第一次与他人如此赤裸地交谈，从这一点也可以看出她从前是多么孤独，没有人同她做深层次的交流，而做到这一点的只有张季元。这同时给她带来了一种感情，让她觉得张季元这个人十分亲近。后来秀米到花家舍同韩六在一起时，她会冒出一种想要同韩六永远在一起的想法，秀米在韩六身上获得了一种母爱的替代满足。小说最让人感动的地方是秀米出狱之后，她和喜鹊在一张床上睡觉，喜鹊觉得秀米是需要她照顾，需要她保护的，她心里很踏实，秀米也感动地哭了，两个人找到了惺惺相惜的感觉。这部小说主要描写了秀米成长的故事，秀米由原来的不谙世事到像做梦一样走入迷途，最后回归到儿童式的天真，这是一种回归。秀米曾经说，自己就是一只花间迷路的蚂蚁，生命中的一切都是卑微的，琐碎的，没有意义，但却不可漠视，也无法忘却。这是她自己一生的真实写照。其实没有意义，又似乎有些意义。

张丽军：其实刚才提到《人面桃花》跟中国传统文化的关系，格非在一些谈话、访谈中也提到，他特别欣赏中国写人的小说，他认为中国最好的小说是写人的小说。他认为中国有自己的经典，像《金瓶梅》《红楼梦》表现的都是很经典的人情的东西、人性的东西。我们可以看到小说同《红楼梦》一样都有些佛教文化，《红楼梦》人物没出场之前就有一种宿命感。有时候我也想，一个当代作家，同曹雪芹一样，让一些宿命的东西密布在自己的作品中，这到底是一种进步还是一种退步。作品同佛教文化的关系，比如说文中出现的忘忧釜，忘忧釜这种物品是佛教文化的象征。佛教中人会敲磬、敲钟，发出一种很清脆的乐音。这种清脆的乐音与佛教的佛唱连在一起，你会发现一种超脱世俗生活之上的东西，你会忘记很多世俗世界的牵挂，进入另外一个想象中的世界。小说多次提到忘忧釜，就如同《红楼梦》中的人物看到一面镜子，将每个人的命运展现出来一样。小说通过梦、瓦釜来推进情节的发展，展现人物的命运，不仅构成了一种线索，而且在一定程度上具有一种消解革命乌托邦的"万物皆空"的佛教文化意蕴。因此，如何把佛教文化等中国传统文化凝聚到当代文化中，成为一种自然而然的存在，这是对当代文学家的一种挑战。格非接续了中国传统文化，无论是语言，还是叙事方式、叙事对象，这是一种很可贵的探索。

三、《人面桃花》中的乌托邦梦想与革命

张丽军：现在我们来谈论下一个问题，乌托邦梦想及其与革命、性之间的关系。刚才国昊芳谈到了一个问题，秀米参加革命是为了爱情，这与以往的革命叙述不同，以往的革命叙述只是叙述一个革命者的革命行为，恋情总是在革命之中发生的。有时我和一些同学讨论，比如说我们看茅盾小说中的革命和爱情，像《蚀》三部曲以及他早期的几部描写女性比较好的作品，里面不单纯写"革命＋爱情"，而是有着某种对理想生活的追寻。《蚀》三部曲中的女性，她们对生活不满意，一个城市一个城市地追寻，在追寻的过程中遇到了革命。其中写革命，写光彩照人的女性形象，写性时往往同秀米一样，因为爱而投身于革命，因为情而对革命产生感情。有时我觉得，革命叙事的语境中革命和爱都给人带来一种高潮的体验，都打破日常生活中的庸俗的东西，革命与性具有某种互文性特征。《人面桃花》也有这种因素：乌托邦梦想、革命、爱情，以及革命者对爱情的质疑。我们如何来看待这些问题？格非同清华大学学生交谈时曾经说过，自己写小说是要写一种意义和价值。

刘　雨：格非之所以把故事发生的地理环境放在普济，是因为普济这地方原来就是晋代陶渊明所发现的桃花源，而村前的那条大河就是武陵源，是陶渊明寄托乌托邦理想的发源地。据《清史稿》记载：桃源、武陵为清常德府所辖，沅水自桃源而入武陵，普济就在桃源境内。陆侃因"盐课"一案被罢官回籍，选择普济作为归隐之地；做过福建按察使的翰林院进士王观澄，也抛却妻孥辞官归隐于此地。这种不约而同的选择，无非是要在这里寻找和重温桃源之梦。

陆侃自从得到"桃源图"后，一直生活在乌托邦梦想之中。他向往陶

渊明笔下的世外桃源，竟异想天开想请工匠在普济修造一座风雨长廊，设想那"长廊将散居在各处的每户人家都连接起来，甚至一直可以通过田间"，结果遭到了夫人的坚决反对。后来，幻想变成了自己的行动，他挥舞长柄大弯刀想砍去园中所有的树，要在园中一律栽上桃树，把自己的家变成桃源仙境。这种被家人视为疯狂的举动，终于招致被监禁的命运。小说叙述发端于陆侃的出走："父亲从楼上下来了。"他提着一只白藤箱，胳膊上挂着枣木手杖，从陆秀米面前走过，然后轻轻带上门，在陆秀米的视野中消失，从此杳无音信，给读者留下悬而未解的谜。陆侃的神秘出走，其实是一次寻梦的精神努力，这种寻梦的精神无疑是充盈而坚定的。所以，他的出走带有象征的意味。

　　与陆侃相比，王观澄似乎是一个实现了自己梦想的人，因为在他的苦心经营下，花家舍变成了人间的世外桃源。王观澄不仅改变了花家舍的自然环境，也按照他的理想塑造了花家舍其乐融融的精神世界。譬如，在他的悉心教化之下，"百姓果然变得谦恭有礼。见面作揖，告退打恭，父慈子孝，夫唱妇随，倒也其乐融融"。寻找桃花源的陆侃和重建桃源仙境的王观澄，他们的共同之处在于，都是要把乌托邦愿望投射到一个理想的空间。王观澄要在花家舍建立一个乌托邦的乐园，但由于花家舍山旷田少，与外乡隔绝，无法像陶渊明笔下的桃花源那样靠农耕达到自给自足，他要修房造屋，开凿水道，辟池种树，还要修造风雨长廊，只好靠打家劫舍来获取钱财。不能在经济上自给自足的花家舍，像建在水面上的亭台楼阁，异常残酷的内部火并使它落个灰飞烟灭的下场，也带有耐人寻味的象征意味。

　　佟小杰：如果成长是秀米的成长，欲望就可以归纳为乌托邦的梦想。陆侃追求的是一个桃花源的世界，他要在家乡建立一个桃花源，别人认为他要寻找的桃花源的想法是不正确、不可行的，所以别人认为他发疯，我认为他根本没疯。他想寻找桃花源梦想，于是他出走寻梦去了。王观澄在花家舍，本意也是建立一个桃花源世界，但实际上他内心存在一种欲望，那就是成为这样一个人人平等的世界的头目，包括里面的二爷、三爷、四爷、五爷、六爷，他们都是想满足自己统治的欲望。三爷、五爷、六爷对女性都抱有欺凌、占有的目的，而不是美好、崇高的性。

秀米继承了父亲的桃花源梦，王观澄的花家舍和小驴子、张季元的大同世界的道路。这几个人都是她成长的帮助人，如果说翠莲帮助她在生理上成长的话，这几个人则是在心理上帮助她成长。秀米之后去日本，后来又在普济建养老院、普济学堂，是受了父亲的发疯、王观澄的托梦、张季元的日记的影响。秀米与他们不同的地方在于她继承了父亲的观念，寻求的是一种心灵的美好。忘忧釜对人的心灵起净化作用，就像秀米在小岛上听到的韩六刷缸的声音一样。这里忘忧釜对她有心灵的召唤作用，使她的心灵得到净化。真正的净化是在她从监狱回来同喜鹊度过的时光，这是真正桃花源的生活。乌托邦梦想是人在精神上的归宿，而非物质上的。

故事是悲剧的，但幸运的是陆侃和秀米。陆侃出走了，无人知道下落。秀米通过一生的领悟明白了韩六的意思，然后静静地死去。悲剧在于秀米耗尽了一生才明白了这个道理。就像冰花，冰花融化了，秀米的一生也结束了。

毕秀丽：桃花源是每个人都具有的情结。从陶渊明的《桃花源记》可以看出，其实每个人都想逃离现实生活，追求一个合乎理想的社会。也许文中的忘忧釜就是鼓励人们忘记忧愁、追求理想的这种意愿的象征。

我认为它只能是一个梦。陆侃只有这样一种想法，他选择了出走，他的逃离是为了摆脱。我觉得他的逃离就是为了摆脱不被世人理解的困境，并且是为了寻求。王观澄也有一个乌托邦情结，但是他却通过抢人钱财来实现他的大同社会，这本身就是不合理的，花家舍的毁灭也是必然的。张季元和秀米显然是为了建立一个他们心中的大同社会而选择革命，可是这样的革命也不可避免地有一些缺陷和荒诞。比如说张季元制定的《十杀令》，条例的制定是从他们自身利益出发来考虑的，这不是一个符合理想社会的条例。秀米并不缺乏我们所理解的革命者的视死如归的英雄气概，但她自己也不知道什么是革命，她知道革命没错，但她却不知道自己要干什么，她手下的革命成员都是自私的人。大金牙对革命的理解就是想杀谁就杀谁，对革命只有一个模糊的认识。革命在这里没有价值可言，通过革命建立这样一个乌托邦是没有出路的。无论是花家舍的王观澄，还是革命者的大同社会，他们的目的都是一样的，都是为了心中的桃花源梦想，但是实现的手段都带有极强的功利性。

徐　菲：我认为作者对革命持一种反思的态度，表现在张季元对条例的制定上。第一条是有恒产者杀，但在遇到秀米之后他又说出了一句话："没有你，革命何用？"这就一语道破了革命的荒诞性。他们都对革命有自己的理解，但似乎都是站在领导者的层面用自己的想法统治他人。王观澄建立的大同世界的资本来源于烧杀抢掠，然而革命的真正目的是为了实现人民的幸福。人的幸福要通过杀人来实现，这是对革命的一种讽刺，也是革命本身存在的一种缺陷和问题。小说符合新现实主义和新历史主义的一些特点，站在人本身对历史、现实的理解，而不是单纯地认为革命者都是英雄。意大利作家卡尔维诺在他的成名作《通往蜘蛛巢的小径》中通过一个孩子的视角展现了一群市侩嘴脸的革命者，讽刺了革命本身。这是小说的成功之处——建立在讽刺基础上的对革命的理解。

张丽军：其实乌托邦本身就有许多非乌托邦、反乌托邦的东西。现在有人提到乌托邦是一个无法实现的梦。乌托邦是一个彼岸世界，是现实中无法存在的。如果乌托邦真的实现了呢？好不好？有没有问题？什么才是能够在现实中存在的乌托邦？我们看到实现的乌托邦都是不合理的，像王观澄杀人越货，张季元一定要杀人，陆侃没办法出走了，独自追寻。

有时候乌托邦会造成悲剧，这也是格非要提出来的。通过暴力实现乌托邦会不会造成悲剧？人的欲望是一个好的东西还是坏的东西？欲望本身是一个合理的存在吗？没有欲望的社会是不是一片毫无生机的世界？

像鲁迅所说，革命是使人活，而不是使人死的，革命要使人获得解放，要使每一个生命获得尊严与平等。然而我们看到小说中这种革命的乌托邦是杀戮、强制，秀米回到家乡采取的行为也是强制性的。人们怎么实现平等，这不仅是小说中人物的困惑，也是人类的困惑。英美民主是通过妥协对话来实现平等，法国大革命虽然通过暴力实现了平等，但这种平等是暂时性的，一定时间后不平等又出现了。就像土地改革一样，几年后一些游手好闲的农民又把土地卖了，成了新的贫民。有没有一种长久的机制可以实现马克思所说的每一个人平等的发展，这是东方西方共同的困惑。一味强调平等，扼杀了生机和欲望，过多地鼓励欲望又造成其泛滥。

刘　雨：秀米的乌托邦实践，脱离实际，一意孤行，必然被群众视为怪异的疯人之举。这种精神的悲哀既是乌托邦承担者的痛苦体验，也从另一个侧面揭示着历史的教训。"事者，势也。势有了，事就成了。不然的话，任凭你如何算计折腾，最后还不是南柯一梦？"格非让智者韩六一语道破天机。

秀米的乌托邦行动经历了一个由目的理性走向价值理性的过程。她继承张季元未竟的反清大业，投身攻打梅城的武装斗争，实践建立大同世界的理想。出狱后回到普济的秀米，经过漫长的禁语自闭过程之后，终于从噩梦中醒来，成为一个按照自己的价值理性生活的人。她不追求别人对她的赞扬和肯定，按照自己善良的愿望为普济做事。在百年未遇的旱灾之年，把仅有的一袋白米煮粥济施灾民，用爱心和行动实现着自己完美的价值理想。

从陆侃到王观澄，从张季元到陆秀米，生命中的乌托邦精神使他们成为百死而不悔的执着寻梦者。因为同样怀着乌托邦的梦想，秀米才会在梦中听到王观澄的声音："我知道你和我是一样的人，或者说是同一个人，命中注定了会继续我的事业。"然而，在那些顾及自己利益的不觉悟的群众面前，他们成了梦想之旅的踽踽独行者。在这个意义上，乌托邦承担者的命运无疑具有悲剧的色彩。这些乌托邦的承担者，正是在充满艰险的寻梦途中，生命才变得如此激情澎湃和特立独行。

张丽军：今天的讨论非常有意义，每个人都会有收获。《人面桃花》展现了我们先辈心中的乌托邦精神理念，显现了那个时代人们追寻梦想的精神天空高度、困惑与局限。我们每个人心中都有一个乌托邦的情结，都有一个逾越现实之上的梦想，都有需要做的具有神圣或崇高感的事情。现实庸俗的生活需要一个精神乌托邦的存在，这是我们与《人面桃花》心心相通的一点，也是《人面桃花》在21世纪文学文化语境中的独特价值所在。

一个农民·一座城市·一部心灵成长史
——刘玉栋《年日如草》研讨

张丽军 房伟 马兵等

内容摘要：在长篇小说创作凋零和缺失的状况下，《年日如草》的出版，对于刘玉栋本人和整个70后作家群来说，都是一个很重要的突破。这部小说从百年中国文学史的角度来看农民与城市的关系，农民如何融入城市、进入城市是一个现代化、城市化的中心问题。刘玉栋的《年日如草》塑造了一个适应现代城市生活的二代农民形象，一个带有某种狡黠而不失善良本性的、以法律取代人情意识的农民形象。这是以往文学史所没有的，因此具有突破性意义。

关键词：刘玉栋；《年日如草》；70后作家；进城农民

主持人：张丽军 山东师范大学文学院副教授

参与人：房伟 山东师范大学文学院讲师

马兵 山东大学文学与新闻传播学院讲师

赵月斌 山东省作协创联部作家、评论家

吴文峰 《国土资源导刊》编辑部主任

宋嵩、盖永爽等 山东师范大学中国现当代文学专业硕士生

李浴洋、苏岩等 山东师范大学汉语言文学专业本科生

时间：2010年8月26日

地点：山东师范大学文学院现代文学教研室

一、关于《年日如草》的审美阅读体验

张丽军：从我的阅读经历来看，70后作家普遍是以中短篇小说见长，在长篇小说创作方面还是缺失的。在长篇小说创作凋零和缺失的状况下，《年日如草》的出版，对于刘玉栋本人和整个70后作家群来说，都是一个很重要的突破。刘玉栋的文学创作，从原先中短篇小说结构发展到长篇小说结构，人物形象也从原先一个横断面的成长，变化为一个完整的长时空下圆形人物形象的精神史、心灵史。在整个乡土中国进入21世纪的背景下，《年日如草》将人物的转型、社会的转型、空间的变迁结合在一起，达到了一个非常好的审美效果。从语言上来说，它秉承了刘玉栋一贯的风格，洗练、宁静、幽默、诗意。这部小说从百年中国文学史的角度来看农民与城市的关系，农民如何融入城市、进入城市是一个现代化、城市化的中心问题。刘玉栋的《年日如草》塑造了一个适应现代城市生活的二代农民形象，而以往文学史中的农民形象都在追寻、探寻，消极应对城市生活。在《年日如草》里面，我看到一个带有某种狡黠而不失善良本性的、以法律取代人情意识的农民形象，这是以往文学史所没有的，因此具有突破性意义。

房　伟：刚才张老师谈的这几点，我非常赞同。就小说给我的审美阅读感受而言，主人公曹大屯带有城市青年所缺乏的质朴、韧性。小说中的曹大屯是一个充满好奇心的善良的人，他在城市中虽遭受了很多挫折，但他看起来一点也不猥琐，一点也不失败，相反给我们的感觉是一个成长的少年，在不断去寻找事情真相，寻找人生意义。我想起了德国著名作家黑塞的成长小说《彼得·卡门青》。玉栋的这部小说，同样触碰到了我们内心最为柔软的一面。

我觉得这部小说的动人之处还在于，这个人物有着心灵探索的力量，他总是在追求。他心甘情愿地去娶师傅的女儿，只为了心灵的救赎。他为这个女孩付出了情感，结果却一无所获。然而，这些失败并不是人性本身的失败，相反，这些失败反而印证了现代化历史的无情和非人道的一面。很多类似题材小说的结局都是"人投降了物质"，我觉得这种处理太过简单，把人类本身简单化了，这也反映了当代中国作家心灵的羸弱。我们现代化的转型，其主题和结果就是理想败灭、破灭、幻灭，充满了挫折感、绝望感。而玉栋的这部小说，恰恰在成长小说的领域弥补了这一缺点，这是有很大创新性的。那些真善美的东西，仍然能够找到一个立足价值点。但最后的结尾让曹大屯变油滑了，他已完全适应社会，这让我阅读起来有些难受。当然，玉栋作为作家，他有跟我不同的看法。但从我个人角度而言，我觉得应该把小说原有的劲儿坚持到底。

马　兵：我很欣赏这部小说的题目《年日如草》，据作者说他是读《圣经》时，偶然想到这个题目的。之前，我们如果提炼刘玉栋小说的关键词，毫无疑问应当是"土地"。这一次，他避开了土地，但实际上土地始终是作为一个影子出现的，他是写失去土地的人，所以他才赋予失去土地的人以"草"的形象。刚才房伟兄说的那个结尾也是我曾有的困惑，但是后来与作者交流后，我就释然了，因为作者本人一再强调：他写这部小说是基于自己这二十多年对城市的一个观察，他特别想写出人心的变化来。而作为小说最核心人物的曹大屯，他的变化最能体现出作者赋予城市的那种意义来。是城市改变了人心，还是人心改变了城市？这是一个很辩证的关系。阅读的过程中我总是不由得想到沈从文在《长河》题记中所说的话。沈从文1938年再回湘西，发现已经不再是几年之前他所看到的那个湘西了，他说正直的人心正在消失，这是他觉得非常可怕的东西。为什么那些水手、那些他一再歌咏的人，现在也都是以声色犬马作为自己的人生追求？他写《长河》的目的，是探讨民族品德的消失和重造，首先是一个"消失"，所以他才来探索"重造"。所以我们对比《边城》和《长河》最大的感受，就在于《长河》的结尾里，他已经看到了"变"对"常"的威胁。结尾处写夭夭和老水手看着天边的晚霞，老水手说好看的都不长久，长久的都不好看。刘玉栋也是想从这个"变"来观察城市和人之间的关系，他想通过曹大屯形象的"变",来表达他对于都市溃败的一种感受。《年日如草》是指在城市里失掉土地的这些农民,就像草一样,风一吹来就倒,而奶奶坚守土地,是一棵树。另一方面,我觉得《年日如草》同时也是对人在都市里边无法把握自己的命运、无法坚守自己的个性,这样一种很冲突的人生感受的书写。

赵月斌:我们以前说70后作家,他们与现实的联系非常弱。我觉得玉栋的作品,可以说是填补了70后作家的空白。他基本上写出了70后这一代人在这三十年间个人的生活史。他通过一个人的个人经历折射出整个社会三四十年的社会伦理、社会文化,包括人的心灵甚至人性的那种变化,尤其是他表现出了人的内在心理和深层次的变化。五四时期,很多经典作家,他们说这个时代是"几千年未有之变局"。我觉得我们现在这个时代,尤其是改革开放以来,更可以称得上是"几千年未有之变局"。我们现在所遇到的问题,不是通过战争,不是通过那种外在的努力可以改变的,而是发生在人的内心的。玉栋从细度上、情感上、伦理道德上,抓住了人最本真、最本质的个人体验,写出了这种变化。就像曹大屯一开始把他的初恋储小青当成一种梦想和女神来供奉着,但是最后发现这个女神是一个恶毒的人,要把丈夫的情人给谋杀掉,这就是一件很可怕的事情。我觉得曹大屯不断地和外界的环境与周围的人,包括他爱的人、他不爱的人,进行融合和妥协。当然有一定的争斗,但是争斗很少,他不断地去妥协,不断地把底线放低来追逐自己的个人幸福。

很多中国作家在写现实社会的作品时,往往写一些人和事呈现下滑的状态,写人性、人格的不断下滑,直至降低到最低点。我觉得经典的大师级的作品中肯定要塑造一种人格,是颠扑不破的、没有指责的,当然不是说这种人格没有污点,但是至少有让我们可取的,或者坚守的一些地方。我觉得我们当代作家面临着道德信念和伦理信念的失守,往往写着写着就跟他所写的人物"陷"进去了,从诗化到非诗,从原先有梦想积极向上的状态到非梦的、堕落的状态里。我觉得玉栋的这部小说,恰恰给了我们一种警示。我对于玉栋的小说期待是非常高的,如果说有一百分期待值的话,我要打八十分以上。总的来说,玉栋的这部小说在题材上、在关注的空间上，达到了非常高的追求。

二、曹大屯人物形象的独创性探讨

房　伟：我赞同月斌兄的说法，这样一个人物如果只是往下走，在内在逻辑上，是否符合整个小说的发展脉络？但我觉得也要尊重作家的想法，作家有他自己的考虑。如果能让小说延续精神的高度和硬度，或者说韧性，对曹大屯这样一个人物是否更真实？更有光彩？我看还需要继续思考。即便如此，该小说的人物形象，对 70 后的创作，对成长小说，对城乡对立的主题，都有很大的意义。

马　兵：确确实实有很多写"变"的小说，尤其是 70 后作家善于写都市、写欲望，但是这部小说恰恰不是这样的。曹大屯从来没有去征服城市的欲望，而是被这个城市慢慢地规训出来。我当时想写一篇文章，叫《城市的规训与惩罚》。他在城市里头碰得头破血流之后，迫不得已采取一种犬儒主义的方式、更苟且的方式、更投机的方式去生活，他并不去征服它。这是刘玉栋写"变"和一般作家写"变"不一样的地方，他不是觊觎城市。小说到结尾没停留在曹大屯变坏，而是那首《化肥厂》的长诗，这里边就寄予了月斌说的警示作用。一定要保持一个人个性的纯粹和精神洞穿性的力量，才是有力的作品吗？我对此存疑。比如老舍的《骆驼祥子》，它的经典意义就在于祥子是一个想保持自己纯粹性而不得的人，曹大屯也是如此。新加坡的王润华先生有一个很著名的理论就是，祥子是被环境所迫不得不堕落，就是我不想堕落，我想保持理性，但是树欲静而风不止，他堕落了。在王润华看来，老舍小说的乡土性掩盖了老舍具有世界性眼光的一面。祥子想保持自己的纯粹性，可最后却成为"个人主义的末路鬼"，不是说他内心不坚守，而是说在这种时代之下，他无法保存自己完好无损的状态。我觉得曹大屯和祥子有相像的地方。

张丽军：黑暗的力量不仅来自外部，也来自人的内心。

盖永爽：在小说最后，袁婷婷对曹大屯说："你个狗日的，终于开窍了。"曹大屯说："我混得不好嘛。"他为什么混得不好？他对储小青的欺骗也好，他个人的情感变化也好，都是一个自然而然的过程。他遇到了一些很现实、很沉重的问题，他要买房子，他要生活，他不得不去这样做。但是小说也写到，曹大屯不好意思地笑了，他内心依然有一些细微的悸动和挣扎。

张丽军：刚才月斌和房伟提到的想法，我稍微有一些差异。我认为小说中曹大屯本质上没有变化，变化的只是适应城市的技巧。月斌兄提到的一些经典作品，当然要看到人格的力量、精神的力量，这是毫无疑问的。但是如何看待小说中人物发生的变化？如何看待那些淳朴的、挚诚的东西在城市生活中流失、变迁呢？这种堕落是否具有合理性，是否符合人物性格逻辑的发展？曹大屯性格中的淳朴、挚诚流失了，他学会以一种适应城市的方式灵活地处理问题。这样一来，小说所呈现的已经不仅仅是善和恶、好和坏，而转换为人对法律、对城市游戏规则的认知、认同与遵循。事实上，对于乡土文明而言，城市是不讲人情的地方，城市讲的是法律和规范。玉栋的小说写到了曹大屯拿储小青的钱不还的心理挣扎：如果"我"拿了储小青的钱，把她丈夫的情人给处理掉的话，"我"就触犯了城市的法律，储小青也触犯了城市的法律。"我"选择拿钱不办事，既是保护"我"，也是保护储小青。显然，刘玉栋对人物形象的塑造突破了以往，曹大屯形象变化不仅仅是善和恶的转换问题，而是呈现了一个农民如何适应城市，在不违背内心的情况下，坚守自我的善良本心；在不违背城市法律的情况下，以一种城市人的方式来处理人情。从这意义上，曹大屯真正适应了城市，进入了城市人的生存游戏方式，而从前他是一个懦弱无能的人，一个被动生活的人，到最后他真正的城市生活开始了。

曹大屯的灵活和狡猾的一面，恰恰是以往文学所没有的。比如《骆驼祥子》中的祥子用善的方式一生没有找到属于自己的城市生活；苏童的《米》中的五龙是以恶的方式，以恶抗恶，来进入城市生活；贾平凹的《高兴》中的刘高兴一直在寻找，自觉认同城市，可是城市不认同他。曹大屯已经进入了城市生活，发现了与城市打交道的方式，变得"狡猾"了，在不违背法律的情况下获取自己的利益,而且他也知道那钱是不明不白的。他进入了城市中间的灰色地带,这恰恰是一个边缘人在城市生活的宽阔空间,他找到了,小说的意义就在这儿。

三、《年日如草》的语言、结构与叙事空间

宋　嵩:我对这部小说的背景感到很亲切,小说中曹大屯来济南之后,他住到了东仓那里。因为我父亲是地理老师,他经常带着他的学生去那里参加地质科普活动。刘玉栋想把济南写出来,《年日如草》充斥着地名,屡屡提到"泉城路""小王府街",也提到了济南的"7·18大水""爆炸案""全运会",好像把济南近几年来出名的事都提到了。曹大屯作为一个外地人,首先感受到的是济南的泉水泡茶很好喝,但是济南清澈的泉水没有把他的心灵洗涤干净,反而让他堕落了。

这部小说分了上下部,上部第一章叫《城市人》,下部第一章叫《城市生活》。我觉得他这个分法很有意思。这两部的区分就是从袁婷婷同意嫁给他、勉强地接受他作为分界线。作为一个七十年代末的大学生,我父亲说,在当时一个从农村来的孩子,怎样才算真正被城市接受呢?不是在城里找一份好的工作,而是找一个城里的媳妇。小说一开始,就有人不断给曹大屯介绍媳妇,介绍的都是农村的媳妇,他不要,他所暗恋的是住在县委家属院的储小青。他到了济南以后,又爱上了土生土长的城市姑娘袁婷婷。跟储小青的爱情没有成功,跟袁婷婷的婚姻也只能以一种假婚姻的形式来实现,我觉得这个细节很有寓意,就是说,他这个城市人的梦想始终不能落实。到最后,他仍然找了一个乡下姑娘当老婆,就是王小改。

下部是讲城市生活,城市生活最重要的是买房子。曹大屯也曾和他的弟弟曹大洋感慨过,说自己四十多岁了,还没有一套自己的房子,是一个漂泊者。在小说的最后,曹大屯终于买上了一套房子,但这套房子存在很

多隐藏问题：第一，它是小产权房，说不定哪天就会被拆掉没收；第二，买房子的钱是用一种类似诈骗的形式得来的，储小青倘若跟他翻脸，那么这个房子也不可能变成他自己的；第三，曹大屯这么多年居住的地方大多是城乡接合部，他最后买的房子还是在小清河附近，是现在济南比较落后的地区。所以，无论是曹大屯要当城市人的梦想，还是他城市生活的实现，都是非常勉强的。刘玉栋是不是想借这两个细节，来说明曹大屯的城市梦永远不能实现呢？

还有一点就是关于主人公尿床的隐喻。尿床一直和他的心理是有关的。一开始尿床是在农村，后来他刚到济南也尿床。但当他渐渐适应了济南的生活以后，他不尿床了。小说最后，他四十多岁了，突然又尿床了，这也说明他并没有真正成为一个城市人，并没有真正融入城市生活。刘玉栋的中短篇小说的语言很凝重，但是整个长篇小说却显得轻飘飘的。我觉得《年日如草》如果用第一人称来写的话，也许要比现在好很多。

赵月斌：他的小说实际上也就是第一人称，特别采用曹大屯这样一个很有局限性的视角，而其他的人物都没有展开。如果长篇小说用第三人称的话，好多人物都应该展开。

马　兵：我很同意宋嵩刚才说的，有一些角色的意义显得过于模糊。曹大洋、瘦子和猴子等这样的人物，出现在小说中只承担一个角色意义，就好像ABCD的选项一样，这种人物是缺乏生命力的人物。还有刚才你说的没有把济南的生活质感呈现出来，我也有类似的感受。

张丽军：宋嵩所提到的一些外在物的东西，是非常有启发性的。曹大屯一直在寻找进入城市的方式和途径，比如刚才提到了瘦子和猴子，这是他进入城市最初认识的两个人，从他们身上，曹大屯发现原来可以这么生活，可以这么喝酒，可以这么花钱。这是他进入城市、观察城市的一个窗口。

吴文峰：真正的小说是人生体验写作，我觉得这是玉栋小说的一个特点。最早的时候，他写《少年情窦，满纸乡思》，写土地、写马，都是写少年的事，包括《我们分到了土地》《给马兰姑姑押车》都是中短篇小说。这部小说前半部分好像是刘玉栋的亲身经历，刘玉栋说他一直想写他的成长经历，当时苦于不知道怎么去写，但是看到"年日如草"这句话的时候，一下子打开了思路。这部小说反映了济南人的一些生活,刘玉栋想把小说主人公和城市一块成长的经历写出来,想为城市保存一些记忆,还想把主人公融入进去。他的这种经验写作来源于生活,高于生活。

刘玉栋写的全是和中国农村、城市,特别是和土地有关的比较大的事件,但又是用这种独特的视角去写的。他的作品以小人物的视角写了当代中国改革发展历程中的一些大事。这个小说的意义在于它有意无意地用文学的形式,把这段历史给表现了出来。

李浴洋:刚才吴老师说这部作品浓缩了济南社会变革的具体历史,我觉得这是对一个历史之外的文学空间的重视,我们如何从济南文学成长为文学济南?它并不是一种单纯的营造,而是在这个过程当中,批评所起的建构作用能够发挥我们异于这个城市的视阈,异于普通读者,也异于作者提出的问题的一种独特角度。

苏　岩:我感觉刘玉栋是以一个观察者的身份在写济南。比如我们现代文学很多作家写城与人的关系,像老舍写北京,他是一个土生土长的北京人,在作品中出现的北京方言很地道、很圆润。我觉得《年日如草》中出现的济南的地名、方言,跟济南有距离感。作者的态度很复杂,不是一种单纯地认同济南。

宋　嵩:就是说把里面的地名换成别的地方的地名,然后把方言换成其他地方的方言,就看不出是描写济南了。

苏　岩:对。就是说看不出济南性在哪里。

房　伟:济南的方言还不一致,东边和西边的方言就不一样。

吴文峰:他试图将济南方言融入小说,营造出济南的氛围。它里面出现的一些济南的土语方言、地名、街名,我觉得有一定的趣味性,他是想写济南的小说。

张丽军:我对小说情节内在线索的设置不大满意。每一次要发生重大变化的时候,他总是提供一个预示,要么一个和尚说你要发个小财,要么做梦发大水。一部小说应该有一个内在的动力源,推它向前发展,而不是仅仅依靠设置一个外力来推动它发展,这是我不满意的一个地方。我们看悲剧,个人的局限、缺点的暴露构成了一种悲剧的发生。小说的塑造方式,值得玉栋进一步思考。《年日如草》的个别部分不是靠内在的主动性和自身的发展取得情节的推动力，这是一个很大的局限。

这里涉及一个问题，就是一个70后的作家如何编织长篇小说？一个中短篇小说的写作是非常容易的，一个短篇小说就写一个横断面，一个横断面肯定很精彩，作家只要把它最精彩的一面写出来就是了。可是一部长篇小说是一座大高山呀，你要理清故事和故事、人物和人物之间的内在线索。所以我觉得这也是70后作家所面临的一个问题，如何像贾平凹、莫言、苏童那样，成为一名很成熟的作家。小说内部结构的营造方面，还需要有条理，有一定的路数。

四、《年日如草》的价值与期待

赵月斌：张炜的《芳心似火》、李锐的《太平风物》，还有韩少功的《山南水北》，这些作品中都包含了对于现代文明的思索，对现代文明反驳性的思索。我觉得玉栋的作品，给了我们一点提示，就是我们在面临现实社会的时候，要思考怎么样才能成为一个真正意义上的现代人。

房　伟：我们可以把曹大屯看作是另类的都市心灵成长者。他很朴素、很真实，但他与祥子不同。祥子有很多农民式的狭隘，比如他想关起门来过小日子，什么都不管，我觉得这也不能叫作善。但对于曹大屯，他更多的是对于爱情、理想和生活的一种探索的力量。他跟姜大伟的通信，包括他和他弟弟的通信，以互文的方式来探讨人生，令人熟悉，又感到陌生，但总有一种莫名的感动。我觉得这是这部小说与其他作品的不同之处。我们写"进城"的小说，谈到太多生存的问题了，而生存却仅局限于物质生存。在《米》中，即使拥有了物质财富，五龙依然不是一个真正的现代人，他是一个畸形的变种，他的心灵的价值力量依然在乡村。所以，在小说最后五龙把钱都换成了米，用火车运回家乡，而他也死在了清香的稻米之上。

城市没有给他提供心灵的支撑，城市只不过用物质来挤压他、刺激他、摧残他。那么城市中美好的一面呢？城市中规则和文明的力量，他没有感受到。我觉得我们的小说家，物质的东西写得太多，而对现代人城市精神的层面，特别是好的一面，叙述得不足。

我们的小说能不能在都市成长中给人物精神的强度和硬度？我们看到，几乎所有的小说写到最后都是这样：要么就是被动地适应，妥协了；要么就是主动适应，像五龙这样疯狂的占有。有没有能坚守住心灵的人呢？我前不久读张炜的《你在高原》，就被深深地感动了。他也在写现代化进程，然而却是精神的出走，拒绝，再出走。他有一个价值取向。我们不能老是写文学适应社会，有没有一个不同的人物呢？

赵月斌：这是中国文学的通病，很多作品写到最后都落到了俗处。

房　伟：这也是一个寓言，整个中国就是一个被动现代化的过程。

张丽军：《平凡的世界》中那种精神性的追求，包括孙少平回到矿井，回归大地，是非常打动人心的，这是经典！从这个意义上说，玉栋还是需要进一步的努力。但是我们依然要看到，小说中的曹大屯和孙少平是不一样的，孙少平是一个乡下知识分子，他进入城市主动地去探寻知识，用知识来探寻理想、寻找爱情。而我们让曹大屯去寻找理想是很艰难的，因为他是一个被动地去适应城市生活的人。刘玉栋就是写了一个很懦弱的平平常常的凡人，比如说，曹大屯刚开始就想有一个城市户口，扎根城市，这是一个乡村人的梦想。尽管他实现了，但是付出了一系列的代价。其实整个小说都是他心灵成长的蜕变史。他对于储小青四万块钱的获得，不仅仅是以一种无赖的方式，而且是以一种保护自己和保护别人的方式。假如有一天储小青跟他要钱的话，我想他会跟她说明为什么没给她办事。毁别人的容，不仅自己违反法律，而且也对她造成一种伤害。

《年日如草》所呈现的那个乡土气质的青年在城市中成长的困惑和心灵所遇到的问题，是九十年代以来大多数中国人所遇到的精神问题的纠结所在。以往我们看农民与城市关系的处理，农民的心灵一直没有深入城市。人怎样从乡土文明到城市文明？采取哪种转换方式？如何转换？我觉得在玉栋的小说中都体现了。

房　　伟：我认同张老师的理解。实际上按照曹大屯人物逻辑的发展来看，应该是这样子的。玉栋小说最后的结局也许就是你所理解的那样，但是他表达得不是非常清楚。

马　　兵：我是这样理解结局的：像曹大屯这样的在前半部拥有那么大的精神力量的人，都被城市规训和弱化了，何况一般的人呢？

房　　伟：我不赞成这个，我赞成张丽军老师的说法。

张丽军：这和他的逻辑发展是一致的，他没有变坏，他一直在坚持内心的东西。在这种情况下，他暂时用这笔钱，不给她办事，同时也是给储小青一点机会和方向。

房　　伟：我觉得结尾应该多写一点。

张丽军：我赞成月斌和房伟兄说的一个人精神的力量。但是，我觉得对曹大屯来说有点不大公平，因为他就是一个被动者。孙少平是一个知识者、探寻者，这是那种品格的探寻向度呈现出来的。小说里边，曹大屯问自己为什么这么做，这么做合理吗？那种自我辩解思索的方式，是在寻找适应城市生活的一种新的方式。

宋　　嵩：我补充一点，小说前半部说曹大屯还是有精神追求的，但是后半部就没有了。我觉得从小说上下部的时间分界来看，也可以解释。上部结尾是写到1993年，这完全可以联想到1993年新一轮的改革浪潮和市场化的趋势。

房　　伟：我觉得在弱者身上也可以找到这种精神的强度。探寻的价值其实有不同的形态，不一定都要像孙少平这样，但是你最终还是要呈现价值追求的姿态，这使小说有更坚实的基础。该小说的附录，给我们展现的就是一种慢的精神，一种心灵的东西，恰恰是这个附录展示了他对城市的理解。我觉得这个化肥厂就成为他的一个城市梦的代表，他的城市梦不是灯红酒绿，而是在城市中感受到温暖、文明的生活方式。

宋　　嵩：曹大屯变成小说结尾那样，我觉得不大协调。

房　　伟：他的意蕴能够表达出来，从情节处理上是可以的。

赵月斌：刚才丽军说的缺点，我也有同感。实际上这部小说就面临一个"从"与"不从"的问题，曹大屯、袁婷婷、储小青都面临这样一个问题。面对着强大的社会压力、社会变革,你是不是要做出改变?但是这部小说的张力往往就是"不从"。玉栋的小说之所以没有出现那种强烈得让人心灵震撼的地方,就是每到关键的地方,基本上都让主人公"从"了,而且"从"得很仓促。但是我们看那些比较刺激的小说,那些吸引人的电视剧,它一定要在非常激烈的矛盾当中产生一定的张力,它一定能够改变人物命运的走向。但是玉栋的小说基本上没有一个一百八十度大转弯的让人难以接受的变化。比如曹大屯的准老婆和他的关系,没有出现非常激烈的斗争。他老婆的前男友出来之后,也没发生剧烈的冲突。这与我们阅读期待是有一定距离的,好像都很平淡。

房　伟：他的人物心理怎么会没有冲突呢?

马　兵：中短篇小说有一个好处,它不需要过多地展开思想的含量和情节的力量,完全可以通过非常诗意化的东西带过去,但是到了长篇就不行了。就像刚才张老师说,它需要很长的构架,在这个很长的构架之中,怎么来驾驭?你是以一种什么样的状态来介入?如果说你是按照现实主义的笔法来介入的话,你就得有突破;你要是完全纯心灵的写法,那么你就要用另一套笔法了。人物可能在外在是持续的失败,但是心灵的力量却让我们看到了另外一种力量。包括我们看茨威格的小说《一个陌生女人的来信》,我觉得很多东西都是心灵的力量,但是它还不是一个心灵的展示手法。

张丽军：我赞成月斌兄说的"从"和"不从"。房伟为什么对结尾不满意?因为它的冲突太小了。他开窍了就行了吗?是不是太简单了?小说中有几段对话,写我怎么挣扎,这是玉栋说的话,不是人物的话,人物隐藏的东西没有呈现出来。所以我觉得一座高山里边,必须有几个大起大落的情节。那种细节的动人,缺少了一些。

赵月斌：小说和很多新闻事件能够对应起来,这是我们比较亲切的。但是反过来看,这又是一种局限,因为他超越不了历史事实对作家的约束力。还有他的小说情节基本上都需要外力,他师傅死了,还有他的母亲被洪水淹死,这些事件都是由外力来改变的。如果我们看到了曹大屯内心的丰富,我们很难评价他是一个好人还是一个坏人,如果写到那个程度,我觉得就写成功了。曹大屯是代表了大多数作家的理念,原先有一点理想,后来就变俗了。作为小说人物，一看他所经历的事件和环节，我们感觉很熟悉，缺乏那种陌生感。

张丽军：我感觉小说的第二个局限就是，小说的上半部分写得很动人，语言也很从容，但是下半部分，尤其是写到九十年代大洪水这部分，写得非常急促，太急。比如刚才我们提到，为什么要写大爆炸？没有任何的必要性，它不仅是一种敏感的问题，它与小说也没有关系，而且削弱了小说艺术虚构的力量。这就涉及一个作家如何理解文学了。文学，不是一种档案，也不是一种记录。文学是一部心灵史、情感史。

吴文峰：它可以记录几个大事，有档案的作用，但小说不是档案。

张丽军：对于玉栋来说，擅长的东西要保持，要发展，要融会起来，这是很重要的。

吴文峰：我以前和他讨论过，我说你这个少年写作，你有这个经历，你可以往这方面来发展，在当代文坛上独树一帜。他不赞同这个观点，他要突破。当然突破最好，但是你要擅长，就像你炸油条炸得非常好，你非要去包包子，可能再突破就很难了。

张丽军：我觉得《年日如草》这部作品再过十年八年，肯定还有许多读者。因为21世纪以来，在乡土中国向现代转型的大背景下，一个农民如何融入城市，这是一个非常重要的主题，这是能与很多人发生精神共鸣的。在这一点上，他把握住了。总体上，我觉得玉栋兄对于人物整体的把握还是非常不错的，人物前前后后的变化、性格、心理与城市的融合，写得还是很到位的。至于如何呈现它，细节上如何展现它，那是另一个事情。但是，怎样用更多的细节、更适合的叙述节奏来呈现它、描绘它，这也是一个作家需要深思的问题。一个写得非常成熟的中短篇小说作家，向长篇小说进行转换，是需要做出很多磨炼来提升的，这是一个过程。

吴文峰：这是他一个标准的长篇，算是一个长篇处女作吧。

房　伟：这部小说不管从成长小说的角度，还是从70后作家的角度，都是很不错的。因为现在来看，很多70后的作家没有很成熟的长篇，都是中短篇，所以这是玉栋做出的突破，非常不容易。

张丽军：我们是从一个很高的要求来对待刘玉栋的文学创作的，比如从哲理性、人物形象内在的精神性来谈的，这都是玉栋要思考的问题，也是中国作家所面临的问题。在创作一部部成功的，乃至是经典的中短篇小说之后，如何打造一部长篇小说，这对于每一位正在成长、崛起中的70后作家而言，都是一个极富有挑战性的问题。显然，对于有着良好语言天赋、文学感觉和睿智理性的70后实力派作家刘玉栋来说，《年日如草》是一个很重要的突破，也是他在文学创作路中的一个具有里程碑意义的长篇处女作。对于刘玉栋和他的今后小说，我有足够的理由和信心，期许和等待更加圆润、磅礴、厚重的长篇大作。

寻找精神父亲与社会主义新道路

——柳青《创业史》研讨

张丽军 林菲 王聪等

内容提要：近些年来，《创业史》呈现出新的研究热潮，这是非常值得我们思考和注意的文学史现象。梁生宝一直在寻找精神上的父亲，在党这里，他找到了人生的归宿和价值。梁生宝的创业史是穷人群体的创业史，创立的是社会主义集体富裕的大业。《创业史》与21世纪中国现实、中国文学依然有着不可分割的精神联系。《创业史》具有生活感、生命感和鲜明的政治叙事意味，其所呈现的对社会主义新道路的探索具有很强的理想性和务实性，对当下中国现实和文学具有很大的启发性。

关键词：柳青；《创业史》；梁生宝精神父亲；社会主义道路

主持人：张丽军 山东师范大学文学院教授

参与人：乔宏智、计昀等 山东师范大学中国现当代文学专业硕士生

　　　　　林菲、王聪等 山东师范大学汉语言文学专业本科生

时　间：2014年12月29日

地　点：山东师范大学长清湖校区C411教室

一、关于《创业史》的审美阅读体验

张丽军：各位同学好！我们今天来一起研讨中国当代文学史名著《创业史》，尽管这部作品离现在已经五六十年了，但是近些年来，关于《创业史》的研究文章不但没有减少，而且呈现出一个新的研究热潮，这是非常值得我们思考和注意的文学现象。这也说明《创业史》与21世纪中国现实、中国文学依然有着不可分割的精神联系。为抛砖引玉，我先来谈一下对《创业史》的审美阅读感受。今天读《创业史》，我感觉这是一部具有生活感、生命感和鲜明的政治叙事意味的文学作品，其所呈现的对社会主义新道路的探索具有很强的理想性和务实性，对当下中国现实和文学具有很大的启发性。

宋文娟：我从三个方面来谈谈《创业史》的阅读感受：第一，作品是一部农民社会主义革命史诗，作品中的主要人物梁三老汉经历了从加入互助组到农村合作社，思想也从中发生了变化；第二，作品的基调符合社会主义的风貌，气势雄浑开阔；第三，对于主要人物梁生宝的形象塑造过于理想化，社会政治色彩比较浓厚，缺乏文学性和感情色彩。比如文中梁生宝听到村民谈论生活琐事时，会认为他们很世俗，而当听到他们谈论灯塔社的进程时会很开心。总之，《创业史》这部作品从那个时代跨越到现在，应该给一个很高的评价，但是放在现在这个创作环境，应该很难再出现这样的作品了。

林　菲：我对《创业史》的阅读感受主要有三点：第一是沉重感，历史的沉重感、人物命运的沉重感，虽然我们没有亲身经历过那段历史，但通过学习我们可以间接地了解到，那个时代错误的政策在蔓延，正确的受阻挠不被理解，而我们只能旁观，为此感到沉重；第二是敬畏感，对书中每个人都很敬畏，不会因为他们有狭隘的想法或缺点而减少对他们的敬畏，他们都是环境和历史的产物,比如梁三老汉虽然思想保守,但做农活的劲头,对土地和粮食的热爱是真实而热烈的,是真正的农民;第三是生命感,社会总会在矛盾中进步,没有矛盾不会有进步,不论是人还是事,都得经历过一些事情才会成长,生命力是无限的,人也会不断进步成长。

王 倩:《创业史》给我的整体感觉是特别朴实,方言的运用很贴近人民大众的生活。同时我也发现一个问题,柳青作为一个二十多岁入党的作家,他对党有着由衷的崇敬和绝对的忠诚,因此他的作品有明显的政治倾向。

我主要结合作品中的两个爱情故事来谈作品中的政治倾向。一是梁秀兰与杨明山的爱情,他们的爱情是时代的模范,有着抗美援朝的时代情结。梁秀兰是一个非常典型的女性形象,她勤劳、思想纯正,具有很高的自我牺牲精神,当杨明山在抗美援朝中受伤致使面部毁容时,秀兰没有退婚,却认为杨明山更美了,跟他在一起是一种荣耀。并且,秀兰在得知公婆病危想见她时,她摆脱未过门的道德束缚毅然搬进婆家照顾公婆。这种做法有违当时的道德伦理,但是作者却大肆夸赞,政治倾向就很明显了,因为当时杨明山是战场的英雄,符合时代所宣扬的英雄形象,试想若把杨明山换成是富农,可能秀兰的态度就不一样了。总体来看,人物倾向平面化和类型化,男女之间很少有纯粹的爱恋,更多的是政治因素。二是梁生宝和徐改霞的爱情,他们两个因为不同道路的选择导致了爱情悲剧。与梁秀兰和杨明山的爱情有所不同,他们之间带有两情相悦的成分。改霞是一个美丽善良又多情的女性,而生宝大胆、有信心,政治觉悟也很高。两人很般配,但是没能在一起,终究是因为两人发展道路的不同:改霞选择进城当工人,而生宝坚持走农村合作化道路,两人处于革命工作和爱情的矛盾中,生宝克制住爱情而选择了革命工作,后来与同自己志同道合的刘淑良成了革命伴侣。

通过这两个爱情故事,可以明显看出柳青创作时的政治倾向。他把个人的爱情和创业的大主题结合起来,让个体生命和宏观叙事相呼应,爱情价值由政治价值决定,个人生命让步于政治。不可否认作者在这部作品中塑造了很多光辉的形象,但过于光辉也使作品本身的艺术价值有所损失。

我认为人如果只能是阶级的符号，爱情由政治来决定，个人的生命体验只能让位于政治的话，是非常可悲的，但同时我们也应该认识到，当时的政治环境是十分狂热的，如果要超越当时的局限，冷静地来对待革命是很难的，这本书虽有局限但也能理解。

李　进： 就文本中的几个细节谈一下个人感受：第一，作品政治色彩浓厚，这是写发生在乡村的故事，到处可以感受到农民对党的发自内心的拥护。第二，农民阶级具有局限性，有一个细节是两个党员在组织贷款时，二十多个贫农完全依赖两个党员谋日子，很好地反映出这个问题。第三，梁三老汉对于土地的热爱让我印象深刻，土改分到土地后，他再三向儿子确认"这块土地真的是分到我们家，成为我们的了吗，不会再收回去吗"，虽然是一个很小的细节但仍感受到他对土地的爱。我们平时可能感受不到这片土地有多么重要，但当某个时刻触动你内心的时候，你会发现对生活的这片土地的爱是很深沉的。第四，梁生宝对待工作和感情的态度与《平凡的世界》中孙少安相似，他们都对感情缺乏勇气，对事业有着积极向上、勤劳淳朴的态度，虽然他们的感情有遗憾，但是他们对事业的态度让人敬佩。

二、《创业史》人物形象分析

张红双：《创业史》这本书里，我最喜欢的人物形象是梁三老汉，其实对于很多读者来说，梁三老汉是一个有着许多缺点的顽固农民的形象。我们可以看到，在一开始梁三老汉是不支持梁生宝走互助合作化道路的，不仅言辞上不满意，讥讽梁生宝是梁伟人，梁大代表，而且之后还在行动上表示了对梁生宝的不支持。所以说他是非常顽固且保守愚昧的，身上也有着许多农民特有的缺点。可是在我看来，这正是作者塑造梁三老汉的成功之处，作者完全遵守了创作的真实性原则，他展现给我们的梁三老汉是完全真实的，是符合当时农民现状的。当时农民的保守思想和自私现象的确是很严重的，在这里，柳青没有替梁三老汉掩盖。书里描写了梁三老汉这个旧社会的老贫农，经历了三起三落的创立家业的辛酸史，写他一辈子的愿望就是希望能像富裕中农郭世富一样买下几亩地，做一个"三合头瓦房院的长者"。他其实只是想有一份自己简单的家业，却从来没有想过为了自己的家业而去剥削贫雇农，所以大多数的农民都像梁三老汉一样，虽然保守愚昧，但都是简单善良的。他在经历了很多事情之后逐渐变得拥护土改，支持梁生宝的工作。我们可以看到他是徘徊地、艰难地走向了社会主义道路。他一直是矛盾的，而正是这个矛盾才显得这个形象更加真实。

从这个角度来说，我觉得梁生宝就不符合真实性的原则，作者在这里把很多优秀品质慷慨地赋予了梁生宝，他朴实善良、勤劳能干，还有一种为社会主义牺牲、不计个人私利的崇高品格。在这里我觉得作者是有意地把这个形象崇高化、纯洁化，以至于我们几乎看不到梁生宝的缺点。对于梁生宝和徐改霞的爱情悲剧，这是我一直非常遗憾的地方。这个悲剧主要是梁生宝造成的，他不主动与改霞沟通，只是单方面地以为改霞是要追求城里的富裕生活，不喜欢在农村，以至于最后对徐改霞生出了很多的误解。我觉得徐改霞没有狭隘的心理，她应该是一个像梁生宝一样愿意投身于社会主义建设的有志青年，改霞给过生宝多次挽回这段感情的机会，可是梁生宝都没有珍惜。不过我觉得也只有这样一个不拘泥于儿女感情的梁生宝，才能更好地做好他的政治工作，所以作家这样安排也是有深意的。

杜　鹃：我主要想谈一下梁生宝与徐改霞的爱情悲剧，造成这悲剧的主要原因是二人缺乏沟通，交流太少，责任主要在于梁生宝，他一心扑在互助组上，认为工作第一，恋爱麻烦，加之性格的自卑因素，过于被动，对徐改霞进工厂有狭隘的误会。梁生宝身上体现了农民的阶层观，即农民阶层思想上的桎梏。徐改霞受郭振山左右也有一定的责任，她太单纯，轻信郭振山。

何双梅：我想谈谈郭振山这个人物形象，一般都将郭振山放在与梁生宝相对垒的位置上，说他是社会主义道路的绊脚石，是共产党员中的落后分子，但我认为郭振山不应该被责备。梁生宝是柳青塑造的终生保持心灵纯洁的模子，但现实中这样的人实在少，大多数人是郭振山这样的，其人生观无可厚非，他在小农经济下求发展是最朴素的农民精神，没有什么可批评的。另外，《创业史》的主题是创立家业，郭振山虽然个人主义动机比较明显，但这个动机完全符合创立家业的精神。梁生宝完全坚持走共同富裕的社会主义道路，但后期社会主义的建设提出先富带后富，正是因为共同富裕暂时行不通才改为先富带后富，郭振山的做法符合这一点，所以我认为他不应被批评。

张丽军：是不是柳青对郭振山的要求太高了？如果他是一个普通的农民可能没人批评他，但他作为一个领头人就不应该这样。

王金钰：我很佩服梁生宝。他是众多人中的一小部分，非常珍贵。现在农民对土地的热爱已不再深沉，也不再存有依附感。之前的农民种地为自己而活，与国家层面相距甚远，如梁三老汉、郭振山等，而现在农民越来越少，土地已经不是农民唯一的生存方式，像梁生宝这样的人越来越少，社会主义道路该走向何处？如果有一天土地的技能无人传承该怎么办？而现在农民仍处于社会的最底层，他们该何去何从？

林　菲：我不同意刚才王金钰同学的一个观点，说农民生活在社会的最底层。随着现代社会的发展和时代的变迁，我认为现在生活在最底层的是交着房贷或房租的在城市的上班族，生活看似体面，但收入与城市的高消费矛盾尖锐。相反，在农村，务农已经不是唯一的生存道路，现代农民可以通过多种渠道发家致富，加之低消费的生活，幸福感与从前大不相同。

王　聪：我从自己祖父母的亲身经历感觉到，那个年代的"梁生宝"其实是真实存在的。这种真实性体现了这部作品的伟大，我们应珍惜他们的奋斗成果并为之努力。

李　想：首先，对于前面两位同学讨论的关于农民苦不苦的问题，我认为不能一概而论，农村里有大院子也有小破屋，应该全面地看待。其次，我认为《创业史》作为"十七年文学"时期的巨著，有非常重要的意义，柳青也是"为文学卖命的人"，令人尊敬，它凝聚了柳青从高干到农村十几年的亲身经验。作品构思广阔，展现了深厚的社会现实，其中包含贫农、富农，而没有将其类型化。但由于历史的局限，作品有一些不足：第一，在文本结构上，前半部分描写细致生动，富有感染力，后半部分略显冗杂，这种现象在现当代的文学作品中比较常见。第二，心理描写不等于写出了内在主体意识，许多描写有作者较多的个人观点注入，对复杂人性的刻画较为简单。第三，虽然《创业史》是一部现实主义的巨作，但仍有浪漫主义的气息，表现为主人公在每次遇到困难时，总有一位党的领导在理解支持他，每次总能化险为夷。我们知道现实生活中并不总是如此，比如在梁生宝的互助组被打倒后，我就相信柳青一定会让梁生宝这个困难得到解决。

计　昀：刚才听到同学们谈到关于梁生宝的形象，认为他太高大，不真实，但是我认为他是真实的。其实柳青在书里对梁生宝做了一个细节处理，写他是一个内敛型的冷静性格，而不是风风火火地搞生产的性格，这是与他的主题相符的。梁生宝的父亲希望自己成为一个富裕中农，作为一个农民，穷了一辈子最后希望的是什么，就是富裕，所以梁生宝希望通过实实在在的生产成果来向大家证明社会主义道路是正确的。富于行动的梁生宝也就决定了他必须成熟，必须内敛。为什么梁生宝没有和地主等进行正面冲突呢？因为写正面冲突太难了，而梁生宝正是一个处于成长中的共产党员，所以他行事只能内敛冷静，虽然说单纯的内敛性格可能会造成其性格的不充分展现，但是从他跟梁三老汉的相处来看，性格的塑造还是比较丰富的。

改霞这个形象塑造得也不是很好，她在结构上的作用太重要了，她连接着郭振山和梁生宝，在形象塑造上有很大的牵制性。如果文本中有一点东西深深吸引你，那就从这一点出发，然后深入地看文本的结构、艺术细节等，就会比原来无逻辑地阅读更深刻。

张丽军：从艺术的角度和历史的角度来谈，这两点很好，但有一点我不认同，我认为梁生宝的性格是火热的，他有一颗火热的心灵，他有对事业、对生活、对同志炽热的情怀，他总是无比热烈地投入生活，当然，他对于爱情是一种抑制，这使他的情感存在很大的问题。

李倩娇：生活不易，作为一个平凡的个体，我们面对生活的风雨，要保持生命的韧性，不埋怨生活和命运。例如《创业史》中的高增福，婚后不久丧妻，与才娃相依为命，既当爹又当妈，尽管生活得非常艰苦，但他从来不埋怨生活，不轻易掉眼泪，扛着这个家，继续走下去。

梁生宝为了他热爱的政治理想，勇于进取，坚韧不拔，无私奉献，他积极地追求自己的理想并取得了一系列成就。他给了我们启发：年轻就是一种资本，要把这个资本化作付诸实践的动力，我们要有一颗火热的心，趁着年轻，去追求我们的理想，一定要坚持到底，这样我们才可以取得辉煌和胜利。

尹国荣：刚才听师姐的发言，说徐改霞这个形象在结构上很重要，我就想到，如果续写《创业史》应该给徐改霞一个什么样的结局？她会不会回来？作品语言太口语化，通常出现第二人称"你"，作者作为一个叙述人经常出现，这是柳青写作的一个特点。

前面何双梅同学说郭振山的做法情有可原，但我认为他很坏，应该被批评。像姚世杰是个富农，富农不坏的话就体现不出阶级的对立，而郭振山作为一个共产党员，表面上起带头作用，当灯塔社威胁到他的威信时，他就鼓动孙水嘴这些人也成立一个互助组。对于别人的困难，他也采取冷眼旁观的态度，虽然他精明干练，但是与党是背道而驰的。

谈一下梁三老汉这一形象，我很喜欢这个形象，像梁生宝的性格从头到尾没变，而梁三老汉形象的鲜活在于他有转变，可以从梁三老汉对梁生宝的称呼中看到梁三老汉的成长变化。作为一个父亲，称儿子为"宝娃"，这个阶段他是顽固的，教育自己的孩子不要逞能；互助组成立初要买稻种，他称儿子为"梁伟人""梁代表"，是一种嘲讽的口吻；在灯塔社建起来之后，他称儿子为"主任"，这时候他已经完成了性格转变，对儿子的关心也时时刻刻表现出来，对整个互助组也很关心。从这三个称呼的变化，作者让他实现了性格的自我否定。

张丽军：这位同学从对问题认识转变的方面对人物性格和形象进行探讨，这种想法很好。

姜绪溪：刚才尹国荣同学说梁三老汉有对儿子的嘲讽，这种说法我不赞同，我认为梁三老汉对儿子是一片关心，传统封建思想根深蒂固，他认为自己的那一套是正确的，对儿子的阻挠可以理解。包括后来梁生宝遇到困难，他很关心儿子，儿子当上了主任也替儿子开心，我们不能用现在的思想全盘否定梁三老汉对儿子的爱。

张丽军：我对你们两个人的观点都表示赞同，梁三老汉对儿子的爱是不用质疑的，只是对儿子做的事情不认同。

三、《创业史》与社会主义新道路探索

韩　璇：第一次读《创业史》觉得很无聊，有浓厚的社会主义气息、政治气息，但后来我认为这本书就很符合当时主流意识形态话语的展现，整本书呈现的主题很明显，就是社会主义、共产主义、农业集体化等。当时觉得《创业史》的主题太单一，后来读《古船》，觉得很难读很复杂，再回过头看《创业史》，就觉得很单纯很好读。《创业史》就像是一个青少年，想写什么就写什么，而《古船》更像是一个中年人，它的思想、意蕴、内涵更深，这就让二十岁的我完全被绕进去了，所以刚才林菲同学说《创业史》有沉重感，我是不赞同的，"沉重"这两个字用在《创业史》这么积极向上、表达光明的文学作品上是不合适的，它给人的是一种轻快感，让人感受到共产党建设社会主义积极向上的正能量。

尹国荣同学说郭振山人太坏，我认为不能单纯地下定义，当改革触及自身的利益时，人们会自觉地抵制，这样来看，郭振山塑造得很真实而不能单纯从"太坏"这个角度来思考，同样评价《创业史》也不能单纯地说它好与坏，正与负，它是一部能让我们思考更多、看到社会真实的作品。

刘　涵：初读文章的时候，我还是很喜欢改霞的，她代表女性独立意识的觉醒，可能与研究生师姐的观点有些出入。另外，我认为阅读应回归文本，联系实际，在作者创作的时候，是有自己的创作意图的，像是塑造梁生宝和郭振山，一个是正能量的共产党员，一个是负能量的共产党员，不是说谁好谁坏，而是作者要表明共产党这个大本营里有两种力量在较

量;再比如梁生宝和徐改霞的爱情,不是简单的爱情故事,是农民阶级和工人阶级的差异,是农民和工人的区别。所以我认为阅读时不能总是挖掘个人想法,一定要联系历史实际去深层次感受。

张丽军: 除了这些话题,我们可以考虑《创业史》的艺术形式的传达、政治性很强的意蕴、对社会主义道路的思考、人物形象设置的内在理念,这些都是值得我们进一步深究的。

崔凌鑫: 作品能够塑造出有争议的人物,这本身就是一种成功,像之前塑造的江姐形象,是一个纯粹的革命女战士形象,绝对的正面形象,像小萝卜头、王二小是纯粹的小战士形象,没有争议性。在这部小说中,我们可以看到完全的共产党人、蜕变中的共产党人和非共产党人,对应的分别是梁生宝、郭振山、梁三老汉。对于这些不同的形象,我们不应该简单地用"好"和"坏"的标准去评价,梁生宝是艺术化的真实,梁三老汉是一个生活化的真实,而郭振山既能存在于文学作品中,也能存在现实生活中,我认为柳青的成功之处在于他给读者以选择的余地,他不是把人固定在一个模板中。

我很早地离开农村,对农村生活不了解,但文学作品对农民和农村的描写能够给城市中生长的孩子一种关于农村的真实感,弥补知识上的空白。

王金钰: 我读《创业史》的时候感觉很枯燥,没有阅读动力,但同样是关于农民问题的描写,我想到了赵树理,赵树理的文章有趣味性,可读性强。从语言方面看,两位作家使用的口语化语言都很朴实,不同之处是赵树理总是给作品中的人物起概括性的外号,非常有趣,而且他的写作更多的是为人民服务,不管在什么政治环境下,坚持用最质朴的语言展现农村生活,而不迎合政治。我对两类作品产生不同感觉的原因就是柳青的作品多反映政治,描绘的是理想的可能的社会主义农村新生活,而赵树理的作品反映的是农村真实的生活。

王 倩: 我对于刚刚王金钰同学的关于赵树理与柳青作品的不同定位表示不赞同,我认为不论哪个作家都会受到当时政治思想的影响,只是在作品的表达方式上不一样,表现的深浅不一样,并不是说哪个作家可以受或不受政治影响,而是当时的政治已经深入到生活的方方面面,如果想要真实客观地反映生活，政治必定是绕不开的话题。

我认为《创业史》的语言有分裂感，写乡村之景的语言很优美，而在叙事环节中又用方言或有政治化倾向的语言，让人感觉不协调。

雷　礼：刚才师姐也有提到，《创业史》在后面文本创作中出现了急刹车现象，其实我认为这在中国现当代长篇小说中普遍存在，比如《平凡的世界》。我认为阅读一部好的作品里的故事情节就像是在看一部录像带，是一气呵成的。《古船》是一部双轨制的小说，一条轨道是隋抱朴他们现实的生活，另一条轨道是回忆过去，第二条线索并不是按照时间线索走的，而是跳跃式的。作者在这里运用的写作技巧是为了文本的塑造，但我认为创作不应该为了技巧而技巧，这样使文章在结构上就有凌乱感和错杂感，我感觉当代文学在结构的处理上都有一定的问题。而相对一流的作品，如《德伯家的苔丝》给人一种从平静到波澜，最终余音未了的感觉，又比如《复活》，戛然而止，不会有读不下去的想法。

孙亚儒：《创业史》对梁生宝和徐改霞感情的处理，显现了柳青的一种爱情观，即个体爱情的偶在和革命事业的恒在。梁生宝将个体的爱情放在革命事业当中思考和对待。

张　敏：《创业史》中所传达的理想，在当下受到了一些挫折。现在的我们很难再像《创业史》中的人一样为了共产主义去奋斗，这跟我们出生的年代是有关系的，但这并不影响我们沿着柳青的《创业史》去探寻过去，就像刚才有同学说出了关于农民问题的思考、对当下生活的困惑，大家从文本延伸到当下我们的生活，我感到很惊喜。

张丽军：刚才同学们谈论的几个话题也引起了我的兴趣，刚才提到的结构问题，像当代很多文学作品，我们读着读着会感到沉闷或读不下去，比如说话语的对立性，或者说话语的冲突、话语的无奈。柳青在那样一个政治狂热的环境下，他不得不谈论政治。如何突破自我，这是一个作家必须要面对的问题。对于一个作家来说，他是有艺术的直觉或者说是有艺术的自觉的，难道说我们比柳青更聪明？他是知道政治对文学有伤害的，像是老舍，他说自己的很多作品都是应景的、没办法写的，是写给组织看的，这是很无奈的一面。但是在这种情况下，柳青在很多方面突破了这一局限。

就像有同学说的，他在写风景时赞美自然，具有很强的艺术性，或许在某一方面政治性很强，就给人一种不同话语的冲突性。柳青不可能像现在的作家一样可以自由地写，没有外在政治强力的影响。所以说，不同话语的冲突是小说文本的一个重要的冲突，阅读的时候会有分裂感，但柳青在塑造人物的时候尽量打破政治和生活的艺术关系，尽量去写生活，写梁生宝和日常生活的关系，写他这个人如何去买稻种，有什么动作，有什么心理，再比如写梁三老汉，把他的转变写出来。柳青用不同的方式去组合、穿越政治形势的禁锢，人物形象都有真实的心理和政治意识形态的复杂缠绕，呈现出历史的真实性和复杂性。

另一方面，我们可以看到人物形象的丰富性，就像我们提到的群体，是不同的人物形象，是具有对立性的。刚才有同学提到江姐，她就是一个英雄，全体都是英雄，但在这种情况下就展现出了话语的单一性。而梁生宝是一个成长中的英雄，他近于完美，像梁三老汉、郭振山、姚世杰都是不同类型的人物，人物的形象不都是单一的。我们可以看到很多历史的因素，看到真实和不真实、政治和现实、理想和务实等不同话语的多元性、交织性和冲突性。梁生宝要的是粮食的产量而不是口号，虽然说他是高大的，但他也是务实的，是大地生长出来的，深深地植根于大地的。梁生宝形象的真正魅力在于他不仅有高大的一面，也有生活化的一面，不是假大空的东西，是真实的具有理想色彩的东西。直到今天仍谈论"十七年文学"，是因为它具有理想性，为我们提供了某种信念，这种信念在很多当代作家及其塑造的人物形象世界中是很缺乏的。

当然这里面审美理念有局限性。应该说，对社会主义的认识是发展中的，社会主义该怎么建设，我们都在摸索中前进。当然我们也付出了沉重的代价，但是我们可以看到那个时代的信念，把公与私鲜明区别开，在梁生宝看来私有制是一种罪恶，他秉持的是一种公而忘私、公私兼顾的信念。而在今天，我们说可以公而有私，强调私有财产不可侵犯，个体和集体同步成长。

刚才有同学提到这是一部创业史而不是爱情史。当然对于一个人来说爱情是最重要的事情之一，同学们可以思考，柳青将情感压抑而突出创业，是不是作者结构上的策略，这个可以另当别论。

李海丽：像《创业史》《新儿女英雄传》《蛙》等，是具有一定真实性的，不应该将这些真实性放在现在这个时代来思考，我们应该回归那个时代。作品中人情、人性的刻画是最珍贵的，社会存在决定社会意识，而柳青在刻画的时候尽量突破政治局限，在当时是很珍贵且具有突破性的。

李　超：初读《创业史》感觉很无聊，虽然没有深入文本，但仍感觉梁三老汉的形象很真实，对土地的热爱和生活中的俭朴与自己的爷爷很相似，当然农民在那个时代是没有太多出路的。

陈　春：我没有读过《创业史》，但刚听同学们谈论小说的政治倾向，我有些不同的看法，对于一部小说来说，政治倾向就像一部剧里边的植入广告，广告植入得巧、植入得妙的话，丝毫不会影响剧情的可看度和吸引度。同样，政治倾向穿插得巧妙的话，不仅不会降低小说文本的可看度，还可以看到当时的社会缩影。前面有同学在质疑小说的政治倾向时提出了这样一个问题：如果男主不是共产党员的话，女主还会喜欢他吗？她俨然是将政治倾向与爱情的纯粹性对立了起来，我并不认为二者之间有什么必然的矛盾冲突。我们日常生活中在找对象时都讲究看对方的家世、人品、外貌、才华以及能力，这些都是外在条件。我们很多人都觉得看这些无可厚非，因为毕竟外在一定程度上反映内在，照这个逻辑来看，政治面貌也算外在条件，政治面貌在一定程度上也能反映人的才华和能力。

四、梁生宝、继父与精神父亲

宋文娟：前面有同学说作品朴素，与其说朴素不如说扎实，柳青有下乡经验，他的作品有中国传统文学的作风特点。作品传达的是对社会主义道路的思考，作者想法是光明的、向上的，但是道路是复杂的、曲折的。

这部作品对现代党员有很强的指导意义，也具有现实的社会意义。

王　倩：这部作品是一部现实主义作品，作者面对现实，面对生活和对生活的积极思考对现代文学有积极的影响。敢于面对现实生活，不规避政治生活，对今天的作家来说也是有借鉴意义的。文学应该扎根于现实生活土壤，这样才能结出饱满的果实。

李　想：我有一个疑问，为什么作者将梁生宝与梁三老汉设置为继父与外乡来的继子的关系，如果是亲生的父子会有什么不同？但是文中他们两人的关系与亲生父子差不多，后来查了很多资料，其中有一个说法是想隔断主人公与农民和土地的血脉关系，但我对这种说法不满意。

张丽军：那我谈谈我的理解，但未必是柳青的理解，我的理解是这肯定是小说结构上的需要，梁生宝和母亲改嫁到这里来，梁三老汉救过他们，这是一种情感的联系；另一方面是政治上的关联，梁三老汉跟梁生宝走的是不同的道路。柳青设置这种继父关系是有深意的，从血脉传承上来说，梁生宝和梁三老汉不是亲生关系，不是一条路上的人，从而将他们的道路区别开来。

王少君：针对李想同学的问题，我是这样想的，我认为梁生宝在寻找精神父亲，他的精神父亲开始自然是其继父梁三老汉，同他一起创业，走个体发家致富之路。后来受到郭振山的影响，梁生宝树立了创社会主义大业的宏伟目标，郭振山是其第二位精神父亲。然而郭振山的社会主义信念不够坚定，最终堕落，最后梁生宝视王书记为精神支撑。所以梁生宝的精神父亲是谁并不重要，重要的是他一直在找一个精神上的引路人，并沿这条与自己内心信仰契合的路一直走下去。

张丽军：刚才这位同学谈论得非常好，梁生宝一直在寻找精神上的父亲，寻找一个领路人。这个新道路的领路人就是一个党代表的形象。梁生宝寻找的精神父亲跟党有关，在党这里他找到了人生的归宿和价值。所以我们可以看到梁三的创业史和梁生宝的创业史是不一样的：梁三创的是个人的史、家庭的史，是一个人的创业史；而梁生宝是一个穷人群体的创业史，他代表整个群体，创立的社会主义集体富裕的大业。所以说他们有本质上的区别，正如文中的"灯塔社"的"灯塔"明显是指引社会主义新道路的灯塔。

《创业史》这部小说具有很高的成就是无可非议的，同时，作为一部具有争议的作品，这本身就是价值。首先，它提出的问题在今天依然是鲜活的。比如他提出的社会主义道路的建设，在今天依然是一个探寻的问题，由五十年代初期共同富裕的道路，到八十年代的农村单干制度，到先富带后富，再到今天土地的流转，社会主义道路终究该向何处去，依然是一个重大的没有解决的问题。

其次，关于《创业史》理想的维度。刚有同学提到《创业史》可以是共产党员的教育题材，这是一种理解，但这种观点有些狭隘。《创业史》是创社会主义大业，梁生宝不仅是共产党的英雄，同样也是普通人的英雄。一个普通人可不可以创业，可不可以有自己的理想，一个人为自己的理想而奋斗、为事业而奋斗，这是梁生宝对我们今天每一个人的启示，人应该过有理想的生活，生活不仅是现实的，还有一种可能的理想的生活，像《平凡的世界》中的孙少平、孙少安从农村走出来去追求一种可能的理想的生活。

最后，关于梁生宝的人物形象。作者柳青深入生活，为了写一部《创业史》在村庄生活了十多年，使作品有丰富的生活感，这值得我们尊敬。虽然说梁生宝身上有很多政治符号，但是接地气的东西更多，很多话语直逼现实、直逼心理。农民不是愚昧的，反而是最有智慧的。柳青遵循实践出真知的理念，从生活出发，不从概念出发，突破时代的限制，摆脱某些作品的概念化、类型化，使作品具有生命力，跨越了时空局限，与今天的我们、今天的生活以及未来进行精神的对话。

我感觉同学们今天的讨论非常深入，如对梁生宝的性格分析、对圣人和世俗生活的对立分析、对真实的探讨、对精神父亲的讨论等都非常好，希望同学们以此为契机进入文学世界内部，思考历史、时代和生活，开启文学研究。

现实主义与当代社会的守夜人

——阎真《活着之上》研讨

张丽军　李淇淋　王琳等

内容提要：《活着之上》是一部非常具有当下性的作品，尤其是它对当代知识分子生存状态的表达，都显示了这部作品独特的视角和思考方式。它讨论的是知识分子当下的精神困境问题。它所坚守的现实主义的表达，与我们所理解的现实主义，以及应该达到的真善美的标准，都有一定的距离。而这种对现实的坚守，以及它所呈现出的特殊的关于审美距离的思考，都将传统与当下紧密地结合在一起，成为当下知识分子如何坚守底线，如何在蜕变中成为当代社会的守夜人必须要面对的问题。

关键词：阎真；《活着之上》；现实主义与审美距离；守夜人

主持人：张丽军　山东师范大学文学院教授

参与人：房伟　山东师范大学文学院教授

苏鹏　山东青年政治学院讲师

王大鹏、李君君等　山东师范大学中国现当代文学专业硕士生

李淇淋、姚超文等　山东师范大学汉语言文学专业本科生

时间：2016年1月12日

地点：山东师范大学长清湖校区C411教室

一、关于《活着之上》的审美阅读体验

张丽军： 今年的现当代文学研究方法这门课，确实让我们学到了很多。所以，到学期末我们对作品的解析，有了很多解释的角度和方法，这就是讨论的重要意义。今天，我们的老师们和研究生们又坐到一起，对《活着之上》进行评价和分析，以期为我们提供一点思考和启发。首先，我们讨论第一个方面，来谈一谈我们对《活着之上》的阅读体验。我先来抛砖引玉。

阎真的《活着之上》是一部非常具有当下性的作品。2015年6月份的时候，青岛举行了路遥文学奖的颁奖典礼，很多评委经过反复的讨论，最后决定把该奖颁发给阎真的《活着之上》，这是对作品极大的肯定，也体现出作品的价值。阎真的《活着之上》也获得了2015年第九届茅盾文学奖的提名奖。由此，我们可以看出这部作品在当下的影响力。我阅读完这部作品感到非常震撼，尤其是作家对当下生活的描写。它讨论了当下人的精神状态和困境，反思我们的问题在哪里，以及我们有没有勇气去正视遇到的问题。当时我和很多同学交流过，很多同学说读着很黑暗，很压抑，很困惑，这就是小知识分子的生活困境。其实高校老师的现状比这个严重得多，当时在青岛开会我就提出来了，我说当下很多人指责高校教师，说现在的高校教师是犬儒型知识分子，我说大家都搞错了矛头，高校中很多知识分子是在坚守自己的岗位，坚守自己的领域，坚守自己的良知，在做一个老师的本分，一个知识分子的本分。但是，在没有一个好的机制的前提下，让老师个人去承受时代给予的那种压力，这是不公平的。所以，高校老师是一个很敬业的群体，这是他们的生态。当然，从他们内部生存状态来说，可能还要艰难。阎真写的可能还只是一个表面，他还没有把真正的冲突、真正的对立尖锐化。我觉得他写得还不够，不够震撼，那种黑暗，那种压抑，他只写出了一个方面。因为黑暗的力量越强大，光明的力量也会越强大。没有一个好的敌人，你不会有好的战士，敌人的力量与我们的力量是成正比的。道高一尺，魔高一丈。我们是互相呈现出来的。

其实，人生问题是一种永恒的问题。比如我在讲鲁迅的时候，我会讲到《过客》里面的过客对自己身份的发问。我是谁，我从哪里来，我到哪里去，这是个永恒的问题。从五四开始，胡适等人就有这样的疑问，像我这样养老婆喂孩子就算过了一世的人吗？当代文学中的作品，有潘晓的来信，一个青年的来信。我当时给大家附了潘晓的来信，今天我跟苏鹏博士聊天，我们说她写得真实，写得现实，她把她的执念呈现出来。不仅从五四，自古以来人生就是我们需要面临的一个永恒的问题，但是我们会发现一代人有一代人的问题，同样是人生，人生的现实性、人生的当下性是不一样的。我们每个人都处在一个特定的空间下，我们的痛苦是当下的，是这一代的，我们痛苦的方式、问题、解决的方式是不一样的。这就是我们所说的具有当下性的问题。而阎真的《活着之上》恰恰呈现了这个问题，它既延续了以往的呈现，又表现出我们当下的特点。

前两年，我还在历山学院上课，我们讲到《蜗居》，我问他们有没有看过《蜗居》，很多大学生说他们不敢看，看了以后太受刺激，现实太黑暗，太吓人了。中国人民大学的杨庆祥博士说80后怎么办，他提到当下社会就是70后、80后这几代人的压力，这是一个群体性的困境而不是个人的困境。梁鸿的《中国在梁庄》和《出梁庄记》，则描写了另一种当代乡土中国的困境，但它们具有共同性——直面中国当代社会现实。这是有很大意义的，从这个层面上我们对它做出一定的讨论和思考，正是它的价值所在。当然，这部作品可能在文学上也面临着某些局限和问题，我先抛砖引玉，现在我们请房老师来谈。

房　伟：感谢张老师精彩的发言，我听了以后很受启发。其实，张老师所说的很多问题，也是中国文坛很重要的问题，就是现实性的问题。很多作家包括50后、60后，甚至70后、80后的作家，所面对的问题就是我们今天应该如何去面对现实，如何去书写现实，这就是我们今天说的现实的焦虑问题。这种现实的焦虑会导致很多作家在创作时发生很多扭曲或者变形。比如，大家看到的像阎连科的《炸裂志》、余华的《第七天》《兄弟》这样的作品，或者正面强攻现实、反映现实的作品，都被我们冠以现实主义的作品。但是在这些作品中，我们往往感觉到好像缺少一些什么，与我们所理解的现实主义，以及现实主义应该达到的真善美的标准还有一定的距离。产生这样的原因是什么呢？我以为还是与现实主义这样一种寓言性的笔法有关。我记得美国有一个著名的研究者，叫安敏成，安敏成有一本书叫作《现实主义的限制》。在这本书中，他特别谈到了所谓的现实主义流派进入中国以后的情形，他主要研究的是中国现代的现实主义。他说中国的现实主义往往存在着两个层面，一个是所谓的写实的层面，另一个是所谓的寓言的层面。也就是说，在写实的层面之上，往往要追求一种抽象的更高层面的写实。这样，我们才感觉到这个现实主义是一个比较坚硬，或者比较具有宏大叙事性的一种现实主义。但是许多作家像余华、阎连科，这种现实性却被寓言性所压倒。比如，《炸裂志》用一个小村庄最后成为一个超级都市这样一种过程，来象征或者隐喻中国从改革元年以来的发展。再比如余华的《第七天》，通过一个鬼魂的视角来反映当下社会一系列光怪陆离的问题，往往给我们一种新闻串烧的感觉，或者说是一种过分夸大。寓言性压倒了现实性带给我们毛茸茸的生活的质感，同时也少了现实感带来的情感和经验的共鸣。

我非常赞同张教授对阎真这部作品的评价和看法。这是一部非常具有当下性的作品，阎真写作有一个长处，从他早期的作品比如《沧浪之水》《曾在天涯》，我们就发现他是一个不在小说语言上有过分追求的作家，他的语言比较平实，故事比较完整，与现实主义作品有许多相似的地方，但是他书写的东西却真实得让你可怕。我跟张老师一样，读完这本小说以后确实感觉到一种悲凉，特别是从寻找曹雪芹开始，到最后迷失在曹雪芹墓前结束。他讲的既是一代文人一代知识分子的命运，也是当下知识分子生存的寓言——在寻找中迷失，在迷失中还要继续艰苦地寻找。但是他要寻找的，到底在哪个地方呢，也许还存在很多问号。像他描写的这些人物好像就在我们身边。当然，写得不够，或者说阎真老师的中南大学还是一个比较温和的学校，斗争还不是很残酷。其实，我们听到的很多事情要比他写的更加惨烈。但是他提出的问题是很重要的，因为大家看到九十年代的知识分子的书写是非常奇特的。比如池莉、王朔都写过知识分子，你就感觉知识分子是一个很猥琐的、被批判的、可怜又可笑的群体。因为九十年代有一种很重要的叙事，叫作欲望叙事，欲望叙事是这个时代的主流，知识分子是一种很无力的形象，这是一种理想主义的完全的消亡。但我觉得到阎真的《活着之上》这里是一个标志，活着之上我们还能有点什么追求？活着之上我们还能做点什么吗？他给我们展示的是一种凝滞的非常黏稠的生活状态，他呈现出了在这种生存状态下，知识分子的生存体验、生存经验、生存共鸣。他写了研究生的生活，我想许多在座的同学尤其是研究生同学看了以后会有很多感触。所以，这部作品的意义也是不容置疑的。

现在很多70后、80后、90后的作家，往往有一种题材的焦虑，就是写什么和怎么写、怎么创新、怎么才能引起文坛的关注。其实很简单，就是真诚地面对生活，把你体验的东西用很真诚的语言表达出来。你首先要感动你自己，你要谈出你自己一点真诚的东西，而不要去回避它、阉割它，你才有可能感动别人，你才有可能感染别人。所以读完这部小说以后，我的感触非常深。我觉得中国缺少阎真这样的作家，这样真诚的作家。有时候打开选刊看看，选刊里其实更多的是写二奶、写出轨，完全都是家庭里一些很琐碎的事情，翻来覆去地写。我们的生活有多种多样的题材，我们有很复杂的生活，我觉得这可能是作家介入生活、介入现实能力的退化，这也是一个非常大的问题。很多作家已经丧失了在现实中的疼痛感，我觉得这也是目前，尤其是80后及其以后的作家最大的一个问题。50后作家也是这样，50后作家随着他们个人经验的老去，也很难介入当下的现实。包括贾平凹的《极花》，这部长篇小说是一个拐卖妇女儿童的题材，也是所谓的现实主义，但感觉总是有一定的隔阂。好，我就先讲这些。

苏　鹏：刚刚张老师谈了当下性，房老师谈了现实主义，我谈一下我对阎真的《活着之上》的个人阅读感受。《活着之上》这部长篇小说写的是一个知识分子的题材。我认为知识分子题材的文章是不好写的，是非常有难度的。写平了、写淡了，很容易流于平庸，所以说非常难以驾驭。但是我很赞同张老师刚才说的当下性，大家现在在读本科，读硕士，读博士，或者在高校工作，对这样一个小说的场域应该是比较熟悉的。我觉得他对当下的这种反应，确实是贴着我们的地面，写得非常不错。从题目来看它是一个追问式的，你不能光看这个故事的完整性、叙事语言，以及他的叙述功底，更重要的是理解"活着之上"。我们当下的知识分子应该有什么样的追求，这是小说要表达的。他主要写了历史学博士聂致远和他的同学蒙天舒两个人物，这二人是现实层面上的，同时还有另一个层面，就是曹雪芹和王阳明，这两个层面是相互呼应的。一个是现实中的他，具体展现了他的困顿、他的矛盾、他的挣扎；另一个是他不断地在寻找他心中优秀的知识分子模型，这就体现在曹雪芹、王阳明他们身上。在这个角度上也体现了它和《沧浪之水》一脉相承的传统。所以，我觉得《活着之上》还是一个比较成功的作品。

张丽军：不再点名，大家就有感而发。

王大鹏：刚刚听了三位老师谈的，我个人很受启发。刚刚三位老师对《活着之上》的评价很高的就是它直面现实。但是我在读《活着之上》的时候，总体上有一种很压抑的感觉，一种很绝望的感觉。阎真在讲故事的时候，是一个事接着一个事，除了中间插入对曹雪芹的精神崇拜，其他都像在记流水账，故事叠加太过密集，以至于给人一种喘不过气来的感觉。在文本中，他介绍了蒙天舒和聂致远这两个人，一个是一开始不得志，凭着自己的真才实学也没有出路；另一个会一点权术，通过自己的权谋获得了比真才实学更好的一个地位。这两个人物形象，我觉得可能太类型化了，这是我的第二个感觉。第三个感觉就是，阎真在塑造人物形象，尤其是塑造聂致远这个人物的时候，一开始要他保持清高，去寻找曹雪芹也好，对曹雪芹的精神崇拜也好，都是追求精神上的崇高。但到最后聂致远变成了一个连打电话都下意识地点头哈腰、卑躬屈膝的人，我觉得他这样更像是个伪君子。我读完以后就在想，如果现实就是这样的，他揭露了当下的知识分子的一种生活状态，那知识分子的出路在哪里？到底应该怎么走？这是我的疑问，我先说这些。

关建华：在读阎真的《活着之上》之前，我没读过《沧浪之水》，后来读了《活着之上》我又读了阎真的《沧浪之水》。读完以后确实觉得像房伟老师刚才提到的那样，它们是一脉相承的，尤其是聂致远和池大为这两个角色有许多相似之处。读《沧浪之水》就像大鹏刚才说的，有一种很强的压抑感。压抑感有两层，第一层就是现实的压抑感，就是高校知识分子究竟如何才能走出这种所谓的潜规则，面对这种所谓的规则，又应该如何坚守自己内心的道德底线，这是一个很矛盾的东西。这种压抑感表现在聂致远身上就是一种自我的纠结。另外一层则是阎真自己写作上的压抑感。他叙事过密，生活几乎是赶着往前走的，读研，读博，找工作，好不容易找到工作了，而且终于成了副教授、教授了，但是立马又有了学生的问题，还有上级压下来的一些问题。一个故事接着一个故事，留白较少，没有给读者能够休息下来的时间。这样的写作给人的压抑感更强，会不会让人读起来有点疲惫或者审美疲劳呢？

  再看这两年引起大家普遍关注的作品，像梁鸿的两部"梁庄"，都是这样一种面对现实的写法。再看市面上流行的一些小说，就像二奶当道、底层逆袭、人心不古、都市精神焦灼等，这些作品类型化的问题很严重，但是如何才能让读者真正记住你这部作品呢？房老师刚才也说了，就是真诚地面对生活，而不是像八十年代的先锋作品一样去注重技巧。先锋文学突破原来的写作模式，出现一部奇异的、新鲜的、抓人眼球的作品，有可能立马引起关注。但当先锋过后，大家都开始不温不火写着自己的日常，在审美大众化之后，如何才能写出一部好的作品，如何让大家再次关注，就又重新回到了现实主义。现实主义如何写，大家还是比较迷茫。真正地贴着现实走，没有什么过多的技巧，写出来以后也没有什么突破性。但就是这样的作家才会吸引大家的注意，就像《平凡的世界》一出来，也是很长时间不被主流认可，但是为什么流传了这么多年还是长盛不衰？因为它符合了大众读者的接受心理。我觉得《活着之上》是符合大众口味的，但是我读着太累了。

  我还有一个问题就是，像《活着之上》《沧浪之水》这种作品对我们普通人来说意味着什么？它的存在意义在哪里？因为我觉得读完以后，对我所产生的积极的价值观很少，基本上都是很悲观、很消极的。这是我的问题。

  房　伟：其实这个同学说的，包括刚才那几个同学说的确实是个问题。

目前的现实主义写作，刚才像我说的，其实是包含两个层面：一个是写实，一个是抽象的寓言。你在真正的传统经典的片子里，在所谓的现实背后，是有一条线的，这条线就是历史的记录，我们感受到的是那种人性的历史观。在读这样的作品时，有欢欣，有鼓舞，有梦幻，像《平凡的世界》。但是现在面临的一个问题是，作家没有这样的心境去写，这个时代发生了变化，有一个说法叫作"从古登堡时代进入了网络时代"。所以，在这样的时代里，你已经不能像以前那样书写了。由此，怎么去写才是作家需要面临的一个最大的问题。其实，我们刚才说的一个问题就是压抑。虚无也罢，其核心问题还是缺乏主体性，这个主体性体现在什么地方？我觉得主体一定是要通过与客体的搏斗才能体现出它本身的力量。有时候，我们读一个作品特别有劲，特别解恨，之所以这样是因为它有一个人物。比如说《鲁滨孙漂流记》中的鲁滨孙，他跟荒野战斗，成为荒野中的帝王，你就感觉热血沸腾，特别催人泪下，你看到的是主人公和世界的搏战。它反映的一个问题，既是文学的困境，也是我们人类的一种困境，就是我们所谓的客体的世界的消失。在网络化世界中，你去追求纯粹的经典的作品，其实面临诸多的问题，例如道德上的困境、伦理上的困境、美学表达上的困境。因为文学家最重要的就是不能总结，我们不能走别人的路，不能写别人写过的东西，不能跟现实一样。谁能在将来的创作中，重新找到历史感，就是重新找到了现实主义。这可能需要一个具有超越性的作家，才能真正写出中国的现实，当然，目前这个还很难。

李君君：刚刚师哥和同学们都觉得《活着之上》读起来比较累，我也有这样一个感觉。《活着之上》是一部写知识分子题材的小说，有人认为这是一部当代的《儒林外史》，但是相对于《儒林外史》来说，它可能少了一份从容和幽默。这可能和阎真的知识分子情怀有点关系，他特别真诚，迫切地想要反映他所看到的现实。他就是想写一部反映知识分子题材的小说，所以这种创作心态就让种种的腐败或者尔虞我诈的事情接连出现在小说中。考博、找工作、评职称、拿课题，聂致远所遭遇的一系列的失败接踵而来。这些事件安排得过于密集，它就像紧绷的琴弦一样，一直紧促、尖锐，音调过高，这种连续的高音就会让我们听起来比较疲惫。主人公聂致远之所以疲惫就是因为他心里始终有一种矛盾,一方面生活中买房子、找工作等这些现实的东西逼着他,他需要蹚面前的这池浑水;但另一方面,他心中还有那种致远的情怀,他崇拜那些古代文人的人格操守和精神情怀。所以,这种矛盾就让他不能像蒙天舒一样放开手脚去拿那些他需要的东西。但实际情况是,他既想得到那些现实的东西,又放不开手脚,所以这种矛盾纠结的状态让他感觉特别疲惫。就像有评论者说的那样:就像他的名字一样,蹑手蹑脚地如何致远?

毛晓轩: 我在看这部小说之前就听同学们抱怨,说它写的是高校题材,很黑暗。但是我一打开发现它写的是死亡,"小时候曾看到很多人离开这个世界,这在鱼尾镇总是一件大事,也是我们的节日"。接着,小说中就出现了出殡的情节。镇长妈妈出殡那天,鞭炮震天、威风异常的场面让全镇人都纷纷羡慕不已,镇长到底是镇长啊,关系厚薄,人情亲疏,都在鞭炮里面了。谁家的鞭炮最多最响就最有面子,小镇上最重要的事情就是人情和面子,这就是活着的理由了。这让我想到了我小时候在奶奶家住着的时候,那时候出殡确实特别热闹,大街上没有那种庄严肃穆的感觉,大家在都在旁边说这家人的儿媳妇好不好,谁家拿的份子钱比较多,这份子钱里就体现了你与这个人的关系。这就是中国传统的思想,人们特别重视人情和面子,连这么庄重的一件事都要用人情和面子来表达,而聂致远也在这种思想当中受到影响。他很早就知道人情和面子的重要性,但是他的认识和其他人是不一样的。他认为活着固然有活着的意义,但是活着并不是活着的全部,现实的自我不是意义和价值的世界,人情和面子虽然象征着身份和地位,但是他却嗤之以鼻。作者曾经说过,从司马迁、陶渊明到杜甫、王阳明、曹雪芹,他们用自己的生命证明了活着之上的价值和意义。我们现在觉得这些古代的伟人离我们很遥远了,我们可能只是读一读他们的古诗,很少有人真正受到他们思想的影响,去追随他们了。我觉得我们现在还是要重视这些古代的思想家,他们的思想和精神追求对现实还是有很大意义的。

石珊英: 在大二的时候,我读过阎真的《沧浪之水》,《沧浪之水》对我的震撼是非常大的。当时刚上大学,这是第一本让我感到震撼的小说。

我今年在读《活着之上》的时候，可能因为我之前对阎真的看法，包括《沧浪之水》的影响，我就对这本书有了一种阅读期待。我以为这部作品会对现实有着更加惨痛的呈现，可是它一直处在紧绷状态，我就麻木了。也许是我们作为现实人，对现实接触多了自然而然地就对现实产生了一种麻木感，这是我个人的阅读体验。再说这部长篇小说的故事架构也有问题，我读完脑海里只有平淡的几件事情。赵平平算一个线索，聂致远在学校的经历也是一个线索，这种简单的叙事线索不能承载长篇小说应有的叙事容量。

许津彰：我觉得知识分子的生活困境，不仅仅在于当下社会所产生的负面的东西，更多的可以追溯到中国传统文化之中，例如老祖宗所落下的一些病根，潜规则。现代有潜规则，古代也有潜规则。潜规则的影响在于它对一个社会资源的巨大消耗。许多人苦心钻营，把社会资源更多地放在了没有生产力的环节上，这对资源是巨大的消耗。另一方面，潜规则大行其道是因为规则不够完善，导致社会风气不良，知识分子在选择中迷失，在迷失中寻找。这部作品从开始读到最后，我和大家有相同的感受，就是压抑。但是我们看到了知识分子聂致远的坚守，作为一个知识分子，作为一名大学教授，他有这种信仰，可以影响更多的人，这是非常有希望的。

何泓阳：我在看这部小说的时候，心里也有压抑之感，聂致远一开始把自己和曹雪芹相比，我觉得多少有点矫情。但是后来他一直延续着这种叙事方式，并且随着叙事过程，我希望他能够一直坚持下去。如果聂致远真的像蒙天舒一样，陷入功利主义当中去的话，我觉得我的价值观也会随之毁灭掉。虽然中间经过了很多的波折，但聂致远最后评上了职称，评上了教授这也符合了我的阅读期待。这也说明了如果我们能够坚守我们的良知，保持我们的操守，坚持我们的人格的话，我们也有机会获得想要的东西，并不只有通过一些很功利的渠道，做一些违心的选择。我在看的时候也在进行自我的对照，如果我是聂致远的话，能不能像他一样坚守，我的内心能不能强大到那种程度。一直坚守人格是一件很累的事情，但是想学坏的话，却是一件很容易的事情。所以说我很佩服聂致远，他有一种苦中寻乐的能力。我最近在看白岩松的《痛并快乐着》，其中有一段写得特别好，他说，我不是一个悲观的人，但是我每天都很颓废消沉，人生十件事情会有八九件事情不如意，所以说我就会挫败感特别多。所以，如果我们以一种稍微悲观的心态看待这个世界的话，当苦难来临的时候我们才能以一种正常的心态去面对。有更多输的机会，我们赢了以后才会有一种窃喜之感。

王安珂：首先，我肯定作家的思考很有意义，很具有当下的价值。但是我看这本书既没有感到压抑，也没有对这个人物感到同情，相反我觉得聂致远这个人物很窝囊。我就开始反思是不是自己的价值观已经开始扭曲了。我记得上一次讨论课的时候，我问了张老师一个问题，就是中国当下作家为什么写不好当下，张老师说是因为我们现在的现实太复杂了，许多作家有一些非常难以把握的事情。现在当代作家写当下，一种就是像阎连科、余华等作家的作品，往往罗列出一些事件，但是并不给你指出他为什么罗列这些事件。社会很残酷，但是为什么残酷，他没有说。阎真在这部作品里面写出了他的看法，他认为现实之所以残酷，可能是因为现实太复杂了。当然，阎真找出的原因不一定对。这里面有一个知识分子和市场关系的问题，在小说中，主人公把一切问题都归因于市场经济。文章中有很多句子，比如："在市场经济时代，我一个穷小子，白手起家，有什么底气面对赵平平这样一个漂亮女孩？"我觉得这个原因不是很恰当，这不是本质的问题，因为就像刚才许津彰说的，权钱交易、道德沦丧在每个时代都有，不是市场经济的产物，所以他找错了一个发力点，让整部小说在一个死循环中，我不行了，为什么？都怪市场。我认为这样的循环模式不太好。还有一个，我觉得作家没有把握好古代知识分子和当代知识分子在职责上的区别。他总是把标杆定在曹雪芹身上，但是我觉得古代知识分子和当代知识分子还是有一些区别的，当代知识分子主要是一种公共的知识分子，他不仅要做好自己，还要对社会建言献策。这是小说主人公所缺少的一个特点，所以他也没有引起我的同情。我觉得这部小说并没有我想象得那样好。

孙亚儒：我觉得聂致远是当下中国知识分子的一个普遍的缩影。聂致远当初跟我们各位的心态其实是一样的，我们当初学习也有一种为天地立心、为生民立命，要为社会做出贡献，实现自身价值的想法。但是当我们一旦进入这样一个场域，很多事情并不如我们所愿。如果你还是坚持那些东西的话，可能会吃亏，就像聂致远不如他的同学蒙天舒那样。活着要有底线，这就是作者所说的活着之上。聂致远当时坚守了他的底线，后来才比较幸运，这就在暗示如果每一个知识分子都能坚守自己底线的话，也会获得成功，获得想要的东西。非常有趣的是，结尾的时候聂致远在追寻曹雪芹的墓地时突然感到肚子饿了。这就是欲望，欲望在促使他，他也不得不面对这种物质的东西，这是非常矛盾的。我比较赞同的一个观点是，知识分子面临的问题在每个时代都有，不仅仅是当下。当时鲁迅也面临这样的问题，我记得他在《这样的战士》里提到一个观念就叫作"无物之阵"，就是知识分子或者是那些战士，面对的可能不是直逼你来的箭，也许是看不见的东西。在这样的环境中，如果战士依然能够站立起来，依然能够往前走，那这样的战士才是中国真正的知识分子。我记得鲁迅在《过客》中也写到，过客要不断地往前走，他明明知道前面有一个坟，但是他仍然往前走，即使是小姑娘给他一块布施，他也不敢要，我觉得这个布施可能就代表了一些物质性的东西，他不是不想要，而是不能要。这种在黑暗中依然向前的精神，是五四以后中国的知识分子应该要坚守的东西。

夏　炎：首先，我想谈的是《活着之上》里面的矛盾。我们一般会认为它是个人与社会的对抗，但是我在里面更多地看到的是聂致远这个人物本身的矛盾，他身上存在着两种价值体系。生存的价值体系要他养家糊口，精神的价值体系要他坚守。对于聂致远来说，他想寻找的活着之上的东西，并不是说作为一个人或者是一个知识分子到底应该如何活着，他知道活着的标准是什么，他要寻找的是一个能够支撑起他要活着的标准的依靠。就像我们有一个观点，希望别人能够支持，让我们觉得我们的观点是可以立足的。但是在《活着之上》中，他找不到这种依靠，所以他觉得迷茫或者纠结。曹雪芹、王阳明这些人其实就是聂致远认为的活着之上的标准和意义。这本书的一开始，聂致远就在找曹雪芹的墓，找曹雪芹一切留下的痕迹，包括最后他依然在找曹雪芹留下的一点点迹象。我认为他找的就是一种安慰和依靠，一种可以支撑起自己的价值体系。

插一个小点，刚刚师哥说聂致远后期有了形象的变化，他开始虚伪，但是我觉得对于一个小说中的人物，尤其是长篇小说中的人物，主人公应该是有成长变化的，这种变化不能仅仅体现在学历、工作上的变化，还应该体现在他对强大的价值体系的适应。他有了妻子和孩子，有了家庭的压力，如果还坚持清高，不要生存和生活的话，那他就变成了一种只具有说教意味的符号。可能我很世俗，我觉得如果一个男人这样的话，那他的人品也是有问题的。最后，以我对《活着之上》的阅读感受来说，阎真老师是想给那些坚守自己原则和底线的知识分子，提供一种安慰和支持。聂致远不管是意外也好，还是顺理成章也好，他评上了教授，然后生活也开始变得好起来。在象征层面上来说，他即使经历了很多的艰难，很多的打压，但是到最后依然是在寻找，所以我觉得阎真老师还想给我们提供的是一种坚守和一种希望。

李海丽：这篇小说给我的压抑感从头到尾也没有消失，虽然结局看到了一点光明，但还是压抑。小说主要在写聂致远在面对现实与原则碰撞时是如何坚守和抵抗的，这种坚守固然值得敬佩，但是缺少一点点智慧和技巧。聂致远对当今社会的蝇营狗苟嗤之以鼻，但是生存的艰难又必须让他做出妥协和让步，这就是矛盾冲突。他毕竟不是曹雪芹，虽然他不崇尚金钱和权势，但是他组建了家庭，他得对家庭负责。他也希望别人尊重他的学术，满足自己一点点的虚荣心。这是他生活中无法割舍的东西，他肯定要向现实低头。作品中充斥了太多的挣扎和拷问，虽然叙事的过程有点冗长，但是他一直是在硬着头皮坚守。虽然他在现实面前也妥协了，有时候会迫不得已去做一些事情，但是他不会刻意地去操作某些机会，我觉得这就是所谓的坚守的成功。

辛　静：我读完这本书的感受就是人活着真的好累啊，尤其是活得好，就更加累。我并不是很欣赏聂致远这种活着的状态，其实他这种追求是很正确的，也不知道是不是因为我比较世俗，受社会的影响太深，我觉得他就是在对这个社会进行绝望的抵抗，或者他本身有自己的纠结和矛盾。他既有对世俗生活的向往，也希望自己能坚守住知识分子的那份清高，我觉得这样会不会有点虚假，我不是很认同这种形象。

张丽军：如果你是聂致远的话，你觉得具体怎么活着才好？

辛　静：如果我是聂致远的话，我可能会在有些地方稍微屈服一下。

我感觉他好像在每一件事情上都很执着，这样就会活得好累。

张丽军：可以舍弃一些，好。

丁美华：我谈一下我对《活着之上》的看法。很多同学说《活着之上》看完很压抑，但是我觉得这种压抑跟巴金先生的《寒夜》不一样，《寒夜》里面的压抑是真的压抑，是压得让人透不过气来，是那种绝望到底，至死都没有一星半点的希望。但是《活着之上》不一样，它在主人公找不到路的时候，一定会透漏出一星半点的希望能够让他继续往下走，到最后还让他走出了绝望，拥抱了希望。文章的最后，作者写了一段人生感悟，这种感悟是在聂致远评上教授，熬出了头以后才想到的，而在他以前为钱奔波，为家庭问题烦恼的时候，他根本就没有想过他的人生意义到底是什么，更多的是一种对人生价值的质疑，他想得更多的是如何赚钱，如何养家糊口，如何在学校里面生活下去。大谈人生意义，是那些衣食无忧的人才去想的。比如说很多成功人士都会去写奋斗史，他成功了以后，才会去想他是如何成功的，才会回望奋斗的历程。我觉得作者在聂致远成功以后让他悟出这样的人生道理，并没有什么，如果有些人是在失败以后悟出这样的人生道理，还能安于失败，还能保持心灵的自由和内心的平静，这才是最难得的。

《活着之上》也有很多创新点，他选取的是高级知识分子做主角。知识分子做主角的作品有很多，但是《活着之上》都是博士、副教授、教授这一类人。这部作品是在2014年12月出版的，并且迎合了当时反腐倡廉的一种风气。我记得当时上政治课的时候，老师也给我们讲过博士跳楼或者教授自杀的事情。有一个博士他在遗书中就非常悲哀地说，我所有的努力都化作了举步维艰。其实在我们心里，博士、副教授、教授都是高级知识分子，他们的地位很高，评价也很高，但是事实上他们并没有表面上光鲜亮丽，他们的生活可能都没有我们普通人生活得好，他们一直相信知识就是力量，而且相信他们的知识可以换来金钱，但是现实中这种信念全部都化为黑色幽默。

李淇淋：我读完《活着之上》有两点感受。第一点，我觉得我们作为当下社会的一个人，应该去理解蒙天舒。在《沧浪之水》里，马厅长对池大为说，我之所以成功，就是因为我一直站在别人的立场上去考虑问题。

我们也不要一味地去批判蒙天舒,也应该考虑一下当下社会的生活环境,蒙天舒这么做也没有什么错,我们都是社会人,我们并不能仅仅为自己活着,蒙天舒就可以为他的孩子提供更好的教育,为他的父母提供更好的医疗。现在生活压力都很大,我们还是应该好好地去做一个社会人,把自己应该承担的社会责任承担起来。我记得刚刚接触新写实主义的时候,刘震云的《一地鸡毛》就给我很大的感触,你无非就是买买豆腐,看看孩子,什么宏图大志,什么事业理想。我们应该对知识分子给予更多的关怀,而不是站在道德的制高点上去批评他们。

第二点,其实我们接受教育就是为了把自己培养成聂致远这样有道德有风骨的人,活着之上肯定还有别的。我最喜欢的一本书就是《民国风度》,那些民国时代的人物,如张伯苓、金岳霖,他们就是有风骨和气魄的人。康德在书中写过:"有两种东西,我们越是经常、越是执着地思考它们,心中越是充满永远新鲜、有增无减的赞叹和敬畏——我们头上的灿烂星空,我们心中的道德法则。"我们作为一个社会人,一定要有底线,要有原则,要有坚守,不然是一件很可怕的事。鲁迅先生的人生观就是"一要生存,二要温饱,三要发展",但是他说我之谓生存并不是苟活,我们必须要坚持活着的尊严和信仰。阎真有三部作品,《因为女人》《沧浪之水》《活着之上》,堪称"绝望三部曲",对应的是情场黑暗、官场黑暗、学术黑暗,好像现实就没有一个不黑暗的地方。但是我们作为社会的新兴力量,没有必要对社会一直抱怨,我们虽然不能改变当下的社会环境,但是有一点可以做到,就是保证自己不要变坏,我们自己先坚守,然后去影响我们周围的人。关于老师刚刚问辛静的问题,我觉得就是要做一个外圆内方的人,扮演好你应该扮演的社会角色,但是心中还是有你的原则、你的操守、你的坚持,有作为知识分子的风骨和气魄,这样就可以了。

王 琳:我觉得这部作品的选材是比较新的。也不是说,这部作品揭示的是新发生的现象,只是说,有人把它展示在公众的视野面前,这是比较新的。然后,我觉得聂致远应该是相信宿命论的人,他比较崇尚曹雪芹、王阳明,曹雪芹就是一生颠沛流离的作家。聂致远一开始可能就对自己有着这样默认的设置,所以他的心态就会变得比较脆弱。另外他一直在找曹雪芹的墓，找曹雪芹住的地方，我认为如果他想追求自己的理想，把他们当成榜样的话，他大可以用尽全力去研究他们的作品、他们的思想，而不是去关注这些并不是多么重要的东西。就算找到他的墓，又有什么意义？我觉得这恰恰显示了主人公内心的空虚和对现实的逃避，他的性格和他的内心都是脆弱的。阎真反映的是高校老师生存的困境和体制内的问题，可能我们无法改变体制，但是我们作为生活在体制中的个人，内心是需要足够强大的，然后再来一起面对这个困境。

二、关于《活着之上》的故事建构、人物形象和叙事方式

张丽军：我们来谈一下小说的故事建构、人物形象和叙事方式。其实刚才的几位同学都谈得非常精彩，比如说人物形象的类型化问题。聂致远和蒙天舒这两个人物形象是不是有某种类型化的问题，而不是一个真正意义上的圆形人物？他们的形象有没有作者的主观性和规定性设计？人物内在的丰富性展现得怎么样？这些都需要我们思考。

刚才李淇淋同学提到蒙天舒这个形象，他是个坏人吗？他是个好人吗？我们不能用简单的好和坏来分析，他肯定也不是一个坏人，他肯定想用他的方式来取得他的利益。对于一个人的学术生态，或者社会生态来说，这个社会需要不同的人，每个人都会有不同的用途和不同的价值。蒙天舒就不懂学术？不知道好坏？他知道谁的学术做得好，他知道聂致远的硕士论文写得好，他是有眼力的，他是知道价值的。比如说聂致远找工作，回到学校，他并没有排斥，言语中只是想在聂致远面前卖点好，称很多北大、复旦、武大的都来了，要聂致远买他的账，体现了他的世故人情。当然，他也有些投机钻营，但是这并不是坏的一方面。这个人物形象的丰富性，作者没有进一步展现出来。他自己就不想做一个优秀的学者吗？他也想评一个全国百篇优秀博士论文，评上优博，那这里边他怎么组织，他怎么探

索，他又有什么困境？所以我觉得作者真的是把这个人物形象类型化了，没把他写好，他没有痛苦？他的痛苦在哪里？他这样的人能够被别人瞧得起吗？他有没有遇到障碍？他有没有遇到冷门的时候？作者还是没有真正把他写成一个圆形人物。他的痛苦，他的焦虑，他的快乐，在这些方面的表现上还是不够的。

至于聂致远这个人物，他的问题不是绝对的，每遇到一个问题，社会都会替他敞开一扇窗，他是一个社会的幸运儿，很多地方都得到了社会的眷顾，比如说他考博士，找工作，发表论文。这个社会并没有想象的绝望，还让他有贵人相助，比如说他遇到吴老师，吴老师是学术带头人，将他的文章推荐给了权威刊物，在他评副教授的时候用的就是这篇文章。包括后面就更幸运了，他评为教授。他有一些撕裂的成长，但是他的撕裂度不够，他的困境和绝境到底在哪里？书上写他妻子赵平平的困境问题，写她的肉身之痛，还有买房子的问题，这些写得很真实，但是他的精神之痛写得不够。

另外，我觉得从人物结构来看，这部小说人物结构很够，但是事情写得很实。阎真本来就在高校工作，大学、考研、找工作、找女朋友、考博、留校、找工作、评职称，生活流在推动着人物发展。当然，作者对他的生活有没有想象，有没有剪裁，这方面是不是写得很细致很精彩，能不能进入你内心世界的幽暗之处呢？这点我觉得还是需要来探讨的。它的结构是多线索的，一方面是他的生活流，一方面是人物性格的内心冲突。当然，这个叙述方式我也觉得不是很满意，包括他的语言，写得比较平实。"平实"这个词可能既是贬义也是褒义。也有人说《平凡的世界》很平实，这个词有多样的含义。对于作家阎真来说，从他的语言和结构来看，他也有向经典迈进的可能性，他自我的突破在哪里？比如说叙述方式，为什么写得实？能不能空一点，能不能写点留白，能不能写点风景，能不能写点生活？这是我的思考。房老师你谈谈？

房　伟：张老师谈得非常有启发性。我读了这部小说以后，有点遗憾，因为这个小说在语言方面，包括叙事，感觉并不流利。一部伟大的作品，尤其是长篇小说，它和其他的短篇小说的不同之处在于，它给我们塑造了一个非常具有美学震撼意义的世界。比如马尔克斯笔下的马孔多小镇，福克纳笔下的约克纳帕塔法县,莫言笔下的高密东北乡。这些伟大的作家,他们往往能在笔下给你呈现出一个艺术化的世界,这个艺术化的时空,往往是对现实的一种提升。有时候它具有寓言性,有时候不具有寓言性,它的表现方式是很多样的。但是在伟大艺术家的笔下,往往有寓言性。阎真很遗憾的一点是在这方面有点缺乏。对现实的抽象的提炼,以及对现实的艺术上的关照,我感觉稍微粗糙了一些。

阎真的小说还有一个特点,就是他自叙式的写作比较严重,你读到的主人公,往往有他自己的影子,或者是有他自己的思考,但这些行为痕迹其实对他来说是一种限制。我很同意刚刚张老师说的有些小配角反而写得非常精彩。我记得书里有一个工作多年还没有编制的女教工,她去处理一些现实的问题,表现出的一种卑微和绝望,让我看了以后非常动容,因为我以前也遇到过这样的事,能勾起我很多的回忆。在现实生活中,我们就是存在很多这样的问题,而且恰恰是在这一点上,在这个问题上,聂致远是最有人性光彩的。他会为那个老师去不断地争取,以及他向每一个人鞠躬、流泪,我读到这里的时候有很深刻的感受。所以,像这样的人物,矛盾冲突比较激烈,但叙事不温不火,就会让人感觉很压抑,很平,好像趴在地上去写,能不能有一些更激烈的冲突呢?《沧浪之水》里的池大为是怎么变坏的呢,因为孩子被车撞了以后找不到医院,这个时候他就觉得自己好卑微啊,要做一个坏人,这个太简单了。就像张老师说的,聂致远的人生撕裂程度不够。老师告诉你,其实想要得到一个平淡的生活也不容易,平淡的生活也得能平淡得起来。我原来大学毕业以后,在企业里工作了很多年,这份工作天天在挑战我的道德底线,所以我受不了了就去考了研究生。前几年,我写了一篇文章就是回忆我在企业的生活,发表在《天涯》的第一期,很多朋友看了就说,哎,你写部小说吧。

张丽军: 房伟老师出版过一部长篇小说《英雄时代》,大家可以找来看看。

房　伟: 我写的确实是悲惨,那种悲惨出乎你的想象,挑战你的底线。张老师说得很好,它还没有真正写出高校的血腥和绝望。山师校本部有一个毕业角,我去看了一下,在三号楼三楼,每一年的毕业生都会在那里写一点，我看到有一个很娟秀的笔迹，写道："假如死亡来临的时候，我也许挣扎得不会太久。"我看了这个以后感觉很难受，这是个很年轻的小姑娘，很娟秀的笔迹，其实这就是绝望。

张丽军：我们来听一下后边同学的看法。

姚超文：刚才老师和同学们都谈了很多，我来谈一下自己的思考。一方面是在主题上，聂致远是从小学一直读到了博士，他经过了比较正规完整的教育，但是他进入社会以后，还是会为生计而担忧。这就让我想到了自身，我们接受了这么多的教育，我们还是得学会在社会上生活，得解决好自己的温饱，这是第一位的。知识分子以何种合法的方式把知识转化为生产力，这是很值得思考的地方。阎真提出来了，但是他好像也并没有指出到底应该怎么做。我觉得聂致远是一个很矛盾的人，其实他对现实也做出了很多妥协，我也觉得他有点窝囊。《活着之上》和《平凡的世界》一样都是现实主义的作品，但是读完以后给我的感觉是非常不同的。读完《平凡的世界》，我的内心受到的是一种震撼，同时也有一种温暖的感动，它让我们看到主人公面对问题时的那种奋发有为。但是读完《活着之上》，我很难勾画出聂致远的形象，也很难给他的性格下一个定论。

另一方面是他的创作手法给我的一些启示。其实老师刚刚也谈到了，他的叙事比较密集，这种密集琐碎的叙事带给读者的感觉是现实且平凡，还比较压抑。阎真在一篇随感里谈到了他的创作观念，他说他的文学理念就是要去零距离地表现生活。我觉得这跟新写实小说的零度写作有点相似，他贴近生活去写，抑制自己想象力的发挥。但是我觉得小说如果过分地去追求一个现象的真实，不断地加入一些琐碎的叙事，力求去还原生活中的真实，这样会不会造成作品内意上的一种缺乏，会不会让它的本质显得不真实？这是让我感觉比较困惑的地方。另外，现实主义的作品到底应该怎样去拉开与生活的距离，获得一种审美上的超越，这也是我在读完之后，感到困惑的地方。

张丽军：我们请苏鹏博士来谈一下现实主义的作品是不是一定要写得非常贴近现实，现实主义的作品应该如何拉开与生活的距离。

苏　鹏：这个问题提得有点深度了。根据我自己的理解，现实和艺术之间的距离有两种情况，一种是作品和生活之间是一种反映和被反映的关系，这个可能更接近于那种平面化的效果。还有一种就是象征，它所呈现的是寓言式的效果。阎真的作品可能更倾向于第一种。但是，他这种所谓的反映就是纯粹的拍摄，就是像摄像机一样去记录一件事情。刚刚老师也说了，它反映的当下社会的生活状态也经过了一定的处理，它是一种简笔画式的写作，比如他在塑造人物的时候很多地方写得很简略，不是一个圆形人物。然后，再回到你的问题上，艺术和现实之间应该怎样处理，我认为还是要带着一点象征，带着一点寓言。但是在当代作家中，能够达到一种现实高度的作家很少很少。

张丽军：我很同意苏鹏博士的观点，刚才房伟老师提到，阎真的现实主义是一种摩擦地面的现实主义，不是一种非常高的现实主义。我非常欣赏余华的小说，余华说现实是虚伪的，小说才是真实的，他讲审美的想象力就是把床单变成魔毯，披上魔毯，想象力就能够飞翔起来。阎真的作品确实缺乏这些东西，仅仅模仿现实还是远远不够的。我们看梁鸿的作品，她的《中国在梁庄》和《出梁庄记》写得非常好。她最近出了一本新书，新书内容就是一个虚构的艺术想象，只有这样它才有发展的空间。生活中虚构也是一种想象，但是个人想象的虚构是受到很大限制的。所以《活着之上》我不是很满意，为什么写得实，为什么聂致远窝囊，是因为他太缺少主体性，他的生活都是被动的，他没有很多的选择，他没有精神的空间，他没有想要去过怎样的生活。他是被动的，该要女朋友了，该要家庭了，除了这些还有什么东西？他没有主体性，没有独立人格，他的精神追求在哪里？这是我们需要探讨的，这是一个作品最重要的东西，他的理想维度也是我觉得不满意的地方。

王楠楠：我想从人物形象方面谈一下我的感受。《活着之上》塑造了蒙天舒和聂致远这两个性格对比鲜明的人物形象。当聂致远还在为怎样处理生活与理想之间的关系的时候，蒙天舒已经通过各种公关手段一步步地找到了工作，迎娶了白富美，一步步地走上了人生巅峰。这两个人分别是坚守自己的原则和用权术谋求利益的两类人的典型代表。活着是每一个人的基本需求，活得更好是每个人往上一层的追求。但是通过什么方式活得更好，就成了两类人的本质区别。像蒙天舒这类人，他们追求的是物质不但要极大丰富，而且要极度精致。他作为一个历史学的高级知识分子，对学术有好的鉴别能力，但是他还达不到那种水平，所以他想在学术上登峰造极是很困难的，于是他知道更好更便捷的方式就是把学术作为自己谋私的斗篷，这样他就可以活得更好。就像李淇淋同学说的，我们可以理解蒙天舒为追求更好的生活所做出的努力，但是我有一点不认同，他在很多情况下都打破了自己的底线，比如说他为了评上优博论文去抄袭聂致远的论文。我们可以理解他的追求，但是我们不能原谅他做的这些事情，这是一个人的底线。底线之所以叫作底线，就是让人们不要去突破它，底线一旦被打破，这条线就会越来越低，做出的事情就会越来越超出人们的想象。就像聂致远，他追求的是学术的纯净，精神上的满足。

由于聂致远这个比较单一的人物形象的设置，有读者就对小说的艺术性产生了质疑。阎真说由于创作的需要，我将真实的事例都放在了这两个人物身上，这样人物形象就随之典型化了。聂致远和蒙天舒的形象确实是典型化了，但是聂致远也不是黑的对立面，完全是白的。他不止一次对自己的信仰产生了怀疑，并且也付出过行动。比如，他为了自己的编制，也去找过关系，这就突破了他的信仰。但是我觉得他做出这样违背信仰的选择是符合人性中美好伴随着丑陋的特点的，这才是一个比较丰满的人物形象。他的生存困境的形成并不完全是社会造成的，也有他性格方面的因素，比如说蒙天舒找他换导师，他就换了，蒙天舒想抄他的论文，他也让他抄了。生活中，我也是一个不懂得拒绝的人，在读作品的时候，我对聂致远这个形象既有同情之心又有愤怒之意。就像鲁迅说的那样，哀其不幸，怒其不争。一向坚持正义的人，但是在一定程度上又促成了邪恶的发生，所以这个也是一个引发我们思考的方面。

于泽滨：我特别同意王楠楠的说法。聂致远在生活中并没有完全坚守住知识分子的立场，他有很多方面向现实生活屈服了，比如他妻子评职称送礼。在现实生活中，我更倾向做人圆滑一些，要变通一点，不能完全有棱有角地生活，但是圆滑也要有一定的底线。另外，小说没有停留在对现实的批判层面，而是对现实有一定的思考和追问，理性和现实到底该如何选择，到底是活着重要，还是活着之上的精神方面更重要，小说没有做出解答，这也许也是小说的不足之处吧。

三、"活着之上"与当代社会的守夜人

张丽军：我当时读到这个题目非常欣赏，如何活着，如何活着之上，一个知识分子如何确立自己的主体，如何守住自己的底线，如何当好当代社会守夜人的角色？这本书又给我们提供了什么启示呢？

房　伟：与其说它是一部现实小说，不如说它是一部问题小说。它表现的是当下的知识分子的一种现实生活。尽管我们说它的力度可能表现不够，表现手法比较陈旧，存在种种问题，但是它所揭示的问题却是非常深刻的。其实当代有一大批作品塑造了知识分子形象，如张者的《桃李》、李洱的《导师死了》，包括格非的《沉默》。当然，这些作品也受到九十年代市场经济的影响，表现出那种虚无、绝望、悲观。进入21世纪，知识分子所面临的这些问题没有得到根治，反而加深了，这种加深就是我刚刚说的黏稠感。那个时候我们也有一种非常疼痛的撕裂感，从八十年代启蒙的思想之下，突然就被抛入了市场经济，感觉到了一种撕裂感，一种锥心的痛感，现在我们感觉更加凝重了，更加黏稠了，仿佛把一个人扔到河流里，让他在里面游泳，游不动了，有一种溺水的感觉。这种情况可能对人文知识分子更为严峻，理科和我们文科面临的问题很多都不一样，当然也有一些相同的。但是他主要反映的还是文科知识分子，这个问题可能还得需要其他人，或者阎真更深入的思考，让这个问题小说真正脱离原有的框架，成为比较好的、比较优秀的作品。

刘治兴：我觉得这部小说在人物形象设置方面有点简单。任何社会都包含三种人，一种是据我理解的小人，另外一种就是在现实的冲突和磨合之中的大部分人，而大部分人对于物质看得比较淡，对精神拔得比较高。

比如，毛姆的小说《刀锋》中的主人公，他可以抛弃自己的工作，抛弃自己的未婚妻，去寻求人生的目的，到最后他的想法和行为做到了一致。在阎真的小说当中，聂致远就是在理想和现实里面磨合的一种人。第三种人，就是作者描写的曹雪芹和王阳明这类光辉的古代知识分子形象。但是这种光辉的形象，在他当时的生活环境里没有对照。他写了一个老教授，但是我感觉他写得太弱，他在现实生活中也妥协了。我认为这个形象应该塑造得更加高大一点，成为聂致远精神上的一种支撑。这是我的看法。

宫　震：刚刚听了各位老师和师哥师姐的评论，真的是感触颇深，让我联想到之前读的一部作品——《篡改的命》。故事写的是九十年代一个农民工进城的事，最后他在生活的各种逼迫下跳河自杀了。其实作者写得有点极端，他在农村真的不能生活吗？真的要被社会的阴暗面挤得跳河自杀吗？这样才能换得身边人的快乐和安心吗？并不一定。一开始我觉得这是一种很投机取巧的写作方式，作者往往用这种方式抓住读者的眼球，来引起共鸣，但这种共鸣却不是感情上的共鸣，而是突破道德底线后的愤怒。就像《废都》，《废都》也是描写高级知识分子，也是定格在八九十年代，知识分子是庄之蝶。他是西安作家里一个有头有脸的人物，他游走在西安，干了很多见不得人的事。大家觉得这部作品是为了反映现实，还是像我刚才说的那样，用突破道德底线的方式来吸引大家的眼球，引起大家的共鸣和对这种事件的关注？当然是后者。这是我的思考。

曹浩然：我就对知识分子应该怎么做来谈一下吧。主人公对曹雪芹和王阳明是非常向往的，我觉得这两个人抓得特别好，但大家的着眼点在曹雪芹，对王阳明的挖掘层面还不够。古人有一种情怀，就是追求三不朽——立德、立功、立言。据说能够做到这三点的只有两个半人，一个是孔子，一个是王阳明，还有半个是曾国藩。孔子就不用说了，先说王阳明，王阳明先是在京城做官，因为当时宦官刘瑾擅政，王阳明上疏触怒了刘瑾，被打了板子，发配到贵州龙场，他后来回到了京城，就不再像年轻时那么愤青了，逐渐变得圆滑。曾国藩也是这样，因为自己的耿直，把整个湖南官场都得罪了一遍，也差点给自己招来杀身之祸，后来他学习黄老之学，克制自己过于刚直的性格。曾国藩和王阳明一样，变化以后才又打开了一扇新的窗户，以后的人生旅途才变得如鱼得水，十分顺畅。所以有句话叫："穷则变，变则通，通则久。"知识分子固然要有着高尚的情操，但是要学会变通，面对社会潜规则，我们也不能一个劲地往前冲。要想在社会中实现自己的价值，还坚持自己的底线，就要在一定程度上变通一下，做到刚才师姐所说的外圆内方。

贾　瑶：这本书我没看过，我倒是看过余华的《第七天》，用的是寓言式的手法，写的是人生的那种痛苦和死亡以后的平静安宁。但是刚才房伟老师说这部作品还缺了点什么，我也没想清楚，所以我想请教一下房伟老师。

房　伟：这部作品还是对现实的描写过于肤浅，很多东西都是新闻串烧式的，比如说跳楼、民工讨薪、包二奶、得艾滋病，他想说的太多，反而表现力很差。张老师您来谈一下。

张丽军：那我也谈一下，去年我写了一篇关于余华《第七天》的文章，在《北京社会科学》上发表了。我很同意房伟老师的看法，就是作家要有想象力，但是也要注意选材，也要跟生活保持适度的距离。不是说生活中的材料很新鲜很吸引眼球就把它拿过来，你要看看是否符合你的选择。作家不同于新闻记者在哪里？作家的独特性不仅仅在于生命体验的独特性，还有审美关照的独特性，通过你的眼睛你看到一个新的东西，你的眼睛包含你的情感，你的情怀，你独特的印记，这是你无可替代的东西。余华把整个事件移过来，这是需要思考和讨论的，包括余华把《兄弟》中的许多事情移过来，这是我觉得很不满意的一点。但是我个人非常欣赏余华的想象力，那种死无葬身之地，死后那些鬼魂，那些唱歌的婴儿们，真的是很有想象力。当今社会真的是死无葬身之地，你要是深究的话依然有许多深意在里面。但是作为一个优秀的作家，对他的批评也是应该的，他做得还是不够。

知识分子的问题，不仅是个人的问题，更是一个时代的问题。我们今天的这一代人，青年的希望到底在哪里？普通阶层的劳动价值在哪里？我们上大学的时候非常快乐，天天打篮球，看电影，我们班里天天搞舞会，每周一场舞会，非常快乐，从来没想过我要找工作，总是有工作等着我。

那时候的大学时代是最快乐的时代,但现在的大学却像一种训练机构,谁给我们带来的这种压力?我们的希望在哪里?我们的突破在哪里?当然,改变这个世界要从我们自己开始做起,我们来改变。像聂致远这种评职称、评论文、拿项目、拿奖,我们都面临着这些问题,我们都焦虑不安,你要跟它玩,你不跟它玩,你就出局了,这就是现实。但是,另一方面我们也说,你要有你自己的东西,就是你的主体性,你的主场,你的主业,你要打出你的天地来。我谈这些,剩下的大家再来谈,谁还有新的补充?

关建华: 首先是关于它的叙事结构,我觉得是十字形的结构,顺序就是时间顺序。一头是蒙天舒,另一头是曹雪芹,而聂致远就是中间的人物。当他倾向于曹雪芹那头时,他觉得蒙天舒得到的是经济利益,他心里不平衡;但他通过一些关系倾向于蒙天舒的时候,他又觉得曹雪芹在他头顶上,所以他是一个非常矛盾犹疑的人物。在我看来,聂致远是现代社会上有一定缺陷的人物,他的交际能力是受质疑的。求人在他心里有一定的障碍,他很难做到。但是当他与正常人交流的时候,包括他的导师,他的正常交际也是有一定欠缺的,这是聂致远本身就存在的缺陷,不是他走关系的时候才会出现的缺陷。其实,作者塑造聂致远,并不是把他塑造成一个出类拔萃的人物,他是一个普通大众的知识分子,他的学术能力并没有多么强,他的教学水平也并没有多么高,但正是因为设置成了这样一个人物,他贴合了大众读者自身,从某种层面上,他就是我们,他所遇到的这些事情正是我们所遇到的,不是吗?还有一点就是聂致远确实是社会上的幸运儿,他所遇到的任何一件事都给他打开了一扇窗,虽然都是被动的,但是他都走过去了。生活给他的高度是正常的,他所经历的这些事情并没有挑战他的绝境。阎真在这部作品中,其实有点故意拔高,当他觉得需要精神高一些时,就把曹雪芹拿出来说一说,这样阅读的感受就有点痕迹性。

张丽军: 好,由于时间的关系,那就先到这儿。今天非常感谢大家,特别感谢房伟老师和苏鹏博士能够拿出时间来跟大家交流,谢谢大家。

成长的疼痛：生命体验、生存法则、欲望救赎及其他
——苏童《黄雀记》研讨

张丽军　苏鹏　部景雪等

内容提要：《黄雀记》表达的是几个少年的成长，在苏童绵密的叙述中，我们可以感受到他所呈现的那些少年记忆中晦涩甚至幽暗的疼痛。黄雀是对生活中的每个人每一种身份的暗喻，也是这个社会潜在的生存法则。在这里，个人同世界的关系始终处在一种紧张的状态之中。苏童的笔触渗入到每一个少年的内心，展现了不同阶段的人在选择、欲望、利益面前的种种纠葛，也勾勒出在人生蜕变历程中，作为个体承受的疼痛。

关键词：苏童；《黄雀记》；仙女成长生存法则；救赎

主持人：张丽军　山东师范大学文学院教授

参与人：苏鹏　山东青年政治学院讲师

关建华、李君君等　山东师范大学中国现当代文学专业硕士生

部景雪、高传福等　山东师范大学汉语言文学专业本科生

时间：2017年6月12日

地点：山东师范大学长清湖校区C区

一、关于苏童《黄雀记》的审美阅读体验

张丽军： 今天来到我们讨论会现场的人很多，我对大家的到来表示热烈的欢迎。这门课是中国现当代文学研究方法，我们讲了一学期的方法论，一直想通过一部作品的分析来看看老师和同学们是如何感受一部作品，分析一部作品，用什么观点来思考它、辨析它。我觉得这是一个教学相长的过程，多听不同的观点、不同的思考，我们就会有新的收获，会发现我们的文学是多么的丰富。

首先，我们来讨论第一个问题，谈谈对苏童的《黄雀记》的具体的阅读感受。我先抛砖引玉地谈一点。苏童是我非常喜欢的一位作家。我记得2009年的时候，苏童到咱们学校来交流过一次，就在咱们长清校区的报告厅里。交流完之后，还举办了签名售书活动，现场气氛非常热烈。去年在北京师范大学开一个关于莫言的讨论会的时候，苏童作为北京师范大学的驻校作家也去了，他给人的感觉非常亲切、可爱。他来山师的时候讲起了他的亲历，他关于死亡的体验，他讲自己得了一个病，这个病让他感受到死亡的威胁，他甚至问他的亲人说："我会不会死？"在那段生病的时间他退学了，一直待在家里，一个人处于冥想的状态，这段经历是他非常重要的童年经历。我们看他不同的作品，都是这种童年的记忆。他对童年的表现、对少年的成长，在枫杨树系列作品中都有体现，包括他最新的作品《河岸》，里面还是个少年，到《黄雀记》里面，我们依然看到几个少年的成长。我们知道少年时期是人成长的关键时期，童年时期是懵懵懂懂地度过的，少年时期则带有了更多紧张的东西。可能一个人从少年、青年时就在和人沟通、交流，到中年时才会达成一种和解的关系。所以我们看到苏童笔下那种少年的形象，他们与世界是一种非常紧张的关系，那种碰撞、冲突、融合造成一种生命的复杂性。这是苏童一贯的主题。

当然，还有苏童对女性形象的书写。苏童写了很多很精彩的女性形象，他对女性命运、女性心理的捕捉是苏童与很多作家不一样的方面。像贾平凹、莫言、张炜，他们对女性形象的书写也是很多的。贾平凹说："我写了很多女性形象，我对女性非常关注啊，怎么有些人还说我不尊重女性呢？"但是我们看苏童，他显然没有这个问题，他写到女性内心去了，所以这是他的独特性。

苏童的《黄雀记》一点也没有让我失望，苏童依然是一个很棒的苏童，依然是一个能给我们很多惊喜的苏童，我们还能看到很多新的东西。一方面他保持了以往的叙述风格，他的主题、他的人物形象，依然有着某种持续性；另一方面，在《黄雀记》里又有新的开拓，新的发展，比如故事结构、人物形象、意象，以及他对人物内心的深入。所以这部作品没有让我失望，它获得茅盾文学奖是当之无愧的。这是我的初步体验，下面请大家继续来谈。有请苏鹏博士。

苏　鹏：下面我就说说我的阅读感受。第一个我觉得像刚才张老师讲的，苏童是一个非常敏锐的人。他对童年时代的描写，对女性形象的刻画，是非常棒的。在《黄雀记》里，这些依然是他构筑整个故事文本的最重要的元素，比如保润、柳生还有白小姐三个人物形象，刚开始也都是在香椿树街这样一个文学地理的空间里，描述他们成长，描述他们心灵的变化。这是一条线索。

另一个，《黄雀记》更多让我们思考的是他文章中的象征隐喻。因为象征隐喻在文学本身就是一种对话，诗无达诂，仁者见仁，智者见智。很多的意象，比如祖父的灵魂丢了，为什么要谈到灵魂问题，后面大家可以去探讨。还有，为什么保润这么一个年轻人擅长打绳结，而且起了很多漂亮的名字，什么民主结、法制结。这些都是一些有意思的线索。这是我对《黄雀记》的一些体会，后面大家可以展开深入地去讨论各个方面。另外，我觉得苏童的语言美在这部作品中体现出来了，在某些细节的描写上，散发着诗性之美。这是我大体的感受。

高传福：我个人对当代文学的阅读并不是很多，但是想简单谈一下自己关于《黄雀记》的阅读体验。我认为这篇小说最有意义的是反映了一个时代的迷茫与无规律性。首先说迷茫，名字定为《黄雀记》，每个人一看到"黄雀记"三个字的时候都会想他到底写的是什么，然后从第一页翻到最后一页才发现，他根本没有写黄雀。我从网上以及和其他人交流的时候，大家普遍认为黄雀这个意象指的是"螳螂捕蝉，黄雀在后"，当然是有这个意思，这是最公认的一个理解，但是我有我自己的理解。我觉得这个黄雀是一只关在笼子里的黄雀，当笼子打开之后，这只黄雀因为在笼子里待的时间久了，当它飞到一个更广阔的天地的时候，它是迷茫的，是没有规律可循的，它不知道该怎么生活。小说中的各个人物就相当于这个久在笼子里突然放出来的黄雀。这个故事的背景发生在"文革"之后，大家处在一个时期久了，对于那个时期的政治斗争和生活方式已经非常熟悉了，然后又把他放在一个能够让他去发展经济的自由的场域，他不适应了。他家在老屋开了一家店，原来是服装店，但是后来发现不太挣钱，又觉得药店比较挣钱，又开了药店。他因为不知道到底什么是真的经济，只要哪个挣钱就去做哪个。另外，监狱也是，监狱曾是大丝绸商的私家园林，也没有真正监狱的形制之类的。包括法律，像保润这个强奸案，在法律判案上也是有问题的，当时法律的不健全，也是没有规律的。这是我对这部小说的体验。它写了一个时代的迷茫与无规律性，当然，说到时代的问题，我想起《苦瓜和尚画语录》里面有个理论叫"笔墨当随时代"，要追随时代的一些特点和变化。我觉得文学对于这方面的要求要更高一些，而且现当代文学史上比较有名的能够流传下来的作品，往往都是反映了时代，比如说老舍的《四世同堂》、路遥的《平凡的世界》，除了反映那个时代，还反映了那个时代的人和人性。

王桂秋：我在读的过程当中，感觉它的画面感还是像以前的作品一样强烈。可能这也特别符合中国影视作品的美学原则，就是要人物清楚，线索明了。它的画面感强到，有一天晚上，我看到天上的大月亮，很红，一下子让我想到了文中的怒婴，即使回到了现实，我依然对他的作品念念不忘。但是我在读的时候还是有许多疑惑，比如保润回家的时候看到了蛇，这个蛇在后来再没有提到过，还有他家里的动物，后来也没有提到过，包括保润在照相馆前面看到的那个女生的照片，那个女生的照片很容易让人联想她是不是仙女，后来作者也没再提到。

我一直读的是章回体小说，但是在读《黄雀记》的时候，觉得苏童在刻意地分章分节，对读者来说，有点生硬，有一种由几个短篇凑成一个长篇的感觉。因为每一个篇章单独拿出来都是一篇很好的小说，但是凑起来的话，还是会有一些没处理好、协调好、连贯好的地方。

王　琳：我想说说刚才师姐提到的她的疑惑，我也有一点自己的看法。她说的那个蛇的意象在后面是有体现的，保润说他记得去年第一次搭车来看祖父的时候，也是春天，然后看到了一个自杀死掉的人，当时他的旁边是有一截被绞断的麻绳像蟒蛇一般，"蛇首垂向草地，蛇尾拖曳在死者的小腹上"。他当时的反应是心里空空荡荡的，我想他一定是联想到了当年在房间发现的那条蛇，这也是有影响的。再一个，他当时去取照片取错了，看到了那个小像，是一个少女的照片。他对那个少女是一直放在心上的，那一阵子几乎就是为了她，他有点像丢了魂似的，后来没有提到，我觉得他是把对照片上的少女的感情，转嫁到了仙女的身上，这也就导致了以后他和仙女之间发生的很多相互纠缠的故事，两者也是有一点渊源的。

高传福：我想再说一下那个蛇，我对蛇这个意象的理解没有考虑特别多，也没有非要把它和后文的东西联系起来，因为不一定每个意象都会被赋予意义。在座的很多都是山东人，我们很多山东人家里都说蛇是四仙之一，是老房子的守护者，是祖先的一个化身。我们在翻掘土地的时候，也挖出过蛇来，我相信中国很多地方都会把蛇当作他的一个祖先来看待，当作对他的老房子的一个守护神来看待。而且在这篇小说当中多处涉及对祖先的思考、对过去的思考，所以说这个蛇就是对过去、对祖先的一个暗喻。

张广霞：《黄雀记》把三个主人公，柳生、保润，还有白小姐，分成了三个部分，分别是："保润的春天""柳生的秋天"和"白小姐的夏天"。这里我就有点不大明白，他为什么要用"春天""秋天""夏天"？我从头看到尾，一直觉得比较压抑，内心那个压抑感没有释放出来。祖父丢魂，被他的儿媳妇嫌弃，送到精神病院，然后写三个人之间的纠葛，到最后写他们每个人的下场，我感觉里面的人物一直都是很愤怒的状态。作者没有为他们每一个人找到一条救赎之路，这就是我的看法。

刘民超：我想谈一下《黄雀记》的讽刺性。小说刚开始的时候说祖父的灵魂丢了，然后他就开始各种找、各种折腾，可总也找不到，所有人都以为他疯了，把他送到了精神病医院。小说后来又写到仙女把魂丢了，写很多人的魂都丢了，但是他们都不觉得自己的魂丢了，只有祖父还在找，人们却都把他当成了一个疯子。这就好像是在说，全社会的人魂丢了都没有发现，然后有一个人发现了，却把他当作疯子关起来，送进了医院，这是一个讽刺。接下来是绳子的问题。保润用绳子去捆他的祖父，当用法制结的时候，祖父就觉得很难受，他就主动要求"我不要法制结，我要民主结"，但是结果都是一样的，这就是反映了当下一些人，给你一个好听的名字，你就觉得舒服一点。还有就是《黄雀记》中的女性形象，我觉得他把女性都写得很物质，没有脑子，跟《河岸》里面的慧仙很像，都是为了追求物质上的满足。

关建华：读《黄雀记》，我的感受有一个渐进的过程。第一遍看的时候，没觉得怎么样，后来看第二遍的时候，就从中看出了成长，保润、柳生、仙女，这三个人都是在这几十年的发展中成长的，但你会发现他们三个都没有成长起来。保润一开始遭受了牢狱之灾，出狱之后依然保持他在进监狱之前的心灵向往；柳生的成长其实是一个畸形，他只能找家里人帮忙；小仙女的成长是一个现代经济之下的畸形成长，她变成了依靠出卖身体来赚钱的公关小姐。再后来，我从中读出了隐喻，它有一个特别有意思的隐喻——祖父的丢魂。丢了魂之后就是去找魂，这是一个永久性的问题，也就是说精神是一种空白，但是肉体还是一种存在。不断追寻的过程，其实是一种对历史的追溯，包括挖地、寻宝，其实大家都是在进行一种无意识的追溯，都不知道要寻找什么宝贝，但祖父知道在寻找什么，最后找出一个手电筒。其实这个手电筒很有讽刺的意味，他寻找的是一个照明的工具，是一个寻路的工具。

一开始我觉得这是一篇拼接而成的集合，到后来发现苏童还是苏童。就像是《第七天》出来的时候，大家说余华变了，但是你仔细看，余华还是原来的余华。作为60后这一代的作家，平常人认为他们一定不同于以往，或者说是玩票式地写出一部作品。但是他们其实是有自己的想法的，他们对自己内心世界的表达，他们进入历史、进入文本的方式，与我们思考的不一样。这些都需要我们不停地思考。其实这些作家不是在玩票，是真正地在写一些关于内心的东西，并不像是外表所展现的那样。

部景雪：刚才广霞说到的压抑，我深有同感，我觉得更多的是一种疼痛在里面。苏童先生写这个故事的动机是来源于一个真实的案例，一个老实的少年无缘无故地卷入一起轮奸案而入狱了。但是这个案子受到很多人的怀疑，说那个少年有一双清澈的眼睛，让人不敢相信他参与了轮奸案，所以我觉得作者是带着这样一种疼痛在写这部作品。天天想着死去的祖父，水塔事件的受害者，想改邪归正的柳生，这些人身上都有一种疼痛在里面。说起"疼痛"两个字我就想起饶雪漫，现在回看饶雪漫的作品，虽然也叫疼痛，但是那一种疼痛还是太轻了。我觉得从头到尾，这一种疼痛一直在笼罩着我们，到后来看完了也在痛。如果说对这个作品有什么想法的话，我希望苏童先生在写的时候，能够最后把这个痛化解一下，而不是一直痛下去。

王　琳：《黄雀记》是以祖父丢魂这个事件为开始的，祖父自从觉得自己头脑里的那个大气泡破了，就要去找他的魂，就要去找那个手电筒，他几乎找了一辈子，挖了一辈子的坑也没有找到，到最后是白小姐找到了，手电筒不经意间从房顶上掉下来了，她看到了里面的东西以后，觉得很恶心就给扔了，扔了之后才被祖父告知里面装的是祖宗的尸骨。一开始白小姐还有其他人都觉得爷爷是个非常可笑的人，他的丢魂也是件很可笑的事情，但白小姐经历了大起大落之后，她心里也开始害怕，以至于到最后走了。文章说她走了，也不知道是自杀了还是没回来，这也留给大家一个想象的空间。但是我感觉白小姐她的内心是会忏悔的，是会有反思的。我认为小说的主题就是"根和本"。在那个时代，市场经济要建立起来，要发展，要有自己的小算盘去获得一些财富，可能我们内心当中的一些信仰、一些美好的品德就会在不经意间被丢弃，这样就仿佛没有了根源，无本之木，无源之水是走不远，也走不好的。我觉得这可能是文中给我们每一个人当下的启示。

杨坤钰：我想说一下保润和仙女的爱情。我觉得他们的爱情是突然降临,又突然消失了。

张丽军: 你是说保润和仙女有爱情吗?

杨坤钰: 我觉得应该是有的。有点像水在沸点上,突然又降到了冰点的那种感觉,隐隐约约的,说不清道不明。我觉得保润对仙女的感情既是勇往直前的,又是小心翼翼的。作品中有一段话是这样写的:"那个粉红色的小塑料片不时地触及他的膝盖,它以塑料的名义,对一个陌生的膝盖诉说,诉说盲目而空洞的感情。我爱你。我爱你。我爱你。"这些文字让人觉得马上到沸点了,但是并没有。

高传福: 刚才坤钰说到了爱情,我也想说一下。首先,关于仙女跟保润之间有没有爱情,我觉得应该是有的。白小姐也就是仙女,在整篇小说当中应该是有四段感情的。第一段应该就是跟保润,她跟保润的爱情相当于是最初级的,也是人生当中最朦胧的一段爱情,比较傻、比较单纯的那种喜欢。然后就是柳生和仙女的爱情,这是最为复杂的一段爱情。因为在这之前,仙女对柳生的好感也是比较强的,所以说在强奸之后,抛开钱的因素,她对他并没有怎么追究,是因为有一种喜欢在里面。我之前看过一个故事,强奸让施害人和被害人之间产生了感情,其实这是符合心理学的。所以当他们两个再次相遇的时候,仙女也对柳生慢慢地产生了感情,也想和柳生生活在一起。仙女还有一段感情是跟马戏团老板瞿鹰,他们之间的感情又到了另一个层次。瞿鹰是真正以个人魅力、个人风采征服了仙女,她对他的感情比较纯粹。再一个是仙女和那个台湾商人庞先生的感情,这段感情纯粹是金钱性的交易。这好像也预示着很多人的感情到最后就是一个金钱交易,就是一个社会价值的平等,因为商人喜欢仙女的才貌,而女人对男人的要求是有地位、有金钱,许多人的爱情到了最后都会停留在这一阶段,以这个阶段为结束。仙女的这四段感情,往往也是人生各个阶段的感情的概括,这是我对小说中爱情的一点理解。

史胜英: 2015年的夏天,苏童来山师本部做过一次演讲,主要是对他的短篇小说做的阐述。苏童比较喜欢写短篇小说,他的短篇小说比较精致,不管从结构上,还是从情节上都很融洽,各个方面都把握得很好。所以他写长篇小说就有一种从短篇小说渐渐扩大的感觉,《黄雀记》在我看来就是他对短篇小说的一种扩充。他在长篇小说里是比较会讲故事的，他会从一个非常简单的、比较生活化的小事情来入手，让我们慢慢地进入这个故事，到故事结尾的时候往往还能引发人更深入的思考。

再者，他对故事悬念的设置，还有情节上的环环相扣，做得是比较好的。整个过程给人一种紧张感，让你非常想去把整个故事读完，让你想把所有的谜底都给打开。比如对于祖父丢魂这个事情，最后祖父的结局却是最完满的，他难道是最后的黄雀吗？还有水塔事件，这个少年的犯罪是在水塔之中，但是最后水塔却被人改造成了一座庙，这个庙宇可能象征着人们对精神信仰的追求。还有绳结，保润最擅长的就是捆人，这个捆绑隐喻着什么呢？我觉得它是在隐喻这个时代道德已经缺失了，他想通过这个绳子给人一种道德的捆绑和约束。祖父只有在被捆绑之后，他才会感觉到舒服。保润想用这个绳子去捆绑一切他想捆绑的人，他想给这个失衡的社会一个约束。

最后是故事的主题。这个少年为什么会犯罪，难道社会和他们的家庭没有责任吗？比如说保润的母亲更关注的是利益，她出租祖父的房子，卖祖父的床，这对孩子的成长有没有影响呢？柳生的父母对他的错误也没有进行教育。

卢作莉：结合刚刚老师还有同学们谈的，我想谈的第一个是苏童故事的结构。他很出色的一点是故事情节设置得很好，以前读他的短篇小说，画面感就非常强，让人读了以后感觉故事就像在面前展示一样，非常的直接直白。第二个就是我对"保润的春天""柳生的秋天"还有"白小姐的夏天"的理解。之前有同学提起文章中出现的少女的照片，实际上我觉得这个少女的照片是保润青春期萌发爱意的一个引子，它引出后面他和仙女之间发生的事，所以"保润的春天"里的春天意味着他有一个青春期的爱的萌生。"柳生的秋天"，我觉得它实际上是暗喻着柳生人生的悲剧，他的人生非常困顿，最终保润在他的新婚之夜复仇，加重了他人生的悲剧性色彩。"白小姐的夏天"，在新时代，大家都开始下海经商，白小姐沦落风尘，实际上是一个新时代的发展。

在爱情的描写上，苏童有很多出人意料的地方。比如说仙女和保润，我当时看的时候也觉得他们两个会在一起，两人之间有一种青春期的爱情萌发的感觉，但是最后他俩没在一起，这是一个很出人意料的地方。还有后面白小姐和庞先生，白小姐怀孕之后出现了一个庞太太，按照我们的想象，庞太太会是一个贵妇人的形象，可是出人意料的是，她是一个坐着轮椅的和蔼的老妇人，并且她的腿上放着一本《圣经》。白小姐在看到庞太太的时候忽然感觉有点害怕，也许是因为她发现了一种自己内心没有，而庞夫人却有的东西，她心生出一种尊敬、一种敬意，所以她当时走开了，若是按照她原来的性格，她是不会这样做的。

二、关于故事结构、人物形象与叙事方式的思考

张丽军： 好的，我们进入下一个环节。刚才同学们谈得很精彩，从不同的角度谈了我们个人的阅读体验，我们还有更多的体验可以在后续的环节接着谈。我们先谈一下《黄雀记》里面的故事结构、人物形象和叙事方式。

刚才很多同学都谈到了对"黄雀"的理解，谈到人物结构的关系是不是一种中间的组合或渗透。我的感觉不是这样，我个人认为有的作家的小说是各种中篇的组合，但苏童的这部小说完全是非常好的长篇。以往苏童的小说都只是一个故事，比如《河岸》里的少年，以少年为中心，写他的家族和他的成长。苏童的《米》里面的五龙，描写他进入城市后所经历的故事，他体验到的人生的坎坷，最后写到他的死亡还有回到故乡，都是完整的故事结构，都以个人为中心。而苏童的《黄雀记》，它的人物结构是以三个人物为中心，就像"螳螂捕蝉，黄雀在后"一样，是三个事物在里面的组合，三个人物不是内在堆砌的关系，人物与人物之间的关系不是拼凑。这种解构对作家来说，是有难度的。苏童以三个人物为中心来写这个故事，不同于以往以一个人物为中心来写故事，其他人物皆为他而服务，

这里面的人物都是独立的，三个人物之间也有一个内在的有机线索。我们可以看出三个人物之间的性格有共通的一面，像成长的，青春的，包括在这个时代里他们之间的相互碰撞，一种鲜血淋淋的碰撞，他们有共同的青春的记忆、成长的历史和时代的主题。这种解构和人物的书写是很有挑战性，难度很大的，我觉得这是他对故事结构的一种发展。

除了三个主人公，其他的人物形象也写得很动人，比如医院里姓郑的老板，这是一个新的人物形象，他是个有钱人，但他的恐惧不安和他的生活方式，使他与三个少年一样都是时代的印证。包括里面的隐含人物，像香椿街的民众，跳舞的、拉黄包车的，他们都是很生动的小人物。这也是一个作家对生活的观察和思考，它构成了以三个主人公为主体的一种成像，他们共同组成了一个香椿树街，展现了社会时代的变化和一个时代的形象。

关于叙事方式，苏童他是从人物内心来写的，这是他区别于很多作家的一个重要方面。所以，一个好的作家，他的书写应该从人物内心出发。《黄雀记》的结构，比苏童以前的小说结构要好，之前看《河岸》不是很满意，我觉得它上半部分写得非常好，但后半部分不尽如人意。但苏童的《黄雀记》里面始终充盈了很大的张力，很紧张，他的人物关系也在发生变化，比如前面仙女具有主动性，后面是保润具有主动性，但往后面看，它呈现出一种新的游戏，这场游戏更加惊心动魄。保润出现了，柳生知道讨债的人来了，重新进入水塔的瞬间，那种碰触历史、碰触痛苦内核的东西，一瞬间突然打开了，这表现了苏童强大的叙事能力。包括水塔，水塔的存在和再改造都包括了无数的隐喻，这就使小说呈现出它的魅力。这是我的思考，我们继续来谈一谈。

苏　鹏：我就结合我的感受来谈一谈，我对《黄雀记》这部小说的故事结构、人物形象、叙事方式的一些思考。我一直觉得读苏童的小说，无论他的长篇还是中短篇，用一个词来概括他小说的核心，就是见微知著。他是非常善于从一个微小的事物来生发出、阐释出一些很宏大的命题。特别是《黄雀记》这部小说，用"见微知著"这个词是非常贴切的。

就故事结构来说，它的主要人物构成了一个三角的关系，更巧妙的是通过保润、柳生、白小姐这三个关键性的人物构建起了一个窥探人生社会的万花筒。我觉得这部小说结构的精妙性体现在这，这是我个人的理解，更重要的是他把社会时代的变迁也容纳到这种框架结构里。

另一个就是人物形象，当然这是一种最基本的介入，苏童在这部小说里不能说做到了极致，但是写的这几个人物都非常棒。他的小说能让你一下子记住里面的人物，读过很长时间之后还能够清楚地记得。我之前阅读的作品还记忆犹新，比如《妻妾成群》里的人物形象。有的同学描述得很好，他的小说里是有一种疼痛感，这也是我的第一感觉。它是通过什么来触动你，就是这种形象，这种体验，特别是这种三角的关系制造了这种疼痛感。它让你联想到很多现实层面的事，比如说这个故事最原始可能来源于一个案件，但是更多的是它能够提升你关于命运、关于时代的思考。

关于叙事方式，《黄雀记》延续了苏童那种比较轻盈的、略带诗性的叙事方式。这种方式和这个故事搭配得很好。本来是一个宏大的、很深刻的故事，但通过他的叙事方式表现出来，使人读了并不沉重，而且能从里面超脱出来，这种叙事能力是苏童驾驭语言能力的体现。

高传福：首先，我想谈谈它的形式上的一些技巧。之前有同学说了那些不能让人理解的东西，包括挖祖先的尸骨，以及后面的一些东西总给人感觉有失逻辑，也没有特定的解释。但正因为这种失逻辑，恰恰能给人一种生涩的感觉，使作品产生一种陌生化，从而给人一种特殊的阅读感受，这是一种新的表达。另外，这篇小说最主要的特色还是他的心理描写，对各个人物的心理描写得都很细腻，特别是他对性心理的描写。现代很多小说都写性，而且写得非常过火，也非常开放火辣。《黄雀记》虽然主要是围绕强奸案而展开的，但是在写的时候非常合规矩，比较中庸，写得也合理有度，这是一点。另外在篇章结构上，刚才很多同学觉得比较琐碎，但是我觉得他在琐碎之中又有一个统一。比如说他分"春天""秋天""夏天"，这是他对传统小说的借鉴。因为在传统小说当中，有一个手法叫"花开两朵，各表一枝"，这部小说的分节就有点像这种手法，先主攻一个人，再进行分述，这些章节当中的这几个人物之间又相互联系，非常紧密。

另外，我主要是想谈一下人物形象。仙女这个人开始让人有点反感，她的身份是公关女，还比较拜金。但是在这个人物形象身上又包含着很多的意蕴，她首先是一个自作玩偶的形象，她追求金钱，依赖男人，自愿去当玩偶。但是她又有一个自我救赎的过程，凸显了自己善良的一面。我印象比较深刻的是书中写到她在桥边看到一对夫妇走过来，那个妇人已经怀孕，两人目光相撞，她先害羞了。这个情节让我突然想到了托尔斯泰的《复活》，《复活》当中有一段描写非常相近，主角玛丝洛娃在提审中走过走廊时，有些观众在替她祈祷，玛丝洛娃突然感到非常羞赧并害羞地笑了，两者非常相像。另外《复活》也是一个"负罪与救赎"的主题，跟《黄雀记》的救赎的主题非常相近。

我发现很多人在看小说的时候很自然地以男性的视角在看女性形象，包括女生也是这样，她们自己看待女性形象也包含了一些中国传统的思想和男性话语在里面。比如仙女这个形象，说她不贞洁，说她物质，这里面都包含了一些男性话语。当然，他对仙女这个女性形象的把握，我觉得不是特别充分。鲁迅先生的《娜拉走后怎样》中提出了娜拉在离家出走之后要么饿死，要么再回来，这就说明女性在经济上必须要独立，而仙女正因为经济不独立，所以她对男人的那种依附关系就非常强。因此，她的女性意识表现得还不是非常强烈，还有一些男性话语在里面。另外，她对柳生有感情，很多人就想如果最后他俩在一起该多好，这就体现了我们中国人根深蒂固的一个思想，就是大团圆的理想，想让很多故事在最后有一个完满的结局，但是这篇小说给我们疼痛，这种痛才引发人的思考，才能让人对人生产生一个更深入的理解。所以说我觉得这种结局正是小说一个出色的地方。

此外，这部小说有一种难以磨灭的宿命论观念在里面。人物之间、情节之间总给人一种兜兜转转的感觉，类似于因果报应、一报还一报。保润他妈不孝敬老人，对儿子管教无方，到最后落得家破人亡。保润在医院中打绳结，这个绳结又构成了后来犯罪的一个原因。水塔这个意象内蕴是非常丰富的，强奸案发生在水塔里，到最后又回到了水塔，始终逃不出水塔这个意象，也给人一种宿命的感觉。还有小说的开头是老人丢了魂，一直在找魂，到最后出现了一个赤婴，这个赤婴又回到了老人手上，而这个赤婴的出生又和老人有一些关系。因为老人的魂寄托在祖先的尸骨上，尸骨又被丢到了河里，而这个孩子又是他母亲在河中漂流出来之后生下的。所以，这个孩子可能和那个魂有千丝万缕的关系，赤婴最终又回到老人手上，相当于这个孩子就是老人的魂，老人是这个孩子的肉身。这是一个宿命的东西，也是苏童小说当中比较出彩的地方。

丁美华：我先谈一下对《黄雀记》叙事方式的理解。有的小说在高潮处就戛然而止了，有的小说像抛物线一样，达到高潮处就落下去，而《黄雀记》的叙事方式就像一个濒死之人的心电图，其中偶尔的高潮就是作品的三个部分，即"保润的春天""柳生的秋天"和"白小姐的夏天"。我认为《黄雀记》并不是没有冬天，它的冬天潜藏在它最后的那一段平静里面，在这些人物展开他们的人生舞台时，冬天已经悄然而至了。文章最后，柳生死了，保润要么进监狱，要么判死刑，白小姐生了一个孩子，然后失踪了，最后是祖父守着这个孩子，文章就这样结束了。

我认为，苏童以三个部分来建构他的文章，他写到谁就用谁的视角来切入，这就造成了故事的模糊性，很多细节都没有交代清楚。比如说，儿时柳生对仙女的态度究竟如何？他对仙女的强奸难道仅仅是因为性欲？仙女被强奸之后，她的心理感受是怎样的？为什么她能坦然地接受柳生母亲送给她的钱财，然后顺理成章地答应以后不再出现在柳生面前？仙女后来成为一个公关小姐，那在她儿时失踪的那段期间又发生过什么？这些作者都没有交代清楚。所以在人物塑造上，这些人物都是断裂的，作者只展现了他们人生中的一个侧面，人生中的某一个点，人物个性不是很饱满。就拿仙女来说，她从一开始就是作为一个恶的存在，她小的时候老花匠给她取名为"小丫头"，她竟打了老花匠一巴掌，说"我叫仙女"，以及她对柳生的态度，她对保润的态度，更加说明了她的蛮横与骄纵。成年后她成为一个公关小姐，后来又成为一个母亲。她的性格发生大的转变，就像急转弯一样，人物性格发展没有一个铺垫，或者铺垫根本不足。我不理解一个孩子对一个女人来说有多大的力量，能促成她认识到自己的罪恶，竟然生出忏悔的意识。

刘燕乐：我想谈谈白小姐的女性意识。白小姐是一个有点悲哀的女孩，遭到强奸之后,当时她内心的那种绝望、那种悲伤,如果不是当事人的话,根本无法理解。尤其是在当时的社会,就算是在当下,她要想走出来,都是个问题。我觉得不管是谁处在那个位置上都会慌,都很绝望,不知道未来的出路在哪里。在这种情况下,说她女性意识缺乏,有些欠考虑。她不知道自己的未来在哪里,只能逃避,逃到另一个地方,去过另一种生活,然后跌跌撞撞地往前走。

李君君:我不是很认同刚刚师妹和师弟的看法。刚刚师弟提到仙女是一个类似玩偶的形象,师妹说仙女一次都没有主动选择过自己的人生,唯一一次选择是选择自己的名字叫仙女,这一点我不太赞同。我觉得仙女其实是一个自我意志很强的人,她的精神力量很强大。荣格曾经提出这样一种看法,他说人的心灵深处是有一种富有破坏性和盲目冲动力量的阴影人格的,面对世界的种种诱惑,这种盲目性和破坏性就会显示出强大的力量。对于仙女来说,可能这种诱惑就是物质欲望。这种诱惑在她小时候就已经体现出来了,从她第一次出场的时候,她与柳生的对话就有英文单词,而且她给自己的兔子起了一个英文名字。在一个小街里,这种情况是非常罕见的。这种英文单词,还有她后来对溜冰场之类的向往,都代表她对外界五光十色的物质诱惑的憧憬。后来,她的人生也都是由她自己主动选择的。刚刚师弟提到她对男人的依附性很强,这一点我不是很赞同。因为仙女虽然是在金钱社会里沦为了白小姐,但是在她看来,性与爱是分开的。就是说,她可以把身体给别人,但是她的心从来没被别人控制过,最后她选择了台湾商人庞先生,也是她自己的选择。她身边其实有很多的男性追求者,而她是根据自己的意愿选择了这个人,所以这个选择是她自己做出的。而仙女的爱,可能只属于柳生。后来仙女回忆起水塔里的那场强奸案,她想,如果当时柳生能够采取一种别的方式,故事就会不一样,他们三个人的人生也会不一样。如果说仙女被什么所控制的话,那只有冥冥之中的命运,让她不断地与香椿树街联系起来,一次次地把试图离开的她拉回原地。

三、《黄雀记》的主题意蕴、意象营建与精神隐喻思考

王大鹏： 关于人物形象，我个人觉得保润是一个还没有长大的孩子，独立于社会之外，不在这个社会话语体系之中。在他入狱之前和出狱之后，跟正常人的反应是不太一样的，在别人看来他所做的事比较怪异，也就是说他是一个畸形的人物形象。而柳生的形象是一个比较完整的人物形象。从一开始他的一些经历，包括在遇到被保润捆绑的仙女时，表现出了一个正常人的欲望的释放，到后来他对于自己所犯的罪的逃脱，以及在逃脱罪责之后对于保润爷爷的照顾，这都符合一个比较完整的人物形象的特征。而且我觉得柳生代表的是一种基本的社会生存秩序，白小姐则更像是生活在自己幻想中的人。她一方面依赖着别人，在国外依靠庞先生，在香椿树街追随柳生，但另一方面她也有自己的独立意识，包括对自我的追求，以及最后对于孩子的处理等。

在主题意蕴方面，师哥和师姐提到了成长、教育的主题。我个人觉得《黄雀记》中还体现出生存的主题。保润可以说一直生活自己的世界里，是一种比较单纯的生活方式；柳生代表着一种在社会秩序下求得基本生存的生活方式；瞿鹰是一种依靠着自己优秀的才华去生存的生活方式；白小姐则是依靠自己的独立幻想意识和对于物质的追求来获得生存的生活方式。通过读《黄雀记》，我们可以看到作者笔下的这几种人都没有一个比较好的结局，作者是不是在通过这几个人物形象及其经历的描写，来对社会生存方式的进行探寻呢？就像是小说的题目一样，螳螂捕蝉，黄雀在后，这也是一种求得生存的方式。如何在这种社会背景下求得生存，怎样去摆脱这种生存的框架，这种对于生存问题的探寻也许也是《黄雀记》的主题之一，这是我的思考。

李君君： 刚刚大家谈到了春、秋、夏的问题，我就接着这个问题谈一谈。苏童在这里用季节与每个人物相关联，但是春、秋、夏在时间上是错位的，它不是一种正常的时序，我觉得这里是隐喻着人物成长过程的错位与扭曲。而且在春、秋、夏里边是没有冬天的，这也许就意味着这个四季

的轮回是不能完成的，没有冬天的沉寂，这三个人的成长就被永远终结了。具体地来看，每个人的成长都是一个断裂的过程。苏童将保润与春天相关联，春天给人的感觉是萌动的、复苏的，象征着保润青春期情欲和性意识的苏醒。对保润青春期的生理现象，苏童是以一种十分诗意的方式呈现的，以梦遗来表现保润的丢魂。仙女对保润的轻蔑和不屑让保润非常在意，带给他一种极大的屈辱感。处于青春期的少年少女是很敏感的，你在意的人对你越是忽视，带给你的刺激往往也就越大。这就让保润采取了一种非常强势的方式，在水塔里用绳子把仙女绑起来，让她和自己跳小拉。后来赶来的柳生强奸了仙女，保润也因为这桩强奸案入狱了，青春的成长就在此终止了。十年后，出狱的保润还处在十年前的那个状态，在狱中的十年对他来说时光是静止的，所以他怀念的、喜欢的都是十年前的事物。

  柳生是与秋天相关联的。秋天给人的感觉是凋零和肃杀，这和柳生的成长、人生状态联系到了一起。少年时期的柳生在外貌上是十分英俊的，家底也十分殷实，他在香椿树街处于一个"老大"的地位。但是青春期荷尔蒙的萌动，让他对仙女犯下了错误，尽管他后来侥幸地逃脱了牢狱之灾，但此后他都活在这份罪恶的阴影里。他再也不能像以前那样过得风生水起，他的人生也从此进入了秋天那种凋零的状态。他父母的唠叨对他来说像定时的闹钟一样，不断地提醒他曾经犯下的错误，告诉他："你的快乐是捡来的，不要骨头轻，夹着尾巴做人吧。你的自由是捡来的，不要骨头轻，夹着尾巴做人吧。你的全部幸福生活都是捡来的，不要骨头轻，你必须夹着尾巴做人。"为了赎罪和安抚自己心灵的不安，柳生主动承担起了照顾保润祖父的责任。实际上他与保润祖父相处的过程，就代表着他始终没有忘记保润，他一直在和保润的阴影相处，让他不断回想起自己犯下的罪过。这种负罪感就让他陷入了一个始终难以逃脱的困境，这也就成了他人生前进的阻力。

  最后一部分是"白小姐的夏天"。夏天给人的感觉是热烈而刺激的，这种感觉非常像仙女偏执任性的性格。仙女在香椿树街就是一个非常特别的存在。比如，她执意称呼自己为仙女，用英文和人打招呼，给自己的兔子起名字，等等。仙女对自己人生的选择，也可以说是由她性格中那种冲动性和破坏性引导的。

李海丽：仙女怀孕之后问柳生能否接受她，说明她潜意识里是希望柳生接受她的，可是柳生拒绝了她。我想不明白柳生为什么要拒绝她？在场的男士，如果换作你们，你们会怎么样？如果柳生接受了她，结局会完全不一样。

我第一次读《黄雀记》的感受很浅，再次阅读后，感觉书中保留了苏童对死亡、欲望、宿命的见解和想法。保润、仙女、柳生，他们的青春年华原本是没有任何交集的，但因为青春欲望的萌动，使他们以欲望为开始，以悲剧而结束，他们在作品中都充当了被害者和施害者的角色，青春的躁动、欲望的悸动最终扣动了罪恶的扳机。

无辜的保润像困兽一样，等待着重见天日；苟且的柳生不得不夹着尾巴做人，一心寻求着内心的救赎；小仙女玩世不恭，凭借着青春美貌挥霍年华，出入风月场所，就像一株浑身长满了刺的玫瑰。他们都在寻求一种变形和压抑的方式缓解困顿的处境，救赎人性的罪恶，但是最终无果。我认为，在命运面前，每个人都是卑微和渺小的。

孙亚儒：我读《黄雀记》其实和大家一样，不解的是苏童为什么要给书取这样一个名字？在古诗中如果出现黄雀，黄雀鸣叫一般是对社会不公的倾诉，对执政者的规劝。还有一个成语，我认为和苏童取的书名很接近，就是"螳螂捕蝉，黄雀在后"。很多人认为在"保润的春天"这一部分，仙女是蝉，保润是螳螂，柳生是黄雀；而在"柳生的秋天"这一部分，保润是蝉，柳生是螳螂，仙女是黄雀；在"白小姐的夏天"中，柳生是蝉，仙女是螳螂，保润是黄雀。

刚才也有同学疑问，为什么是"保润的春天""柳生的秋天""白小姐的夏天"？我赞同师妹说的，它或许与性格有关。但有意思的是，如果以这样的逻辑去推理，螳螂是处于中间的，它前面有蝉，后面有黄雀，而故事结尾最后只剩下一个老一个小，就缺了中间的人物。保润再次入狱，柳生死了，白小姐不知所踪，中间的人物是社会的中坚力量，支撑着老人，扶持着下一代，但作品却把中间人物抽空了。我觉得这个隐喻可能表达了苏童对于我们当下的这些人应该如何面对过去、未来的一种思考。

我觉得黄雀或许也代表了一种无形的力量，无形的历史、社会、命运。这个故事有种乌托邦的感觉，好像不真实，离我们很远，但是细细读了一遍之后，才发现苏童所建构的是非常真实的。与以往的作品相比，我认为苏童在这部作品中更加关注历史，更加介入历史，他在突破自己原来的风格和方式。

刘民超：我想说说柳生的形象。柳生的所作所为令人厌恶，柳生在仙女被绑着的时候把她强奸了，然后他接受了保润替他担罪进监狱的事实，在之后的十年里他虽然替保润照顾祖父，但是我觉得他是怕保润十年之后出来报复他，而且中间有段时间他想去监狱探望保润，但是他没有进去。他可能对仙女有一些愧疚，但当仙女跟他说自己有孩子了，能不能跟她结婚，一起来养这个孩子时，他拒绝了。虽然这对任何一个男人来说都挺难接受的，但是他没有想过如果当初没有强奸她的话，是不是就不会出现这样的局面。他在仙女去找他之前，一直没有结婚，到后来接着就结婚了。小说中交代他是未婚先孕的，我就在想如果仙女没有对他说那番话，他也许不会跟他现在的妻子结婚，他是为了摆脱仙女才结婚的。

高传福：通过前面所说的种种，我觉得现在已经不能对这三个人进行一个单纯的概括了。现在看来，保润、柳生和白小姐这三个人的形象是具有矛盾冲突的深度双重性的人物。保润像一个孩子，但是他是一个理想的人物，是不能融入社会的，包括他在那一条街上的人缘也不太好。但是他又是一个理想的君子化的人物。他绑住了仙女并未乘人之危，出狱后复仇也讲究一个"君子报仇，十年不晚"的原则。我记得里面有一个情节是他光着膀子，两个肩膀上一个刺了"君子"，一个刺了"报仇"。保润要报仇，可他没有找个偏僻的地方把柳生解决了，而是当着这么多人把他给杀了。我想起了我小时候跟人家打架，我没打过人家，就跟我妈说我要去扎他家自行车的车胎。我妈就教育我说这种行为是小人，君子报仇一定要是光明正大的。所以我觉得下次要跟他打，打不过也没什么，但是报仇的方式一定要光明正大。这个价值观在保润身上也是一个很好的体现，他的报复是在一个光明正大的场合下进行的。但是他自身又不能融入这个社会。

我想起了孟子说的一句话叫"大人者，不失其赤子之心也"。保润有崇高的品质，但是这种崇高又无法融入社会，这是一个矛盾。另外，柳生这个角色，在社会当中不管是人缘，还是做生意，都混得风生水起。他是一个很典型的社会化的人物，但跟保润相比的话，他又是个小人。他乘人之危而且还吃喝嫖赌，到最后造成了仙女的悲剧。一个是君子，但是不能融入社会，一个是小人，但是很容易融入社会，所以说这本身就是一种矛盾。仙女这个角色确实缺乏女性意识，她对金钱和男人的依附比较强，但是她又有精神的独立和追求，这又是她的一个矛盾。所以，这三个人物是具有矛盾冲突的双重性的人物。他们的矛盾冲突，是一个时代的迷茫、无规律的产物。所以，我们已经不能对小说中的人物进行单方面的评价。

张丽军：刚才我们同学谈得挺不错的，但是有一点我也不太同意，就是对仙女的看法。仙女其实是个很可怜的孩子，她是一个孤儿。仙女的性格很乖张，很自傲，但内心还有一种很自卑的东西，包括她对物质的追逐。我们要理解在那个物质贫乏的时代里，再加上仙女的家境，仙女所能拥有的是非常贫乏的。别的男孩女孩能拥有的，可能她就拥有不了。就像笼子里的兔子一样，她是被囚禁的。她被柳生安排来安排去，就是因为她缺乏物质。另一方面，仙女讹诈保润的八十块钱，她是想买一个录音机，她想有一个更高的追求——听戏。这是仙女对物质之外的另一个追求，她希望有一片自己的精神空间，但是没有人能给她。

刚刚有同学提到仙女是一个丢了魂的人，这很重要，这应该是我们对仙女这种生活的基本理解。她想换一种方式生存，但是现实对她非常粗暴，她想让世界以仙女的方式对待她，但是现实却不是这样的。从这方面说仙女是一个受害者，她想要主导生活，但是生活却没有给她机会。仙女是有这种复杂性的，她那种灿烂的微笑是我们周围很少见的，但是她周围的人没有把她当作仙女来对待，这也是一种悲剧性。另外我觉得保润是一个非常可爱的人，一个青年，一个小伙子，他有那种非常青涩的东西。有一次我跟周来影老师吃饭，周老师说丽军还是非常青涩呀！所以我看到保润善良的一面，甚至是青春的气息、雨露般的心灵。他有锋芒，他很幼稚，很莽撞，很冲动。他是一个少年，而且非常纯真。这是我对这两个人物的一点思考。

我想谈的另一点就是《黄雀记》主题意蕴的丰富性。小说里有成长主题、生存主题，还有罪与罚的主题。其实苏童笔下的爱情更多体现的是欲望，他写的是欲望世界，欲望是情感人心的一部分，欲望和爱情是有冲突的。他追求的不是物质的维度，而是人物精神的维度。刚才苏鹏博士提到了万花筒，这个万花筒里面写的就是人性。苏童的心理描写，他的感受力，意象的呈现写得非常好。我在里面就看到很多东西，那种压抑的、阴郁的、冷色调的、幽暗明灭的东西，让人一看就是乌云密布的画面。所以，苏童的意象是用大量的语言来写一种幽暗的存在，表达那种压抑性的东西，这也是苏童小说里的欲望对人压迫的表现。保润也罢，仙女也罢，他们都承担着欲望的压迫，命运的压迫。宇宙的核心就是罪与罚，保润的两个肩膀上，一个写着"君子"，另一个写着"报仇"，他是分开写的。仙女看到的是君子，她希望看见保润是一个君子，不希望看见保润报仇的一面。但是保润不是一个复仇者形象，他想到的是自己青春的终结，他要向柳生证明他不是一个一直被压抑的弱者，他是以非常沉重的代价来实现的。他找仙女跳小拉，仙女呕吐了，保润沙哑地说我们清账了，这证明保润对现实是有一种很深的感情的。在保润看来，他也希望自己是一个君子，不是一个报仇者，但是事实却恰恰相反。所以这部小说的主题意蕴、意象选择都是非常丰富的。

关建华：我很赞同刚才苏老师说的三角结构，因为三角结构的设计非常平衡又互相转换，形成了三个部分，这三个部分就像是变异了的复调形式，每一个部分的主人公都以他为主要脉络或者是和其他人的关系，形成一个复调的结构。而且在每一部分，每一段三个人的实力都存在着不同，尤其是力量的对比是不同的。第一部分，是以仙女为主，其他的人物像保润是辅助描写。保润从监狱里出来之后，保润又是三方势力最强的一方，柳生、仙女都十分地畏惧他。所以，三方的势力都是在不断转换的，这个万花筒式的结构是不断变化的。

另外大家都注意到祖父寻死这个过程，其实祖父的死可以看作是香椿树街的一个历史的消亡过程。但是直到最后，柳生死了，保润进了监狱，仙女出走，这三个人都从香椿树街消失了，祖父依然没死，继续在香椿树街生存下去。这其中有没有一种隐喻呢？历史的消亡是一个漫长的过程，或者说历史的转变是一个漫长的过程。但是在这种历史过程之中，所有作为个体的人，你的存在或者消失都只是历史的一个小阶段。历史无论是正在衰落，还是正在兴盛，还是转向另一个方向，都是一个极度漫长的阶段。所以个体只是历史中的一个点缀，或者说是一个比较悲剧性的展现。因为我最近在写论文，就联系到60后、70后的一种写作方式。虽然苏童的书写也是一种想象之中的历史，也是从个体的角度进行书写，不是写一种历史的大局面，但是无论是从哪个角度开始入手，最后都是对历史的一种思考。但是放在70后作家手中，他或许就会写成是一部侦探小说集，或者是写由一桩强奸案引发的人类灵魂的激变。而苏童这种大历史的叙事是从小的角度来记录的，这种对历史的思考也是一种写作方式。但是对于现在的70后作家，历史有可能是真的难以进入，无论如何想要进入历史，他思考的只是这一代人的成长，对于大的社会历史，我觉得他们写得并不深刻。

　　保润的形象我觉得很有特点。他一直活得很天真，无论是他出狱之后为了和仙女挑一个小拉，还是所做的一系列努力，就像《许三观卖血记》里的许三观，《爸爸爸》中的丙崽，还有《小鲍庄》中的捞渣这些人。这些都是以一种很单纯的形象展现在人们面前，他们就不像是正常人，保润的同学也说他不是一个正常人。但偏偏是这种人，他才能说出对世界最单纯的看法，就像说皇帝没穿衣服的那个小孩一样。其实，我认为保润只是想实现一个梦想，完成对自己独立人格的建构。因为他在三个人之中始终是最弱的一方，一开始他不如柳生，追求仙女，仙女也一直对他是一种鄙视的态度。保润在出狱之后一直想要实现对于自己主体性的确认，虽然已经不是童年了，但他想要把他童年的创伤抹平，抹平的方式是什么？要么直面创伤，要么就把原来未实现的梦想实现了。像仙女，她极度自卑，但是又极度自傲，这样才能弥补那种失衡的状态。这是一种人格的自主健全，算是一种自愈。我觉得保润就是想通过这样一种方式来实现自我角色的被认可。

四、《黄雀记》的创新与局限、启示与思考

张丽军：我们继续往下谈，来谈一谈《黄雀记》的创新与局限，或者我们对它的一些思考。刚才我们同学提到关于苏童写作的笔法，我也是非常认同的。它是魔幻的，是先锋的，这些不同于苏童以往的风格。苏童在书中呈现了他对新历史主义的思考，对于叙事结构的思考，比如说写气泡、灵魂的丢失，包括孩子的出世，我觉得都是一种隐喻，一种苏童对于历史的思考。其实，苏童对于历史的思考并没有很完整地呈现出来。祖父丢魂找魂、找祖先骨头的时候，发现整个香椿树街都是自家的财产，找到谁家，谁家恐惧，找到谁家，就像是要翻历史的账一样。祖父可能发现，这都是他的祖业，这就是一种历史的呈现，包括他对于祖先历史的丢弃，到最后什么都不要了，只保存下祖先的尸骨。历史对于家族的惩罚和他所经受的伤害，都被发掘出来。这个故事写得很精彩，历史就是以这样一种方式重现，这是我家的磨坊，这是我家的水井，这是我家的围栏，这个地方是有的写的，结果作者却没有延续下来。祖父和历史、世界的关系，这一点没有延续下来。

再有一点，同学们刚才提到的设计化因素太重，有的情节推进太快，比如，尸骨找到得太突然了。我在读的时候也觉得这个地方太巧，这是一种作者主观的臆想，而不是透过事件本身的发展呈现出来的，我觉得不是很自然。它离一个优秀的小说还是有距离的。还有一点就是苏童小说的格局是一种欲望的展现，对人的精神维度的探寻是不够的。小说应该把那种精神的东西呈现出来，人不能仅仅存在一种欲望，还有欲望之外的东西。他写的是一种生存的物质的层面，但是我们应该去展现广阔的世界里更丰富的、更深层的精神痛苦，小说并没有呈现出来。当然，这是我的理解，我们来听一听大家的看法，谈一谈关于苏童的写作风格。

苏　鹏：首先我很赞同刚才张老师谈的几点。对于小说一些情节细节的处理上，作者没有很舒缓很自然地展现出来。我们可以明显地感到作者在叙述的时候，有一种将故事情节往前推着走的倾向。再者，作者对于欲

望的展现，有一种先锋的感觉在里边。《黄雀记》在苏童的长篇小说中算是写得非常好的，我也很喜欢，从中短篇到长篇，总体感觉离大家对他的期望还是有一定距离的。我现在评价的话，长篇里边《米》《黄雀记》还是不错的，《河岸》可能稍微差一点。我目前的阅读感受是，就《米》的整个气象来说，要比《黄雀记》更高一点。我不知道大家有没有读过《苏童的"米雕"》这篇文章，他就能抓住《米》这个题目，透过这种意象来展现和传统千丝万缕的联系。苏童的《黄雀记》写得很棒，但是小说的深度和广度略微有一些不足，这是我的一些看法。

张丽军：螳螂捕蝉，黄雀在后。在现实面前，在命运的面前，在遥不可及的历史面前，我们都是螳螂，都是蝉，都不是黄雀，都只是历史的中间物。是什么在对命运、对生活起推动作用，这是遥不可知的东西，但是有些是你可以看到的。当你面对生活、面对命运、面对欲望，怎么来纾解，怎么来调节我们的状态？我想，小说给我们以启示。柳生最后把水塔建成了一个庙，庙里边供奉着观音，他用庙来终结自己的罪恶，遗忘罪恶，获得菩萨的宽恕。但是后来我们发现，他没有被宽恕，依然受到了他应有的惩罚。柳生建的庙是给自己一个人建的，是给富豪建的，不是给其他需要的人建的，他不是要别人得到救赎。我们看，在小说里边救赎的地方就是罪恶发生的地方，罪恶与救赎同在。

所以，我想人们在面对欲望的时候，我们用什么方式去应对它，我们看作家最后的选择依然是用报应、抱怨来结束一切，去处理他们之间的关系。只去抱怨是片面的，我们的世界还是需要宽容的。当我们面对报应、面对欲望的时候，需要的是一种爱和宽容，这可能是一种更加有效的方式、更加广阔的方式。用宽容来终结罪恶，来救赎罪恶，就像是小说里的白小姐一样，诞下一个新生命，他是对以往生活的终结，是她内心开启一段新生活的始端。我个人认为，罪恶是有着很多原因的，比如在保润的家庭中，从他的祖父到保润，他们对祖先的遗失和遗忘，这可能是一种核心的东西。它所传达的是我们对灵魂的追寻，我们怎么去追寻灵魂，去守护我们的灵魂。

二 硕士生教学论坛

论茅盾作品的经典性及其对当代文学的启示

张丽军　妥东等

山东师范大学文学院

时间： 2017 年 10 月 11 日

地点： 山东师大千佛山校区教学三楼 3350 教室

课程： 新文学巨匠与当代文化建设

主讲人： 张丽军　教授

参与者： 妥东、袁雪等　山东师范大学中国现当代文学
　　　　　专业硕士生

录音整理： 妥东

一

今天我们来讨论经典作家茅盾。我们说"鲁郭茅巴老曹"是现代文学对这些作家的定位，今天的现当代文学已经非常普及，很多作家和很多小报小刊都已经被发掘出来了。所以，有人也提出了这样的疑问，我们今天还有没有研究的余地？好像自己能想到的话题都被研究过了。实际上，我觉得这是一个伪命题。别人研究过并不等于没有研究的空间，我们可以在别人研究的基础上进一步前进，时代会给我们提出无穷无尽的问题，重要的是我们是不是一个有心人，我们是不是一个有问题意识的人。另一个是，我们到底应该如何研究。前几年，钱理群老师在一篇文章中提出，现代文学研究要重新回到大作家去，也就是说，我们的研究依然要对大作家进行研究。他说我们对小作家研究是可以的，具有一些史料的价值，具有许多补充材料的价值，提出很多信息，让它进一步完整。大作家所面临的问题，遇到的困境，探索的深度和广度，都是小作家们无法达到的。所以他提出，要很好地很深入地进行现代文学研究，我们依然要从大作家着手。因为小作家所遇到和处理的问题都不是最重要的，而大作家却时时刻刻在面临这个时代的中心问题。

大作家之所以成为大作家是因为他所处理的问题扭结着这个时代的最核心的经验，很多问题都汇聚在他这里，这就是大作家和小作家的区别。我们的文学研究依然要迎难而上，去触及这个时代的核心问题，而这个问题恰恰在大作家那里才能碰触到。就像鲁迅一样，他走得比常人更远，更能够触及那个时代的核心命题，他的伟大也在这里呈现了出来。他的痛苦、迷茫、困境都是超越别人的，所以具有代表性。我觉得钱老师的提议是非常具有探讨意义的，这也是我们要探讨文学巨匠的意义所在。

就具体而言，从茅盾这些年的研究来看，并不是很理想，甚至有点停滞不前。这几年的研究热点集中在沈从文、张爱玲、萧红等作家的身上，每年都有一批学术文章和学位论文出现，倒是茅盾等这些作家的研究处于停滞状态，甚至出现一种两极化的评价。二十世纪九十年代，清华大学蓝棣之的《现代文学经典：症候式分析》认为恰恰是因为这个时代的焦虑、局促、空间的逼仄，带来了文学创作的很多问题和不足，就像一个生命，由于气候、阳光、水分等问题，它出现了很多不良的状态。我们看鲁迅也一样，鲁迅也有遗憾。鲁迅一直想写一部长篇小说，但是他没有写出来，他的创作后期基本上都是以杂文为主。现在来看可能存在很多问题，当然这个问题有多方面的原因。所以，我们看到蓝棣之要进行一种症候式的分析，其实这种研究恰恰是我们今天所匮乏的。我们总是沿着一个向度在进行研究，总是从正面予以肯定，他则反其道而行之，别人肯定的我要去找到它的不足，看到它的弊端，我就分析它们的不足、局限，看看我们的困境到底在哪里，而这种困境和局限恰恰是中国现代文学所呈现的问题核心所在。在他的这部著作中，他对茅盾的作品提出了严厉的批评，他认为茅盾的作品是高级政治文件，不具有艺术性或艺术性含量很少。显然，这个评价是很低的。这个评价准不准确呢，可能每个人有不同的看法，但我个人认为，倒是这种评价的方式给我带来了启发，让我思考为什么茅盾的作品会有这么一种被贬低化的评价，原因何在？我们今天如何看待茅盾作品所呈现出的历史价值和意义？它今天对中国当代文学的启发在哪里？就我的阅读感受而言，我认为茅盾对当代文学具有启示性的价值和意义至少有以下三个方面：

其一，茅盾作品中的新女性形象书写。茅盾笔下塑造了很多光彩夺目的新女性形象。这些女性形象在每一个小说故事中都是中心人物，都是光彩熠熠、灿烂无比的。她们一出场就是中心，而且这些女性形象与以往的女性形象完全不同。有一次我跟作家刘玉栋交流，我说，茅盾写的女性形象依然是很精彩的，依然无比耀眼。茅盾的《蚀》三部曲，包括三个中篇，分别是《幻灭》《动摇》《追求》。在《动摇》里，他没有写这个女性具体如何，只是写在街上两个人看到一个美男子挎着一个像银子般耀眼的女性从他们面前走过，这就是他对女主人公孙舞阳的侧面描写。

其二，茅盾作为一个批评家的独特眼力。事实上，茅盾不仅是一个作家、编辑，更是一个出色的评论家。他的文学评论眼光是非常尖锐的，他对很多作品的评价是非常准确的，比如他对鲁迅的评价。在创造社与鲁迅论争的时候，李初梨等创造社小将指责鲁迅是双重的反革命。他们提出，鲁迅的阿Q的时代已经过去了，这个社会是一个新的社会，是农民开始觉醒的社会，没有阿Q了，都是觉醒的人。而茅盾认为鲁迅依然有他的价值，鲁迅写的是木偶般的没有希望的老中国儿女，同时他也承认社会在变化，是有新的人物在出现，但是老中国儿女依然存在。茅盾的评价无疑是中肯的。

其三，茅盾对长篇小说的贡献。以他为代表的社会剖析派，对社会发展及长篇小说的发展做出了重要贡献，当然他也因此被诟病。评论家说他的作品与社会太近，是主题先行。还没有写小说，就已经决定了人物的命运、观念、思想，称之为主题先行。但是不是真正的小说就没有主题的观念了呢？这个我觉得可以进一步讨论。我个人认为，不同的作家有不同的写作观念。汪曾祺的小说写作可能就是一团意绪，一种感觉。对于茅盾来说，他要呈现的是一个问题，一条道路。我认为主题如何前行才是问题，如何避免观念的写作，成为艺术的写作，这才是问题的关键。有观念是很正常的事情，关键是如何不让观念成为空洞的说教。这是目前茅盾的研究现状和评价，我们先做一点梳理。

我们回到茅盾的新女性形象书写中来。文学肯定是与我们的肉身相关的，我们首先是一个肉身的存在、具体的存在、感性的存在，文学从来都是以活生生的具体的人为中心。儒家文化强调对人的身体的重视，所谓"身体发肤，受之父母"，但是另一个方面又追求杀身成仁的道义，这是中国儒家文化的悖论。佛教文化则认为身体是一种需要舍弃的存在，而道家文化则强调养生。中国古代的身体叙述，止于头部，比如《红楼梦》中描写林黛玉，只描写她的面部表情，接着就是写她穿什么衣服。古代的言情小说，我们看到的是人物的面部，身躯则是用棉布包裹的躯体。鸳鸯蝴蝶派的小说以及海派文学笔下的身体描写与北方的描写是有很大区别的。《海上花列传》也是如《红楼梦》一样，以服饰描写为主。而到了新文学时期，像郁达夫的《沉沦》里面的女性身体描写就不一样了，已经出现了裸体性的书写。《沉沦》里面有一个场景，"我"作为一个忧郁症患者，"我"在房东家里看到房东女儿洗浴的场景，在这个场景里，作者对身体的描写和以往的身体描写是有着很大差异的，这是一个很重要的开端。到了二十年代的新感觉派文学，像穆时英的小说《白金的女体塑像》，写一个医生以往对身体的感觉只是生理上的医学上的理解，有一天一个女性坐在他面前，他突然感觉到这个女性是一个异性的存在。他提议这个身患肺病的女性需要做裸体的灯光治疗，在治疗过程中，他的性意识突然萌生了。这种身体的性意识的萌生，是海派文学的一个路数。

茅盾笔下的女性形象显然来自这个路数，虽然茅盾非常喜欢传统文学，他特别喜欢《红楼梦》甚至可以背诵，但是他的写作并不是沿着传统的路子在走，有人分析茅盾的女性形象来源于北欧女神。事实上，茅盾的写作要比新感觉派早，新感觉派文学在1928年才开始，而且像刘呐鸥等人写作的也并不是都市题材，而是乡土小说。他们最早写的是进城农民的生存境遇，而在这之前茅盾已经开始写作塑造这些女性形象了。在茅盾笔下，《幻灭》里的静女士如名字一样，是一个安静的静美的传统女性，她在学校读书时受到了一个男人的欺骗，跟他发生关系之后才发现他是一个特务，她选择了离开。小说中的慧女士呈现的是一种动态的美，她从海外归来，身边有很多男人，走在哪里都是中心。小说写这两个女性同时离开了上海来到武汉，静女士不希望热闹，希望安静的热情的生活，希望为革命工作。茅盾笔下的女性形象有两个很重要的特征，一个是指向了身体叙述，另一个是指向了革命，而革命与肉身在某一个时刻达到了和谐共振，那就是青春。她们是一个个热血的身体，热血一方面来自体内，另一方面则来自时代的革命热潮。静女士来到武汉，革命如火如荼，一场一场的运动，但是她找不到方向。她来到工作单位，人人都要为她介绍对象，她很烦，最后她找到了一个在伤病医院照顾伤残军人的工作，她突然变得安静下来了，她觉得自己在做一份实实在在的工作。在这个过程中她遇到了一个军官——强连长。强连长这个人从来都没有性别意识，他认为没有什么男女，只有战斗。但是这样一个强烈的男性，第一次在静女士这个柔弱的个体面前软化了。他们恋爱了。本来，静女士受到欺骗之后已经没有了情感需求，但是在强连长面前，她重新找回了情感。小说描写强连长跟静女士度过了一段蜜月生活，他们去庐山，去很多美丽的景点去玩。里面有很多描写很有意思，描写了一些性隐喻的东西。慧女士也同样苦恼，尽管她周围的男人很多，但都不是真心的，都是负心汉。小说写静女士的甜蜜美好的时光突然一下子就停止了，因为前方发来了电报，战争爆发了，强连长要归队。那是回还是不回呢？最后强连长还是去了，静女士重新进入了新的幻灭。在《动摇》里，孙舞阳女士是上级派来的革命指导者，她是一个美女，她一站在那里，总有目光关注她。方罗兰也是一个革命者，但是他处于革命的摇摆状态之中。

茅盾笔下的女性形象叙述有一个很重要的现代性词汇，就是对"乳房"的多次书写。香港学者陈建华在文章中谈到了茅盾小说关于乳房的关注。他认为在以往的小说描写中，这样的词汇是很少的，关于乳房的描写也是很少见的，而在茅盾的小说中这样的描写是很多的。小说描写孙女士当着方罗兰的面换内衣，多次直接或简洁涉及这方面的描写。小说还写到女性革命者的联盟，联盟倡导所有女性都要解放，连地方尼姑庵的尼姑都要找到一个男人生活。这引起了一些地主的恐慌，这些地主组成了反革命势力，由于方罗兰等在革命中的摇摆不定，使得反革命势力迅速反扑。小说描写反革命势力在掌握主动权的时候，对那些女性施行了暴力，将她们的乳房穿起来，在大街上游行，场面极其残忍。这些女性身体的描写大多都和革命有关。

如果说《幻灭》《动摇》还不够明显的话，《追求》里就更为明显了。《追求》里的章秋柳女士爱上了一个革命者，当他们在一起拥抱寻找恋爱的感觉时，第二天那个革命者就没了。章女士很受伤，过了几年，这个人又回来了，她接受不了。章女士在表达自己对革命的热爱时说，我要用我的身体去拯救一个人，最后她遇到一个叫史循的人，这个人是一个颓废症患者，而她决定用自己青春的身体去拯救这个人。小说写章女士和史循在一所房间里裸体相看的时候，史循看到一个无比优美的光洁的身体呈现在他的面前，他的心灵被撬动了，他感受到了力量。但是当他的身体出现在镜子面前时,他突然像皮球被戳破了一样,软了下来,他的身体是苍老的、羸弱的。他颓唐了下去,甚至走上了自杀的道路。章女士尽管要用自己的身体去拯救这个人,但是她最终失败了。

二十世纪二三十年代流行"革命+恋爱"小说。蒋光慈的《冲出云围的月亮》里面有一个叫王曼英的女性形象,和许多革命同志一样,她在革命中遇到了失败。她遇到了自己以前的恋人,他成了反动派的头目。后来她发现自己得了性病,非常绝望,她又遇到一位仰慕的革命者,虽然很仰慕他,但她和他保持着距离。在这个过程中,组织希望她用身体去报复那个反革命头目——她昔日的恋人。用身体作为一个炸弹来毁灭他们,这是她的选择。后来她发现自己的病只是一个小病,并不是性病,最后她和这个革命者相爱了。在《冲出云围的月亮》中,我们看出一种"肉身成道"的方式,用自己的肉身成就革命之道。事实上,茅盾笔下的肉身是一个光洁的美丽的肉体,它追求的是崇高的目的。但是,她们都遭遇到了挫折。

在茅盾的另一部小说《虹》中,梅女士也是一个饱受苦难的女性形象,她有包办的婚姻。从重庆到上海的旅途中,三峡美妙的景色让她终于摆脱了旧时的那种沧桑,她的革命热情一下子被激起来了。在这里,对梅女士的身体的描写已经减少了,转而成了对梅女士欲望的描写。梅女士来到上海,她决定成为一个坚定的革命者,但是每当雨夜之时,她的女性意识或母性意识依然会萌生出来,在她看来这是一种耻辱,她依然没有成为一个钢铁一般的革命者。后来她遇到了她情感的转移者——梁钢夫,她将自己的情感转移到了这个人身上,她认为这也是不对的。在小说结尾,梅女士认识到自己爱的不应该是一个具体的男性,而是主义,是刚性的、雄性的、至高无上的革命主义。所以在这部小说中,梅女士已经完成了从个体的、肉身的到共性的、刚性的革命者的转变。在这里,她与革命合二为一,把自己锻炼成一个神性的存在。所以,我们看茅盾的女性形象书写有一个转变的过程,在早期的作品中,我们看到的是性、身体,而在《虹》中我们看不到身体,只看到欲望和近乎神性的革命的表达。

在茅盾后来的作品中,肉身的书写已经很少看到了。比如在《子夜》中,虽然也有很多女性形象,但是早期的那种身体描写已经不复存在。但这部小说的开头依然写得很有意思，里面有很浓的新感觉派的味道。以吴老太爷带的那些"金童玉女"的视角描写上海的霓虹灯，尤其是以吴老太爷的视角呈现出了旧式视角下的上海。在这里，他把女性形象的书写和革命的道义连接在了一起，这恰恰是和时代的精神共振，虽然这些女性形象非常光彩照人，但是到后面这种描写就变得很淡了。所以，梅行素说她在上海是和马克思主义的语汇联系在一起，已经脱胎换骨了。新的革命者梁钢夫革命化的气势依然使她陷入情欲的苦痛，既然梁钢夫把自己纳入了更有意义的生活，梅行素的自我救赎道路就是循着梁钢夫的道路，把自己的身体交给第三个恋人——主义。所以，小说描写革命者共同走上街头的壮美场景，让我们联想到法国大革命的自由女神带领人们走向胜利的场景。实际上，女性形象的身体意义在其他作家的笔下同样呈现了出来，正如哥伦比亚大学的教授刘禾提出萧红、丁玲笔下的女性形象是和民族国家联系在一起的。

身体叙事在延安文学又发生了很大的转折。袁静、孔厥合写的《新儿女英雄传》里面的杨小梅在革命叙述中已然是一个异性形象，她和茅盾笔下的女性形象是截然不同的，茅盾笔下的女性形象是一种肉身的美，但是在孔厥笔下，杨小梅身体很强壮，皮肤透着红润的颜色，她的身上透出一种坚强能干的劳动美，她的身体指向了劳动，这是这个时期的革命之美。到了新时期，女性叙事重新回归身体和肉身的写作，像林白、陈染的作品中的女性形象。当然，这里的肉身写作就显得无比沉重了。贾平凹的《废都》里，那些女性的身体是被围观的，是被消费的。在这里已经回到了精神隐喻的层面，贾平凹讲的是这个时代的精神沦落，人们在这里逃离自我，在这里颓废，做一种无望的抗争。在陈忠实的《白鹿原》中，田小娥作为一个抗争者，她和礼教抗争，把一个个虚伪的人全部拉下来，回到最原始的肉身和欲望上去。在白嘉轩看来，她无疑是一个妖魔鬼怪，是这一时期所有怪事的来源，他想要一座雷峰塔，将田小娥压在雷峰塔下。在书里，我们看到两种文化的冲突，这就是陈忠实的独到之处。二十一世纪，张炜的《独药师》里性的描写有很多，但是他写得让人感觉不出它的存在，它是以寻找爱情为名，是一个男性的爱情寻找史。如同金庸里的描写一样，每一段描写都是一种真情的存在。

　　文学是以情感为核心的，而我们的情感与爱总是和欲与身联系在一起，最终还是要回到我们的肉身。但是肉身仅仅是抵达的此岸，绝不是彼岸。它的彼岸是对道的追寻，以生命为轴地对道和爱的追寻。我们下面开始讨论。

二

　　隋雅倩：我觉得茅盾对于女性肉体的描写，在我看来是对当时审美的反叛。因为按照当时的传统来说，静态、闲适的美在大家心中是比较认同的，但是茅盾反其道而行之，比如他对孙舞阳的描写，突出她的肉体之美，并且追求一种身体上的刺激。孙舞阳大胆地展现自己的美，并不在乎别人的眼光。我觉得这是茅盾所传达的一种对女性形象的重新建构的理解。就像您刚才所说，这也能反映出茅盾对于时代女性解放的思考。

　　张丽军：当时的女性解放运动可以说是新文化运动的一个分支。女性倡导自由恋爱，突破自己的婚姻束缚，和自己心爱的人同居。在二十年代，同居是一个革命性的词汇。就像涓生和子君，就像萧军和萧红，时代肯定了他们这种追求个人独立和解放的行为。

　　李文慧：茅盾的作品我读得不多，我只读过他的《蚀》和《虹》。您前面通过梳理茅盾作品中对女性书写的变化，来展现茅盾对于革命态度的演变。但是，我觉得有的人可能会把茅盾的小说归结为成长小说，说他通过几部作品描写女性对于革命态度的改变来展现她本人的成长，所以我想问的是，茅盾是通过对几个女性不同阶段的变化来展现她们的成长吗？

　　张丽军：这个角度不错，从个人的精神成长来看，其实我们会发现里边的静女士她和时代的关系也是一个探索式的。对于一个大学生来说，她对时代的认识和探索也在不断地发生着变化，生活给她教训、快乐、幸福，也给她迷茫，她依然在往前行走。包括梅女士，她是一个追求自己婚姻幸福的反抗者，到后来她真的成了一个从具有女性意识到女神一般存在的人，她完全是一种升华的、蜕变的、化蛹成蝶的存在。

妥　东：我觉得茅盾笔下的女性形象如您所说是有一些贡献的，他将女性写得很到位，写她们的个人成长也好，内心纠葛也罢，也包括她对于女性情感的分析以及身体的描写都比较到位，但是相对于他笔下的男性来说，就显得比较单调了。我觉得茅盾对女性的描写有一个很明显的特点，就是他对于所描写的女性往往处于一个仰视的视角，这样就出现一个问题，本来属于女性的一些平常的特点就有可能被夸大，而真正属于女性气质的东西可能被遗漏掉。另外，他在描写一些女性的时候，比如孙舞阳、静女士等人，往往关注于她们的表面，对于她们的身体描写更多地是以一种欣赏的姿态去刻画她们。他与这些女性似乎是有一定距离的，而在他的观察和欣赏中，女性内心的丰富特质反而表现得不够，或者在某种程度上被忽略了。

张丽军：茅盾的童年是没有父亲的，他是跟母亲一起度过的。五四的很多作家都存在这样的情况，比如鲁迅、老舍等。这种仰视是不是说作者没有深入到女性的生活中呢？我觉得可以进一步思考。茅盾笔下女性的革命生活其实就是一种非常态的生活，革命是要放弃一切利害得失，向着一个目标前进，但是我们的日常生活则是琐碎的、千丝万缕的。革命时代的要求和现在的要求是非常不同的，我们今天的时代是后革命时代，后革命就是日常生活，革命之后就是进入了日常的安定和秩序。

亓慧婷：刚刚听老师讲，我就想到了米兰·昆德拉的《不能承受的生命之轻》，里面也有很多性描写，他的性描写总是与爱和欲望以及生殖有关。我就想茅盾的女性身体描写是不是也和这些有关，或者说是对生命重量的强调，即用身体来传情达意，引导女性走向自我的一个思考。女性对于身体的重视以及为了革命牺牲自我的表现，是不是与老师所说的肉身成道的主题相关？他用对道的强调来传达自己对革命的态度，就像蓝棣之所批评他的一样，他的小说是一种政治文件。

张丽军：茅盾和米兰·昆德拉的性描写有什么区别呢？

亓慧婷：米兰·昆德拉多写女性对于男性的爱的束缚，他的性描写尺度比较大。茅盾的性描写成分不是很重，他主要是利用对女性身体的描写展现一种生命的重量。

张丽军：说得很好。其实茅盾笔下更多地写的是一种性意识，而不是性行为，他强调的是一种对性的感觉，是一种观感，而不是动作。米兰·昆德拉更多的是一种行为。亓慧婷提出的问题很好，就是茅盾笔下的女性是不是有一种肉身成道的行为，肉身成道是不是为道而牺牲呢？其实我觉得这是茅盾书写的另一个困境所在。如果肉身是要为道而毁灭的话，这个道是不是真正值得追求呢？另外，他的写作实际上是一个去肉身化的写作，他是成道的，但是这个道已经是一种近乎无情的道，去情的道。

刘仁杰：我也想谈一谈革命与日常的关系。茅盾的女性身体叙事是处于革命风暴之下的，这可以看作是茅盾进行革命的手段。在风云变动的时代大背景下，这种女性身体描写突破了中国传统，表现了社会的转变，我觉得在当时具有非常大的价值，而在当今平稳的社会状态之下，它对我们当代的作家还是有一定启发意义的。我看到现下一些表现女性在金钱利益下的身体描写，没有了当时女性的那种崇高和美，更多地成为一种被消费的存在。

妥　东：我倒觉得这种肉身成道或许还有一种普遍的含义，就是说，女性作为弱者，这种表现可能与她寻求强力来维持自己的存在有关。如果有这层含义的话，所谓的肉身成道也好，仁杰提到的女性寻求金钱利益也好，其实都可以看作是身为弱者的女性寻求强力的过程。我觉得从这点看，现在的描写和当时茅盾的描写是有共同之处的。

李文慧：我曾看到过一个观点，有人把他和他笔下的女性形象比作画家和模特，画家觉得模特永远是他的焦点，但是画家却永远走不进模特的内心。我觉得茅盾笔下的女性跟这个是一样的，她们永远是焦点，但是又有一种唯我独尊的傲视的姿态，所以我觉得茅盾笔下的女性其实是很强硬的，不存在弱的特点。

张丽军：我个人觉得茅盾笔下的慧女士其实还是很精彩的，慧女士说，你看我都26岁了，还没有成家，虽然这么多人围着我，但是没有一个对我是真心的。她感到很痛苦。由此可见，茅盾对于女性心理还是有关注的，但是不是真正进入了女性心里，这个问题还可以讨论。

妥　东：我觉得茅盾笔下的女性毕竟是有时代背景的，在那个时代，女性无疑是处于弱者地位的。茅盾自己的性格是比较懦弱的，而他对于女性内心的契合也是从弱者的立场出发的。

张丽军：你是从作者出发，仁杰刚才也提到了时代的审美变化。肉身如何美？这显然是审美标准和眼光的问题。以往我们古代的美的传达是一种身体衣着所带来的气质的美，但是茅盾笔下的女性则指向了女性身体的美，这一点是不一样的，这来源于西方的现代文化对中国文化的冲击。或者说，中国古代也有身体描写，但是它是被遮掩着的。这可能也是一种新的变化，包括作品里的语言和词汇的变化。

张艳丽：《蚀》三部曲和《莎菲女士日记》里的女性都是一种反叛的女性形象，不论是思想上，还是行为上。包括《雷雨》《安娜·卡列尼娜》里面比较经典的女性形象都是反叛的，西方的神话故事里也有很多反叛的女性形象，好像反叛的女性形象大都可以成为经典，她们身上的阐释性相对于日常女性来说可能更丰富一些。

张丽军：茅盾笔下的女性形象和古代的女性形象是有很大差异的，是创造新的审美经验的。张艳丽同学提出的一个问题很有意思，女性形象的反叛性和阐释性意义之间的联系。其实我个人觉得，反叛就是一个人的成长，一个人的独立，我们看到很多人都不是顺从的，而人类的发展史、进步史就是人的探索和独立的成长史。

徐晓倩：我只看了茅盾的《蚀》三部曲，我觉得茅盾是把革命和女性的书写联系在一起的，女性的身体激发了革命者的活力，革命者对女性的向往追求则是以革命的名义，感觉他们并不是真正地为革命而走到一起，而是单纯地为了爱情。

张丽军：革命只是一种借口？

徐晓倩：对，他这样写是对传统的革命书写的解构，他似乎要向我们展现的是女性必须投身于革命才能获得自身的解放，但是他的描写很多时候是与这种革命精神貌合神离的，所以我觉得他的女性书写还是把女性边缘化了。

张丽军：对革命来说，女性可能并不是主体，方罗兰也好，静女士也好，都是如此。但是我们看到梅女士的形象却是跟革命联系在一起的，她要去掉一种肉身的东西，要嫁给主义，要成为一个为革命抛弃情感的人。

苗立群：我记得《动摇》中有一个很有特点的场景，就是孙舞阳穿着裙子，站在房间中一边跳舞一边唱着《国际歌》，房间里有两个男性，我觉得这个画面很有意味。孙舞阳这个形象是一个异化的女性形象，我觉得她在这个画面中展示出：第一，她哼着国际歌，是一种隐秘的革命话语的体现；第二，她在房间中独自唱歌转圈的行为，体现了她追求解放或已经走在了解放的路上；第三，房间中的两个男性也显现了一种男性话语，因为他们两个人在津津有味地欣赏孙舞阳，在他们的注视下，孙舞阳的女性解放被这样传达了出来。茅盾笔下的女性身体在进入到文本的时候，不仅仅有女性自身的立场，也有男性、革命的立场参与其中。

张丽军：说得很好。女性书写的审美效应是一种多元目光的交织。我觉得你提到的这个场景非常好，孙舞阳自我得意的、自我欣赏的状态是和男性目光交织在一起的。但是在孙舞阳看来，她的这种行为本身可能就是革命的，是有意义和价值的，是在改变着这个世界的。

黄加秀：我觉得茅盾早期的作品如《蚀》三部曲，对女性的心理描写比较到位，形象也比较突出，但是到后来的《虹》，女性形象相对薄弱了。我的疑问在于，茅盾写作的变化是否对于他的女性写作有所益处？在我看来，像丁玲的《莎菲女士的日记》这样的作品可能更能反映女性的特质，而茅盾的女性写作可能或多或少地存在问题。

孙悦如：我同意黄加秀的观点。茅盾在写女性的时候，总觉得有距离感，隔着点东西。他写孙舞阳的时候，其实是别人眼中的孙舞阳，她是被有距离地观看的对象。我觉得作者这样的写法可能是一种机智的回避，因为他可能无法真正地了解女性的内在，所以他用这种方式成功地解决了这个问题。

王　博：我读茅盾的作品不是很多，读阎连科的比较多，他也涉及了女性的生存状态，比如《受活》。茅盾作品中的女性的肉身成道的主题与当代作家的写作不同，当代作家的女性写作会更私密一些，比如陈染、林白的作品。我觉得这两种写作都是捕捉到了自己时代的特点，茅盾的书写更符合革命语境，而现在的这种书写可能更加符合现代人追求私人化的语境。他们彼此都有处在时代的意义，但这两者之间可不可以对比，我还没有答案。

张丽军：到底是落到国家还是个人，这因人而异。对于茅盾来说，他的归结点可能还是要落在主义上，因为茅盾本人也是一个革命主义者，他是非常早的共产党员，虽然后来因为各种原因脱离了党，但是他还是那种意识追求很强烈的作家。像我们今天，革命语境已经离我们远去，所以可能更多地要落到个人的话语之中。实际上，当茅盾的归结点落到革命上的时候，他的女性书写已经失掉了色彩。而文学始终是与肉身相关的，如果失去了这些成了主义的话，那就离文学远了。

袁盼盼：茅盾的写作可能与当时的社会环境相关，他主要是站在女性解放的立场上来写女性的，女性的解放更多的是由男性推动的。

吴加艳：女性解放是男性推动，是因为男性的权力大一些。

于　露：茅盾笔下的新女性是走进革命的时代女性，新女性让我想到了鲁迅笔下那种反抗的女性，比如子君、爱姑等，她们在精神的反抗中走到了时代的前沿。茅盾笔下的女性更多的是将自己与时代结合在了一起，积极参加到国家政治中，比如梅女士。

张丽军：于露同学认为茅盾笔下的女性是与政治联系在一起的，我们是否可以进一步往下想，女性走向革命道路的方式也是一种自觉的方式。比如莎菲对于凌吉士的追求，其实是她走向自我要付出的代价。梅女士对革命的热爱是不是发自内心的？是不是还有其他因素？是不是有一种对于话语权力的追求呢？这是需要进一步思考的问题。勒庞所提出的那种"群氓"是不是在梅女士身上也有所体现呢？

吴加艳：茅盾对于女性身体的关注与古代是完全不同的。我觉得这主要是道德审美观念的变化，是社会隐私的开放。过去的身体遮蔽是一种隐私，而随着社会的开放，这种隐私也慢慢开放，变得透明。还有对人的关注也推动了对人身体的关注。

张丽军：很好。过去对美女怎么形容？巧笑倩兮，美目盼兮。眼睛很好看，能够流转出秋波来，这是古人的审美。而现在把过去的束缚和压抑解放开了，所以在身体写作方面才有了新的关注，审美也出现了新的方式。

王　含：茅盾的作品是关注女性解放的，关注女性怎样在解放中获得自己的力量。老师提到的肉身成道中的肉，其实更多的是一种性意识，不仅是女性自身的性意识，更是一种男性对女性的好奇。茅盾的作品就是探索女性如何在这一过程中获得独立自主的力量的，他探讨的是女性对自我的发掘。葛兰西认为认同是一种隐秘的权力关系，就是说女性通过获得自我和社会的认同，从而获得一种话语权力，所以我觉得在茅盾的作品中，他的女性意识还是很强的。

张丽军：王含同学认为，女性意识更多的是一种女性对自我的认识。实际上我觉得里面不仅是一种女性意识，可能还有一种母性意识，比如体现在章女士身上，看起来好像是女性在保护男性一样。

成志雄：我觉得茅盾的作品或许没有真正的女性解放的意义。首先，我认为茅盾在性描写上赋予了一种性别意识，而这种性别意识就是革命。古典女性是气质上的静美，而五四女性则是一种意志美，再往后像《儿女英雄传》是劳动美，现在则是性感美，它更多指向了身体，对于男性而言是一种性消费，对于女性而言是一种性资本。茅盾的写作与其说是有一种窥伺，不如说是一种规训。女性有可能通过革命获得自身的一种满足感，但也有可能是一种群氓文化的体现，个人的精神意志非常容易在集体的裹挟之下做出一些错误的判断，茅盾可能更多充当了一个推手。不管是肉身成道，还是自己所谓的觉悟，其实都是在推动女性意识到自己有一个新的获得自身的方式，就是革命。其次，《蚀》里面的核心是去女性化，就是同性。它跟许地山的《春桃》一样把女性升华到一种意志，实际上是对女性的一种扼杀。所以我认为茅盾的笔下没有涉及女性解放。

张丽军：好。女性的身体描写的变化在今天看来，可能更多的是一种消费的意味，而实际上，当时的"革命＋恋爱"的小说也存在消费的意味。

杨　雪：我觉得茅盾笔下的女性之所以细腻逼真，除了他的生活经历，可能还在于男性的特质，其实很多男性作家笔下的女性比女性笔下的女性更加真实。而很多作家之所以表现女性的反抗，可能不是因为她们弱，而是将女性从边缘推向前台的一种策略。

涂文萍：在茅盾笔下更多凸显出一种身体化的特点，这反映了他在时代浪潮中对于革命与伦理的一种观点和看法。就他写作的意义来讲，他将许多被遮蔽的女性的身体和意识展现了出来。我觉得他眼中的女性还是以男性为主体去塑造的，写女性更多是为了实现茅盾对于革命的一种想象，他的想象是在女性的身体上得以实现的。刚才袁盼盼提到女性的女性意识和男性的女性意识，在这两者的视野中其认识女性的角度同等重要，并不是一种非此即彼的关系。当然，我很无奈地承认，女性在不平等的关系之下依然要去争取自己的话语权力，但是我们也不能说这是一种窘迫的境遇，很多时候女性是通过男性来确认自己的存在的。所以说无论缺乏哪一方的观看，这种方式都是无法完成的，都是未完成的。

张丽军：其实强大不只是外在，还有一种内心的强大。我记得有一次在桂林开会的时候，程光炜老师说，我们男人啊，从小受母亲管辖，长大了受妻子管辖，一生都在女性的管理之下。我觉得他说的很有意思。对于两性关系的认识，我们还是需要时间深入的。每一种书写都有独特的存在价值，都给我们提供了一种可能性。

宋　欣：我觉得我们要更多地把视点放在身体写作上，而不是去计较他是男性还是女性之间的权力。茅盾的写作更多的是将女性被遮蔽的状态展现了出来，这与现在的林白等人的写作是一致的，他们都关注到了女性作为女性的独特之处，当然，现在的一些写作走向了极端。

张丽军：身体写作不是谁都能写得好的，身体写作对作家是一种挑战，就像陈忠实的《白鹿原》一样，不是每个人都能达到的。

王珊珊：我觉得从《幻灭》里，我读到的是一种对革命的怀疑。就像静女士，外表虽然美丽，但是她的内心是无法捉摸的。这可能是一种回避，而这种回避则影射了她对于革命的态度。比如静女士从一开始对革命的冷淡，到投身革命，再到觉得革命也是一种无聊的行动，进而对革命产生抗拒。静女士其实对爱情的追求是凌驾于革命之上的，她并未实际融入革命之中，她的这种怀疑的态度是现实世界和精神世界的不平衡造成的。

张丽军：王珊珊同学对文本的感受很好。我们对于文学作品的把握要从自己的感觉出发，我觉得这是非常好的。实际上，革命从来都不是与我们无关的，它是真实发生的，它在改变我们的命运。就像子君、林黛玉，她们的个性很强，但是她们在当时的文化语境下都没有合适的出路。但是茅盾笔下的女性，尽管很迷茫，但是她们潜在的路已经有了，革命已经改变了她们的境遇。就像叶紫的小说《星》里面的梅春姐善良美丽，革命到来了，她有了新的选择，有了新的追求，她的命运与革命息息相关。包括我们在座的每一位，都受到过革命的影响，不管你认可不认可。

对于一个个体来说，肉身如何安放自我的心灵，这都是一个问题。肉身成道也好，道成肉身也好，这都是一种选择，无论如何，我们都要从身体出发。当代中国 70 后作家鲁敏的长篇小说《此情无法投递》里面写到的那个男大学生用望远镜观看那些女性，他那柔弱的心灵足以让我们震撼。这里面已经没有革命，而是回到了常态，回到了身体本身。所以说，文学对于身体的表现是一个不断探索的过程，每一个时代都有各自的特征，茅盾为我们提供了新的审美经验，塑造了很多新的女性形象，这是他对中国新文学的贡献，对中国当代文学具有精神性启示价值。好，今天的讨论就到这里，谢谢大家！

论老舍的经典性及其对当代文学的独特价值

张丽军　程孝阳等

山东师范大学文学院

时间：2018 年 10 月 19 日

地点：山东师大千佛山校区教学三楼 3350 教室

课程：新文学巨匠与当代文化建设

主讲人：张丽军　教授

参与者：程孝阳、张璇等　山东师范大学中国现当代文
　　　　学专业硕士生

录音整理：程孝阳等

一

我以前讲的文学巨匠是从茅盾、老舍、赵树理到当代的张炜，或者贾平凹，或者是文学新鲁军，等等。这学期我想换一下，我们在保留原有的基础上增加一些新的人物，偏重当代的一些文学大师。我们这学期讲讲老舍，然后讲张炜、贾平凹、余华、苏童和莫言，可能后边我们个别老师也会提到，没关系，老师们讲的角度也不一样。这是这学期我要讲的部分主要的作家。

我们研究生的课不应该跟本科生一样，现在也存在着把研究生当作本科生培养的趋势和问题。我们讲课的方式是我开个头先讲一部分，剩下的时间我们一起来讨论。什么是好学生，什么是好的研究生，其实也包括好的博士、好的老师一样，首先你要提出问题，提出问题的能力就是你最重要的能力。包括我们的学术研究也一样，你要提出跟别人不一样的问题。怎么样才会有和别人不一样的问题？你要有和别人不一样的眼光，不一样的阅读，不一样的视野，不一样的经历，才会写出跟别人不一样观点的文章来，走出跟别人不一样的人生来。所以我们说首先要提出问题，这个很重要。我特别喜欢课堂提问题的同学，特别喜欢提尖锐问题的同学。

其实我个人认为老舍不是答案的提供者，老舍是和同学们一起感悟人生的思考者、对话者，或者我们都是探索者，我们去探讨这个世界，谁也不是真理的拥有者。在我们人文社会学科里，真理可能是我们称为规律性的东西。我们对一些问题的理解，可以说人人有不同的看法，就像一千个读者就有一千个哈姆雷特，一千个读者就有一千个林黛玉，只要能够自圆其说即可，这是最重要的，所以说不要希望有一个答案。我们有时候，特别是我们本科生，总想向老舍要个标准答案。其实是没有的，你可以有自己的看法，而且有自己的看法很重要。这对研究生更重要，你一定要有你的独特看法。其实我们研究生的培养，我个人认为就是要培养独立思考的能力和意识。我跟很多同学交流说我们为什么做研究生？本科生培养是一种知识的学习，知道什么是现代文学，现代文学有哪些重点作家？有哪些重要作品？什么是现代汉语？什么是古汉语、古文字学等，这叫知识性的学习。研究生的知识性学习很重要，但是我们更重要的是能力的培养，一种思考能力、批判意识、独立能力的培养。一个研究生去研究、思考、提出问题，而且有批判性的意识，不再人云亦云，这是最重要的能力。所以我希望课堂上大家能够互相讨论起来，我觉得有时候上课特别高兴，因为我们讨论得特别好。我对上几级学生的讨论都特别满意，每堂课我都很有收获。很多同学提出了很多观点，他把他的感受提出来。其实我们需要的还是你对作品的感受力，哪怕是一点的感受，那就是自己的东西，跟别人不一样。我们作为一个文学研究者，最终的能力是你的感悟力，就是你的批判意识和思考意识。有的同学提出的问题很独到，提出的问题也很好，无论是哪种视角、观点、认识，都给我很多的启发，有时候就是一个观点让人记住了你。其实我们的学术研究也是这样，我希望我们的课堂能够有很多的对话，同学们提出问题，我们进行互相对话，我们互相交流、探讨，这是我们上课的方式。因为这次课我们预备的时间也不多，我想讲一讲老舍研究的一些前沿问题，我对老舍研究的一些思考，以及我正在进行中的内容，也跟大家做一些交流。之后，我们每个同学谈一谈对这些问题的思考和认识，或者你对他相关性问题的认识，这是我们这堂课要解决的问题。

  我以前对老舍的研究也做得不多，其实人做任何事情都有很多机缘，我刚到山师工作是2006年的夏天，刚来的时候到吴义勤老师那里去见他，他住在山师教工宿舍，晚上我们坐在他家楼前的长椅上说话。他说我们正在做一个课题——新文学巨匠，是学科很重要的重大课题，有些作家已经有老师定了，还有一些作家没人研究，你可以选一个。第二天我就找来看大家选的名单，一看鲁迅有研究，郭沫若有研究，老舍还没人做研究，我就选了老舍。后来我想肯定人做很多事情，冥冥中有很多东西是注定的。

  我做了老舍研究十多年，是什么东西触动了我？我觉得任何东西可能看上去是无意识的选择，其实内在深处可能是有东西相关的。后来我想可能是老舍的《骆驼祥子》及系列写城市底层人的这些文学作品，它的内在的东西在牵引着我。就像我看贾平凹的《带灯》，可能一看这是我感兴趣的，因为它是一部关于中国当代农民现实问题的小说作品。后来我发现我这些年做研究有一个内心的规律，就是每个人做东西是在走一条路，这条路走了很多年，比如说我最早做乡土，做中国乡土中的农民形象研究，到山师之后做老舍研究和乡村的样板戏研究，现在在做现当代作家的批评，主要还是做一些乡村的研究。其实这里面有一个线索，就是我做的无论是乡村的农民形象，还是城市里的底层百姓的研究，都是那些被压迫者，被侮辱、被损害的人的形象，都是弱势群体，都是被忽视和被遮蔽的群体，这些可能是每个人的心路历程。我为什么要做这些东西，没有人强迫，都是我个人选择的，但是选择的背后有个更大的内在的精神因素在里面。就像有一次我看汪曾祺的小说，里面写张三李四看着舞台上的人在演戏，其实他们可能并不关心这人唱的是什么内容，他们关心的是舞台唱的东西和他们的关系，他还说舞台上的人物可能就是另一个张三或李四，在表演着他的人生。所以我研究的那些人是我内心的另一种投射，是我在通过那些人来探寻自己的内心世界，以及我和这个世界的关系。

  这样一种机缘让我开始对老舍做起研究，研究他非常有兴趣，我也发现了很多新的东西。后来我在给学生上课的时候，我也提到老舍有很多独特之处，比如说他是位满族作家，这是跟别的作家不一样的。老舍一出手就是长篇，跟别人也不一样。1924年老舍发表《老张的哲学》，刊在《小说月报》上，1925年把《赵子曰》又给了《小说月报》，1929年写《二马》，这些都是长篇。我们今天很多作家都是先写短篇或者中篇，磨炼很多年才出一部长篇。老舍不一样，他一出手就是长篇，而且都能引起关注，这就很有意味。老舍是一个信仰基督教的作家，他出生的时候接受过基督教的洗礼。我们知道很多作家都去国外留学，像鲁迅到日本官费留学，胡适到美国官费留学，徐志摩自费到美国，等等。而老舍到英国是去讲学，性质就如同我们今天对外汉语教学的工作。老舍录的对外汉语教学的音频资料还在使用，而且还有市场，他是讲课，他是挣钱的，跟很多人不一样。老舍还有很多不一样，很多作家都出身于名门望族，地主豪强，要么家里很有势力，要么很有钱，像郭沫若家里经商，徐志摩家里是富商，巴金家里势力很大，鲁迅虽然家道中落，但瘦死的骆驼比马大，也还有个老底。但是老舍是很穷困的，老舍九岁还没有读书上学，他是1899年出生的，父亲于1900年在八国联军侵华中牺牲。他说自己无父无君，他的童年很凄惨，老舍写母亲，说我的母亲整天给卖肉的、拉车的，还给杀猪的人洗衣服。我们知道这种衣服很难洗，油渍很大，她每天用红肿的双手洗着衣服，挣着钱养家糊口。所以老舍说我生命浸满了苦汁子，说我的一生是头朝下的一生，我跟别人不一样。他说我闭着眼睛就知道老北京城的那些拉车的、唱戏的、卖艺的，他们那些手工艺人是怎么工作的，他们的一招一式、一举一动都在我的心里，那就是我的兄弟姐妹的生活，就是我最亲的亲人的生活，是不需要像今天很多作家去体验生活，去找生活的。所以老舍的作品都是写老百姓的，写老北京的，写底层人的。

我们会想这样的孩子能够读书吗？很幸运的是，老舍他的祖辈有一个朋友非常富有，好几辈传下来，可能交往不多，但是情谊还在。这位大叔突然有一天从他家门口走过，要去看看他们的日子过得怎么样，他一看孩子长得这么机灵，得知还没上学，就提出让他跟自己的女儿一块上学，而且家里有私塾，也不用交学费。就这样，老舍获得一个上学的机会。老舍是非常聪明的，学习成绩特别好，后来老舍考的是北京市第三中学，但高中是收费的，他上了三个月就退学了。家里上不起，怎么办？他就考取了北京师范学校，就是中师。民国时期的中师是免费的师范大学，很多著名的学者人物都是师范教育成长，这就是老舍成长的环境。后边老舍还有一个机遇，因为老舍受洗礼之后，认识一位英国的牧师，推荐他到英国做讲学工作。

老舍还有一点很特殊，就是他跟我们济南的关系。我在上本科生课时特别强调老舍是中国现代文学大师中，唯一与我们济南有关系的大师，而且老舍当时就住在我们这条街上，文化西路旁边。我们现在的山东大学齐鲁医学院原来叫齐鲁大学，齐鲁医学院旁边就有一个老舍纪念馆，原来的老舍故居，没去的可以去看一看，其实那时也已经破坏得不像样子了。

老舍跟我们济南有密切的关系，这是我们非常骄傲的一个事情。老舍从1930年到1937年，都在我们山东。1930年他从英国讲学回国，回来之后找工作不是很满意，后来就来到了济南。为什么来济南呢？我想肯定跟基督教是有关系的。齐鲁大学是一所教会大学，当时北有燕京大学，南有齐鲁大学，都是非常有名的教会大学。从1930年到1934年，他都在齐鲁大学工作，被聘为国文系教授，讲授文学概论，讲小说创作方法。一边在大学教书，一边做文学创作，这是他一生创造的一个丰收期。老舍在这里生活的几年对济南产生了深深的热爱，他很多重要的人生历程都在这儿，在这儿娶妻生子。他的第一个孩子取名为济南的济，舒济。我们知道济的繁体字很难写，于是当老舍第二孩子出生的时候，就不想再难为孩子了，取了个简单的名字，叫舒乙，我们现在来看是非常有意思的。老舍在济南写了很多打油诗，都是写他对济南的热爱。

我在2007年去老舍故居的时候，也不知道有没有人，就推门进去了。进去一看，太似曾相识了，因为老舍在济南的时候拍过一张彩色照片，他和他的妻子抱着孩子，穿着长袍马褂，后边有一棵火红的石榴树。我去的时候，刚好也是个春天，石榴树正开着火红的花朵，我突然间恍惚了一下，好像时间回到了几十年前。有时候我们经常看到物是人非，其实人非得更大一些，物可能还存得更久一些。我正在看的时候，突然主人出来了，还有一条狗一直大叫。主人不高兴，让我没什么事快走。后来济南市政府把它开辟为老舍纪念馆，我觉得这是一件好事，因为这房子在私人手里肯定会有各种原因被弄坏。后来它成为属于政府财政开支的博物馆，现在他们把它保护起来，列入国家事业编制，有人每天都在这保护，再介绍讲解，它把老舍所有在济南这几年的文章全部给列出来了，所有的工作都做得很细致。

我们在济南有很多民间的研究老舍的人，他们来自各个行业，也做老舍研究和资料收集，做得很好。老舍对济南饱含了深深的感情，写了很多的文章，千佛山、大明湖、趵突泉他都写过，最著名的是什么？是《济南的冬天》，很多人对济南有美好的印象，都是从这篇文章开始的。所以要谈城市文化，老舍功不可没。对济南的美的书写，老舍是别具一格的，他写《济南的冬天》《济南的秋天》《济南的春天》，都写得非常棒。他对济南充满了深深的感情，像他的长篇小说《文博士》写一个博士来到济南工作，文中提到了趵突泉；像他写的在战火中丢失的一部长篇《大明湖》，则直接描写济南的"五三惨案"。

在1934年的时候，老舍到山东大学任教，民国是国立山东大学，设在青岛，就是今天的中国海洋大学校区。那时候山东大学有很多名人，像杨振声、闻一多等都在那里任教过，老舍受他们的邀请到山东大学任教。1936年他又回到了齐鲁大学。1937年七七事变之后，日军很快侵入到山东境地，老舍就坐火车南下，到了武汉，后来又到了重庆，然后就在重庆生活。抗日战争胜利之后，老舍回到了北京。1946年老舍和曹禺应美国国务院的邀请，到美国去做讲学，一年之后曹禺回来了，老舍继续留在那边，同时进行创作。直到1949年新中国成立的时候要开文代会，周恩来总理看这么多文人集聚一堂，唯独少了老舍，就动员人劝老舍回国。老舍在抗日战争时期的影响其实很大，他担任中华全国文艺界抗敌协会的总务部主任，这个协会没有会长，只设一个总务部主任处理日常事务。老舍是被国共双方共同认可的作家，后来协会主办了一本《抗战文艺》的刊物，他就负责主办这个刊物。1944年当老舍创作20周年的时候，国共双方都给他写了很多贺信，当时举办了一场庆祝活动，庆祝老舍先生从事文学创作20周年。所以1949年的时候，我们周总理一看老舍没回来，就动员很多人劝他回国。很多人通过政府的渠道、民间的渠道、个别人的渠道，包括个人的通信写信，希望老舍能够回国，最终老舍决定回国。他回国之后受到重用，他说，我跟新中国是一头的，我从小就是一个受苦的人，就是一个穷困人家的孩子，新中国为贫穷人当家做主，我从内心里认同新国家，认同新政府。所以老舍满怀着热情投入新中国的建设中，担任北京文联的主席，编《说说唱唱》杂志。杂志的主编是老舍，副主编就是赵树理，他们两人合作得非常好。老舍回国之后担任了五六十个委员的职务，所以他很忙碌，也无暇从事创作，这是老舍很苦恼的事情。1966年8月23日，老舍在这一天三次受辱，受到红卫兵的殴打，和他一起遭到殴打的还有很多人，像萧军，他们都被打得头破血流，回来之后继续受到批判。老舍当天晚上已经昏迷。8月24日的时候，他的妻子儿子都上班去了，老舍一人从家里出走了。到了25日，在太平湖里发现了老舍的尸体。至于他是8月24日晚上投湖自尽，还是清晨投湖自尽，已无人知晓。中国现代文学馆的傅光明老师写了本书叫《老舍之死口述实录》，写得很好。他去采访很多当事人，去打捞老舍的人，发现老舍的人，尽可能去还原这段历史。

我们下面简单谈一下老舍研究的过程。实际上我在做老舍研究过程中发现，以往我们对老舍的认识是不确切的，因为以往的教材说，他书写了北京一个平民社会的生活，写了很多洋派市民、老派市民、新市民、旧市民。后来我个人认为应该把它改为对城市底层的书写，实际上老舍写的是一个城市中最穷苦的人，他写的不是平民，平民的定义是不确切的。平民概念太广，而事实上老舍内心牵挂的，包括作品中打动我们的人都是那些穷苦人，他写的那些巡警，写的那些手艺人，写的那些被虐待的女性，都是对穷苦人的书写。老舍的《骆驼祥子》里面有一个细节，祥子的命运有所转折之后，他遇到了曹先生。祥子痛哭一场，说了伤心的历史。曹先生安慰他那些都已经过去了，让他跟小福子以后到自己家里来，做一些家庭的帮助工作。当祥子满怀希望地去寻找小福子，找了很多地方都没找到。他就跟一个老车夫说，老车夫告诉他，像我们穷苦人家，从小就受苦受累，男人出汗卖力气，女人卖肉，这就是我们穷苦人的命运。所以你到处找小福子都找不着，她要么到白房子里去了，要么死了。有一个国外学者写了一本研究民国时期中国妓女命运的书，叫《危险的愉悦》。他对民国时期的上海和妓女的生活状态做了一个研究，他提到老舍书写的暗娼，她们是地位最低等的。比如老舍的《月牙儿》里边的妓女，月容最早做的就是暗娼。实际上有比这种更低等、更残忍的，就是白房子里的妓女。祥子到白房子里去找小福子，这时候她们告诉祥子，小福子不堪忍受客人的折磨，晚上上吊自杀了。小福子的死让祥子万念俱灰，说什么都没有用，曹先生也没有用，谁也不能把他解救出来了。那个时候就是一个万恶的社会，没有人能够把他拯救出来，生活处处都是死路。所以老舍写的就是穷苦人的生活，包括提到的《月牙儿》。《月牙儿》里边写一对母女，母亲嫁给一个馒头铺掌柜，最后馒头铺掌柜把她抛弃了，她无处可去，回到老家发现

"我"在这里。于是母亲一阵狂笑,说"我"小时候母亲当妓女养着"我",当"我"长大的时候,"我"当妓女养着母亲,这是女人的命运。所以我个人认为,以往我们对老舍的评价认识是不精确的,我们现在叫精准扶贫,我们做研究也要精准研究。对城市底层的书写,恰恰就是老舍的独特贡献。

现代文学中很多人都写城市,从鸳鸯蝴蝶派开始,还有更早的《海上花列传》,他们写的妓女都是身份很高的,出场打扮、穿着交往都是高级交际花系列,包括茅盾笔下的交际花。她们是《危险的愉悦》里提到的那种高级妓女,她们的生活呈现的是上流社会流光溢彩的一面,是一种地狱上的天堂。老舍的城市书写是跟别人不一样的,他始终把目光对着城市中最边缘最黑暗的、被压抑被遮蔽的群体。这就像我们到上海一样,看上海的火车站很现代化,上海的东方明珠塔高高在上,这是上海魔都的象征。但是上海火车站背后也有小弄堂、小胡同、很窄很脏的小房子,这是城市的另一面,而这一面很少被人写到。老舍所关注的恰恰是城市另一面需要被关怀、需要被抚慰的群体。我个人认为老舍写的城市底层人的生活和今天的底层叙述、底层文学有相同的精神关系。今天有很多底层叙述的文学作品,比如陈应松的《太平狗》写了很多农村事件。21世纪的底层叙述中出现了一批描写在财富大发展大繁荣的时代下的穷苦人的世界,像富士康工厂事件,深圳的曹征路写的《那儿》是我们当代一部很重要的代表性作品,这部小说写得很让人痛心。主人公是工会主席,最早是一个工厂的小组长,他带了一个女工人,长得非常美丽,技艺水平也很高。但是很快工厂倒闭了,失业了。这个女工人为了养活家庭而出卖身体,他很痛心。工厂工会主席听说厂里要盖楼房,房子还会升值,为了安置他的一些兄弟姐妹们,他就说服工人把手里的钱拿出来盖大楼,要发财,大家一块发财。最后他发现自己上当受骗了,无法向工友们交代,最后他选择了自杀。

老舍的城市底层叙述和今天的底层书写是一脉相承的。比如说我们看前几年拍的电影《钢的琴》,现在这个系列有很多。我个人认为老舍的底层叙述对今天的文学书写有巨大的影响力和价值,这也是我关注老舍的一个原因,可能他能够真实地打动着我和影响我们今天的现实生活,尤其给我们提供一种精神的资源。一个作家如何去书写时代,熟悉那些被侮辱被损害的群体，是文学的使命所在。这是这几年我们研究的第一个方面，正在准备提出一个新的看法来，就是认为老舍研究的核心所在是写城市底层生活。这样的观点后来得到一个佐证，我在看研究资料的时候，突然看到一段文字，那段文字出自我们山师的田仲济先生之手。我们现代文学学科的奠定，包括它的影响力，都是和田先生相关的。1950年山师建校的时候，田仲济先生来到山师，他在抗战时期就写作了中国第一部抗战文学史。田先生也是个作家，是个大文学家，而且学术影响非常大，所以我们山师的现当代文学的地位和影响力都是有渊源的。田先生用他的眼睛来观察当时中国文坛，他就看到老舍跟一些艺人们是如何交往的，他发现老舍跟一些卖艺人很平等，像哥们一样，说是一个人到他那里去拜访，两人手拉手寒暄，一看关系就很亲密，不像现在有的人高高在上，拒人千里之外。所以田仲济先生突然明白为什么老舍能写出《骆驼祥子》这样的名篇了，因为在老舍那里，这些穷苦人就是他的亲哥们，就是他的亲人。他和他们亲如兄弟，他是从内心的情感深处认同他们的生活，从来不是我们和你们的关系，我们和他们的关系，而是我们就是一家人，就是一体的。田仲济先生这段话非常有意义。

这几年我对老舍的《骆驼祥子》做了一些思考。很多人包括我们教材都说祥子的悲剧命运的源头是这万恶的旧社会，当然这方面原因是存在的，但我们需要更客观地从内在的眼光来看。我写了一篇关于《骆驼祥子》的文章，给了《民族文学研究》杂志。后来有一天突然它的主编关纪新老师给我打电话，他说，小张，我跟你探讨一个问题，我们是从旧社会走来的人，深深地体验到新旧社会的差异，当然我们知道这种变化现在也在发生，时代也在不断地演变，可能每一代人对它的认识也不一样，叙述的要求也不一样，但是我这方面也挺受教育。关老先生以他的年龄、他的经历来跟我谈这个问题，他提供了一种新角度，可能是青年学者们忽视的一些角度。我再做祥子研究的时候，就发现祥子命运悲剧的源头，社会原因是一个，但并不是最根本的。除了那些外在原因，比如社会、战争、制度、婚姻等之外，有没有内在的因素？后来我发现其实祥子真正的堕落是从内心的堕落、内心的变化开始的。《骆驼祥子》写了一个大好的青年，他挺拔，有劲，一双大脚，走起路回来呼呼有风，对生活充满了无限的期望。他的身体像铁打的一样，有很多梦想，梦想买一辆车，两辆车，三辆车，就开一个车场，有着对美好生活的向往和自信心。这样的一个人是什么时候被击倒的呢？祥子第一次丢了车没有打倒他，他的第一辆车是在战争中丢失的。祥子想去拉一个客人，被人征兵征走了，战争期间所有的财富都是被国家无条件征用。祥子后来怎么样？他去拉了几匹骆驼回来了，又有了积蓄，想到自己的梦想，他又开始省吃俭用，依然满怀着梦想。这次他遇到了虎妞，在一个深夜，祥子很不如意的时候，虎妞跟他一起饮酒，发生了关系。第二天祥子就突然觉得生活变了，他本来想娶一个乡下姑娘，勤劳的，能干的，跟他同甘共苦的，清清爽爽的，但是虎妞跟他发生性关系是祥子没有设想到的。这里边有个细节，祥子到澡堂去洗澡，想把自己的肮脏洗掉。他脱得光溜溜的，把皮肤搓得通红通红的，像一个婴儿一样。实际上从他内心来说，祥子再也回不去了。可能有时候事情就是这样，发生和没发生就是一个重要的距离。他永远回不到过去那个祥子了，从此在别人的眼里，他是一个偷娘们的人，是一个坏人。

　　祥子的堕落，首先是内心的堕落，是精神的堕落，他认为自己是一个不干净的人，所以他想把它洗掉，但他发现洗不掉。后来虎妞来找他，他那时候给曹先生拉包月，虎妞说自己有了身孕。我们说祥子可不可以跺跺脚南下到广州去？他也不是没有想过。他为什么不愿意去呢？可能这就是祥子，他找不到办法，只能被虎妞引导着，和她结婚生活在一起。后来他发现生活也不是想象的一团糟，就像一堆破铜烂铁中也有很多闪光的东西。虎妞让祥子的生活发生质变，这种质变可能未必都是坏的东西。我们可以设想一下虎妞跟祥子的生活，虎妞可能懒一些，但是她并不是一个很坏的人，反而她内心是善良的。如果虎妞不是难产而死的话，给祥子生一个儿子，他继续去拉车，是不是也可以过一段安稳的平凡人的日子？也不是没有可能。这里边有个很好的细节，写虎妞吃醋。在小院子里边，住着另一户人家——小福子一家，小福子的父亲二强子酗酒，挣不着钱还是酗酒，小福子还有两个弟弟要养活，他就把女儿卖给了一个军官。一个月之后军官调防了，就把小福子抛弃了。这个军官真不是人，他到每个地方都换一个女人，把女人当佣人用，走了就把她扔掉了。小福子回到了家里，她父亲指着她的鼻子说，我一个人怎么养活你们三个，你自己有身子，为什么不去卖呀？这是父亲对待自己女儿的方式。所以我们说那个社会给个人提供的空间和成长的可能性非常狭窄。小福子被迫去做了暗娼。书里写到小福子跟祥子的交往，小福子看祥子这么能干、勤劳，她对祥子肯定是有好感的。她帮祥子擦车，虎妞看了很生气，当祥子出去之后，又有客人来找小福子的时候，她就开始骂，让小福子难堪。小福子怎么办？小福子就领着两个弟弟，来到虎妞的门前，给虎妞跪下说，可怜我这两个没有母亲的弟弟，要不是为了他们，我早就不活在人世上了。虎妞听后很难过，其实虎妞不是个恶人，她顶多是一个好吃懒做的人，口德不好的人。她马上就把小福子扶起来说自己是一个有口无心的人，把家里的粮食拿出来给小福子，说我们互相帮忙。所以这部小说写到这些地方就特别真实，把一个人从生命里面那种内在的东西呈现出来，把生活中复杂的东西呈现出来，生活就是这么艰难，但生活中依然有那种坚韧的情感的东西。但是后来虎妞难产而死，本来她就是高龄产妇，还好吃懒惰，导致婴儿无比巨大，所以难产而死可能是一个必然的结果。虎妞死了之后，祥子又把车卖掉了，又成了没有车的人。我们刚才提到他再一次鼓起希望来的时候，小福子已经去世了。其实我个人认为，祥子想拯救小福子其实是想拯救他自己，他想通过拯救小福子的行为来洗涤自己的身体，可是生活没有给予他们机会。

  这是这些年我分析祥子悲剧的原因，就是从他的欲望开始，欲望导致了他内心的堕落。最近我在读首都师范大学孟庆澍老师的文章，他谈个人主义、基督教和自由意志，谈得很好。事实上就祥子的悲剧，这几年我在思考中有了一种新的认识。老舍为什么非要把祥子写成这样一个人物形象？我记得有一次上海的王晓明老师提到，说祥子是一个被规定性的人物，他必须是悲剧的，小说大起大落的结构本身给他规定了路线图。其实我个人认为，老舍这么写可能有很多因素，一个最大的因素是老舍对世界命运的认知。西方哲学界很多人认为世界就是一个悲剧性的，其实老舍内心也有着很沉重的悲剧感，悲剧感源自他的民族身份。老舍是一个满族人，作为一个汉族人，你可能无法体会到一个满族人在民国时期的那种生存体验和感受。我们看"驱逐鞑虏，恢复中华"，他们首先是把"驱逐鞑虏"作为第一个目标，鞑虏是谁，是满族人，所以说老舍没有父亲，没有君主，他们是被驱逐的一个民族。其实我们做更多联想的话，就会发现这种悲剧性很难在一个民族的记忆里面清除，晚清时期那种民族的、屈辱的、失败的历史，在老舍内心深处有着巨大的悲剧性的认知，包括我们说老舍作品中的自杀。老舍在《老张的哲学》里，女主人公要去自杀，投河自尽；在《四世同堂》里，河水好像是在呼唤着，来吧。其实我个人认为老舍将《骆驼祥子》写成一个悲剧，可能有他内在心理结构的因素，这是我的一些思考。

　　这几年，我在写作老舍研究，本来想写一本新书《老舍新论》，写了有十四五万字了，因为做别的事情有点停下来。我还写了一篇新的文章，关于老舍的服饰研究，写了有一大半了。去年有个毕业的硕士在写王安忆笔下的服饰文化，其实我好几年前就写老舍的服饰，从服饰看文化，看他的心理，看他的政治关系，你会发现老舍的衣服穿得很有特色。他在家里穿一件长袍马褂，长袍马褂是他的民族服装，老舍很少穿中山装。我在2009年的时候，写了一篇文章不到2000字，发在《中国教育报》上，后来老舍的女儿看到了很高兴，说你这篇文章被很多人用作介绍老舍。这篇文章发的时候配了一张老舍很重要的照片。老舍穿了一身中山装，很端正很严肃，头发梳得一丝不乱，扣子扣得很整齐，这种照片是很少见的。我有一本书是老舍的图像集，通过翻老舍的照片，你可以发现老舍在很多时候，特别是很多公开的重大时刻，他的穿着很另类。他参加全国人民代表大会的时候，穿着西装，打着领带，戴着礼帽，穿着锃亮的皮鞋，还拄着一杆文明棍，其实这个衣服是很另类的，特别显眼。这可能也是老舍的一种态度——我就是老舍。如果拿他跟赵树理比较更明显，赵树理都是穿一身土布衣服。我看到一张照片很有意思，赵树理和老舍在一起工作，老舍穿着很正式地坐在那抽着纸烟，赵树理是蹲在地上抽着土烟。其实这是有形的衣服，还有很多内在的衣服，比如说老舍对基督教的信仰，这也是一种服饰。老舍作为一个中国现代性作家，他受欧美文化的影响很大。从1924年到1929年，老舍在英国待了五年，又到美国待了三年，中间他还出访了很多国家，到俄罗斯，到亚非拉，到日本，所以我们说老舍是一个世界性的作家，是一个有世界性影响的作家。2015年我们到俄罗斯的圣彼得堡大学参加一个远东文学会议，这个会议是以老舍为主题的。中国研究者也许想不到，现在在俄罗斯影响最大的中国作家有三个，一个是鲁迅，当然这毫无疑问，另一个是张天翼，这是我们都想不到的，还有就是老舍。

除了满族文化、欧美的基督教文化，其实老舍受中国传统文化的影响也很大，所以当五四运动的时候，老舍还是一个学生，他看五四和鲁迅那一代人是不一样的，老舍并不认同这些人，一个学生闹事干什么，老舍是不理解的。传统文化对老舍的影响可能是一个更内在的影响，需要我们来呈现出来。这些传统文化和西方文化和五四新文化到底是一种什么关系？它对老舍的内心世界和他的文学创作到底有什么影响？这都是非常值得我们探索的。

老舍是中国作家中具有世界性影响的作家，包括他的视野和他的情怀。老舍是座桥梁，连接了中国和西方的文化。老舍写的《二马》，其实就是留学生文学的雏形，写一个中国留学生到美国去，美国人不愿意招中国学生，因为中国学生在他们的想象中都留着辫子，这是对中国形象的妖魔化。其实直到今天还有一些西方世界对中国有一种妖魔化的认识。他就写这些人不愿收中国学生，哪怕中国学生给钱，给的房租很高，也不愿意要。后来一个牧师给学校做工作才收了他。二马父子在温都太太家里生活得非常好，可是这里边也涉及了中国和欧洲的文化冲突。老舍其实是一个视野很开阔的作家，但这些方面需要做更深的研究。

这就是我对老舍研究的一个机缘，以及我这几年对他的一些思考。我觉得老舍对我们当下的文学创作、文学观念都有密切的启示意义和价值。写出穷苦人的世界，这是老舍的一种愿望，所以我们今天在讨论文学能不能为基层代言，文学如何为基层代言，老舍就是一个重要的例子，因为我们知道农民或者弱势群体是无法发声的，他发不出来这种声音，需要有人代言。但目前的问题不是能不能，而是如何代言，能不能真正有那种精神血脉的相通，这才是关键。就像老舍说我的生命里面有着所有的苦汁子，有着头朝下的生活体验，这是颠倒的颠沛流离的痛苦的人生。老舍和他们血脉相通，血脉相融，他能写出这种底层疼痛的文学，打动我们的文学。

这是老舍给我们的启示,我就先谈这么多,下面我们听听同学们的看法。

二

张丽军:重要的是提出问题,我们互相交流。我们从两边开始,一边一个,孝阳你先开始。

程孝阳:我在本科时阅读老舍的书比较多,像《四世同堂》《骆驼祥子》,还有他的《月牙儿》《断魂枪》,以及《茶馆》等一些话剧,基本上把他重要的作品都看了一遍。说实话,我一开始读老舍作品的时候,我没有感到很强烈的震撼,没有像读鲁迅的作品那样让我大呼过瘾。因为他的作品没有那种锋利的批判,而是以一种非常宽厚的态度来描述一些事情,感觉很平淡。但是听老师这么一说,我发现其实我之前没有读好,但是有一部作品给我留下的印象特别深刻,就是《断魂枪》。我觉得这个文本可能带有老师说的那种悲观的色彩。我觉得可以把它和冯骥才的《神鞭》做对比,两个都是和武侠有关的题材,那《神鞭》是讲什么事情呢?就是清末民初的时候,有一个人他的辫子特别厉害,能耍得特别精彩,而且与别人打架时这个辫子都可以成为一种兵器。可是后来随着现代化的进程,很多现代武器出现了,他那条辫子就无用了。《断魂枪》讲了一个类似的故事,沙子龙耍的五虎断魂枪也没用了。可是冯骥才和老舍对结局采取了两种完全不一样的处理方式。《断魂枪》的最后沙子龙在月光下自己耍那一套枪,大喊不传不传,那一刻确实让人很心痛。但是《神鞭》的主角把辫子剪了,之后就去练枪,参加了北伐战争,成了神枪手。这就是旧传统文化在面对困境的时候所做的不同的选择吧,一个停留在原地,另一个就往前走。这样的一个对比非常有意思,我觉得它背后折射出很多有意思的东西,比如说时代的因素占了很大比重,当然和个人也有很大的关系。其实当老师说了那些之后，我又想了想，老舍的作品里确实有很多悲观的因素，以前我没有注意到。这是我说的第一个方面。

第二个是我读《四世同堂》的时候，有一个情节也让我印象比较深刻，就是祁老太爷在面对日本人时的反应。在电视剧里祁老太爷面对日本军的时候，给人的感觉非常"伟光正"，甚至有些大义凛然。但是我读文本的时候发现不是这个样子的，祁老太爷是很小心翼翼地在那里低头哈腰，他那时还没有国家的意识，是后来才慢慢有的。老舍所要表达的东西，其实在底层书写之外，他对文化的反思也很重要。而且他的反思是和鲁迅不一样的。他的反思在某些时候很温和，反而让我产生一种误会，让人怀疑他是不是对某些东西还很迷恋。他还会采取很幽默的方式，但这种幽默有时候会让我忽略一些东西。我觉得这种幽默有待商榷，或者说怎么去处理幽默还是很重要的。我知道老舍对幽默有一个认识的过程，他也觉得他写《老张的哲学》《离婚》，幽默运用得比较多，后来他还反思了，做出了改变。我不知道是不是时代的原因，导致我读这些文本感觉它们太过于有趣了。

张丽军：好。孝阳说得很好。我上学期指导的一个本科生毕业论文，也是做老舍的《断魂枪》和冯骥才的《神鞭》的比较，不过这个还可以继续做，这个想法挺好，两个真的非常有意味，都是经典。其实我们通过文学作品本身的意味来看，《断魂枪》是一部非常不错的经典作品，今天看来也是非常棒的，这里面有老舍对武术文化的书写。老舍本人在济南的时候为什么拄文明棍，因为他的脚不好，再加上他长期写作，脖子也不好，后来老舍在济南就练武功。济南有很多回民居住，回民练扎拳，老舍跟着一位姓马的人练扎拳。所以老舍的小说除了《断魂枪》，还有《国家至上》，都写了练武功的武术师傅，这个也很有意味，这是他对中国传统武术文化的书写。好，下一位同学。

张鹤腾：我最早知道老舍应该是初中课文《济南的冬天》，之后读他的作品有《断魂枪》《月牙儿》《二马》《骆驼祥子》《四世同堂》。今天我想从他关于国民性书写的方面来说，国民性也可以说是国民精神，在他早期的《老张的哲学》《二马》等作品中塑造了很多反映国民精神的形象，体现出了中国人的民族性格的特点和缺陷。所以有人说老舍对国民性的书写和文化批判是继承了鲁迅的传统和五四文化传统，他们都一度将矛头指向中国人的德行，就像程孝阳同学刚才说到了对老舍和鲁迅的一些比较。老舍显然是用了另外一种风格和途径，他的作品大多是贴近大众的，以幽默讽刺的风格来写。而且他们两个人的写作立场不同，鲁迅是处在启蒙者的高度和精英者的立场来揭露国民性，他的作品大多是比较严肃的呐喊式的书写，但老舍是贴近他所处的生活环境和熟悉的底层人民的生活状况来书写的，比较平和，也比较幽默。在他看来国民性不仅仅只有缺点，中国人并非只有精神的弱点，也有朴实、正义等优点，外国人也不是完美无缺的，所以他的作品在挖掘和表现民族弱点的同时，也看到了传统文化和民族精神可贵的一面，中国也并非无药可救。他从受到批判的文化中寻找并宣扬那些应该成为中国人脊梁的精神，所以我认为国民性在老舍眼中不仅仅是批判性的存在，不是一无是处的。这是我对老舍国民性书写的一点想法。请教老师一个问题，您认为鲁迅的国民性和老舍的国民性之间有什么关联和不同？

张丽军：好，我喜欢提出问题。鲁迅写国民性，老舍写国民性，和赵树理、沈从文写国民性是不一样的。有一个学者写过一本书叫《现代乡土小说三家论》，写鲁迅、沈从文和赵树理，写他们三个人的不同，都是写乡村的，但他们的视点不一样。有人问萧红，说你和鲁迅有何不同？萧红说，鲁迅能够撒豆成兵，高高在上，悲悯那些弱势群体的人们，那些需要疗治的人们，而我写的人要比我高。所以我们看到萧红把自己放在一个很低的位置，这点其实就是视角的不一样。我个人认为鲁迅是一种俯视的，赵树理和老舍是一种平视的，我和他们就是一样的人，我就是农民中的一人，我跟他们没有任何区别，我只是为他们写书而已。而赵树理是深入其中的人，他更是从内在地来书写。当然张鹤腾同学提出国民性的书写，我觉得很有意思。对国民性的认识，不仅是一个维度的，都是负面的，可能还有正面的东西，这个思考很好。我个人认为，我们对老舍的国民性书写研究得还不够。比如说《猫城记》里面就有对法西斯主义的批判。当然这里边肯定触动了很多人，包括日后有人给老舍算账，说老舍批评共产党，等等。但是老舍这些早期作品，它的内涵具有极大的丰富性，我们今天很多人开始把它当作新的研究热点，比如有个同学在做老舍《猫城记》里面的迷叶研究，写得挺好的。国民性是一个很大的问题，美国哥伦比亚大学的刘禾老师认为鲁迅的国民性是一个伪命题，这一点也有意思。国民性和人性的弱点有何关系？我以前写过一篇文章，认为鲁迅的国民性批判有盲点，我们一提到国民性就想到阿Q，想到阿Q就想到现代中国农民。其实这是有问题的，鲁迅不过是通过阿Q的形象来展示国人中的弱点，但是无形中成了农民被污名化的一个问题。实际上鲁迅对乡村的书写，是有盲点的。鲁迅写乡村都是从外部来看，写闰土的模样，写闰土父亲的手怎么样，等等。他没写出闰土的日常生活状态，闰土的内心实指，因为他写不了，他没有那种经验，他不了解农民到底怎么种地，他只是远远地观望。我们看赵树理写得怎么样？他写出了农民、地主的心理，写出了二诸葛、三仙姑那种活灵活现的人。这就是每个作家的资源不一样，他看待世界的方式不一样。每个人的角度不一样，每个人的价值取向不一样。其实这个是非常有意思的话题，我觉得国民性思考还可以去做。好，我们继续。

陈文娇：我读老舍的小说除了能感受到一种悲剧性，还有另一个感受，就是老舍对于他所描写的一切都有一种赞赏和欣赏的眼光在里面，他不是一个高高在上的批判者，而就像老师说的他就是他所描写的这些人里面的一员，所以这里面的生活读起来才会热气腾腾。悲剧性的部分可能在于当他反思他们的生活时又觉察到他们身上也有极大的可悲之处。

张丽军：陈文娇同学谈得很好。其实作家他对生活的书写也在打动着我们。我在写老舍的城市底层叙述的时候，引用了日本学者竹内好的一段话，日本学者竹内好是一位非常著名的鲁迅研究专家。在竹内好的文章中，他提到日常生活和学术的关系，任何的学术研究都必须从日常生活出发，没有一种学术是和日常生活与我们的生命没关系的，否则那不是真正的学术，也不是真正的学问。而老舍的作品写出了生活中流淌的东西，所以你会发现很多年之后，大家还在看，还在读老舍的作品。他写出了那个时代人的生命，人的情感，以及日常生活中存在的困境。像你提到的这种热气腾腾的东西，恰恰是我们日常大多数面临的问题，我个人认为这是一个作家的正面强攻。一个人可能写一个很偏、很传奇的题材，能写好，那是很容易的，但是把日常生活写好是最难的。就像做菜一样，你用珍贵的食材做出来的肯定不一样，但是用白菜萝卜做出好菜来，那才是真正的功夫。好，我们继续。

刘玄德：因为我最近在看老舍的《猫城记》，所以我先说一下我对《猫城记》的理解。我觉得《猫城记》是老舍创作最独特的作品，这里有很多和老舍众多作品不同的地方。其中最独特的一点就是《猫城记》的书写方式，它跟我们中国式的语言书写方式和阅读方式不同，在语法的运用上非常接近于英语文学创作的翻译文本，《猫城记》好像是老舍用英语语法创作的一样。《猫城记》是1932年创作完成的，可能是由于老舍到英国讲学的经历，所以英语的语言特征对他的创作产生了影响，是他主动学习或者模仿英语的语法习惯来创作的。我不知道是不是这样，这只是我自己认为的。

然后关于老舍的创作，就像老师说的，是对城市最底层人民现实生活的书写，他笔下写的是自己周围的生活，也是自己的经历，所以他描写的老北京和皇城根下的市民生活让我们能够真切地体会到那种真实的生活气息。在现代文学的书写中，大部分的作家都是在对底层人民进行描写，包括对乡土的描写。但是二十年代的那些乡土作家，甚至包括鲁迅和沈从文的乡土书写都是站在知识分子的高度来俯视民间，写乡土社会中的鄙陋和黑暗。就像老师说的，鲁迅写的乡土和农民都是以站在乡村之外的观察者的身份去写，所以他写不了真实的农民生活和农村的劳动场景，他对农民的精神世界和心理描写更多的是以自我想象中的农民形象作为主要书写对象，而不是真正的农民。沈从文也一样，他写的湘西世界是对自己童年经历的回忆和幻想，但现实中的湘西早已经不再是这样了。而且沈从文也没有涉及真正的农民群体，他的湘西乡村是一种幻想中的美好，人物也有着纯真美好的善良人性。当然，三四十年代的赵树理的文学书写一定程度上是真正地为农民发声，因为他自己是从农民中走出来的，所以他笔下的农村生活和农民形象十分真实。但是赵树理的这种创作并没有一直坚持下去，在他后期的创作中，作品几乎成了政治的传声筒，成为政治服务的工具。而老舍的书写是真正立足底层人民群众，站在他们的立场上为贫苦的大众发声。老舍自己也说,老北京城里的民间艺人,街头的弹奏二胡的、卖唱的,形形色色的人们就像是他的兄弟姐妹一样,所以老舍自始至终都立足于底层社会进行文学书写,对民间苦难的生活进行宽和的批判。

我有一个问题,就是新中国成立以后,老舍从美国回来,继续从事创作,像《龙须沟》《茶馆》等都是在新中国成立以后创作的,这时候他不再创作小说了,差不多是完全侧重对话剧的创作,所以我想问老舍在新中国成立以后的文本书写意识转变的原因是什么?为什么会有这种转变?

张丽军:这个问题很好。玄德刚才谈《猫城记》的阅读感受像读英语文章一样,这个也可以思考。2015年我在俄罗斯开会的时候,碰到了安徽师范大学的徐德明老师,徐德明老师也做老舍研究。他也跟我们谈,老舍作品里边很多的语言结构,跟英国的康拉德和狄更斯在语法结构和词汇上有很多内在相关性,他可能写过类似文章,可以找来看。《猫城记》有没有一种英语语法结构,我觉得可以进一步落实,当然这样的文章研究起来难度很大,但是创新性也很高,这是一个。另外一个就是玄德提出一个问题,关于新中国成立之后老舍的创作转向问题。我带的第一个硕士盖永爽,他做的硕士论文就是新中国成立后的老舍研究,他的论文里边用了很多的史料来呈现出老舍的转向。当然老舍的转向有很多的时代原因,我个人认为他可能也写过一些失败的小说。所以有一次我告诉我的研究生,我说你做论文选题,你要是做老舍的失败之作研究,这题目肯定创新性很高。老舍写失败了,其实也很正常,像莫言也不可能篇篇小说都是经典,差别也很大,有的小说写得很好,有的写得不好。今天情绪很好,有神来之笔;有一天状态不好,写出了很多次品,这都很正常。我们就是研究老舍到底为什么写得差,为什么写出失败之作来?这个也很有难度。老舍后来为什么写《茶馆》写得好?其实《茶馆》有个背景,自从苏联的赫鲁晓夫上台之后,大力批判斯大林,在中国促成了思想解放的潮流。所以这时候又出现了文艺的春天,小阳春的气息,这才有老舍开始写《茶馆》的可能性。老舍写出《茶馆》之后,他的用意很好,但是有人批判他。这本来是批判旧社会,歌颂新社会的,还有什么问题吗?但有人说老舍这个人就会写旧社会,旧社会的人物性格写得精彩,他为什么不写新社会?这也是一个很要害的问题，一个作家写作总是和童年有着密不可分的关系，所以让这些人到中年的老作家来写新时代，他写得很吃力，他跟不上。这就是我们说的一时代有一时代之文学，一时代有一时代之作家，他真的写不了，写了也写不好。所以一个作家还是写他熟悉的东西。他的《茶馆》和《正红旗下》都写得非常棒。

《茶馆》是老舍又一个跟别人不一样的地方，很多作家在新中国成立之后都失语了，像茅盾、郭沫若、沈从文，都没写出更好的作品，但是老舍写出新的经典来，就是《茶馆》。《茶馆》依然是他找到的一个缝隙点，就是写那个他所熟悉的黑暗的旧社会。《茶馆》是一个很重要的话剧经典，今天还依然在演出。我记得2009年的时候，我和魏老师去北京语言大学参加老舍会议，这个老舍研究会专门在北京人艺上演老舍的话剧。我们开了三天会，每天晚上演出一个，分别演出了《骆驼祥子》《茶馆》和《正红旗下》。我带我女儿去看《骆驼祥子》，她看得泪流满面。我们的北京人艺是最好的话剧院，所以我跟很多同学说，你们到北京的时候，如果时间从容一点，一定要到北京人艺看一场话剧。人艺有一个很重要的优点，也是一个好的传统，就是把很多剧目保留为经典，演员可以换，但剧目要保留下来，也成为它招牌性的经典剧。新中国成立以后，老舍又开出新的花朵，这个花朵就是转向另一种文体上来，从文体角度来思考也是一个很好的点。他的小说为什么没有成功，而话剧就成功了，这也是很有意味的，比如《龙须沟》。好，我们继续。

任淑芸：我以往读老舍的中短篇小说比较多，如《断魂枪》《月牙儿》《我这一辈子》《大悲寺外》等，最近读了他的长篇《四世同堂》《二马》《猫城记》。课上老师讲的内容给了我一些感触，首先，他写的东西不仅抓住了那个时代的核心问题，而且那些问题在现在的社会也有，《我这一辈子》和《月牙儿》中底层人的生活痛苦，现在社会中也有，工地上搬砖的、煤矿工人等每个人都有生活中难以言说的痛苦。其次，说到老舍具有沉重的民族悲剧感，我以往并没有觉得民族问题是个大问题，不知道政治课本上为什么一直强调民族大团结，后来有了切实的体会。余秋雨的《一个王朝的背影》谈到满族和汉族的关系，让我对民族差异有了认识。刚上大学军训的时候，我旁边的女生是蒙古族的，对我们总是很疏离，表现出保护自己的感觉，和她聊天时候，谈到大家都是炎黄子孙，她会粗暴地打断称自己是信奉长生天的，还说他们那里时常有汉族和蒙古族的冲突，他们就会有作为少数民族的危机感。所以我就想老舍这种民族悲剧感是潜藏在他的作品里的，他的小说常常以幽默的形式表现，这种幽默是带点修饰的，表面上很闹腾。像《四世同堂》里的冠太太喜欢穿一身红衣服，绰号就是大赤包，在书里面上演的就是鸡飞狗跳的闹剧，一出闹剧老舍就认认真真地写，我觉得这就是在胡闹啊，读到后面就不觉得闹腾了，反而越发悲凉。日军占领了北平，这帮人却有了大舞台，老舍的悲剧感是潜藏在作品里的，表面上看是嬉闹，实际上很悲凉。

我想提一个我的困惑：文学的使命到底在哪里？大作家都关注社会问题，反映国民性、人性、社会的黑暗，我读的时候感觉确实这样。《我这一辈子》里的"我"开始是一个裱糊匠，期待的是多死几个富人就有钱挣了，后来生意不景气，"我"只得另谋生路，当了巡警，眼看熬出头了，上面一句话又失去了奖金和晋升机会。《月牙儿》也同样苦涩，浸透着苦水。《平凡的世界》中孙少平和晓霞相爱，但是晓霞是上流社会，孙少平就是一个农村出去的煤矿工，好像永远没有出头的机会，他们的爱情是正能量的，很感人，但是注定不能在一起，最后作者安排晓霞死掉了。生活也是和作品一样，我看到过冬天一个人开着小三轮，拉着一车瓦斯罐吃力地蹬着往小区送，这份工作这么苦，为什么不换一个？但是各行各业都要人，什么苦差事都有人干，生活也是浸透了苦水。文学作品只是记录他们的生活吗？到底有什么用，也解决不了问题。好像读文学作品，就是去感受了一个不一样的生活，就像看作家描写的大上海光怪陆离的奢靡生活，我们没有经历过，在书里看到了，体验了一番，回到生活中，还是要继续过这样的苦日子。我总感觉入不了文学研究的门，然后写论文的时候，一直说要抓住一个点，但研究一通以后，我也不知道我有什么目的，难道我就是为了完成一个任务，交一篇论文，完成我这学期的学分，仅此而已吗？我自己一直没有办法解决，所以我想问老师，文学的使命到底是什么？

张丽军：好，说得很好，这让我想起了我读硕士时候的一个同学，他在我们同学中非常优秀,读书特别多,我们都很崇拜他。他之前在哈师大工作,现在也调到海南大学去工作了,做文艺学的研究。他就跟我说,丽军,做文学能够改变什么?什么也改变不了。虽然我们提供不了物质的面包,但我们可以提供精神的面包,文学做的是服务于人的心灵。就像你说你看到的现实,可能我们不能替他去扛瓦斯罐,不能替他在寒风中奔波,但是我们可以去理解他,可以以一双理解的目光去看待他,理解这个社会,理解他们的艰辛和不易。所以文学可能是一种悲悯,或者是服务于人的心灵的,这可能是文学的功能。尽管它解决不了现实问题,但是有些东西比现实问题、比物质方面更重要。我们可以忍受贫困,但是我们无法忍受因贫困被歧视、被侮辱。每个人有每个人的尊严,要给他们有尊严的生活。当然这社会是一个分层的社会,这是任何社会的常态,但是要让每个分层的人都有改变自己命运的机会。我也跟我的女儿说,其实爸爸让你学习,没有说你一定要考第一,不是的。像龙应台对他的儿子说,你学习,你可以有改变自己命运的机会,你可以去选择生活的体会,你可以很有尊严地活着,而不是被人摆布还无奈地活着,你可以去选择你喜欢的东西。虽然每个人的成长经历不一样,条件不一样,但人是能动的,哪怕是他做一个很辛劳的人,他可能有他快乐的东西。我在做博士论文的时候,我媳妇说,你看你们这些人,悲天悯人,好像心怀天下,人家农民的日子不需要你悲悯,人家过得很快乐,恰恰是你们过得很不快乐。我听后很受打击,可能有时候就是这样,像我的很多亲兄弟们,他们还在农村生活,他们可能干完地里的活儿,回家看看电视,睡得很安稳,很踏实。我女儿说,爸爸妈妈,你们深夜12点不睡觉,天天熬夜,也不看电视,也不逛街,也不打牌,过的什么日子!当然这不一样,肯定每个人的生活方式的选择不一样,但是我们每个人会有每个人的快乐。我们这个世界人和人需要理解,文学是很重要的渠道,这是一个方面。至于你提到的文学悲剧,可能就像鲁迅说的,悲剧是将人生有价值的东西毁灭给人看,要让我们看到生活中美好的东西,去珍惜美好,去珍惜心中善的东西。文学也把这些东西传递给我们,虽然它是一个悲剧,但就像亚里士多德说的那样,悲剧让我们内心得到了洗礼和升华,或者我们得到一种救赎感,这就是文学的功能。

至于说文学研究，我觉得要找到一种入门的感觉，或者你已经入门了，其实你这种感觉就是一种文学感觉。我们对这世界的追问、思考，这是永恒的东西。但是你要知道你做的价值意义在哪里，像你提到的仅仅就是写篇论文吗？像老师一样，我仅仅就是为了完成教学任务，写一篇 C 刊论文吗？可能我们很多人也是这种状态。有时候跟作家交流，一个作家被追问你为什么要写这个小说啊？非写不可吗？我说肯定到了非写不可的时候，你才会写出好东西来。我们也一样，我们要拿学位，要写一篇学位论文，这是必需的任务，但是写这个学位论文干什么？这才是要一个追问的问题，一定要追问。所以我读硕士快毕业的时候，跟我一个同学到他家乡吉林农安那个地方，那边有一条废弃的大河，大河已经长满了荒草，突然我就想到，文化是一条大河，我们每个人都是很微小的，就是一条很小的小溪，但是我们这条小溪要汇入这条文化的大河，才能让我们的生命澎湃不息，跟着大河更汹涌地奔流下去。我觉得这可能是一个学者的一点价值。所以我说一个人要找到你安身立命的东西，要去寻找肯定需要一个过程，但寻找是很重要的。每个人寻找的方式和过程几乎都会在某一个点突然找到，而不是别人告诉你。但是一定要追问我们为什么要做，这是一个最核心的东西。所以我觉得做研究一定要有关怀。像我这些年来，博士论文做乡土研究，硕士论文做的是生态文学，我做生态文学是非常早的，我在 2000 年就在做生态文学了，后来放下了，但我做的博士论文是和我的出身有关，因为我从农村走出来，发现九十年代之后乡土文学的创作量和研究量都很少。一个农民的孩子，能够为这些兄弟亲人们做点什么，就是发出他们的声音来。我们就要找到这些能够和你的生命情感深处相关联的东西。所以这也是我们做学术论文选题，或者我们做学术的一种意识，我们到底想做什么研究？这个研究和我们有什么关系？它值得我做吗？值得我三年甚至一生去投入吗？你要有问题意识，一篇文章要有问题意识，一个学位论文同样要有问题意识。这就是入门的东西，你要追问自己，别人代替不了。

步玉庆：我读过老舍的小说《四世同堂》《骆驼祥子》《月牙儿》《离婚》，还有话剧《龙须沟》，我发现老舍对语言的重视，对方言的熟练运用，在当时那个崇尚普通话的时代，是比较特殊的。我认为，这是老舍先生对中国传统文化的重视和有意识的保存和发扬。老舍先生的这种思想和认识有没有一种继承性的源头，它来自哪里？

张丽军： 这个问题很好，我也在思考。我可以提供点线索，因为我也没想成熟。我在写一篇文章，谈老舍的服饰文化和他这种审美书写的关系。老舍在上小学的时候，有一个校长对他特别好，就像对待自己的孩子一样。我们知道中国传统文化，尤其私塾文化对书法等传统技艺的要求都是很强的，所以老舍对对联对得非常好，书法也练得很好，还写了一些古文，也都获奖了。这些小学老师对他的影响还是很大的。老舍中师毕业之后去做小学老师，后来做小学的校长，他就说他并不认同五四文化，但是五四运动给了他一双新的眼睛重新看待世界。他说人可以重新生活，可以去追求一种自由的、平等的、独立的生活，过自己有尊严的生活。所以老舍就做了两件大事，一件大事是退婚，追求婚姻自由，所以这一点和鲁迅不一样，鲁迅虽然不满意，但是形式上还没有解除婚姻关系，所以很多人同情朱安。老舍是很坚决地选择退婚，他说这个婚姻是他母亲选定的，他要退婚。第二件大事，他决定到英国讲学，那时他老母亲已经七十多岁了，他母亲生老舍的时候已经是高龄，他的大姐都已经出嫁了，所以他母亲很伤心。退婚在民国时期对对方很具有侮辱性，或者说是一个不可接受的条件。老舍退婚遭到很大的阻力，家里人都不同意，老舍因此急出病来，生了一场大病。生病期间，他住在寺庙里养病，这个病很厉害，头发都掉了很多，可能是内外攻心。后来家里一看，不能把儿子逼死，就同意退婚了，老舍的病这才渐渐好起来。

其实老舍的作品里肯定有佛教文化的影响。刚才我提到老舍童年受教育的经历，是个叫刘寿绵的大叔帮助了他，后来这个大叔也出家做了和尚，成为宗月大师。这个人家里很富有，北京城很多条街的房产都是他家的，但这人是个慈善家，谁来找他帮忙他都救济，他敢于被骗，骗他的钱，他觉得没关系，骗子也很可怜。他就这样半送半救济，财产就没有了。后来，他的妻子和女儿去做了尼姑，他就做了和尚。其实说佛教文化对他影响很大，这些东西都是需要进一步来分析的。因为我们知道文化对内心的影响是看不见的，我们可以从成长经历、接触的人中感受到。

此外，我们还看到很多方面，比如传统的礼仪，我们知道《正红旗下》就是写满族文化。其实有人说，祥子肯定是个满人，像祥子给人请安的话语和动作都像满人。我们看凌子风拍的电影《骆驼祥子》，祥子就是满族式的请安，但是他没有表明这种身份。老舍这个作家还有一个很重要的特点，他对语言非常锤炼。老舍是最讲究语言的作家，讲究语言的音乐性、口语化，我们说老舍是一位语言艺术大师，恰恰我们今天很多作家的语言很不讲究。他的语言优美，今天看来就是非常好的国语性的文章。当然这些传统文化，我觉得还有很多方面需要进一步来梳理。好，继续往下进行。

张　璇：我想继续谈一下刚刚关于传统性的话题，我觉得在老舍身上存在着现代性和传统性的冲突。老舍虽然不属于五四那一代的作家，却深受五四的影响，他虽然提倡科学理性这一套西方的东西，但是我觉得老舍在骨子里情感上更倾向于传统。举几个例子，比如老舍在小说中对女性的描写，他对恪守妇道、聪明贤惠、遵从三从四德的女性给予了热情的赞美，她们都是偏向于传统的，比如《四世同堂》中的韵梅。但是对于时髦女郎或是稍有知识的现代女性，老舍对她们的描写中就有一种抑制不住的嘲讽，比如他的短篇小说《善人》里面的女主人公穆女士，她自称文明人，不喜欢别人称她为汪太太，她虽然花着丈夫的钱，但是她让大家都称她为穆女士，就自认为是独立的女性了。穆女士给家中的女佣起名为"自由""博爱"，这是非常讽刺的，穆女士对"自由""博爱"们随意指使，这其中哪里有自由和爱呢？再比如在《四世同堂》中，瑞宣和韵梅是父母之命媒妁之言，他们过得非常幸福，反而瑞丰和胖菊子是自由结合的婚姻，到最后反而是不幸的。另外一个例子是在《骆驼祥子》中，老舍把城市写成一个充满诱惑和腐蚀的地方，体现了他对城市的极度不信任。在《离婚》中，老舍给老李设计的最终结局也是回到了乡村。由此可见虽然老舍生活在城市，但是他内心的传统性和乡土倾向是非常强烈的。我想问的问题是，老舍对现代性的认知，包括对城市女性的嘲讽和对城市文明的批判，是否存在认识上的偏颇？或者是说传统的某些东西是否束缚住了老舍，给他造成了某种局限性？我想请问老师如何看待老舍身上传统性和现代性的冲突？

张丽军：这个问题很好。我认为老舍骨子里还是一个传统性很强的人，但是你会发现他又是接受西方文化最深刻的人，可能这铸就了老舍内心深处跟别人不一样的东西。我觉得老舍从内心深处对新派文化的不信任感，也和那个时代他遇到的人有关系。他觉得这些人都是做表面功夫，是靠不住的。那种表面很新派，内心一点也不新派的人，老舍极为反感。其实这一点我们还真可以做一些思考，就是老舍在很多方面的选择都是很独特的，包括他的革命观，他很少写到革命人士，就是在《黑白李》中写到革命党，像《骆驼祥子》里只有一个曹先生，曹先生还是一个从事秘密工作的教现代文学的老师。老舍很少写革命，他对革命也是持一种保守的态度。所以说老舍在今天看来非常耐人寻味，他依然是从他的生活出发，从他的感受出发写文学作品，而不是从理念出发。

姚梦烯：老舍许多早期的作品都是对底层人物命运的描写，像《月牙儿》《老张的哲学》《骆驼祥子》等，大多都是悲剧。《月牙儿》讲述了月容和母亲成为妓女的命运悲剧；《老张的哲学》中讲述了王德和李静的爱情悲剧；《骆驼祥子》将一个努力上进的底层人变成一个行尸走肉。他将善良朴实的底层人民书写成一个个悲剧，产生这种幻灭感的原因何在？难道是写成悲剧更容易打动人心吗？

张丽军：你认为呢？

姚梦烯：我觉得是不是和老舍的生活经历，还有他的满族人身份、宗教信仰等有关。

张丽军：我刚才提到古希腊的悲剧，古希腊的伟大悲剧认为，悲剧的原因在于人物自身的缺点，他自身的缺陷是人物悲剧命运的源头。王晓明老师认为老舍为什么要把祥子写成一个悲剧性人物，因为他是一个被设计、被规定的人物。这是他的一种批评，但是我想不在于他设计得如何，而是他如何把它设计得好，才是重要的问题。其实刚才很多人提到说理念先行，其实我认为不是理念先行的好和不好，或者需不需要，每个作家有不同的创造态度，重要的是你能不能克服这个理念，回到文学本身去写，符合审美逻辑去写，不是用概念来写，用文学本身推动它发展，这才是重要的。我个人认为，老舍写祥子的悲剧，关键在于老舍写的是不是符合逻辑，是不是符合生活，是不是符合规律。我们看见它不生硬，是很自然的，是一种发展的结果，这才是问题的考察标准。

赵京强：我想提个问题，就是新中国成立以后，老舍还能成功，而很多作家不能成功的原因，可不可以从他的经历的角度去思考？二十年代和四十年代后期是国内最动乱的时期，他正好是缺席的，他是在国外度过的。这种经历会不会使得中国现代文学的定型效果在他身上比较弱，反而让他在新中国成立以后能够继续发光发热，而其他人就比较难呢？

张丽军：想法很好，但这个想法却还是受一些观点的左右。其实一些想法刚开始想是这样的，但研究的时候你会发现是另一个样子。我们的很多观点还是从实事出发，这是决定我们观点能否成立的一个最重要的因素，我们的设想是探索的起点，这是一个方面。我个人认为做学术研究一般来说有两个维度，一个是把文学史做成思想史的研究，强调它的思想批判和精神维度；另一个是强调对史料的研究，你要以客观的事实为依据，像韦勒克提出的文学外部研究和内部研究。一个好的研究应该是不受局限的，你要把你的思考做出来。当然这种研究到底采取什么方式，我个人认为也可以把一个作家的外部环境和文学内部的创作结合起来，而不是单一一个维度。这是对作家做更全面、更多维度的阐释，更能够准确呈现这个作家的丰富性。所以在写论文的时候，一方面我们强调作家和外部环境的关系，比如他的时代性、他的成长、他的经历；另一方面我们还要和文本结合起来，再谈及作品的人物塑造、语言艺术、叙述方法，等等。我觉得这样结合起来可能更能全面呈现出一个文本的内在因素和外部因素，我是这么来做的。其实每个人都在选择不同的点，像那种日本式的学者就做一个词汇的研究，研究它的来龙去脉，也非常好，都可以做成很好的论文，这种论文都有各自的价值。我个人更倾向于一种思想史、情感史的研究，一个研究要从纯语言中跳出来，一种语言更要有关怀，更要有温度，更要和时代有关系，这是我的选择。每个人选择不一样，每人的价值依托不一样，我觉得这样做我才有意义，我才能够满怀激动地去做，我才能找到价值感。所以做研究你要找到你的兴奋点和价值依托点。

马婉茹：我想接着老师关于老舍的不同之处说一下，您刚刚提到老舍是一个满族作家，一出手就是长篇，接受基督教的洗礼，去国外讲学，并且他和其他作家的不同还在他的童年凄惨，过的是头朝下的穷苦的一生。我觉得他在现代文学六巨头"鲁郭茅巴老曹"中是一个异类，因为其他作家或多或少都接受了五四的洗礼，或者是呐喊的，或者是讴歌的，或者是为人生的文学，但是老舍说自己是和他们八竿子也打不着的亲戚，他自始至终都是在书写底层人民，书写底层大众的喜怒哀乐。您刚才提到一时代有一时代之文学，老舍能够写出《骆驼祥子》却写不出无产阶级文学，能写出《月牙儿》却写不出新的时代女性，我觉得恰恰是因为他的时代决定了他注定要当底层人物的发言人。他是一个执着地书写底层人民的底层情感的底层作家。还有您刚刚提到的关于对现实的正面强攻，我记得我上次听到这个词是在余华提到自己的长篇小说《兄弟》是"对历史现实发起正面强攻"，我觉得这个词对作家的要求很高，在我看来正面强攻体现在对细节的高强度叙述上。就这一点而言，余华比起老舍还是相对逊色的。举个很简单的例子，老舍在《马裤先生》中就通过一些日常细节的重复描写，对于人物细微之处的刻画，就能把这样一个市侩形象跃然纸上。我提出的问题是：可否把老舍和沈从文做一个比较？因为他们有很多相似之处，比如都是属于现代文学中的异类作家，都差点获得诺贝尔文学奖，都对于服饰有着研究，而且都不依附任何集团也不信仰什么主义。

张丽军：这个可以做的。这个想法很好，他俩确实有很多相同点，因为他们都是党派意识不强，不信奉主义，也都受到某种或明或暗的批判，这个可以思考。但他们是不是也有很多差异点，比如他们的艺术风格差异很大，这个也可以思考。其实像余华的正面强攻，我也觉得他比老舍逊色很多，他想做而没做得很好。好，我们继续进行。

周　群：记得上初中，第一次读到老舍的作品，让我有种读鲁迅作品的感觉。读到老舍的《骆驼祥子》，看到祥子这个人物，脑子里不自觉地就想起了祥林嫂。后来我才知道两位大家在某些方面是有着共通性的，一个是揭露国民的劣根性，持着一种哀其不幸怒其不争的态度，另一个则是对底层人民持着无限的同情和包容之心，批判黑暗的社会。老舍在我看来是一个非常宽厚包容的人，对他笔下处于水深火热、肮脏贫瘠之中的底层人物，给予无限的同情，揭露他们的生活，也引起人们对社会的批判和对自我的反思。每当我看到他笔下的那些底层人物的痛苦遭遇，那种常人无法承受的伤害，都让我变得愤恨不已，更加感受到命运的无奈和别无选择的痛心疾首。生活中的人物就是老舍笔下那些小人物的真实写照，他们依旧处于社会的最底层，干着最苦最累最脏最没尊严也最受人鄙视的活。而我们学着文学，最能贴近他们的心，最能感受到那份痛楚，但我们却无能为力，不由得生出一种对社会的悲观感。在《断魂枪》中，沙子龙在异国入侵，东方大梦不得不醒的社会环境下，他被迫与时俱进，改镖局为客栈，远离绿林，将五虎断魂枪埋葬在心中。很多人都对沙子龙持着一种批判的态度，他的不坚定，对传统文化的舍弃，都有着负面影响在里面。而我认为沙子龙可谓是识时务者，大环境的改变让他不得已这样选择，本身的无奈与惋惜之情溢于言表。相比书中孙老者乐观但无谓的坚持，沙子龙更是有英雄末路的无奈在里面。所以说人本来就有一种社会属性，自上而下和自下而上的改变都是非常困难的。从根本上说，社会向来都是一群人去支配统治着另一群人，在大的社会环境下，人做出什么样的选择都是值得包容和理解的。文学的意义也体现在理解和同情里面吧。

张丽军：祥子和祥林嫂有相通的东西，我也有同感，这些感觉体验也都非常好。但是我觉得一个人还可以去做更多的选择，毕竟人是一种主动性的、有智慧的、有情感的、有理性的动物，我们更能够找到有价值的生活。

周　群：可是人有时候是没有更多选择的。

张丽军：那就要创造机会了。我能理解你，我们很多小说中的人物真的是没有选择，但是我们所有的努力都是让人有更多选择的可能性。马克思主义说共产主义社会是人的自由而全面的发展，什么是自由而全面的发展？你能够尽你所能去发展你的能力，社会提供更多的可能性。当然在社会不能够提供这种可能性的时候，我们要主动创造可能性，通过我们的努力去给自己寻找更多的空间。

吴海峰：我想沿着婉茹说的从老舍和沈从文不同的地方谈起。我最开始知道老舍和沈从文是在初中的时候，刚升到初中时，语文老师会在晨读时给我们读一些大家的散文名篇或代表作品，沈从文的《从文自传》和老舍的《骆驼祥子》差不多是同时进行的。我完全被《从文自传》给迷住了，原来童年可以如此有趣，可以逃学，还能打架，还可以偷偷跑到集市上去赶集，这些在我想来，都是不可思议的。更不要说，沈从文笔下风光秀美、明媚透彻如水淘洗般澄澈的湘西世界，那样美，那样轻灵，那样一见难忘。我对文学的想象，大概就是那时候定格的，认为文学作品要按《红楼梦》的基调，要诗意、典雅、崇高、尽善尽美。因而当初次接触老舍的作品时，并没有很喜欢，尤其祥子是个贫苦人，生存环境不优裕还很贫贱；思想不高尚还很世俗；行止不超逸还很拘束。这一切让刚刚萌生文学作品应该描绘世间美好、超越世俗、追求完美观念的我感到十分不习惯，阅读体验也好似从云端的殿堂跌到尘埃，满目烟尘，生不起兴趣。就这样很长一段时间里，虽然也在断断续续阅读老舍的作品，但他并没有以文笔打动我，或许跟阅读的文本有关，《赵子曰》《牛天赐传》《老张的哲学》，这些文本中还存在老舍先生自谓的"油滑"成分，而且所描绘的人物形象也不是很能吸引人，我在阅读时甚至会有烦躁感，为什么写这样的故事？这个人物到底有什么稀奇、有什么值得写的？虽然快速地翻完了，但基本上就是看了一遍而已，彼时也没有很高的觉悟，将文本与现实联系在一起探讨国民性之类的。因此在早期，我是无法体会到他"人民艺术家"的美誉从何而来的。

改变是从《二马》和《月牙儿》开始的，而且是由影视作品引起的。《月牙儿》是由宋丹丹主演的电影，《二马》是由陈道明主演的电视剧。在电视上偶然看到，大为惊异，虽然知道是老舍作品改编，但还没有阅读过，因为剧情的精彩便又萌生出阅读老舍作品的念头来。这一回，才真正读出老舍作品的好。他笔下的人物，那样真实，不是临摹的那种真实，而是他的人物都活在现实生活中，不代表大众，而是他自己，活生生的，那样触目惊心，又那样惊心动魄。小人物，小角色，个个都是生活中的主角。老舍笔下的街头巷尾，一砖一瓦，都是从现实搬进去的，不再是还原，也不是重写，更不是复刻，而是一种生动的再现，让人身临其境。重读《骆驼祥子》，才知道少年时错过了什么。本科时宿舍熄灯后，会在mp4的小屏幕中流着泪读《四世同堂》，为一切的艰难和伟大痛彻心扉；会将薄薄的《正红旗下》翻来覆去地看了又看，知道所谓的旗人平民生活是怎么个光景。当前段时间在北京时，也特意去普通小胡同中走一走，避开了人烟稠密、商业气息浓厚的南北锣鼓巷，专门拐进地安门颓圮破败的大杂院，那街道也不甚整洁，地上也漫有污水，胡同也总回想着"哗啦哗啦"的洗牌声，还有停车时大声吆喝"挪下车子"的不平气。整个胡同，平常、市井、鲜活，跟老舍笔下那个北平一样，恍惚间，仿佛我脚下的这个胡同，也是书中的一道风景，被作家用脚步丈量过，用眼光逡巡过。一时间，有些感动，这就是延续吧，我和作家看到了同一风景，体会到同一生动。可以这样说，我是被老舍的文字征服了，他的机趣和妙处，非经生活洗礼，是不能完整体会的。我的问题是老舍是否有意识地以独特的北京市民风格来区分自己与其他的新文学作家？

张丽军：这是肯定的，这是命定的。其实每个人写东西不是你想写什么样的，而是生活找到了你，老北京找到了老舍，而他也只能是把老北京写得好。事实上，像我们的生命一样，你的生命是被命定的，不是你想选择什么生活，你想选择什么父母，你想选择什么故乡。没有。我们的故乡已经决定了我们的命运，这就和先天决定了我们的基因一样，我们就是这片土地的人，就是黄皮肤黑眼睛的这一种身份和存在。像老舍，他的这种民族、这种家庭、这种成长，就已经决定了他的走向。每个作家可能有无数的选择，但是写得好的依然就是回到他最熟悉的地方，回到他生命中最感动的时刻，或者他的灵魂里流淌的东西，他就会感动我们，才能够写好。所以我觉得刚才吴海峰同学给我们分享了他对老舍和沈从文的阅读经历，非常好。其实这种分享很重要，我们要讲出每个人自己的故事，这就是我们想听的故事。现在我们很多人讲来讲去都是别人的话语，别人话语需要学习，但要把它融为你的话语。包括我们写论文也一样，不要开口闭口都是谁的理论，可以用，但那都是配角，你要做主角，这是很重要的。讲得非常好，我们继续。

张　馨：老舍的作品我看了很多，有的是全都看完了，有的也没有看完。老舍的作品给我最直观的印象就是非常深刻。我还记得我在看《月牙儿》的时候，那是在大学图书馆里，看完这篇文章好长的时间，我的脑子里一直就是漆黑一片的天空里，有一个弯弯的月亮。

在老舍的众多作品中,我想说的是《猫城记》,刚开始看《猫城记》的时候,我也没有看进去,因为看了好大一部分,我都没有看懂,不知道他在写什么,也不知道他在表述什么。可是后来我读了一些理论知识,我试图用我们的文学去讲述它,我感觉老舍的《猫城记》是用一种童话甚至是寓言的形式来表现中国。他的《猫城记》就是在描写着中国,像老师刚才提到的"迷叶"应该就是在说旧中国食用的鸦片。《猫城记》的深刻还表现在它在其他作品中没表现出来的"看与被看"。看客的这种形象,老舍在这部作品中用寓言的形式表现出来了。猫人们在普通的茶余饭后最大的热情便是谈论这件事、讨论那件事,这不就是我们普通大众的一种习性吗?小小的一块石子,前边有人蹲下来看,后边又有一群人蹲下来看,以至于造成交通堵塞的情形。我觉得这些与鲁迅先生笔下的阿Q和看客的形象是有关联的。甚至士兵们用棍子去打人,被打的人不仅不会去反抗,反而嘻嘻地笑,这就揭示了我们国民那种奴隶性的本质。我觉得在这部作品中,那个大鹰便是革命派的代表,老舍很少写革命派,但是在这部作品中便写出来了。而大蝎代表着腐朽的官僚阶级,小蝎是一种新的思想者。他把其他作品中不表现出来的意象,在这种作品中用童话甚至寓言的形式表现出来,我觉得是极其深刻的,值得我们好好地读,深入地读。我也不知道我的这种想法对不对,只是简单地说一下。

其实,我真的很喜欢老舍这位作家。我忘记我在哪本书中看过这样一段话,记得也有些模糊了。老舍的理想家庭是有七间小平房:一间是客厅,只要几把很舒服宽松的椅子,一二小桌。一间是书房,书籍不少,都是他所爱读的。两间卧室,一间独居,一间用作客房。七间房子中的客厅、客房都为别人准备的,可见老舍真的是非常平易近人,也非常喜欢交朋友。就是这样一个人,不幸选择投湖自尽,我想也是因为他不受理解、尊严受到侮辱,才会对这个世界这么悲观,才会选择投湖自尽。这是我的一点看法。

张丽军:说得很好。张馨对《猫城记》的理解非常好,这可以继续思考,可以写点东西。我们研究《猫城记》还是不够的,这也是一个被遮蔽的文本。这些年来有很多学者开始探索这一块。

陈瓴帆:我读老舍的作品也主要是在大学期间,抛开老舍作品中苦涩、悲剧的主题，我觉得最能打动我的地方在于作品中那些关于北平生活、俗世人情的描写。我很喜欢他描写生活的一段话："生活是种律动，须有光有影，有左有右，有晴有雨；滋味就含在这变而不猛的曲折里。"读了以后，我觉得这就是我心目中的生活。另外，读老舍作品越多，越觉得老舍是一个很有个性、很自我的作家，他从不参与任何党派，也不参加任何的政治运动、文化运动，他不像鲁迅、郭沫若、茅盾等人是五四运动的参与者和驱动者，就像老师说的，老舍的革命观是相对保守的。他一直是以自己的思想指导自己的创作，一直保持着自己的立场和特有的情怀，从不随波逐流。

我还有一个问题，老舍的作品大部分都聚焦于中国城市底层人民的生活和生存状态，但他几部重要的作品都是他在英国伦敦大学讲学期间创作的，例如《老张的哲学》《赵子曰》《二马》。另外我在看夏志清先生的《中国现代小说史》中介绍老舍的那一章，里面提到过老舍对英国小说的喜爱，以及上节课老师说老舍有基督教信仰，我想问这些外来文化是如何影响老舍的创作的？我感觉在他的作品中，这些外来文化的影响体现得不太明显。

张丽军：这个问题我也想了解，但目前也没思考成熟，希望你们继续思考一下，我们再继续交流。这个话题很好，我觉得老舍可能有一部分是消遣性的，像他的油滑或者打趣等，但老舍的作品还是有很沉痛悲凉的东西。英国文学对老舍的影响这一块，我们国内有些学者也有研究成果，可以找来看看。像狄更斯、康拉德等人对于老舍的影响是很大的，特别是创作初期。

傅　虹：我想谈谈关于老舍写作的幽默性，幽默性一直贯穿在他的作品中。国内外很多文学家都称他为"幽默大师"。看了老舍的作品，我也对"幽默"一词有了新的理解。老舍先生在他自己的一篇作品《谈幽默》中写道："凡是只为逗人哈哈一笑，没有更深的意义的，都可算作'滑稽'，而'幽默'需要有思想性与艺术性。"通过他的作品所发出的笑是发自内心的，而不是硬挤出来的，很好地体现出其语言的魅力。《骆驼祥子》当中就有很多幽默的话语，比如写杨家的仆人，杨先生毒辣的咒骂等，这些幽默是一种讽刺性的幽默；还有辛酸的幽默，比如虎妞劝祥子喝酒，表面上体现出虎妞豪爽的一面，实际上通过其搞笑的行为举止表现出虎妞对祥子求而不得的爱。周作人的写作风格也带有幽默性，但更多的是在小品散文中，给人以一种清新自然的美，相比较而言，老舍先生在幽默的背后更能感悟出深刻的哲理。

李舒涵：我觉得老舍笔下的穷人有一种勤劳朴实、忠义正直的美好品格，但是在他写的过程中就会发现城市人的很多问题，就像刚刚讨论的祥子的堕落，与其说是外在环境让他堕落，不如说是他自己内心的缺失让他走向了堕落。穷人也不总是因为善良就给人一种非常容易妥协的感觉。祥子非常要强，一开始他只是想要一辆自己的车，想通过自己的努力获得更好的生活，起码要活得比较有尊严，但是后来他的自强已经发展到一种极致，在他几次失败之后，自强达到了顶峰，他对这种美好生活的渴望已经有点扭曲了。他的生活只是想要一辆车，有了车之后该怎么样，他也没有认真地思考过，似乎除了车并没有其他的意义了。包括他想解救小福子，至于找到了她之后该怎么样也不知道，就只剩下要拯救小福子这一个目的，之前的一种美好的理想最后发展成了一种执念。所以在他几次失败之后，车也没有了，小福子也死了，他整个人已经崩了。我刚才说老舍撰写穷人比较容易妥协就像祥子这样，与其说是他对那个世界妥协，不如说他对自己妥协。

再比如《四世同堂》里面，我们可以看到祁瑞宣，还有他爸爸祁天佑，也是一种妥协，他们迫于生活，因为日本人的入侵妥协了，而他们的邻居钱默吟虽年逾花甲，却奔忙于抗日活动中。同样是穷人，他们也完全可以抗日，宁死不屈，但他们最后为了生计，屈身于日本人的统治之下。我觉得这主要是他内心已经想这样做了，任何力量都是改变不了的，他对生活的一种妥协，我觉得只是一种借口。我感觉老舍笔下的很多人物容易妥协，所以我觉得是不是存在一种复杂性的差异。

张丽军：肯定存在差异性啊。你说人和人差别很大，穷人和穷人同样差别很大。我谈的是城市底层，他们是城市中的穷人，这和乡村中的阿Q、闰土的穷困又不一样。其实我们现代文学有很多写乡村穷困人的作品，写城市中的穷人还很少，这是一个问题。所以我觉得刚才李舒涵提到祥子的执念，这一点我觉得挺有意思的，可以再思考一下，他为什么非要这么做，是什么规定他要这么做的，这可能是一个问题。至于说是不是穷人或者富人容易妥协，这是可以进一步细化的问题。你提到的穷人的复杂性，每一种复杂性意味着每一种类型，都是一种独特的东西。

孙翼钰：我想针对老舍的幽默谈一谈自己的看法。好多人谈到老舍的作品，可能都想到了他写的穷困人那些悲惨生活，但是老舍先生曾经说过，一个作家首先应该是一个有幽默性的人。我就在想，他为什么不说一个作家首先应该是有悲剧感的人呢？我们看老舍先生的生活遭遇，还有当时的时代背景，他写这种悲剧的作品是必然的。如果一个作家独有悲剧感是失衡的，老舍的幽默风骨是必然存在的，因为有了幽默才会让老舍先生获得某种精神上的平衡，而且还要获得文学作品上的一种平衡。通过读他的作品，我感觉幽默和悲剧是有内在联系的，大家都说悲喜交加，我感觉悲跟喜是平衡的，而不是说孰轻孰重。老舍先生作品中的幽默风骨是他的悲观感的一个制衡点，两者是相互制衡的，这是我的看法。

张丽军：孙翼钰提出老舍的幽默和他的悲剧之间的关系，这个是非常有意味的。其实幽默可能更多是一种风格上的特点，而他的悲剧可能是一种主题性的。孙翼钰思考得非常好，就像我在谈张炜的小说一样，张炜的《古船》很沉重，隋抱朴在古堡里像哈姆雷特一样犹豫不决，把苦难都背在自己的身上，他觉得父亲的罪恶还没有被救赎干净，他还要负起罪恶的救赎，承担罪恶，这其实是无比沉重的主题。但小说读起来还是很有趣味性的，阅读如果打破刚开始那种很硬的东西，向里看就会越来越丰富，越来越精彩。它里边用到了很多叙述的方式，就是要让沉重的主题飞翔起来。张炜作品里面关于性的描写，或者人物关系的处理，也存在一个沉重和轻松的平衡问题，所以，这部小说才能够像雾一样通风、透气，是流动的，我觉得这就是一个作家的叙事风格的成熟。对于老舍来说，写《骆驼祥子》这样的小说，主题是很重要的，看起来很累很痛，怎样让人看起来还有另一种调节的东西呢？写文章也是一样，一张一弛，有快的地方，有慢的地方，有叙述加速度的地方，有舒缓很慢的地方，其实这就是一种艺术的调节。好的作家都能够很好地把握住文学的速度或者均衡性。所以说刚才提到的老舍的幽默，包括他主题的沉重，幽默是一种很好的平衡和调节，这是非常有意思的题目，这也可以写成文章，看看幽默和悲剧是如何调解的？他们到底有什么内在关系？我觉得也不仅仅是制衡，更是一种互相生成，它们在一起组成一种更强大的飞腾力量，使文学处于有条不紊的节奏，给人很好的心理和文学氛围。

刘丁杰：我读过老舍的作品有《四世同堂》《月牙儿》《骆驼祥子》。首先，读他的作品给我最大的感受是真实，因为他总将目光放在城市底层的劳动人民身上，用生动的笔触表现他们的喜怒哀乐。在我看来，老舍的作品之所以被学界一再研究，是因为他深深地了解到，无论在万恶的旧社会，还是在新社会以及将来的社会，都会存在贫苦的人民，他们就生活在我们身边。例如前两天寿光地区发的大洪水，受苦受难的仍然是底层的平民百姓，因此老舍的作品还有很多值得我们研究的地方。

其次，对于孙翼钰同学刚刚提到的老舍的幽默和悲剧两个方面的制衡，我有一点感想，老舍的文风不像鲁迅等作家那样犀利、口诛笔伐，而是幽默中透露出悲凉，是不是因为他的出身和成长的环境处于社会底层，从小就见多了苦难和悲剧，因此会变得更加宽容一些，毕竟生活已经很辛苦了，如果不自己找一点乐子，将会生活在无尽的痛苦之中。这是我关于老舍两点小小的看法。

张丽军：说得有道理。每个人要有每个人的风格，老舍有老舍的风格。

曹昙昙：《中国现代文学新编》上讲到老舍的《骆驼祥子》，提到祥子的"个人奋斗的行为模式"，并且断言单个人的奋斗挣扎是难以抵抗整个社会的黑暗，即使有了自己的车也无法改变受压迫、受剥削的命运。它将祥子的失败定义为单个人的奋斗无法抵抗整个社会的黑暗，我觉得这个判断是有失偏颇的。

"个人奋斗"与"群体抵抗"这个问题在鲁迅那里经常被探讨。鲁迅塑造了很多个人奋斗的叛逆者形象，像祥林嫂、狂人、子君、涓生、魏连殳、吕纬甫等人，从这些人物的性格行为中以及鲁迅个人的独特气质中，我们能够看出鲁迅是推崇和赞美这种不妥协式的个人抗争者的，但是鲁迅却更透彻地看清现实的黑暗与残酷，所以他在心底是绝望的，是否定个反叛的，对一己力量对抗整个现实社会的有效性持怀疑态度，所以叛逆者的后果不是被当作"疯子""狂人"，就是成为向现实投降的失败者，对叛逆者的鼓舞和期待与他们的悲剧结局恰好反映了鲁迅的矛盾心理。

然而将祥子的失败归结为他的个人奋斗模式无法抵抗整个社会的黑暗现实是有些牵强的。祥子不同于鲁迅笔下的具有叛逆精神的战斗者，祥子身上带有太多小农民的保守和自我满足，他的奋斗目的不是为了反抗社会黑暗，而只是改善个人生活。他最初进城的动因便是挣足够的钱，为自己日后的美好生活而奋斗，物质的积累与个人幸福是他的主要人生动力。随着物质的积累，祥子将买上一辆属于自己的车子作为第一个成功的标志。但是，军阀的强行征用以及反动政府侦探的诈骗让他的省吃俭用积累的积蓄一次次归零。出身穷苦人家的老舍更了解金钱对于穷苦人的意义，尤其是自己一点一滴从牙缝中攒下来的钱，已经成为自己的存在意义和证明自身价值的符号。物质是与自己未来的美好生活挂钩的，是带给祥子踏实感与成就感的东西，因为老舍明白金钱带给祥子的不仅是勇气、希望，更是生活的自信。而物质上的打击则将祥子带入了迷茫、虚无和对生活理想的不信任中，于是他不再积累金钱，他开始堕落，挣了钱随手胡乱花掉，正是表现了他失去了对未来的希望和打算。而且祥子不能和小福子在一起也是因为物质的缺乏，因为祥子养不起小福子的弟弟和一个酗酒的爸爸。所以说，从物质上的满心欢喜积累到不知所因的被洗劫一空所产生的生活幻灭感才是祥子丧失人生理想的开始。即使放到今天，祥子的悲剧也同样可能上演。所以，将祥子的堕落归结为他个人奋斗模式的错误，或者单个人无法抵抗整个社会的黑暗的必然结果，是不是有失偏颇？是不是有些牵强？

张丽军：通过你的分析可以得出这一点，我觉得是可以说得通的。在我们孟教授的文章里，他提出老舍里边的个人主义和我们所说的个人主义是不一样的，比如五四时期的个人主义是强调个性的、个人的、独立的，甚至是英勇的东西，通过自己独立奋斗的模式去改变命运，这和我们以往所说的个人主义肯定是有差异的。刚才曹昙昙同学提出这一点我觉得非常好，就是同学们提出的观点不一定非要跟着老师走，跟着老师走的学生缺少创新性。我以前毕业的同学,有写作70后作家研究的,提出的观点跟我不一样,我特别喜欢和欣赏。人应该这样,老师的观点供你思考,你认为这个观点还有另一种解读,我觉得特别好。刚才曹昙昙认为欲望是一部分,有比欲望更大的因素是物质的打击,我觉得这个观点可能更现实,更符合实际情况。对于祥子来说可能打倒他的不是我所说的是从内心开始的,给他致命打击的,可能还是物质的东西,因为这是他看重的东西。当然物质的东西可以弥补,精神的东西是弥补不来的。物质对于祥子来说到底有着什么样的意义和价值?他把车队当作他的宗教来看待,我个人认为,他这种方式太直接了,他缺少一个精神的控制。所以让我说祥子的悲剧也是一个人的悲剧,一个人太单一化、物质化,而没有更多的空间来化解悲剧,来调试他的内心。如果他有更多的空间,有更多的支撑点呢?可能他就不会这样。包括他的钱如果存到银行里,还有一部分银行利息。另外他怎么不组织个救济会,大家你一块我一块,他做会首,这200块钱你先买车,下个月他再用200块钱来买车,大家互相帮助,不可以吗?祥子认为这都不行,这都不牢靠,他要自己挣。小巷子赶猪——直来直去。虽然我们看到祥子的悲剧有很多原因,都可以用这个来阐释,但是我觉得曹昙昙同学谈到这一点很好,物质性的打击可能是更大、更根本,这才是真正理解祥子,理解底层。非常好,我们继续进行。

刘 聪:我想谈的是老舍作品中的生活,可能跟前几位同学有些相似。我觉得老舍挖掘的是生活表面之下的真相,如同王小妮的诗句一样,"在我的纸里永远包藏着我的火",真相的真相。比如《骆驼祥子》表现的是生活不是从外部去损害一个人,而是从内部去消耗一个人,而且是在不知不觉中表现了祥子的精神运动变化过程。老舍作品中有很多苦难,我觉得控诉生活最深的往往是对生活最爱的人。这让我想起了暑期上映的一部电影《邪不压正》,我们往往沉迷于电影密切的复仇情节,而忽略了长着花草蔬菜的屋顶,这种美好的日常生活细节容易被忽略。我觉得老舍作品中的那种苦难和生活不是水油分离的状态,而是交融的状态。我有一个问题就是老舍是如何处理苦难与生活的辩证关系的?

张丽军:对于老舍来说,它们从来就没有分离过,苦难就是他的生活,生活也是苦难。老舍说，我的生命里浸满了苦汁子，是头朝下的人生。所以苦难与他是时刻相伴的，这也可能是他写得好的一个原因。祥子的精神的内部消耗，这也是一个可以思考的点，这种外在的物质和精神是一种什么关系？比如萧红的《生死场》，《生死场》除了主人公，还有一个名叫金枝的女性，金枝恋爱之后，母亲让她到院子里去摘西红柿，金枝却把青西红柿给摘了。她母亲就打她说乡间把白菜、西红柿看得比人的生命更重要，怎么摘了一篮子的青西红柿呢，这么心不在焉，打死你也不为过。这一个小细节就反映出一个生活在底层的人把物质看得很重是真实的。

陈骄骄：我想谈一下老舍的《二马》。我们知道，老舍对于五四运动是持一种不支持的态度的，他对于五四那一代人反对传统、全盘西化的做法保持着自己清醒的认识，这在这篇小说中得到了印证。在《二马》中，我们能够看出英国人对于马氏父子所代表的中国人有一种文化霸权主义的倾向和对中国的一些妖魔化的想象。马氏父子去英国继承财产，经历了事业的失败和爱情的失败，他们在英国主动改变自己的行为方式以适应英国的文化。中国和英国在文化上存在很大的差异，这种差异是不存在高低优劣，但是他们以中国人的身份进入英国之后，为了寻求英国人的认同，而处处改变自己。也许正是老舍发现了中国在从传统走向现代，或者说在学习西方的时候，已经不自觉地带有了一种被殖民化的倾向，所以他才对这场运动保持了旁观的态度。

另外，老舍也发现了中国寻求现代化过程的失败，这在小说中的李子荣身上可以明显地看出来。李子荣是小说中西化得很彻底的一个人物，让人已经分不清他是中国人还是日本人，他的身上完全没有中国人的传统习性，但是就是这样一个人物，他的梦想还是找一个中国式的、贤惠的、传统的妻子，过自己安稳的小日子就可以了。在这里我们可以看出，虽然他已经像一个外国人一样处事，但是他的骨子里还是一个传统的中国人。我觉得李子荣的形象就代表了中国人在从传统向现代转型的失败，代表了一种现代性的破产。

张丽军：讲得很好。《二马》是一部很值得我们关注的小说，因为它表达的是东西方文化的冲突和交融，这也是一个我们今天面临着的问题，包括中美贸易战，这些背后的根源还是文化的问题，互相认同的问题，理念的问题。中国文化走向世界所面临的问题，在《二马》里得到一个很好的呈现，这个文章可以继续写，写得更丰富一些。

今天交流得非常好，很出乎我的意料。一是我觉得咱们第一次课，同学们准备得不是很充分，毕竟我给大家说的时间也很短，但是谈得非常棒，特别是谈出我们内心的很多思考，这是让我很惊讶的。因为有时候我们的课需要慢热起来，有很多次课一开始上得很拘谨，慢慢地才进入一个很热的状态，我们今天这堂课讨论得非常好，很精彩。我很期待大家继续有更好的交流、探讨、对话、思考，我们互相启发，没有一个终极的真理，我们都是探寻者，都是思考者，都是对话者。好，我们今天就到这儿，谢谢大家。

论赵树理文学创作的独特性及其当代启示

张丽军　刘仁杰等

山东师范大学文学院

时间： 2017年10月24日

地点： 山东师大千佛山校区教学三楼3141教室

课程： 新文学巨匠与当代文化建设

主讲人： 张丽军　教授

参与者： 刘仁杰、袁雪等　2016级中国现当代文学专业硕士生

录音整理： 刘仁杰

一

　　一个作家在文学上的生命力，有时候是让人怀疑的，特别是当时社会中声誉和影响都很大的作家，在时过境迁之后，能否经受住时间考验，能否进入文学史，并且不断地进入人们的研究视野，跟当下的人们进行精神对话，这就是作家是否具有文学生命力的精神内核之所在。

　　正是在文学生命力的精神拷问之下，赵树理在百年中国文学史的精神谱系中显得尤为突出，散发着独特的、历久弥新的精神光亮。毫无疑问，赵树理是一个有着强大文学生命力的作家，在半个世纪之后的 21 世纪依然是一个文学研究的热点。随着时间的推移，赵树理不仅能够不断地进入人们的研究视野，而且与时代、文学、传统进行着新的精神对话，提供思想与方法的启示。我最近在看《文艺研究》的第九期，北京师大的赵勇先生写了一篇评论赵树理小说《锻炼锻炼》的文章。赵勇从《锻炼锻炼》这部小说的接受史来谈，分为三个部分。第一部分是发表之后引起人们的关注，第二部分是九十年代陈思和等学者提出的研究方式，第三部分是今天的研究方式，最后他提出来自己的看法。我觉得写得很好。一部作品经受了时间的考验，今天依然能与我们进行对话。李云雷、鲁太光等众多青年学者对赵树理充满了兴趣，发表了很多文章，这不仅是一个作家文学生命力的体现，还是赵树理对于我们当代文学的启示意义和价值的突出体现。

1. 赵树理本人身份的独特性

　　赵树理出身农民家庭。中国现当代文学史中，例如鲁迅、茅盾、巴金、郭沫若等都出身于比较富裕的大族家庭，老舍虽然没落了，但是满族在当时统治时期依然是一个主流。但是赵树理出身于山西一个地地道道的农民家庭，父亲是一个说书人，可以讲很多故事，这在农村很常见。我们今天身边的说书人已经越来越成为一种稀缺资源。我小时候在乡村夏天的夜里，有很多老人围在一起讲《三国演义》《水浒传》《封神演义》等，这是一种民间的艺术素养。我们说中国有大文化和小文化，大文化是官方选拔和培养出来的举人、状元等知识分子，他们写一些诗歌来歌功颂德，这是一个大文化。还有一个就是小文化，民间的文化，老百姓自己信仰的文化。大文化与小文化是相互影响的，两者之间有着极大的精神关联，但民间的文化有着自己独立的运行系统。杨家将、岳飞、关羽等，这都是民间所信仰的人物形象，有着很大的市场，对于乡村青年人的成长也有着很大的影响。可能官方文化与民间距离太远，就像余华小说中所说，"皇帝传我做女婿，路远迢迢我不去"，个人生活得很好，何必要去受制于宫廷，这就是个人生活的自足性，也是民间话语的独立体系。

民间还有一种评书文化，现在已经很少了。我小时候作为乡村少年，经常去赶大集，专门去说书的地方听人说书。说书人每当说到关键时刻，就停下来收钱。很多人喜欢听书，有钱的就会给钱，但也不是必须交钱，没钱的捧个人场。民间文化的传播对于农村大众是一种重要的精神文化的源泉，是一种娱乐的方式，是一种无形的文化接受方式，普通民众受这种文化影响可能更大一些。我们今天看《杨家将》，可能看的更多的是一种电视上的形象。我在四五年级的时候，经常与朋友们相互传着看一本很旧的《杨家将》，书皮都没有了，但是我作为一个乡村青年，看得热血澎湃。听《杨家将》的评书，杨家父子精忠报国，战死沙场，一方面觉得很激动人心，一方面又觉得很悲哀，因为奸臣当道，这是一种很强烈的情感对比。中国传统说书人和评书构成一种很重要的文化传播方式，对于普通民众精神文化的培育，对中国文化的阐释都有着极大的作用。但是今天这种方式已经很大程度上减弱了，说书人已经消亡了。我们山东作家柏祥伟写了一篇小说《无故发笑的年代》，讲说书人消失的悲剧，在市场经济兴起之后，说书人好像在一夜之间就没有了。说书是需要有听众的，需要有闲人。我们说什么是生活幸福？不仅要有钱，还要有闲，还要有情趣、有爱好、有追求。

除了说书，戏曲文化也是一种重要的文化方式。但是市场经济兴起以后，大家都忙着赚钱，没钱大家都会看不起你。就像农村青年结婚是很困难的，需要大量资金，现在有的农村结婚要求"一动一不动"，动的是汽车，不动的是楼房。汽车一般是十万块钱的，而楼房造价大约二十万。楼房与汽车已经成了必需的东西，而对于一个农民来说，拿出十几万来是很困难的。

现在整个时代的文化分化是很大的，乡村文化在解体。以前我做样板戏研究，知道乡村很多剧团一到农闲的时候就开始演戏，像我们的戏曲频道现在还在演一样。其实这是一种很重要的文化方式，也是一种重要的教育方式，而今天都已经烟消云散，今天的乡村文化处于一种急剧变化的时代。赵树理所在的时代和我曾经生活的时代，那种乡村文化母体还存在着，它滋养了很多人，有自己的话语体系，像儒家的忠诚，它作为一种评价体系滋养着文化。

赵树理就出生于这样一个说书人的家庭，他父亲经常讲一些《三侠五义》的故事，这些东西对他影响很大。我记得前两年的时候，作家红柯讲了一个故事，一些汉族人因为战争越过了边疆，到了一个陌生的地方，总是寻找一个与家乡类似的地方居住，他们依然想回到故乡，但是已经回不去了，他们过着与世隔绝的生活。一个民族的信仰是通过很多种方式传承的，而民间是一个很重要的存在，甚至是根本性的存在。包括我们今天有很多的话语体系，什么是我们所奉行的，这才是重要的。中国提倡家风教育，父母教育儿女应该如何为人处世，这是家庭的文化。扩大而言，这是地域文化。故乡、亲情在中国文化中是很重要的一部分，是一种地缘性、血缘性的关系。赵树理就深受这种中国民间文化的影响，他在成长中学到了很多民间文化的东西。我最近在写一篇关于鲁迅的文章，他曾经留学日本，接受了新文化的东西，但是到了晚年，他重新回到中国传统文化，更多地写一些有关家乡绍兴的故事，描写戏曲、庙会、鬼神形象，写得非常生动可爱。这是一种来自民间文化的抗争，像精卫填海，这就是民间文化的勇气，跟西西弗斯有异曲同工之妙，都是一种永不屈服的精神。可能我们的精卫小鸟更加伟大，作为一只小鸟，如何填海，能不能填海，填不了怎么办，都是需要巨大勇气的，但不管能不能完成，它都要表达自己的意志与情感。这种民间文化对于作家来说非常重要，像在莫言、张炜的作品中都有着很多的描写。这就是陈思和先生在20世纪90年代提出的"民间"概念，中国现当代文学之所以在20世纪90年代走向繁盛，正是由政治话语走向了民间话语。像莫言的《生死疲劳》《四十一炮》，还有张炜、贾平凹都描写了很多超现实的东西，这就是民间的东西。而赵树理的民间与他们是不一样的，他是一种纯粹的民间文化，是一元性的文化，是接地气的文化，是与中国大地连根在一起的，从身体到生命到情感，是在一起的，这就是赵树理的独特性。

当然赵树理的成长也受到了五四新文化的影响，不再是传统才子佳人小说的模式。他考入了当时的师专，震惊于鲁迅塑造的人物形象，认为鲁迅写出了对中国农民的哀其不幸，怒其不争，而对鲁迅无比崇拜。他想把这些故事讲给他父亲听，通过父亲传递给农民，想做一个传播者。他给父亲讲阿Q的故事，但是他父亲觉得很没意思，没有太强的故事性，不如《三国演义》《水浒传》那样具有动作性。这让赵树理很震惊，他父亲以及周围的人并不喜欢新文学。虽然新文学很了不起，但是它的接受面是很窄的。新文学面临着一个困境，那就是如何进入大众，这是赵树理一直思考的一个问题。可能有的人说他们一直在读巴金、茅盾等人的作品，觉得这没有什么问题，这是因为个人成长语境是不同的。像巴金小说中的觉民、觉新兄弟一样，他们都在看《新青年》，但是作为一个农民来说，一方面他接受不到，另一方面他可能不喜欢。这就是新文学的困境，如何大众化，从文言文到白话文，就是要开启民智。梁启超等人希望以小说新民，但是新文学实际上处于一个困境，不仅仅是教育上的困境，也是审美上的困境，像我们今天的电视剧一样，知识分子看的电视剧与大众看的电视是有差别的。知识精英分子鲁迅的文学观、审美观和大众的差别何在？这是赵树理思考的一个很重要的问题。他认为新文学并没有走近民众，依然有着遥远的距离。例如在今天网络文学盛行的年代，纯文学杂志的销量能有几千本就已经很高兴了，这就是我们今天纯文学的一个困境。这与鲁迅时代是不一样的，传播方式发生了重要改变，文学如何应对，这都是新问题。

2. 不同于五四新文学的审美选择：赵树理小说的独特艺术性

新文学接受的局限与困境，是赵树理发现的一个问题，那该如何解决呢？赵树理要创造农民文学，要为农民写作。他与鲁迅、巴金等人不一样，他要写出农民看得懂的文学，他要拉近新文学与农民的距离，这是赵树理独特思考所在。赵树理一开始的写作也是新文学的写作模式，后来他在思考如何让中国古代的叙述模式具有现代的活力，这是他的艺术探索。如何用《三侠五义》的方式创造出新文学来影响和改造民众，这是赵树理提出的问题。赵树理有自己的独特理念，创造了自己的方式，写出了《小二黑结婚》《李有才板话》等作品。他立志让自己的作品进入"文摊"，进入农民的田间地。

今天我依旧觉得他很了不起。现在很多人争名夺利，但是赵树理是真的只想探索出一条道路来，要创作出大众喜欢的作品。农民如何接受文化？书本在当时还是比较贵的，但是首先要让农民接受。这说起来很好，做起来很难，第一点是它本身的难度，如何用传统话语写现代故事，这是非常困难的。第二点是接受上的难度，赵树理创作的通俗性的、口语性的、农民性的文学被很多人质疑与轻视，认为这不是文艺，这是其创作出版的困境。赵树理小说的出版很难，他个人本身也受到了很多磨难。他想要打破这种困境，就通过一些渠道将作品传递到了上层，送到了彭德怀将军的手中，彭总为他题词"像这种从群众调查研究中写出来的通俗故事还不多见"，赵树理的作品才很快得以出版。《小二黑结婚》在太行山区的新华书店出版了，当时的纸张很困难，但是一发表就受到了很多农民、战士的喜爱，发行了三四万册，这在当时是一个奇迹。赵树理的作品能够出版，还有另外一个契机，就是毛泽东在延安文艺座谈会上的讲话。这个会议正式发表之后，赵树理看了非常兴奋，"文艺要为工农兵服务"，赵树理认为找到了知音。赵树理的写作无意之中成了延安文艺的杰出代表，成了一面旗帜，被称为"农民作家"，这在当时是一个很重要的称呼。中国的革命是一场农民革命，走的是农村包围城市的道路，农民是革命的词汇。在鲁迅那里，农民是愚昧的、是需要被改造的，但在革命文学中，农民是代表着革命主体的，一个农民作家的农民写作，是一种至高的荣誉。周扬给予赵树理很高的评价，提出"赵树理方向"。当时一个美国记者去延安访问，问起赵树理的情况，并且去根据地里寻找，但是发现赵树理跟普通农民一个形象，这就是赵树理。

事实上，赵树理的小说也流淌着五四文学的血液，受到了五四文学问题小说的影响。文学是为人生的，文学具有现实性情怀。今天我们读《小二黑结婚》，其实是讲了一对青年男女恋爱的故事，自由恋爱在乡村被视为大逆不道，而在今天已经很正常了。赵树理不仅写出了青年男女勇敢地追求爱情，也写出了他们的困境。《小二黑结婚》在开头是悲剧性的，两人的恋爱受到了很多阻力，甚至受到了恶霸的迫害。两人约会的时候被绑到乡政府去法办，但是故事却反转了，政府工作人员不仅同意了他们的自由恋爱，还把恶霸抓了起来。他强调的是一种指向性的故事，在新社会中发生的故事反转，我们认为是可能的。二诸葛去政府求人"恩典恩典"的时候，却发现小二黑他们早就回来了，而且他们的婚姻获得了新政府的支持和保护。《小二黑结婚》这部小说，赵树理写得非常高明。

赵树理的另一部小说《李有才板话》写得很有勇气，具有思想的先锋性。《李有才板话》讲述了一个关于村中政权的问题，我们共产党人抛头颅、洒热血就是为了让权力来到人民手中，建立为人民服务的政权，这是一个核心问题。小说写了庄里的地主、恶霸是没有那样容易打倒的，表面上很顺从，对土地分得很公平，实际上农民却没有分到好地。土地之间的差别是很大的，有的土地很肥沃，有的土地很贫瘠，分给农民的都是一些贫瘠的土地。阎家山表面上看土地分得很公平，是一个模范村，引来了老杨同志前来考察。老杨同志来了以后，要求去村里最穷的人家吃饭，这是前所未有的情况，他发现了这个模范村的问题，原来是"西头吃烙饼，东头吃稀饭"。赵树理还写出了另外一个了不起的人物陈小元，他从一个普通农民成长为一个武工委的主任，但是地主想要把他变成自己的人，给他做了一身新衣服，他就慢慢地不干活了。权力是一把魔椅，人坐在上面就会发生人性异变。我们是想建立一个农民的政权，但是发现掌权的人却变成了欺压农民的人。赵树理的小说隐含了这样一个极为要害的问题，就是我们的新政权如何不蜕化和不变质。我们辛辛苦苦打下的天下，却最终掌握在坏人手中，就算好人掌权了，但是他又变成一个剥削的人。这在今天依旧是一个很重要的问题，由此可见，赵树理的小说具有很强的先锋性。

谈到赵树理小说语言具有独特的艺术性，首先是他的农民口语化的语言艺术和他塑造的人物形象令人过目难忘，像二诸葛、三仙姑等，具有独特的魅力。三仙姑是一个悲剧性的人物，长得很漂亮，但是丈夫不解风情，只能靠跳大神来吸引一群异性在自己身边。现代文学中很多大师塑造的人物，我们可能根本记不住，而赵树理得到了民间文化的精髓，塑造了一系列能立得住的人物。其次，赵树理的小说结构是一种说唱格局，线路非常清晰，让人容易读懂。从这一点来说，他对中国民间传统文化艺术形式的借鉴还是非常成功的。再次，赵树理小说的语言是一种幽默诙谐的语言，像《李有才板话》中的快板，通过这种方式传播消息，是一种很有意思的民间智慧。

3. 赵树理小说的局限性及其文学理念困境

赵树理的写作有没有局限？有没有困境？在新中国建立之后，赵树理进入北京受到重用，当时的领导人对赵树理寄予了很高的期望，希望赵树理能写出更多更好的史诗性的作品。领导人通过秘书胡乔木对赵树理进行培训，让他读"马恩列斯毛"的著作。一大堆书放到赵树理面前的时候，赵树理一看就蒙了，这对赵树理可能是一个苛刻的要求。文学还是要以形象说话，写作更多的是需要从个人的经验与自己的文化母体出发，从自己的根出发。如果从观点出发的话，赵树理肯定比不上别人，赵树理没有写出我们领导所期待的那种史诗性的作品。他依然写山西的故事，写农民的故事，像《锻炼锻炼》《三里湾》等作品。

2016年夏天，我到苏州学习，顺便去听了一个评弹。我惊讶地发现里面的一首曲子《罗汉钱》，就是赵树理的小说《登记》改编的。现代文学的文本进入传统的评弹之中，成为人们今天还在演唱的东西，这是很不容易的，这恰恰是赵树理小说的魅力，他懂中国民间。像老舍一样，他喜民间的东西，他也唱戏演戏。赵树理来到北京以后，与山西产生了隔断，也与农村的新生活产生了距离。但是赵树理还有生活经验，他继续写出了关于农村的一些问题，是他写作的一种延续。但随着时间的推移，这种情况越来越不适应，人们需要对新生活的歌颂，这与问题小说是一种内在冲突。

  赵树理在新中国成立以后的写作一方面要歌颂新生活，一方面要写有问题的人物和事情，去改造这个时代，这构成了一种内在的困境，这也是他与时代的困境。赵树理写了一些保守的干部，写了一些问题小说和中间人物形象。有的人对赵树理高度评价，邵荃麟提出中间人物是有缺点的，但是又很可爱，像"小腿疼"这个人物。就像周立波《暴风骤雨》里的老孙头，一方面干活很卖力，是一个很好的车把式，一方面当涉及自己利益问题的时候，他想的比谁都多。赵树理在新生活之下塑造了一些有缺点的人物形象，这是一个很重要的文学话语问题，也是一个写普通人性的问题。像我们今天谈英雄，英雄同样有挣扎、有痛苦、有犹豫，英雄之所以能成为英雄，正是因为他们能够战胜缺点、克服困难。赵树理在这一时期的写作，本人的文学观也发生了改变，他的作品以解决问题为核心，认为只要农民生活改善了，就可以不写小说了。赵树理的文学观不是从文学本体论出发，而是把文学作为一个促进社会进步的工具，存在着工具论的精神局限。

  但是毫无疑问，赵树理对于中国文学做出的贡献是独特的，他的思考、他的选择、他的艺术，都是值得我们分析、探寻和传承的。

二

张丽军：现在我们有请同学们进行发言讨论，哪位同学先来谈？

宋　欣：对于赵树理的作品，我最喜欢的是他的语言，非常平淡却很有张力。而且在他的作品中，心理描写比较少，在《李家庄的变迁》之中，用了几句话写了借钱的场面，对比特别强烈，给人的印象很深刻。我认为对于赵树理的农民读者来说，这是一种优点，虽然语言很平淡，但是农民能够看得明白，阅读效果很好。

张丽军：说得很好，这是对赵树理的进一步肯定。

妥　东：我想谈一下赵树理的意义。我看了白春香的《赵树理小说叙事研究》，读过以后我在思考赵树理的意义何在。赵树理出现的环境与五四时期的环境是很相似的，是一种方生未生的情况，知识分子想要参与到民族国家话语建构之中。在民间文艺、知识分子国家话语建构、政党文艺三者之间，赵树理选择了民间形式与国家伦理对话。举一个例子，农民在掌权之后，会是什么样子？赵树理写了出来。与其他知识分子的想象不同，赵树理提供了一种实际，从而确立了赵树理书写的价值。赵树理的这种写作后来遇到了一些问题，进城以后以经验为土壤的写作被切断了，在20世纪50年代以后，赵树理与周扬等人相互抵牾，在共和国的话语体系中，这是非常矛盾的。这就是我目前想到的问题。

张丽军：妥东谈得很好，给我提供了一种新的思考。在赵树理的民间里面，是有国家情怀的，用小家来呈现更大的乡土中国。后来我在分析，赵树理到底是不是一个知识分子，我个人认为他是民间的知识分子，当然他与鲁迅是不同的，但是他们有相通的一面，他也是创作启蒙的文学。鲁迅的方式可能是一种俯视的，赵树理是一种平视的。赵树理的小说中有国民批判性的东西，也涉及启蒙的问题，新文化的建立依然是一个艰难的过程。

许　豪：我看赵树理的小说和研究著作的时候，感觉他的创作是以农民为根本出发点，以群众的喜爱为审美观。在小说中，他喜欢用绰号来表现人物特点，像"小腿疼""气不死"等，还用了一些农民口头惯用语，让人感觉十分亲切。我们如果将鲁迅和赵树理做一个对比的话，会发现两者都是向农民靠拢的。但是鲁迅倾向于欧化的叙述语言，赵树理则是运用了民间的思维方式、语言习惯等来写。大学期间，我曾经对于民俗有过关注，民俗离不开衣食住行，像书中描写李有才的房屋，一读就是一个单身汉所住的房子。

孙悦如：我想谈一下赵树理创作观念中的大团圆结局。他的小说都是一些很传统的东西，但是又加入了一些现代的东西。他叙述的村庄都是开放的，拿《小二黑结婚》来举例，小二黑与小芹和三仙姑与二诸葛等人的关系与力量拉扯是比较均衡的，也看不到明显的阶级关系。三仙姑、二诸葛只是有着中国传统农民观念的人物，小二黑与小芹的胜利也不只是因为他们两个人的努力，还因为金旺兄弟、三仙姑、二诸葛等人的地位都比较脆弱了，所以他们才能胜利。我感觉赵树理是对传统的一种超越，也是对现代的一种超越。

张丽军：说得很好。阶级关系也是一个很有意思的话题，赵树理笔下的阶级关系不是特别清晰，矛盾冲突不是特别尖锐，恶霸也要信奉乡间伦理。像《古船》里的赵四爷，他也要受到乡村民间伦理文化的内在制约。赵树理不是要把人写恶，他写出了农民现实的生活，无论如何，一个人总要受到乡村伦理文化的制约。赵树理的小说与丁玲的小说不同，地主是很狡猾的，但是没有坏透，他们还有着作为一个人的独特之处与丰富性。

袁　雪：我想谈一下赵树理的人格魅力。我认为赵树理与鲁迅一样，都是硬骨头。他的创作在四十年代无意中迎合了党的方向，但是在"文革"，尽管他的创作方式受到了批评，他依然不改变自己的创作方式。

张丽军：谈得很好。赵树理的创作情怀一直未改，他的一些文章都体现着这种硬骨头精神。

苗立群：我在读《小二黑结婚》的时候，发现作者对于俩人的恋爱过程着笔不多，但是对三仙姑、二诸葛、金旺兄弟的描写却很充实，同时也描写了当时干群关系等问题。赵树理可能沿袭了农村说书人的一些传统，讲到哪个人物，就由哪个人物延伸开来，而不是主要围绕某个人物。我看过一些评论说赵树理不够现代性，缺乏现代小说创作的基本方法，缺乏对人物形象心理的描写，掩盖了人物性格。这可能是他的缺憾，也是他的独特性。赵树理的文学模式与现代性创作还是有区别的，这与他的出身、成长环境有关，也与他贴近人民大众的情怀有关。

张丽军：我最近在读李云雷的文章，云雷提到，我们这些年的学院教育，过于把西方理论作为主流，而这是否就是唯一的尺度与标准？这也是需要质疑的问题。西方叙述模式有它的优点，但并不是文学所必需的。像《水浒传》等传统作品，今天依然有很多读者，有着很高的艺术价值，也可以独立并行。

蔡昊韦：我想就赵树理小说中的女性人物形象谈一些我的看法。在我刚开始读《小二黑结婚》的时候，觉得三仙姑这个女人非常可笑，一个四五十岁的女人打扮得花枝招展，而且她对于女儿婚姻的态度让我非常奇怪。母亲应该都是对女儿好的，但是她却用私通来干涉女儿的婚恋。但现在再读的时候，我感觉三仙姑也是一个可怜的女人，她在年轻时候是一个非常美丽的妻子，但是她的丈夫却不解风情。小说中还提到一点，她去区里找区长，区长以为她是一个年轻的媳妇，这与传统的男性观可能有一定的关系，也可能与时代有关系。我们如今在路上看见一个四五十岁的妇女打扮得很好，我们会觉得她生活得很精致，但是在那个年代，大家可能有着跟我一样的想法，认为她很可笑。《小二黑结婚》这部小说是发表于1943年的，在1958年的《锻炼锻炼》中，赵树理又对女性形象赋予了"小腿疼""吃不饱"这种绰号，我觉得他是有一定偏见的。为什么偷懒的一定是女性呢？

张艳丽：我感觉《李有才板话》写得很真实，因为我本身出生于农村，所以感觉小说写得特别亲切。赵树理的这种农民写作，扎根于农民立场，让读者不管有没有农村生活体验，都感觉很真实。像现在的贾平凹、莫言等都说是为老百姓写作，但是我感觉他们与赵树理还是有距离的。他们写出的作品，面向的应该是知识分子阶层而不是农民，农民是不会读这些作品的。当下的打工文学、乡土文学、底层文学等都有很多，但是为什么写不好，像莫言这样写得好的作家，很多农民又不会去阅读，这其中是否有着某种原因呢？

王珊珊：我感觉赵树理是一个处于庙堂和江湖中间的人物，他既不完全属于政治体系，也不完全属于民间，与土生土长的人有所不同。赵树理的创作观念是很明确的，他是重事轻人的，他主要是写一件事，用通俗的形式来丰富这个故事，所以造成了人物塑造扁平化的特点，在塑造三仙姑这一人物的时候，着重表现她的泼辣、蛮横，对她的真善美可以忽略不计。赵树理塑造的人物是一种漫画式的人物，起到了讽刺和教育作用。赵树理写作的目的性压抑了人物塑造的丰富性，但不会减轻他的艺术性。赵树理就是赵树理，他是为了普及一种文化和思想教育，而不是为了一种书面表达或者文学上的进步。赵树理的叙事就是写他想表达的一件事，他对自己的写作是非常清晰的。

张丽军：王珊珊同学说出了自己的独特思考，这是对于赵树理的一种定位。赵树理小说人物形象的扁平化是有意为之的，他与别人追求的目的不一样。从另一方面来说，赵树理有意为之的探索，很多人也想这么做但是做不好，这是他对于艺术的独特理解，他对中国传统文化的理解与现代形式的选择，用民间化的、扁平式的方式把一个人物形象抓出来，这就很有意思。以前我母亲说，你看这人长了一张驴脸，这话让人一下子记住了这个人的模样。当然，我母亲说这话也没有什么恶意。老百姓的话其实都很厉害，赵树理是对民间智慧的升华。我们说一个作家能够多方面继承和学习当然更好，但是这是他所能达到的一个高度。

吴加艳：我觉得需要一个新的评价标准来评价赵树理，像张艳丽同学提到的，农民写农民，打工者写打工者，与知识分子写底层是不同的，他们的语言和感受都是不同的。我在读贺桂梅老师的书的时候，发现对于赵树理的评价是随着时代不同而不同的，而且带有主观性色彩。其中有一段美国记者的评价，他认为赵树理的人物形象是贴上标签的苍白模型，是扁平化的，缺乏现代性和现代意境的。但是我认为赵树理小说中像三仙姑这样的形象并不完全是扁平化的，她不是一个真正封建的人，她与二诸葛不一样，其实她是不信大神的，是一个江湖骗子，装神弄鬼是她的谋生手段，为人提供一种心理安慰。赵树理是想利用人物的扁平化，切合农民的阅读方式和喜好，农民中识字的人是比较简单的，他们要求作品要有可读性。赵树理也想传达一些自己的思想观，通过这种有知识的人去影响那些没有知识的人。赵树理既然选择这种方式来表达，我觉得应该选择一种新的方式来评价他。

王　博：前面很多同学提到了赵树理笔下的人物扁平化等问题，我认为赵树理的写作不像西方那样注重心理描写，作为农村题材的小说，在各色人物的互动之中才能见到人物的个性，而且要看一些细节。比如《小二黑结婚》中，区长要让二诸葛和三仙姑同意小二黑跟小芹的婚事，对待两个人的说辞是不一样的,对二诸葛说的是现在恋爱自由了,谁也挡不住,对待三仙姑是批评她打扮得花枝招展的,去压抑她的个性。我觉得区长对待不同的人说不同的话,这是他的一种智慧与生活经验,这可以看作是赵树理对于农民的一种看法与态度。这是赵树理小说中用细节体现真实性的一个表现。

张丽军:刚才两位同学都对国外的理论和国外学者的观点,进行了对话和交流。像赵树理小说人物的扁平化,我个人认为也是一种现代性的方式。我认为用一种旧的范式来框架赵树理是不公平的,我更同意王珊珊所说的,赵树理的人物形象是一种漫画式的。用寥寥几笔刻画一个人物形象,这其实也是鲁迅的手法,像《藤野先生》里写的那样,"一个黑瘦的先生,八字须,戴着眼镜,挟着一叠大大小小的书",像《阿Q正传》里的阿Q,像《故乡》里的少年闰土、中年闰土,像《祝福》中的祥林嫂,写得都很短,但是非常形象,寥寥几笔,我们一下子就记住了。这是赵树理与鲁迅相通的方面,这是传统中国的叙事模式,像写张飞、李逵等,用白描手法,寥寥几笔,一个人物形象就立在我们面前了。

涂文萍:我觉得他的写作是融入了现实情怀或者对农民关注的,但是同时期的很多作家根据时代形势进行转型,调整了自己的写作方向,但赵树理由于身份的特殊性,受到农民和说书人的影响,他始终关注的是农民过去、现在和未来的情况。至今他的文学价值依然被我们记起,一是他的内容和表现的独特性,二是他表现了新时期农民转型的艰巨性,赵树理是真正为了农民而写作。前几年网上有一个段子说,世界上最遥远的距离,是一个家庭在看《乡村爱情》,另一个家庭在看《北京爱情故事》。我一直觉得一定的文学是由一定的受众决定的,我们不能说喜欢看《乡村爱情》的人就不够高雅,审美情趣不够高水准,这里面的东西是不一样的。赵树理在他的文学形式中还是有他的贡献的,至于他的文学生命力,我们还是要且行且看。

黄加秀:我想谈一下赵树理的问题意识。我之前看过《锻炼锻炼》这部小说,里面提到了"吃不饱""小腿疼"两个人物形象,赵树理用一种戏谑的方式来讽刺人物,说明一些社会问题。我觉得他作品之中有着很强的问题意识，用这种人物形象展现社会上有"吃不饱"这样的人物存在，说明当时社会状况是比较困难的。我最近读了陈思和老师的一篇论文，他提到土改的暴力书写。在赵树理的小说中，他不去写这些暴力，而是通过一些理想化的方式来处理。我想以赵树理的敏感，他不可能意识不到这些问题的存在，他是在用一种独特的方式，表达自己的人文关怀。

李玉翠：我觉得一个作家跟上时代与否不重要，因为赵树理的读者群就是农民，如果他写得太阳春白雪，就会失去自己的读者群。在赵树理的小说中，我读到了一种很接地气的幽默。首先是角色幽默，比如三仙姑在脸上抹粉，像一个小丑，这可能是一种农民式的幽默。还有就是他给人物起绰号，像"小腿疼""吃不饱""三仙姑""二诸葛"等等，特别形象，充满了生活气息。其次是语言也很幽默，例如《小二黑结婚》的开头使整个作品都充满了一种乐观主义。我觉得他之所以能够在"文革"中坚持这么久，与他的乐观主义是分不开的。

张丽军：我个人认为赵树理塑造三仙姑这一形象，脸上抹着粉像驴粪蛋一样，他本人是没有恶意的，他是通过一种带着温情的戏谑方式来展现人物。

亓慧婷：我认为赵树理的《小二黑结婚》在他的创作中占有重要地位，他对农村社会的见解在书中基本得以体现，他写出了封建愚昧思想对于农民的影响，写出了三仙姑这样老式的农民，也写出了小二黑这种新式人物，也写出了农村政权的一些问题。这部作品构成他后来作品的基本元素，长期的农民生活，加上对于生活的思考，使他对于农村的认识已经自成体系，但并不是囊括了他创作中的所有元素。《锻炼锻炼》《三里湾》等小说，主要是通过日常矛盾的书写来反映他对农村日常生活的理解。

袁盼盼：我想谈一下对《三里湾》的阅读感受，小说里面没有中心人物，可能是他想突出对某一个地方的叙事。他想写在这片土地上生活的人，他们组成了一个小团体，这是普遍性的，很多地方都是这样。他写的作品语言平淡，没有复杂的大纠葛，没有深层的心理描写。农村人的思维就是这样的，农村没有什么秘密，他们谈论事情的时候就直接说这个事，从这个事情里就知道了这个人的性格。

李文慧：我认为赵树理是一个真正原创型的作家。从民间文学创作的角度来看，20世纪有很多人进行乡土文学的创作，但是乡土文学是有区别的。像鲁迅等人创作的乡土文学，他们更多站在启蒙者的角度，对于农民批判较多，描写乡村多是一种破败的状态。沈从文等人的乡土文学，写了一种乌托邦式的乡村，他把过多的文人气息投入到了乡土文学之中。我认为赵树理是一位真正写乡土的作家，因为他是农民出身，所以他写出了农民该有的东西。赵树理虽然很喜爱鲁迅、郁达夫等人的作品，但是他能够摆脱他们的影响，创作出属于自己的作品形式。

孟　宁：我觉得赵树理是一个清楚自己要写什么的人。《李有才板话》中讨论了新政权如何不蜕化、不变质的问题，描写了新的文化话语与中国封建伦理文化对立碰撞的局面，其实与五四新文学是相似的。赵树理知道自己擅长什么，知道用自己的方式来呈现，避开了知识分子的话语体系，根植于农村大地，用农村人物形象、农村故事表现出与五四新文学同样的新旧文学斗争的主题。表现在人物形象上，他塑造了一些类型化的人物，例如新人物有杨小四等，他还写了代表民间智慧的落后分子，像二诸葛、三仙姑，他们在新政权来临之前，在村里是非常吃得开的。新政权的来临导致了环境的变化，赵树理也在有意探讨这些人应该何去何从。赵树理太坚守自身了，不太关注外在环境的改变，是一块"硬骨头"，不去迎合外部环境，不会为了政权而改变自身。

刘仁杰：我想谈一下赵树理的中间人物形象。农民中的中间人物形象是广大农村的重要组成部分。中间人物一方面有着深厚的生存基础，一方面又有着庞大的数量，构成了农民的主体。中间人物展示了国民性格，用人物的外号揭露国民劣根性，人物形象呈现市井化特征，作者以丑为美，关注人性，是对传统美学的破坏与重塑。在当今社会，中间人物现在依然存在，中间人物引发对社会变革的思考。重新探讨赵树理笔下的中间人物形象的美学价值和思想价值，在今天显得尤为重要。

成志雄：我认为赵树理人物形象塑造的扁平化是有意为之的，这与他小说的受众有关，一旦小说受众发生变化，对于赵树理作品的接受力就会下降。所以我觉得赵树理作品的持久力可能需要思考，现在是一个农民群体逐渐消失的时代，以前农民的心态已经不复存在。以前同学说赵树理的小说需要新的人来理解，我认为赵树理的小说需要旧的人来理解。赵树理的创作贴近了当时的底层生活，是一种简单的小说，面对的是农民审美的受众，而新时代的农民对于赵树理的接受会大打折扣。

张丽军：文学是否一定要写时代的生活才能让我们接受呢？像《红楼梦》描写的生活距离我们很遥远，但是它依然有着很强的生命力。文学需要写我们的时代，但并不是以我们的经历为标准，文学需要时代的考验，需要语言的魅力。赵树理的文学语言魅力依然会受到时代考验。

赵树理对语言的探索，提出的问题依然有价值。作为一个知识分子，他一直希望改造农村，启蒙农民，尽管他与鲁迅走的道路不一样，但是他们的情怀是一样的，是值得尊重的。赵树理作为一个文学家，他对中国传统文化的运用、理解和创造性转化，在今天依然很有价值。如何用中国的艺术，呈现中国的故事，在这方面赵树理是一个不可替代的存在。像鲁迅所说，在进化的链子上，一切都是中间物。这可能是赵树理给我们时代的价值，用文学写作打破文艺与大众之间的距离，为民众所接受。赵树理对民间文化的借用，对民间语言的借用升华，同样是值得我们思考的。我个人认为赵树理的语言在当时达到了一个极致，是对于文艺大众化、通俗化的创造。比如当下 70 后作家付秀莹的小说，语言特别通透，这也是一种语言的魅力。像赵树理开创的"山药蛋派"，他们语言的魅力，他们审美的品位，他们的气息与味道，这都是值得我们体会与深思的。

文学鲁军的过去、现在与未来及其对当代中国文坛的启示

张丽军　妥东等

山东师范大学文学院

时间：2017 年 11 月 7 日

地点：山东师大千佛山校区教学三楼 3141 教室

课程：新文学巨匠与当代文化建设

主讲人：张丽军　教授

参与者：王珊珊、袁雪等　2016 级中国现当代文学专业硕士生

录音整理：袁雪等

一

今天我们来谈文学鲁军的过去、现在和未来。作为一个研究者，我认为要从脚下的土地开始，要从所处的地域文学出发，来思考当代文学和当代生活。和我们发生关系的文学首先是我们脚下的土地，它和我们有真切的体验，比如我们每天都生活在山师校园里，生活在济南这个城市空间里，你想回避也回避不了，我们就在此时此刻此地，这就是我们的语境。吴义勤老师、张清华老师、施战军老师等学者在离开山东之前就写过大量关于山东文学研究的文章，如果你去看他们前期的一些文学评论，会发现有大量关于山东地域文化的研究，包括与山东作家之间的对话和交流。这就是一种研究方法和路径，从我们脚下的土地，从我们身边正在发生的文学出发，去思考并进入文学现场。所以，这些年我也一直在参与山东作协的工作，即在山东文学现场进行思考和交流，这是我们进入文学现场最好的方式，我们进入它、思考它、影响它、弘扬它，让山东文学走出山东，走向全国和世界，促进21世纪中国当代文学的发展。

2013年，在北京举办了第二十届北京国际图书博览会，当时山东省作为主宾省申办，举行了一个主题为"齐鲁文学再创辉煌"的论坛。山东作家、批评家与北京的一些批评家坐在一起交流，探讨文学鲁军的现状和未来。中国当代文学研究会会长白烨老师在会上说，目前在世界上最有影响的中国软实力的文化符号，一个是孔子，一个是莫言，这两位都出自山东，山东文学的高度就是中国文学的高度，也是世界文学的高度。这段话其实是比较客观的，这说明山东文学在国内是领军性的、影响巨大的。

文学鲁军在八十年代兴起，和新时期改革开放的现代化进程相关。在改革开放的时代大潮之下，文学迎来它的春天，在中国经济获得巨大活力的同时，各种思潮也开始出现，从计划经济到商品经济，再到市场经济，在历史巨变的时刻，作家是最敏锐的人。就像贾平凹小说中的灶火队，本来是在每家每户门前都要停留一下，但是后来有钱人想多出钱让灶火队在他的厂子里多停一会，这遭到灶火队的反对，于是有钱人便从外地找来一支灶火队，发大红包，村里的灶火队很不高兴，认为这个红包本该是他们来赚啊！这就是经济的巨大力量，经济是这个社会的核心秘密所在。所以，鲁迅对女士们说，第一要经济权，第二还是经济权，第三还是经济权。经济独立是第一位的，没有经济独立，其他都是空谈、设想。文学鲁军就是在这样的情况下崛起的。山东人行侠好义，自古以来山东就有厚重、博大的东西，山东是孔孟之乡，山东人有对使命的担当、对伦理道德的敏感。

市场经济兴起的时候，人们的观念纷纷变化，山东作家特别敏感，像王润滋，他是文学鲁军中首屈一指的作家。他的《鲁班的子孙》与《创业史》非常相似，也是写了养父和养子的关系，养父是个木匠，手艺很好，但是在"文革"时期家庭遭受很多变故，他带着孩子吃百家饭长大，所以对乡亲们心怀感恩。改革开放后，他们家开了个木器加工厂，他的儿子在外面学到了很多做家具的工艺。父子之间产生了一些冲突，比如给乡亲们修一些农具，父亲从来是不收费的，但是儿子觉得市场经济讲究一分力气一分收获。这就是义利之辩，是要义还是要利？从这里我们能看出山东作家的敏锐性。在新的时代里，义和利如何处理的问题，这依然是个核心问题。马克斯·韦伯有本书专门谈资本主义的伦理道德体系，谈资本家的精神，资本家为什么要创造财富，创造财富是对宗教的爱，不仅仅是追求利润。在今天的中国，我们进入工业化时代，如何让义利融洽相处，我们有没有一种新的伦理文化规范？

山东文学鲁军的思考力度超前、敏锐。1986年，张炜写了《古船》，那时他还不到三十岁，《古船》中提出了一个更大的问题，我们的历史辉煌灿烂，但是也付出了很大的代价，"文革"时期造成的灾难，谁来为他们负责？小说中的隋抱朴，不仅思考时代的罪恶，也追溯家族的罪恶，隋家一直在赎罪，他要算一笔大账，那是资本的罪恶、暴力的罪恶，把历史和现实连在一起指向未来。隋抱朴决定走出来，新时代到来后，他要竞争粉丝工厂的总经理，带领乡亲们致富，过一种"我们"的生活，而不是"我"

的生活，这里面依然体现出梁生宝的精神特质，也表现了山东作家的情怀、道义、担当。如果隋抱朴的企业存在的话，在今天会面临怎样的境况？这条道路行不行得通？这是我们要思考的问题。张炜小说中还有葡萄园情结，像守卫土地一样守卫葡萄园，如《愤怒的秋天》。可是我们是守不住的，土地和水都被污染了，到底何去何从？

前两年《山东文学》办了个栏目叫"名作重读"，我很有幸读到了他们提供的一些文本，像刘玉堂，他被称为"当代赵树理"，写沂蒙山的故事，如《秋天的错误》，这个文本非常精彩，发表在《时代文学》1992年第1期，我专门写了篇评论。刘玉堂作品的语言非常耐读，语言幽默诙谐。《秋天的错误》的开篇就写得很好，"一切都是由那个电话引起的"，这句话具有丰富的故事性，电话是谁打来的？打给谁的？什么事？中短篇小说语言一定要精练，这是中国最优秀小说家的风格，不需要多的铺垫和讲述，"那天下雨，钓鱼台大队部里挤了很多人，能坐的地方全坐满了，也还是有人陆续来。钓鱼台人喜欢下雨，一下雨就跟过年似的心花怒放喜笑颜开。一个人在家里心花怒放还不过瘾，老想凑成堆儿抒发一下：'好家伙，正在南洼锄着地，说下就下了，淋得咱不轻，啊——咻，弄不好得让它淋个小感冒儿！'"这是开篇第一段，它包含了丰富的信息，有很大的想象力，一下子抓住小说的源头和发展脉络。在农村，电话是和外部世界联系的重要渠道，八九十年代更重要，它体现出村庄和外部的关系。大队部是村里最高的权力机关，但一场雨之后"钓鱼台大队部"从一个呈现为高度意识形态化、精英化的乡间政治空间，一下子演化为一个大众化的带有某种狂欢性质的"农民娱乐俱乐部"。刘玉堂真是一个非常厉害的作家，让人越读越喜欢。小说里面有一个细节特别生动，极富有韵味，"还有人冒着雨踩着泥地陆续来，来到就用门槛刮鞋泥"。过去农村的水泥地很少，都是一些黄土路，一到下雨，路就泥泞不堪，农民回家之后，脚上粘了很多泥，怎么办呀？就用门槛刮掉。小说接着写，"一会儿就在门口筑成了个小堤坝，地上更是狼藉不堪"。农民鞋上的泥巴挂在了大队部的门槛上，"在门口筑成了个小堤坝""狼藉不堪"，无疑具有一种新的意蕴：在政治化、精英化的乡村政治门槛上已经挂了农民鞋上厚厚的泥巴，农民的民间土气和泥滋味充斥着政治意识形态的空间。文本中的"操""你娘个×"等民间粗俗之语的不时出现，又进一步加重了钓鱼台大队部的乡野世俗气息。

突然之间，"上级"电话来了。"电话里要他转告大队长王秀云，让她立即组织全村青壮劳力到公社驻地去砸钢珠儿，全公社要在三天之内实现独轮车轴承化，五天之内跑步进入共产主义。"这个电话了不得，正是这一个来自"上级"的精神指示，改变了那一年的秋天，在刘玉华、王德宝的心灵中刻下了一生难以磨灭的精神记忆。小说写的就是这样一个特殊时刻的特殊故事。沂蒙山区有着悠久的革命传统，沂蒙山人民有着坚忍不拔、奋斗牺牲的革命精神，沂蒙山文学有着鲜明的红色革命文学的精神内涵。所以一个电话，没有一个人怀疑，大家都开始讨论进入共产主义之后的事情了。小说里还有人打官腔说"鼓足干劲、力争上游"，屋里又热闹起来，"亏着安了电话哩，要不共产主义到了咱家门口了咱还不知道，多危险！""那年一升高级社，我就知道共产主义快了，看看，怎么样？五天之内就能跑步进入了吧？咱得好好跑，别让它甩个十万八千里！""共产主义一实现，就要喝牛奶，如今连奶牛的毛儿都没看见，五天之内恐怕够呛哩！"你看农民考虑的事情和思考的角度，他只有这一点会怀疑，别的都不会怀疑。

来到公社驻地，在共产主义的乌托邦梦想的冲动下，身为组长的刘玉华对单调乏味的人工砸钢珠很不满意，与心中想象的共产主义速度有着很大距离，他说："这个共产主义马上就要实现了，那怎么能静得下心？如今的年代这么火红，谁又能耐得住性儿？就好比明天就要过年了，今天谁还沉得住气吭哧吭哧把地刨？"不仅刘玉华感觉到了砸钢珠的不科学性，"上级"也注意到了。公社领导宣布不砸钢珠了，这让集体夜行军在劳动中感受到革命激情和美好爱情的钓鱼台农民很不满足。小调妮儿就有点小遗憾："刚热闹了一天，就这么散伙了？"刘玉华说："不散伙，还有更伟大更光荣的任务等着咱们呢，现在我代表公社党委庄严宣布：全党总动员，全民齐动手，群策群力，大炼钢铁，现在正、式、开、始！"他说完，手臂有力地一挥。又是一桩新鲜事儿！大伙儿又一下愣住了。半天，王德宝说："这个年代怪火红不假，新鲜事儿层出不穷！"于是，这种单调、缓慢、乏味的砸钢珠活动被一场新的、更大规模的、更高等级的"全党总动员，全民齐动手"的大炼钢铁运动取代了。对此，钓鱼台的农民提出了疑惑，"三天之内实现独轮车轴承化"废掉了，"五天之内跑步进入共产主义"是不是有点玄？钓鱼台的乡间知识分子刘玉华没有问，"上级"也没有说。好在钓鱼台的农民没有进一步深究，他们也从没有深究过，在他们看来，那都是"上级"的事，更何况是一向听从革命召唤的沂蒙山人民。

他们又开始大炼钢铁，在大炼钢铁的时候，这个深夜睡不着觉的刘玉华就琢磨，要在这火红的年代里搞个技术革新——在曲柳河上安个自动性质的水磨。这得到了公社领导的大力支持，自动化水磨很快建起来，当晚就向县委打电话报喜。这个水磨真发挥了作用，民工们吃煎饼、喝稀粥，就是自动化磨坊加工的。不仅如此，小调妮儿因为这个自动化水磨对刘玉华更加崇拜了，主动来找刘玉华散步。他们就在水磨附近的小瀑布下面洗这洗那，洗得精神焕发之后就谈形势、谈理想。就在刘玉华得意洋洋、信心十足的时候，给他带来成功体验的水磨突然处于一种危机状态。随着夜晚降水，那个小瀑布一下变宽变急了，石磨在摇摇晃晃，涡轮眼看就要散架，刘玉华就跳下去了。支撑石磨的石台倒了，砸到了刘玉华的脚上，左脚的五个脚趾齐崭崭地全被砸掉了，露着惨白的骨茬儿和渗着血汁的白肉。第二天上午刘玉华在公社医院醒来，依然惦记着"五天之内跑步进入共产主义"。小调妮儿哭着捶打他说你傻呀，自己的脚趾头都没了，还管共产主义呢！小说写道："失掉了五个脚趾头，刘玉华当然就有点小痛苦，但还不怎么太难过，那毕竟是身体各部位当中最不重要的部位，失掉了五个还有五个。最让他难过的是：轴承化的问题三天之内没实现就没实现，问题是五天之内跑步进入共产主义的问题也泡汤了，一个电话两个谎，我们的上级怎么能这样？"你看，刘玉华关心的不是自己的脚趾头掉了，而是这两个谎话，怎么办呀？"上级"对你们这么信任，怎么交代啊？"上级"第二天就来了，一向无比信任"上级"的刘玉华，担心"上级"如何向民众交代，如何不失去民心。但是刘玉华严肃而真诚的疑问，被前来看望他的"上级"很轻易地滑过去了。公社领导说，很可能是刘有子打的，他喜欢接个电话下个通知什么的，净胡罗罗儿。公社领导们都笑嘻嘻地走了，刘玉华怎么也笑不出来。他觉得一个庄重而神圣、伟大而善良的愿望被人家当了儿戏，开了玩笑，打了哈哈。刘玉华内心纯洁的美好理想被亵渎了，受到了一种沉重的精神伤害。

苗长水的《非凡的大姨》，发表于《时代文学》1989年第1期（创刊号）上，作品发表之后像雷达、宋遂良、吴义勤、李运抟、罗岗等众多批评家对《非凡的大姨》给予了热情关注和高度评价。这部小说很有意思。我也写过一篇文章，题目叫《民族精神纪念碑的文学书写尝试——重读苗长水中篇小说〈非凡的大姨〉》。沂蒙山能不能讲出新的故事，这是一个难题。小说中讲这个大姨有丑小鸭式的童年，受过地主剥削的苦难。她是一个战士，但是她的工作是看守尸体，后来做过一些我们都熟悉的革命者的故事。但是到了小说中间才开始说有一个负责联络的前哨联络员，要架一座桥，怎么架，只有一帮妇女，她们把门板拆下来，用身躯架起了一座肉身之桥，沂蒙山的妇女们站在冰冷的河水里，每个人身上扛着一块门板，让战士们一个小时内通过。这个前哨联络员就问负责人是谁，领头的人是谁，回答是李兰芳，这个联络员是一个有心的人，因为他知道他们这些人随时都可能牺牲，他就把李兰芳的名字写下来。队伍走后，很多人发现到处都写着李兰芳的名字。树上刻着李兰芳的名字，墙上用粉笔写着李兰芳的名字，还有石头上也写着李兰芳的名字，甚至有人还看到孟良崮的山顶上也写着李兰芳的名字。后来小说写到，刻她名字的就是这个联络员战士。作为一个前哨联络员，他接触过很多的沂蒙妇女，李兰芳以肉身在冰冷的河水之中架桥，他要记住这位英雄的名字。牺牲的每一个战士都是血肉的存在，他不是一块块坚硬的纪念碑。所以，苗长水小说的意义就在这里，他写的是带有名字的鲜活的战士的纪念碑。我们的战争牺牲了那么多战士，他们是谁，有什么样的情感，是什么样的个体，有什么样的肉身，我们根本无法一一记住。所以我们看，在战火纷飞的岁月里，前哨联络员写下李兰芳的名字是要人们记住这些在战火中无私奉献的人民英雄为革命所做的贡献。他的预见是正确的，如果没有他把李兰芳的名字写下来，后来的人民就不可能记住这个英雄的名字。所以，我们在这部小说中也看到一些新历史主义的东西，它写的是一个人的历史，一个人的纪念碑。我们的革命记忆，从来都是集体的记忆，从来都没有个人，而这个联络员却留下了一个个体人的名字，她叫李兰芳。从这个意义上而言，于德林用粉笔、石片刻下李兰芳的名字，这是一个革命干部在意识到死亡随时都会临近的情况下，对历史的一种无声的交代，是一位革命干部的历史自觉，是为后来人所树立的关于一个人的具有新历史主义性质的历史纪念碑。

在苗长水看来，历史是温情的，是有历史主体的，是个体组成的。但不幸的是，于德林的担忧正成为一种现实。革命胜利之后，城市与乡村、干部与农民，自然有了你们和我们的界限与分别。《冬天里的春天》《高山下的花环》等优秀文学作品一再显现出，"我们"正在渐渐遗忘了"你们"。研究中国农村问题的学者于建嵘在一篇演讲中提出一个尖锐的问题，他说，20世纪我们是否背弃了对工农的承诺？从中国共产党成立到"打土豪，分田地"的工农暴动，从革命老区人们用生命和鲜血拥军支前到土改工作队"我们共产党是穷人党"的豪言，20世纪中国已经积淀了一种指向工农大众的红色革命文化遗产。

不忘初心是很重要的。我们要不忘初心地去思考对工农的承诺，对穷人的承诺。所以我们看到十七年的文学作品，像在《暴风骤雨》中，我们共产党的土改小分队，驾着一辆马车来到乡村，说我们共产党是穷人党，我们是为你们翻身解放来的，这就是我们党的初心。苗长水的《非凡的大姨》就为21世纪的中国向何处去，提供了来自历史的思想坐标。所以，重读苗长水的《非凡的大姨》所给予我们的精神启示是厚重的。我们看到的不仅仅是历史的重新书写，还是在心灵的意义上重构中华民族的精神纪念碑；不仅仅是新历史主义景观的重新发现，还是凝聚着鲜血、苦难和坚韧不屈的生命记忆和个体情感的心灵史，还有着对未来强烈的情感和政治指向。所以这是对民族精神纪念碑的一次成功文学书写。它告诉我们，历史的纪念碑不仅仅有着显在坚韧的骨骼，它还应该有一个温热、柔软的心灵，以及所矗立的坚实而又宽广的母性大地，这恰恰就是苗长水所要呈现给我们的。小说写的题材我们都熟悉，但是他写出了新意，他写出了我们这个民族所忽视的属于一个人的有名有姓的有肉身的纪念碑。

接下来我们来谈谈赵德发的小说。赵德发是山东莒南人，原先做过机关干部,后来弃官从文,到山大参加作家班的学习,写了短篇小说《通腿儿》,这部作品大概发表在1990年前后。我当时正在我们的县城读高中,班里就在传阅《山东文学》,可以说我们是第一时间读到了他的小说。2000年前后,他发表"农民三部曲"——《缱绻与决绝》《天理暨人欲》《青烟或白雾》。张炜给赵德发一个很重要的评价:"赵德发像一个沉默了千年的陶器一样,他写的作品具有很沉重的历史感。"像《缱绻与决绝》,我个人认为写得非常精彩。《天理暨人欲》原名《君子梦》,写的是一种中国传统的儒家文化,要建立一个人人都是君子的乡村,但是后来发现根本不可能。人人都去做君子,可能都是伪君子,人人追求一种平常的生活或许才是合理的方式。但是在他的小说中,主人公依然坚持自己的内心,要做一个君子,他不断遭受到打击,直至生命的最后一天。后来,赵德发有一部写佛家文化的作品《双手合十》,佛教的民间化是必然的,但是在世俗中如何保持自身,是非常重要的。赵德发的《乾道坤道》谈道教文化与人类的精神关系。他最近写了一部长篇小说叫《人类世》。我觉得现在的评论对赵德发还是低估的,他是一个思想很超前的人,他写到了我们这个时代最前沿的问题。《人类世》认为,人类的存在对于地球来说是很短暂的事情,但是人类已经改变了上帝的规则,改变了地球,包括一些对人类基因、器官等的改变。从喜马拉雅到马里亚纳海沟,无不存在药品的痕迹。人类到底何去何从,这都是看似遥远,但又离每个人很近的东西。文学鲁军还有很多精品,尤其是刘玉栋、艾玛、东紫、常芳等70后文学新鲁军的中短篇小说质量都很高,显现出文学鲁军的新发展。

二

王珊珊:我觉得文学鲁军不仅仅是一个地标,它也表达了一种文化内涵。他们的很多作品都会依赖他们原乡的文化,比如张炜的《独药师》《刺猬歌》，还有莫言的高密东北乡的写作。除了这种坚实的现实书写，还有一种博大的文化关怀，表现出来的样貌是多样的。大多数的写作都是踏实的沉稳的，但是跳跃性却不足。除了小说，诗歌的创作也是比较优秀的。

张丽军：山东作家不仅是一个地理坐标，也是独特的精神坐标。刘玉栋这几年的创作也是非常突出的，在国内也很有影响力。山东的作家大多集中于对道德伦理的探索，比如李存葆的《高山下的花环》，它依然是一种道德伦理的探索和挖掘。我们是否遗忘了我们沂蒙山的儿女，当然这种探索和追问是很有勇气的，但是对语言艺术和技巧的探索是不够的。张炜和莫言的语言里有很多魔幻的东西，像张炜的《刺猬歌》《能不忆蜀葵》等，像莫言作品中关于宗教的东西，但是其他作家对于这方面的探索是不够的。我们山东这几年有几个年轻的作家在探索，像聊城的范玮，小说写得很不错，很魔幻，很有色彩，但是数量太少。还有烟台的瓦当，作品也不错，很粗粝，有一种余华的味道。山东作家厚重有余，轻灵不够，这是山东作家需要走出去的地方。山东人低调、保守，喜欢用作品说话，我觉得还是要继续阐释他们。

袁　雪：最近我读了王方晨的一些作品。以前读了他的《老大》与《公敌》，印象最深的是他对儒家思想的强调，因为我们生活在孔孟之乡，所以作品中有一种文化的内涵。最近看了王方晨的一些短篇小说，发现他的语言非常有特色，对话比较传神。像《妈奶奶的难日》，表现了对留守儿童的关注，小说中的奶奶为了让孩子吃上母乳，五十多岁了又去怀孕，那种情感让人读后非常难受，他写出了农村在城市化进程中的撕裂。

张丽军：2016年我们召开了一个王方晨的创作研讨会，他的创作量非常巨大，是一个非常有体量的作家。方晨早期作品写得很精彩，他对于中国乡村病态的呈现，很有鲁迅的色彩。

刘仁杰：对于新时期文学鲁军，我想从鲁剧的角度来谈。文学鲁军中我看得比较多的是张炜、莫言、苗长水等人的作品。去年暑假的时候我做了一个关于鲁剧的研究，我感觉鲁剧也可以算作文学鲁军创作的一部分。鲁剧有一个共同特点，就是以小家庭的命运沉浮为切入点，从而展现这个时代下中国的荣辱兴衰。个人家庭的成败离不开大的时代背景，小家庭与大国家实际上是休戚相关的。在这几部剧当中,我感觉有这样几个共同的特点:第一,文学鲁军创作的作品都是一些比较宏大的题材,从艺术手法上都是从小的地方切入,像历史上大迁移、战火中工商业的发展。第二,文学鲁军塑造了一系列比较鲜明的人物形象,像《闯关东》中的朱家父子,《大染坊》中的陈寿亭,还有《青岛往事》中的满仓,都给人留下深刻的印象。第三,儒家思想对文学鲁军的创作有重大影响,像《闯关东》《大染坊》等,都体现了传统文化的一部分,整个国家的精神面貌都与儒家文化有着非常重要的关系。在儒家文化的影响下,文学鲁军的创作呈现出一种史诗性的品格。

蔡昊韦: 山东作家表现出来的是一种厚重有余、灵性不足的特点。我们一直说山东属于孔孟之乡,一方水土养一方人,我们生活在这样一个地方,肯定也会带有这样一种色彩,这是集体无意识潜移默化的东西。所以我觉得从他们的创作内容及他们创作的初衷来看,我们完全可以感受到那种文人对社会和历史的责任感,带有一种历史文化的厚重性。我觉得有得必有失,有利就有弊,这种长期文化积累下来的思考方式也是很难改变的,因此他们在先锋性探索上可能是不够的。我觉得这跟整个山东的地域文化有很大关系,不是我们想改变就一定能改变的,它的根系非常厚重。

张丽军: 我个人认为还是要改。文化要有生机与活力,像我们每一个人一样,从上课积极发言开始。去改变自己,去创造一种新的文化生态。

侯君伟: 我的看法跟老师有点不一致。现在有一个很普遍的趋势,各人写的论文都把名字隐去,就识别不出这是谁写的了,就是因为话语体系的建构范式趋向一致性、同一性。但是小说跟论文不一样,山东作家把名字隐去,你看作品也知道他是山东作家,他的个性特别明显,但是他不具有地域作家的特殊性。现在乡土文学给我的印象是大家都集聚在一个具体的单一的语境场域。

孟　宁: 我对山东文学鲁军了解比较多的是张炜、莫言。像上节课我们提到了土地问题,我就想到了张炜老师的《刺猬歌》,表现了在现代化过程中土地的丧失。像美蒂即使环境再恶劣,她依然能坚守土地,并且创造出海边那样温馨的家园。土地不光有滋养的魔力,还有召唤人回归的魔力,像廖麦等人,他们在外边流浪,有流浪的自由,但最终都是受到了土地的召唤回来了。但是现在土地的这种魔力丧失了,不光是丧失,我觉得他在作品里还表现出一种毁灭。小说有一章节叫《紫烟大垒》,写得很深刻,我觉得张炜是想用这种方式表现土地被利用之后被虐待的处境。比较有讽刺意味的就是美蒂这个角色,她本来是来自原野,来自土地的,但结果她是对土地背叛得最彻底的一个,因为最后在妥协的时候,是她做了让步。原始魔力的丧失直接导致城镇的出现,尤其是现代化城市的出现。我印象深刻的还有一个情节,就是为小镇改名字,本来叫"棘窝镇",后来改名为"鸡窝镇",两个名字一对比就觉得讽刺毫无保留地都表现出来。

成志雄:乡土文学不是仅仅描写农村与土地,它是一个现代性的称呼,是在工业文明的挤压下出现的,可以追溯到 20 世纪 20 年代。但并不是说以前就没有乡土文学,主要是那个时候没有这样一个概念。当时没有做特别细致的区分,是因为乡土文明没有受到城市的挤压,古代的城市对于乡下乡土,是没有威胁的,它们在本体上都是一种宗法制的思想。所以你不管是在城市生活,还是在乡村生活,并没有现在农村对于城市的那种自卑感。为什么要写乡土,实际上应该是急于寻求一种集体的认同,在城市挤压下为底层发声。

张丽军:前些年有一个古代文学的老师与我交流,在现代语境之下,农民的出现是什么时候?农民为什么会被单独提出来?在中国古代,农民是一个主流,士农工商,中国从秦汉以来,都是以农为本,每年中央的文件都涉及农业。中国农民是中国的主体,农村是文人吟咏的场域,但是在现代文明下,农民已经回不去了。以前说告老还乡,不做官了回乡做绅,成为当地文化的权威,这是中国乡村一种自治状态的存在。但是在当代中国,乡村与城市阻隔了一些东西。费孝通的《乡土重建》提到,乡村处于一种失血状态,像流水冲击的土地,乡村是一味的损失,乡村最年轻的人来到城市,但没有去哺育乡村,这是近百年乡村文化失血的状态。我们现在都在培养城市人,从来没有培养一个农村人。他要学习新的城市生活的技巧,他回不去,回去也不是农村人。我现在回家,他们都很客气,我们已经融不进去了,这可能是一个内在的危机。

从鲁迅开始，乡土文学与以往的乡土文学是不一样的，是一种悲凉伤感的美学，是哀伤的美学，乡村总是没有路途的，乡村总是萧条的。与中国古代不同，古代乡土是美好的，是田园诗歌般的存在，这是截然不同的两种美学基调。在这样的语境下，文学鲁军延续的依然是鲁迅的基调，包括对于乡村生活的呈现。像刘玉栋的《我们分到了土地》写的是分到土地后的失落，写人与土地之间的情感；像赵德发老师的《缱绻与决绝》，也是这样一种悲凉的存在。直至今天，我们说乡村往何处去，依然是一个关系着我们大国未来的问题，乡村的价值在哪里？人和土地之间的关系如何重构？十九大领导人提出乡村振兴战略，我觉得这是一个讯号，让人们不要忘记乡村独有的价值。乡村独特的价值在哪里？我个人认为只有把乡村建设好了，大国才能真正复兴。

许　豪：在文学鲁军中，我读的比较多的就是张炜、莫言，像《古船》《刺猬歌》等，但是具体讲什么我都忘了，只记得写了海边丛林的样子，人物名字都记不起来了。我想为什么记不住呢，可能张炜写得很飘逸，他的老庄思想、古典技法等，像山间的雾气难以捕捉。

妥　东：就我个人而言，我不喜欢鲁军，我更喜欢陕军、豫军，我感觉陕西与河南的作家与我心灵距离更近。山东作家太正规，表现太保守，创作灵气不足，厚重有余。他们的先锋性主要集中在50后、60后作家身上，以后的作家没了先锋性。山东作家有一个特点，在赵德发身上体现得淋漓尽致，就是与文化走得太近，他过于推崇这些文化，缺乏批判意识。我个人觉得文艺和文化是相反的，文艺在本质上是追求自由的诗意，摆脱释放，但是文化强调的是一种秩序与归训。当你对一种文化没有反思和批判的时候，你的目光就会有些狭隘，这是我的偏见。我更倾向于陕军，山东作家的文化表达方式是我不太喜欢的。

张丽军：说得非常好。其实我们做研究，听到不同的声音更加宝贵，这些很真实的体验，是我们最想听的体验。当然山东作家有些局限，我前些年写了一篇文章《论齐鲁文化与新世纪山东文学的"难美"飞翔》，"难美"是指书要有沉重的主体，但还要飞翔。21世纪山东文学如何突破，寻找一种空灵的东西，这依然是一个问题。这是艺术性探索的方面，另一方面是文学与文化的关系，文学需要以文化为依托，但如何依托？如何寻求更加艺术化的表达？霍达的《穆斯林的葬礼》将玉文化、穆斯林文化表达得非常好。像赵德发的文化追求，在《君子梦》中写得还是很不错的，通过写儒学在民间的东西，传达内心深处的追求。如何与道教文化、儒家文化结合得更加出色，像《人类世》，思想高度有了，艺术高度如何跟上来，这可能是一个很重要的问题。

隋雅倩： 前面老师和同学提到了山东作家创作中与文化的关系，我感觉他们受地域文化影响很大。我读了张炜老师的《民间的天地带来了什么》，里面王光东说，张炜的《九月寓言》不仅体现了他的创作特色与思想，更重要的是他以民间立场走入民间天地的写作，带来了一种独特的艺术经验和悲悯的诗意情怀，并且在民间的天地中发现了富有活力的空间——个人精神。我看过张炜的《古船》，感觉里面充满了张炜对于民间文化的反思，像隋抱朴这个人物，他好像与世无争，但是内心深处充满了争斗和追问，这个人物最能体现张炜的理性思辨精神。在张炜的写作年代，传统文化面临着传承与突破的矛盾与困惑。其实我想说的是鲁军对于文化的思考，有很大的参考性，是有很大价值的。

张丽军： 这是文学鲁军独特的价值，我们无法回避的东西，这些文化在我们血液里。地域文化对于道的追求，建立宏大文化的使命感，这是文学鲁军最大的东西。当然像陕军里面也有这些东西，但是我们更热烈，更执着，更有使命感，有更多的追问在里面。我个人认为《古船》非常好地表达了文化与文学的关系。

孙悦如： 我想谈一下对张炜文学作品的感受。我觉得张炜的小说里面有很浓重的道家思想，感觉他的作品很飘，故事性不强，哲理性很强。《柏慧》里面讲了胶东半岛的土地被开发后，世风日下的故事。我感觉他对于在经济发展之下的自然特别重视，这也是他写作的一个兴奋点，他力求回归自然。而且他笔下的人物也都是一些带有老庄思想的人物，比较质朴，受了欺负也不会反抗。总之我感觉他的思想与老庄思想很接近。

涂文萍： 我们山东作家被称作文学鲁军，是正规军中的主力军，这是蕴含在我们血液中的一种文化因子。就我个人而言，我生长在沂蒙老区，我血液里是红色因子，我从小受到的是红色教育。但是我觉得描写革命老区的这些作品与革命文化联系得过于密切，我们受到了太多的这种教育，说我们沂蒙精神怎样怎样，用小米小车支援了革命，有这种熏陶在里面，所以我们就会产生一种精神上的厌食。当文学作品都是在表现"我们"而不是"我"，个体生命的价值在哪里？像我们上课不主动发言，就是因为我们身上的灵气太少。所以我觉得文学鲁军需要改变，当然我们的生活给了我们题材，但是也拖住了我们的步伐。山东文学不够轻灵，应该追求更诗意的表达，既能够沉得下去，也能够飘忽于生命之上。

王　含：我读张炜的作品读得比较多，我个人认为他的作品除了一种沉重，还有一种细腻。他的作品吸引我的不是主题，而是那种氛围，我觉得他的语言很奇特。之前他说过一句话，语言是进入作品之门，作家一定要有自己的语言特色。他的作品中语言大部分比较简短，但是很有力度。他的语言除了有一种诗意，还有一种散文的美感，语言之中形成了一种独特力量，他的语言味道决定了他的气质。

张丽军：当我们提到山东文学厚重、粗糙的时候，还应该看到山东人尤其是山东男人有一颗温柔细腻的心灵，山东人的情感是非常丰富的。当然山东女性也是非常温柔的，最幸福的事就是娶了一个山东姑娘做媳妇。我们山东女性有种非常美的品质，男作家作品中那种非常细腻的情感，同样是一个很独到的方面。

黄加秀：我认为山东作家是不缺少灵性的，受传统文化的影响，可能更多指向的是鲁文化。说到齐文化，大家会想到蒲松龄，比较奇崛，所以在张炜和莫言的作品里，想象力非常丰富。像张炜的《刺猬歌》中的精怪，莫言《生死疲劳》中动物的变化，这些都是受齐文化的影响。张炜在胶东半岛出生，所以他的作品中有很多海洋的描写。地域对于一个作家影响还是很大的，比如沈从文等，他的作品就与他从小生长的那片水域有关系。包括苏童，他作品中那种水淋淋的感觉，是与他从小的生活环境有关系。

张丽军：黄加秀同学的感受很好。张炜老师也多次跟我聊起他的作品与齐文化的关系，这种文化与鲁文化不同。我们提山东文化其实是一种遮蔽，像儒家文化是鲁文化的主体，而齐文化对海洋的重视、对商业的重视，那种开放性、包容性,如同大海一般的文化姿态,在张炜笔下还是很丰富的。

张艳丽:文学鲁军中还有很多相对而言另类的作品。这里我主要想谈一下对苗长水《非凡的大姨》这部作品的理解认识。这篇小说不同于同时期的红色革命叙事作品,它塑造的人物形象不再是高大全,而是一个真实的、温情的、有着细腻朦胧感的女性形象。故事描写了革命时期后方红色娘子军为前线军队做后勤工作,讴歌了这群红色娘子军为革命献身的勇敢坚韧。"大姨"这形象是真实感人的,她在行军中的坚韧和看到战友悄悄有了别的心思后萌生的那种朦胧感,寻找曾经那个到处写下自己名字的将士,显得真挚动人。这里苗长水并不同于其他一些文学鲁军代表人,强调作品内涵的道德底蕴,而是把主题指向了每一个温热的个体,真实的个体,有着非凡的艺术价值。当下还有很多新生的文学鲁军,如刘玉栋、艾玛等人,他们是正在成长起来的新文学鲁军,他们的创作风格也不再是厚重的道德感,而是更关心个体的心灵与生存的境遇。所以当下我们应该用新的眼光、发现的眼光来重新评价文学鲁军。

吴佳艳:山东作家很有地域特色,特别是自己家乡的乡土特色,比如刘玉堂擅长写沂蒙革命老区的故事,自从莫言写自己的家乡高密东北乡成功后,有很多作家也开始相继挖掘自己的家乡特色,唤起自己的童年回忆。其实我觉得地域并不能代表什么,作家也没有必要太在乎地域,作家甚至不用代表自己,作家本身就是自由的,文学本来也不代表任何东西。

亓慧婷:文学鲁军与陕军、晋军有着相同之处,在乡土题材上展示了深层的历史内涵。鲁军将山东文化作为审美对象,通过乡俗的独特艺术视角对农村生活展开描摹,像是赵德发的"农民三部曲"和他的《通腿儿》,把农村普遍的民俗现象写出了丰富的文化内涵。另一个,作为文化主脉与根基的儒家与道家文化是新时期乡土小说文化反思的重心,张炜的小说表现得最为明显,《刺猬歌》集浪漫书写与文化思考于一体,在乡土的基础上有着自己的发展。立足于本土的就是独特的,齐鲁大地上的生生死死是鲁军思考的对象,这也是鲁军自己的特色。

杨 雪:山东是中华文化发展的摇篮之一,诞生了孔子、孟子、荀子、管子、王禹偁、辛弃疾、李清照、蒲松龄等一位位文化文学大师。当代文学鲁军的创作充分展示了山东凝重的传统文化与现代时代气息的交织、冲突与融合。一方面，从题材和内容方面看，多层面体现了时代精神，反映了山东在现代化进程中城市与乡村的各种错综复杂的现实生活，透过作品传达出的传统与现代、理想与现实、物质与文明、道德与堕落的各种冲突，真实地展现了时代情景与时代精神。凌可新的叙述中有着更多的文化观照的意味，他的《老白的枪》通过村长和老白两个极富时代感和现实感的人物形象，反映了在农村变革的转型期社会各阶层的地位、心态、精神，乃至人生态度和生存方式的巨大变化与强烈反差。另一方面，21世纪山东文学大多数作品是底层文学，坚持文学是"人的文学""平民文学"的新写实主义道路，以作家的良知与忧国忧民的情怀，更加关注人本身，关注生命的价值和尊严，关注人的生存环境和生存状态，尤其是关注平民百姓、弱势群体的命运，并给予崇高的人文关怀，显示了山东作家思想境界的提升和社会责任的加强。如王方晨《王树的大叫》、刘玉栋的《我们分到了土地》《跟你说说话》等。

徐晓倩：《古船》是一部具有新历史主义倾向的小说，其对历史的描述不是宏大的连贯的叙事模式，而是片段化、模糊化、记忆化的叙事方式。在《古船》中，历史是在回忆中还原的，小说完全颠覆了土改在历史中的记忆原貌，引起人们对历史的思考，并且个人回忆性历史叙事也同正史构成了补充或者消解关系。

苗立群：我在读网上一则2013年张炜接受《北京青年报》采访的新闻时有所启发，张炜谈鲁军时说："理解山东作家并不容易，大家一个基本的印象就是山东作家很扎实，很愿意写现实，视野比较开阔。但是现在大家对山东作家的鼓励居多，批评不够，其实文学鲁军有自己的盲点和误区，其实可以写得更自由一点，更精练一点。这个时代不需要庞杂的巨量的文字，你必须锤炼自己的文体，写得极其简约，苛刻地对待自己的每一个字。"这些话还是谈得很客观的，现在鲁军的发展势头很好，像刘玉栋、王方晨、路也、陈原、叶炜都有很出色的作品，但是现在学界也提出了鲁军保守有余、创新不足的质疑，觉得山东的青年作家拘泥于纯写实的题材，而且不够灵动。这个问题是存在的，但是目光长远一点来看的话，其实齐鲁文学也是有很广阔的创作表现的，比如出生在山东枣庄的作家叶炜，就试图进行新型的创作尝试，其实他的"乡土中国三部曲"是很厚重、很有历史感的作品，推荐同学们读一下。

李玉翠：文学鲁军大都具有真切的现实体验和丰富的生活积累，但从某种意义上来说，如果对此过于依赖或许又会构成一种负担。青年作家宗利华的《笼子里有草》、王宗坤的《二叔的葬礼》《墨镇上空的白乌鸦》等，都较为真切地写出了山东某些地域乡村与小城镇生活的侧面，刻画出了一些让读者印象深刻的人物。但生活中司空见惯的场景与经验又几乎填充了他们作品的所有空间，实际内容高度密集却未能给读者留下想象的生长空间。

经典化进程中的中国 70 后文学及其当代价值

张丽军　袁雪等

山东师范大学文学院

时间： 2017 年 11 月 14 日
地点： 山东师大千佛山校区教学三楼 3141 教室
课程： 新文学巨匠与当代文化建设
主讲人： 张丽军　教授
参与者： 妥东、袁雪等　2016 级中国现当代文学专业硕士生
录音整理： 袁雪等

一

我昨天晚上在看梁鸿的新作,小说写得很精彩。梁鸿25号到济南来,25号上午10点到山师做一场报告,下午到山东书城做一场,大家有空可以去听一听。梁鸿是中国人民大学文学院教授,也是作家,之前写了《中国在梁庄》和《出梁庄记》。她最近出了本新书——《梁光正的光》,实际上是梁庄系列的延续。今天我们来谈一下中国的70后作家,从以下几个角度来谈,谈谈我们为什么要研究70后作家?70后作家的现状如何?他们在哪些方面取得突破?存在哪些局限?最新的一些创作趋向是什么?有哪些最新的优秀作品?我们一起来探讨。

做70后作家研究,做同龄人的研究,也是我这些年来的一个选择。我们上一代学者,例如张清华老师、吴义勤老师、施战军老师,他们的成长是和先锋文学同步的,就是我们说的余华、格非、苏童、马原、叶兆言等,他们和这批作家几乎是同步的,而且他们是他们这代人的阐释者,通过阐释同代人的作品确立他们的文学理念,确立他们的文坛影响力和成就,今天我们看到这批先锋作家或新潮作家依然是他们的研究主题。所以,我从2009年就开始关注70后——我们这代人的成长史。陈思和老师曾经跟他的博士生谈话时说,你们为什么不去关注同龄人的作家,你们有相同的成长背景,相同的成长经历,面临相同的困境。陈思和老师跟他博士生的对话给我很大的启发。后来陈老师到山师来演讲,我在陪陈老师散步的时候谈起来,陈老师说你们做同龄人研究可以做一些更多的工作,比如说做同龄人作家与批评家的对话,做一些交流是非常有意义的事情。所以我觉得这是一项很重要的工作,我们可以看到这种成长的方式和道路的选择。包括我带的一些硕士,这些年有的也做同龄的80后研究当然我们说大作家、大师和巨匠依然是我们研究的对象和主力,这是毫无疑问的,但是我们看到70后是一批正在成长中的大家,时至今天,他们已经散发出大家的光芒,已经出现这种气象,是值得我们研究的一批作家。

事实上,70后作家已经成为中国文坛的主力军或者生力军。近些年来,有一些作家、批评家和学者对代际的命名提出质疑和批判,为什么非要用代际命名啊?代际命名有很大的局限性,代际命名能把一群作家概括出来吗?每个作家有每个作家的特色,每个作家有每个作家的世界。这种批评是有合理性的。代际研究会对每个作家的个性造成某种遮蔽,但是,我想写一篇为代际研究做辩护的文章,我们为什么要做代际研究?事实上包括我本人,我对于代际研究的弊病或者局限是有清晰认识的,可是任何一种方法都有它的局限性,哪一种方法没有局限性?哪种方法是十全十美的?十全十美的方法绝对不是好的方法。所以,我个人认为有时候我们看到很多事情好像是笑话,比如说盲人摸象,有人摸着大象的耳朵说大象是一把扇子,有人摸着大象的腿说大象是一根柱子,大象是什么?像格非《人面桃花》里边的秀米提到的,谁能看到世界的真相?谁能看到世界的全景?没有人。怎么才能看到世界的全像,《人面桃花》里提到鹞鹰能看到全貌,但实际上鹞鹰能看到皂龙寺的整个全貌,能看到世界的全貌吗?何况我们还不是高高在上飞翔的鹞鹰。就像前些年我在鲁院学习的时候,李敬泽主席说,我们看到的是非常有限的世界,我的距离不过是从北京的一个胡同出发到另一个胡同,这就是我的生活路线。这是我们个人的有限性。事实上从某种角度来说,真理都是偏激的。对于盲人而言,他摸到的大象就是他触摸到的世界,大象是一把扇子,大象是一根柱子,这就是他最真切的生命体验,是感受到的世界。所以说,每一种研究方法都有它的局限性,恰恰是这种局限性也带来它所特有的能力。

我们为什么会有代际命名?在今天这个时代,我们面临共同的困境。比如在今天这个体制下,在这种传播方式之下,我们的话语、我们的行为,甚至我们的想法都具有某种相通性的东西,时代问题的因素在我们这一代和下一代身上可能集中得会越来越多。因为我们受到共同的话语场域的影响、制约和规范,这是个时代背景。另外,我们生活在一个共同的空间之下,我们的存在是有时间的,我们每个人的生命是有保质期的,这就是我们生活的时间和空间,你无法逾越。就像张炜主席跟我说,有人想梦回唐朝,梦回宋朝,不可能,那不是你的时代,现在的生活才是你的时代,这就是你的黄金时代。好也罢,坏也罢,这才是你活着的时代。这就是我们说的时代空间感,无可避免的空间感。

我们70后这一代人经历了人民公社晚期的大队生产,生产队种了很多土地,在一个很大的场域里分粮食分庄稼。这种记忆和每个村有一个果园,有一座青山一样。土地承包之后,这座青山被砍光了,苹果园也被刨掉了。留下来的还有集体生产的水库,今天还在发挥作用。市场经济兴起,八十年代是文学很神圣的时代,到九十年代三农问题出现,三农问题曾经以很极端的方式爆发。政府到每家每户去收粮食、收钱,粮食收不上来就抢粮食,把人家的猪拉走,把门板拆掉,全部折算为价格。我就经历过,我当时在当地都做老师了,但是他们还到我家里去挖粮食。我们很多时候回忆我们的青年时期,因为我们大学毕业后都会有工作干,所以我们大学期间也不去想,在最好的年华里待在学校读书,大学真是我们人生的一个黄金年代。今天很多大学成为一种职业训练机构,我们上大学就是为了找一个好工作,甚至成为唯一的目标,同学们对理想和精神的探索正在逐渐消失,这是非常可怕的。

今天,我们还面临着巨大的生态危机,我们提出美丽中国、美丽乡村的理念非常好,我也很认同。可现实是,遍地的垃圾已经成为全球化的问题、现代性的问题。这就是我们所面临的时代现实问题。为什么九十年代之后纯文学要向外突围?九十年代后期,我们常常强调文学和现实的密切关联,强调要走出文学内部。文学不是玩的游戏,文学要表现现实,文学要为弱势群体发出声音。这就是我们为什么要做代际研究一个很重要的原因,因为时间的因素,因为我们生活在一个统一的时间之下,同时还有空间的因素,在某一个区域之下,我们有共同的心理特征。

代际研究的价值、意义在哪里呢?我们这个时代所面临的整体性困境,是一种时代整体性的框架和制约,是一种巨大的精神的压迫。你谈何精神空间,可能我们一辈子都要给银行打工,这还是在城市里有很好工作的人,我们还面临巨大的农民工问题。所以,我个人认为代际研究其实把我们个人因素之外的整体性的、框架性的因素呈现出来，去做一种思考，它不仅仅是一个纯文学的学术研究和文本分析，还要分析文本之外的整体性的框架。这就是代际研究的意义和价值，把这个时代里我们内心的痛苦呈现出来。有一天我女儿跟我聊，我觉得很受启发。我说，你看你现在生活多好啊，不像我们那时候生活艰难，还要考虑能不能吃饱，吃饱要花多少钱。我女儿说，爸爸，你不理解我们的痛苦。后来我想，是呀，一代人有一代人的痛苦，一代人有一代人的苦恼，苦恼是我们成长所必须经历的过程。代际研究就是要呈现一代人的疼和痛，而不是一个人的，而且要探讨疼和痛背后的整体性根源，进行思索和批判，改进和优化。一个学者要有这样的人文关怀在里面，这是我个人认为代际研究所具有的独特价值和意义。

从今天的文学创作来看，中国的70后作家已经成为文坛的主力军，中国文学的几个大奖，三分之二的得奖者是70后作家。中国文坛各个大型文学期刊小说写作的主力军，几乎也都是70后作家。代表中国文学水准的纯文学刊物，如果没有70后作家支撑将是一片萧条。当然，他们也应该成为主力军。我记得2005年，我在鲁院学习的时候，跟作家们交流。一个作家说，我们70后作家都快50岁了，还没有走出来，今天的文学世界还在那一批人的手中，我们依然不是关注的中心。是呀，这批人依然还没有走出来，今天的世界依然是50后的，当然文学也是一个名利场，任何场都是一个空间性的话语的阵地。为什么会是这么一种状况？当代文学研究会的白烨老师也提到，中国当代文坛是一个超稳定的结构，我们如果用经济学的术语，就是强大的利益集团。我们看今天的文坛，像50后几乎一年一部长篇，有一部分60后作家走出来了，比如刚才提到的余华、苏童、格非、马原等，其实60后就出了这么一批作家，大部分的60后作家也被遮蔽了。比起中国以往的文坛，我们发现中国现代文坛几乎十年一个时期，十年一个更新，这个更新可能有很多的因素，如战争、政治等。但是八十年代以来，中国的经济持续性上升，我们的社会稳定性发展，在这个超稳定的时代里，几代作家共在一堂，从40后、50后、60后、70后、80后，到今天的90后，从来没有过如此之拥挤的文坛，这是今天的文学现状。我们80后作家拒绝纯文学，走的是和市场经济一体的道路。80后作家拒绝在期刊上发表作品，或者不以期刊为中心。以往的文学发展方式是什么？作家写文章给杂志社投稿，投稿、退稿、改稿、发表，在不断磨炼中发表作品。前些年苏童到山师来演讲，他说，我最早在上大学的时候，收到杂志社社长的退稿信，这就是作者的成长方式。像刘玉栋这样的作家，都收到过退稿。但是我们80后作家怎么样？他们直接走向市场，直接出书，直接面向市场做宣传。像韩寒、郭敬明、张悦然，他们是直接面向市场走出来的。这些作家中，韩寒、郭敬明后续乏力，张悦然是一个例外，张悦然一开始就跟他们就不一样，张悦然作品的语言非常好。我个人认为70后处于历史的夹缝，前有50后、60后作家，后有80后作家市场的夹击，他们走得无比艰难，这是这一代人的处境，其实这也是年轻人共同的处境。我记得2010年，我们在海南师范大学开一个当代文学的会议，在大会发言中，陈晓明老师提到，他说我们今天的博士走不出来，八十年代一个人一篇文章就成名于天下，像余华的《十八岁出门远行》被《北京文学》刊发，一个电话从北京打到海阳县城，人人都知道我们县城出了一个作家，因为县城就这一部电话。但是今天你写再多的小说肯定也无人关注，一个学者写再多的文章，可能圈内的人知道，圈外的人不以为然，跟他没关系。所以，王晓明老师在《天涯》杂志发表的《九十年代与"新意识形态"》中说，那个把文学视为神圣的时代已经结束了，这是一个把诗歌、爱情、哲学纷纷踏在脚下，视为一钱不值的时代，这是一个视鼻子底下的利益为最大利益的时代，人们无比短视的时代，什么都不重要，挣钱要紧，什么都不重要，个人要紧，他把它称之为"新意识形态"。我们电视一再地播放作为成功人士的生活标本，开着豪车，住着豪房，打高尔夫球，这就是成功的人士，这是这个时代所存在的精神问题。所以陈晓明老师说，我们培养的博士都走不出来，包括我们北大培养的博士。这不是博士质量的问题，也不是学校的问题，而是这个时代的问题。无论是学者还是作家，我们面临一个共同的精神困境。

我们看到一些作家，比如我身边像刘玉栋这样的作家，他们内心很安然，当然他们也面临很多诱惑，玉栋说，曾经有人来找他做影视改编，可以挣很多钱，普通的编剧可能一集5万到10万。我们有些作家是拒绝被市场化的，他们心中依然保留着纯文学的梦想，他们依然虔诚地、执着地行走在纯文学的道路上，这样一批非常优秀的作家成为70后作家的主力军。

刚才这是我们提到的70后的现状，他们处于历史的夹缝之中。我个人把70后作家分为几批，最早的一批是美女作家像卫慧、棉棉，她们是以美女作家的身份推向市场的。90年代初，《作家》杂志推出一批美女作家，像魏微、金仁顺、朱文颖。其实《作家》杂志还是很有眼力的，这几位作家今天也依然是实力派作家。像长春的金仁顺，朝鲜族作家；像南京的魏微，现在成为广东的专业作家；像上海的朱文颖，今天依然是具有很高文学实力的作家。但是像卫慧和棉棉的创作时期十分短暂，她们出来之后受到很多人的抨击，特别是文笔的粗劣，里边有大量的性描写。今天我们回过头来看，可能会用不同的眼光来看待她们。前两年我看到陈思和老师写了一篇文章，重新来评价卫慧、棉棉，认为她们依然提供了新鲜经验的价值。其实卫慧的文本还是可以细读的，有很多寓意在里边。这是第一波，第一波属于城市女作家的出场。第二波是中国乡村男作家的出场，像刘玉栋、徐则臣、李浩等。他们的写作几乎是在九十年代中期开始，而且他们创作初期都是模仿先锋文学，这一批作家写的是一种乡野的新鲜的生命体验，比如刘玉栋早期作品《我的名字叫丫头》，其实是一个小男孩，母亲给他命名丫头，就写得很微妙，我觉得特别耐看。其实这也是一部成长小说，丫头有个大哥，他大哥经常不在家，母亲让丫头去陪他的嫂子卖虾酱，他就觉得自己是个少年了，陪嫂子一块睡觉很不舒服，但他又很想去。后来他终于可以跟着大哥一块去贩虾酱，要走几十里的路，骑着自行车带着个大桶，行走十分艰难，后来路上逢上大雪，最后回到了家。他写一个少年的成长史，非常像余华的《十八岁出门远行》，当然我觉得余华的作品其实写得很冷酷，他把人心里最黑的东西呈现出来，但是刘玉栋恰好相反，他把人性中最温馨的、最美的、最善的东西呈现出来。第三波的作家是在2000年之后出场的，比如我们山东的作家常芳、东紫，像艾玛可能出场更晚一点。

70后作家的中短篇小说创作，已经取得了很高的成就，但是从整个创作历程来看，70后作家为什么还处于被遮蔽的状态？就是因为他们在长篇小说创作方面的不足，长篇小说对于70后来说依然是一个瓶颈。我个人认为，中国文坛的话语权和闪光灯的聚焦点依然是50后作家和60后作家中的一部分。我们会发现50后作家作品有强大的生命力，这种生命力是和他的生命经历有关系的，比如他们经历过非常残酷的"文革"，经历过大饥饿的时代。这一点我觉得施战军老师有个很好的分析，他说这一代人所经历的酷烈和残酷可能是我们想象不到的，所以我们看到像莫言、贾平凹、张炜、王安忆、阎连科，都有无比强大的生命力，而且写的小说水准都很高。60后这几位作家也写得很好，我个人认为余华这几年写得不是很好，但我曾经非常喜欢余华，我读研究生的时候，曾经买过新世纪出版社出版的余华一系列丛书。余华的小说也是一个奇迹，他的短篇小说写得也很精彩、很冷酷。但是余华的小说，从《活着》开始出现转向，他依然秉持着冷酷，但是冷酷中有浓浓的温情，有家庭的爱。里面的人物一个接一个地去世，先是福贵的儿子给县领导的爱人输血，抽血抽死了，女儿生产大出血而死，妻子也得病死了，女婿在建筑工地被压死了，最后剩下一个孙子苦根还吃黄豆撑死了。但小说后面特别温暖，福贵和一头老态龙钟的老牛一块耕地，他一边耕地一边喊着几个死去亲人的名字，谁谁今天干了多少活。对一个老人来说，所有死去的人都活在他的心中，和他一起同生共死，都在他心中有无比重的分量，这是一件非常温暖的事情。这可能就是一个中国人的世界。中国人的哲学：生活无比艰难，但是活着比什么都重要。格非也是一个杰出代表，他能够从先锋作家中走出来，在一个新的时期重新续写辉煌。他的"江南三部曲"——《人面桃花》《山河入梦》《春尽江南》，达到了一个很高的高度。像吕新最近的状态也很好，我看了他的《白杨木的春天》之后特别震撼，这其实是一个被我们忽视的先锋作家，他有的作品是可以传世的。很多作家看着也很辉煌，但经不起时间的考验，时间实际上是一把无形的烈火，锻炼着作品的质地。这就是今天的文坛现状。

在这个语境下，我们看到70后的长篇小说其实写得并不令人满意，像卫慧的《上海宝贝》，但有些作品也写得不错，像徐则臣的《耶路撒冷》。

徐则臣之前也写过好几个长篇,像《水边书》《午夜之门》。《水边书》写一个少年,这个少年跟我有相同的经历,看了《少林寺》电影,想学少林功夫而离家出走。我记得电影《少林寺》上演之后,我和大爷家的弟弟也去练功夫,从河边砍了柳树条,把树皮刮掉,做成了一根少林棍,进到我们村里长得快一人高的玉米地里去练功夫,去横扫千军万马,把玉米打得一片狼藉。到了晚上人家就找到我家来,父亲训了我一顿。这就是那个时代的东西。我个人认为徐则臣是70后作家中很重要的代表,他的"花街"系列写得特别精彩,写少年的忧伤。徐则臣的家跟我家隔得很近,他是江苏连云港东海县人,东海县跟莒县很近,我童年时经常听到《东海之声》广播。徐则臣的小说有很丰富的运河文化,花街是一个码头,一个码头就有很多故事。我个人认为《耶路撒冷》是70后中一部写得非常优秀的长篇,是一部散发着很大的精神光芒的长篇。《耶路撒冷》是一个很长的故事,里面有多条线索交织在一起,它把"文革"和市场经济的时代做了一些关联,小说的核心故事就是救赎的故事。它写一个少年,从北京回到故乡。他的故乡有一种湿淋淋的气息,我能闻到一种运河的气息,徐则臣的艺术功力还是很高的,达到这一点很不容易。在文明变化之下,家族的大药房要卖掉了,他与一个同学相遇,他们依然保持一段恋情,但他们知道这个情感是无法维系下去的。一个核心的故事是他们曾经见证了一个人的死亡,童年伙伴的死亡给每个人心里留下深深的阴影,他们以后的人生都在救赎,这是它的核心线索。里边还写到好几代人的故事,特别是父辈的故事写得很精彩。文中写到在"文革"这个敏感时期建一座耶稣教堂,今天我们建教堂都要受到批准,"文革"时期只会更加敏感。建教堂,里面要有耶稣塑像,怎么办?小说很戏剧化地让木匠给耶稣像穿了一双解放鞋,这就很有意思,有中国化的东西。去年出版的《王城如海》的核心情节跟《耶路撒冷》非常接近,还是一个救赎的问题,虽然是写城市中的人的生活,也是一个迁徙者,但我觉得核心情节还是没有走出来。

70后作家的长篇小说,除了徐则臣,还有刘玉栋的长篇小说《年日如草》,我个人认为这篇小说也是一个很重要的拓展。刘玉栋的中短篇小说写得特别精彩,我个人非常欣赏。虽然说玉栋的小说这几年数量不是很多,但是他的小说每一篇都是精品。像他的《给马兰姑姑押车》都成为儿童文学的经典，好的文学作品是老少咸宜的；像《我们分到了土地》是玉栋的标志性作品。玉栋的小说语言非常好，像《早春图》，像《跟你说说话》，写到留守儿童的很多问题，我觉得这是山东这些年来70后中一个非常优秀的作家，我对他有很高的期待。《年日如草》写了一个故事，从这个故事里我们可以读到《平凡的世界》的影子，也是一个人的成长史。曹大屯的父亲是一个煤矿探矿者，给儿子曹大屯提供了一个进城的机会，叫农转非。曹大屯进城之后，爱上了袁师傅的女儿袁婷婷，袁婷婷本来看不上曹大屯，但是她未婚先孕，爱的人进了监狱，曹大屯就娶了袁婷婷。后来，当他妻子的男人从监狱里出来的时候，这个男人就让袁婷婷跟曹大屯离婚，曹大屯把所有的东西都给了妻子。后来小说写到，曹大屯在城市里谋生，开了一家蛋糕店，蛋糕店生意很好，他又娶了一个农村媳妇，还买了一处小产权房。这部作品写得精彩的地方就是，一个农村的乡下人来到城市如何生活的问题。我们看到，祥子的悲剧没有在曹大屯身上重演。曹大屯在开启他的新生活后，依然有自己的底线。但是，新生活对他来说依然有着危机，比如说，他的房子是小产权房，这都为以后出现的危机埋下了伏笔。如果我们把孙少平和曹大屯做一个比较的话，我们会发现，同样都是从农村来到城市，孙少平依然坚持自己理想，与生活做不屈不挠的斗争。但是我们看到，曹大屯这个青年对城市时时刻刻在做出妥协。他和城市的关系不是抗争的，而是顺从的，是忍受的，是一步一步向下滑行的。所以，我们在这里会看到不同时代的人的精神风貌，这恰恰是曹大屯这个人物给我们的新的启示。刘玉栋写出了这个时代的细致入微的精神风貌，曹大屯所代表的就是这个时代的精神风貌，一个苟活者的形象。

即便如此，他依然保持着善的光芒，依然有自己的底线，这是这个人物微妙的、火光的东西。我后来打电话跟刘玉栋交流的时候，我说这个小说还可以写得再丰富、扩展一些。因为他父亲那一段线索，写得不是很精彩，他父亲也遇到婚外恋，但是他父亲没有走出来。小说没有与那一代人的疼和痛形成一种交织，只是写了一部分而已，所以小说线索还是略显单一的，人物的抗争性也是不足的。后来我就想，我们这个时代的理想哪里去了？英雄哪里去了？我们这个时代没有理想、没有英雄，这就是我们时代的精神困境。作家一方面呈现出时代生活的烦琐和卑微，但是从另一方面来讲，这依然是一种遗憾。

下面我们来看魏微的《一个人的微湖闸》。魏微是一个很优秀的作家。我在做魏微的访谈时，跟施战军老师联系，他给我提供了魏微的联系方式，他认为魏微是最优秀的女作家之一。我特别喜欢魏微的小说，她写得很精密。她的小说有点像汪曾祺后期的小说，很微妙，也不做道德评判。《大老郑的女人》写大老郑的兄弟在广州打拼，几个男人一起生活，租了"我"家的房子。小说写"我"对租房子的人要求很高，不正经的人一概不租。他一看大老郑是一个很正经的商人，就把房子租给了大老郑。但是后来来了一个女人帮大老郑做家务，"我"一看这个女人也很正经，但是"我"的母亲却感到一种异样。后来她的丈夫因为生活困难来找这个女人要钱，这里就有一点汪曾祺的味道，一个乡下女人来到城市打工，她要给大老郑做家务，跟大老郑生活在一起，但是她有家庭。因为这个女人的到来，大老郑的家里变得井井有条，有了家的温馨。但她终究还是要回到乡下去的，她最后非常伤感地离开了。

《一个人的微湖闸》写的是一个人的童年经历，是一个关于光阴的故事，特别精彩。小说里有一个老杨，老杨是一个干部，生活非常优越，杨婶人也特别好，可突然有一天杨婶跟着别人私奔了。在这里，我们看到一个人的内心世界是多么的复杂。魏微小说写人的情感波澜，写人每一天每一时每一刻之想。这篇小说写出了一个中年男人的困境，这个男人每天下班回到家里，妻子已经做好了饭，在灯光昏黄的房间里，保温好的饭菜放在桌子上，和妻子吃完饭之后，看电视的看电视，织毛衣的织毛衣。后来，这个人决定出走，他要证明自己是一个好员工、好丈夫。小说里还有一些心理描写，像施蛰存的《梅雨之夕》一样。小说写到这个中年男人有一天走路，看到一个人很像他的初中同学，他就一刻不停地跟在她后面走，但这个女的也不慌不忙，一路正常行走。但是到了岔路口的时候，她突然转身问他，你为什么跟着我？他问她，你是我的同学吗？我很多年没见过你了，你是不是那个人？她说，不是。在这一过程中，他写出了这个中年男人内心的情感。魏微的另一篇小说《拐弯的夏天》也写得很精彩。夏天突然拐弯了，因为"我"遇到了一个女贼。小说里写到，"我"是一个涉世不深的少年，一看这个女人就是一个贼，这个女人要偷"我"的东西，"我"注意到这个女人很像"我"的阿姐。故事从这个时间开始也转了一个弯。魏微写的东西很精彩，特别细腻绵密。她还有一个小说叫《化妆》，写一个女大学生来到单位实习，和单位的科长有好感，发生了关系之后，就离开了。过了十年，她想再去看看这个原先的相好怎么样，但是她产生了纠结，她说我怎么去看他呢？最后她还是决定以很穷酸的、状态不好的身份去看他。这个过程就像一个人生的测验一样，结果是可想而知的。还有一篇小说叫《异乡》，写一个女子来到城市打工，挣了很多钱。但是在家乡却有很多的传言，她无所畏惧，还是回到家里。但是回家之后，她很奇怪，父母对她都很客气。趁她出去一会儿的工夫，她发现父母在翻她的箱子，她很生气，心想，我不仅被周围的邻居怀疑，连我父母也怀疑我。魏微的很多小说都写到这些让人很悲哀的事情，她是一个特别优秀的作家。

东北的金仁顺也是一个优秀的作家，她出道很早，是第一波美女作家之一。其实金仁顺早期作品的风格很像余华，非常冷酷。余华在医院里待过，他天天见到鲜血淋漓的东西，所以他的作品里的冷酷不足为奇。金仁顺早期作品也有这样的倾向，后来，写得越来越温暖。她从她的朝鲜族身份回到朝鲜族的历史中，她的《春香》就是一部写朝鲜族历史上一个叫春香的女子的传记。金仁顺在山东有一个关系很好的朋友，她写过一篇金仁顺的评论叫《金仁顺的魔法盒》，她说金仁顺像一个魔法师一样，作品中充满着魔法的气息，森林里的蘑菇、小树都有一种魔幻的气息。这几年，金仁顺的作品不是很多。

我们还要提到另一个女作家叫鲁敏。鲁敏是近几年来我们非常看好的一个作家。鲁敏是年轻的70后作家，现在是江苏作协的副主席。鲁敏近几年的作品受到很多人的肯定，她的小说里有很多文化、民俗的东西，以及当代知识分子的文化困境。在她的几个作品像《博情书》《此情无法投递》里，我们会发现她的小说里依然有美女作家的影子，写深深的、膨胀的欲望。《此情无法投递》写一个少年的成长史，他每天拿着望远镜看大街上的女人，想象那种绵延的肉体，这种想象给人一种触目惊心的感觉。这是鲁敏一个很大的特点。在鲁敏的长篇小说《六人晚餐》里，有一种特别坚毅的东西。小说写"我"的母亲是一个会计，"我"的父亲是单位最优秀的工程师，说着俄语，让人羡慕。但是父亲去世之后，母亲找了一个糟老头子，这个人做着工厂最苦的工作，住着最差劲的房子。但是母亲却每周都到他家里去，要跟他生活在一起，小说写出了母亲那种无法抑制的欲望。之后，两个家庭要一起吃饭，两边各有一对姐弟，我们六个人组成一个"六人晚餐"。我们想方设法要破坏母亲和继父的生活，但是最后却发生了另一件可怕的事情——"我"的姐姐和继父家的哥哥产生了恋情。鲁敏的作品值得我们去剖析，她的作品的心灵的深度和语言的功力都达到了很高的水准。

在这里，我还想介绍一位男作家，他就是上海的路内。这几年，路内写了很多长篇小说，他也曾是工人。我们发现上大学和文学之间的关系很微妙。文学需要的是生活，是感觉，没有这些写不出好作品来。文学需要的不是知识，知识在任何地方都有，现在一块小小的芯片，能将一座博物馆的知识记录在里面。我们需要的是感觉，是独特的感受。一个人的感觉很重要，路内也是这样。我读了他的《慈悲》之后，很震撼，他写的是我们当代中国工人的故事。他说我们是有"底气"的，我们的"底气"就是，我们在工厂里吸了很多毒，我们的身体可以抗拒很多问题。生活再贫困，可是我们有这份"底气"支撑，我们就要靠它来谋生。这个小说也写了很多让人悲哀的事情，小说写"我"去寻找亲人，最后以失落而告终。

此外，还有很多优秀的作家，像我们山东的艾玛。她的作品也非常优秀。她是湖南人，法学博士，还从过军，在军队里生活过一段时间。后来到中国海洋大学，又辞职，现在在青岛文学研究院。艾玛的作品不多，是近几年新崛起的作家。她来到山东之后，写了几个短篇，篇篇都是精品。好几篇被《新华文摘》全文转载，也获得很多大奖，如鄂尔多斯文学奖、蒲松龄短篇小说奖。她的语言也很出色，而且作为一名法学博士，她的作品有很高的思想高度。她的很多作品都在道德、情欲、法律之间，做出一种边界的拷问。最近她的长篇小说《四季录》，我个人觉得也是一个很大的突破。小说是关于人体器官移植的问题的思考，写的是一个城中村的变迁，几个人在受到伤害之后，变成了无比冷酷的杀人犯。他们的杀人造成了主人公冤枉被捕，主人公被执行死刑后，身体器官被移植，而接受移植的家庭也因为真相而疏离。这是一系列情欲的追问，达到了很高的高度。

我认为中国的70后作家，尽管在强大的拥挤的文学现场处于被遮蔽的状态下，他们终究会成长起来，他们是大器晚成的一代。为什么有这个判断？有好几个原因，我在我的文章《未完成的审美断裂：中国70后作家群研究》中也提到过。第一点，新中国从人民公社到市场经济这种巨大的变迁，70后是完整经历过的一代，历史提供了丰富的土壤，就像有人说，中国用三十年的时间实现了西方三百年的转变。这是一个巨变的时代，所以在今天生活发生什么样的荒诞，怎么荒诞，我们都不会觉得惊奇。有人说，生活的荒诞已经超过了小说，生活中发生荒诞的事情，我们都认为它会发生，没人会觉得它奇怪。这就为这代人的创作提供了无比丰富的文学土壤。第二点，70后作家具有很高的文学技法。语言水平很高，他们依然在经历着"投稿——退稿——投稿"这样一个文学磨砺的过程。他们的语言水平很好，也有很好的文学感觉和表达能力，他们在中篇小说创作上已经完全可以和50后、60后作家相媲美。第三点，他们对文学有执着的追求，虽然他们处于被遮蔽的状态，但是他们依然不忘文学创作的初心，依然坚持纯文学的创作。第四点，他们用自己的文学实践证明了他们可以成为优秀的小说创作者。就像我刚才提到的徐则臣的《耶路撒冷》、刘玉栋的《年日如草》、鲁敏的《六人晚餐》、魏微的《一个人的微湖闸》、金仁顺的《春香》、朱文颖的《高跟鞋》。朱文颖也是一个非常优秀的70后作家，她的小说写上海女人的内心情感，有王安忆的影子。她的小说《莉莉姨妈的细小南方》也写了一个关于欲望的故事，她写出了这一代人内心的情感故事，非常精彩。

所以，我个人认为70后是值得期待的一代。最后，我想引用王安忆的话，王安忆说，我们生活在母亲的阴影之下，可是，突然有一天我们已经成长为一个成熟的人。大家都问王安忆什么时候成长起来的？其实她一直都在那里，只是从来都没有被关注过。为什么我们在谈论张炜、贾平凹、王安忆的时候不会以50后、60后这样的代际关系来称呼，因为他们已经从代际的命名中走出来了，已经成为参天大树。今天的徐则臣、刘玉栋、鲁敏等，他们依然在冲，他们也依然会冲出来，70后会成为一个过去的概念。

二

涂文萍：在没有接触作品之前，我个人对70后作家的认识并不是很深入。如果从代际的角度来讲，我们所接触的作家仍然是50后、60后作家。当代文学中的作家，能够进入文学史的，70后作家很少。

张丽军：70后是当下的，还没进入文学史。

涂文萍：对。当然，我们也会接触一些像韩寒、郭敬明这样的作家，像90后作家还正在慢慢地萌出新芽，我们暂不纳入讨论的范畴。50后、60后作家，他们大量的文学作品一直是他们创作生命力的一种显示，也是他们文学地位的一种显示。到70后这里，他们的作品能够真正留存下来的几乎很少。我们这些算半个文学圈里的人接触他们的作品也不是很多，一般的人关注的应该只会更少。也许，我们地处山东，像刘玉栋、赵月斌他们的作品还相对接触得多一点。但是对于更广大的70后作家来说，我们读他们的作品是不多的。为什么会产生这样一种现象，我在课下也和同学们讨论过。所谓的70后作家突围，究竟是一个时间的问题，还是一个可能性的问题？很多学者对此做出了不同的探讨，我看到孟繁华老师和张清华老师联名写的一篇文章当中，就谈到这样一个问题。60后作家可以说是一个历史的共同体，他们经历了六十年代复杂的历史变迁之后，留存在记忆中的是一种对于历史的复杂的思考。80后作家实际上是一种青春的共同体，我们在高中时期经常会将韩寒、郭敬明分成两派争论，他们就像是两座山峰一样，进入文学的角度也不尽相同。他们直接介入了文学的终端,直接面向了读者,而不用再经过文学期刊、出版这一系列的淘洗和筛选。他们的创作相对容易,也更加趋向商品化。那 70 后作家作为代际的共同体,到底处在一个什么样的位置?我原来觉得,70 后没有引起我们的关注是因为他们的文学水准并不是特别高,但是经过上节课,包括所看到的文章,我觉得首先我们不应该否认代际这一概念,也许这种概括会有偏激的成分,但是偏激也是抵达真理的一种方式,没有这个,我们也许永远抵达不了。每一个时代都有自己的话语和发言人,如果说 80 后这批作家的代表是韩寒和郭敬明的话,那 70 后则以一种坚持的姿态成为他们的代表。70 后作家的创作和研究都是有意义的事情,如果没有人去做,这是非常可惜的。我觉得我作为一个研二的学生,也越来越有这种责任感和使命感,也许我们能做的并不多,但是只要做了就是用意义的。刚才老师说的还有一点很打动我,您说您那个时候所担心的是吃不饱的问题,一个时代有一个时代的困境和忧虑,当我们还没有踏进校园的时候,就已经被房价等问题所困扰,我们如何戴着镣铐起舞?我原来想过一个问题,为什么 50 后、60 后他们作品中的历史感很强,但是到了 80 后好像就变得很平淡了呢?我前段时间看冯唐的作品,他写过一句话,就是说我要记录我写过的东西,我要我的快感能够爆发出来,他所关注的都是自己本身,这是他的一个转变。我想,文学还是应该与现实保持密切的关系,文学要反映当下,触摸现实。其实他也令很多人反感,但是每个人有每个人观察世界的角度,这就是他的角度。

蔡昊韦:我针对涂文萍刚刚谈到的,谈一下自己的看法。首先我有一个问题,就是 50 后、60 后的读者群是一个什么范围?因为我觉得 70 后的受众比较窄,他们至少会读 50 后、60 后作家的作品,但是我不是很清楚 50 后、60 后作家会不会关注 70 后、80 后作家的作品。70 后的受众是不是有些少,以至于他们的作品只是在很狭小的圈子里,而并没有像其他的作者一样走进更多普通人的生活中。我觉得 70 后有这样一个共性,就像徐则臣,我看了他的《耶路撒冷》还有他早期的很多作品,关于他的"花街"系列,我觉得故事性是很相似的,他之前的小说可以说是《耶路撒冷》的一个铺垫,包括付秀莹的小说。

张丽军：对，我还没有谈到付秀莹，她的小说也很优秀。

蔡昊韦：她小说中的风景描写很精彩，非常美，语言也很精彩。但是她的小说比如《陌上》等都是对前面小说的一个总结，像苏童的小说就不会给人这样的感觉。所以我觉得70后不应该只局限于自己，也应该突破一下自己。这是我的感想。

张丽军：讲到70后作家的受众问题，这一点非常好。付秀莹刚刚没有提到，她也是一位非常优秀的作家，《陌上》是她很重要的一部代表作，它写出了当代中国农村人心灵的裂变。她作品中的风景与人物内心有着隐秘的关联。

妥　东：我借着蔡昊韦刚才所说的，谈谈我的想法。70后作家能否突围的问题，从我个人有限的阅读来说，我觉得还有待时间的考量和检验。我个人认为70后作家整体缺乏先锋性，当然也有个别的，他们最大的一个整体性特点是他们对于语言的锤炼，这是他们比较好的传统。一方面，这是他们在早期面向先锋文学时，先锋文学留给他们的资源；另一方面，他们对于现实和内心欲望的表达，都需要在语言的精致性上做一定的努力。当然，除了技巧层面的追求，像徐则臣这样的作家，他们对生活的反思和挖掘以及对小说形式的探索也很突出。另外，像刚才蔡昊韦提到的，70后作家的小说写作是在总结他们前面的创作，没有对他们之前的创作进行一个颠覆，这也确实是他们的局限。

张丽军：你认为他们的长篇小说是对短篇小说的延续、扩展。

妥　东：对，就是说他之前的创作好像就是为这一部长篇小说在积累情绪、材料和思考角度，写出的东西依然还是那些，而非一种超越，这可能是70后作家整体缺乏一种先锋探索的整体表现。当然，从当下的创作来说，70后更多指向的是一种小团体的创作，它既不包括那些网络小说作家的创作，也不包括海外成长的70后作家，只包括现在主流期刊上发表作品的作家。其实70后是一种批评的命名策略，更多的是一种代际的指向，他的核心记忆在七十年代、八十年代、九十年代乃至当下。老师刚提到的我也很认同，就是说70后作家所经历的是整个当代社会的变迁史，是完整的状态。我觉得他们所面对的文学资源，或者说他们的经历带给他们的本应该是非常丰富的，但是在他们的创作上，怎么样处理这些东西，他们明显还做得不够。当然，我觉得70后作家是没法用一个70后的概念简单概括的，因为他们的创作非常丰富，如果硬要总结出70后作家的一个特点的话，那就是他们创作的多样性，单以同代人来看的话，他们创作的差异性也是很明显的。当然，同代人这个概念本身并不仅仅指生活的共时性，同时它也意味着在共时性的生活中，有着思想上的不同代性。就像鲁迅之于五四一样，既是同代人，但又要做那个勇于超越的同代人，我觉得这是70后作家需要在这个层面上思考的问题。

张丽军：谈得很好。现实为作家提供丰厚的艺术土壤，如何把这种艺术土壤转化为创作的资源、审美实践是他们面临的一个巨大的考验。刚才蔡昊韦和妥东都提到，要向历史进军，这是突破个人的重要的方式。好，我们继续来听各位的高见。

黄加秀：老师我想接着妥东刚才的说。

张丽军：你可以反对妥东。

黄加秀：首先，我还是从整个时代的变化来看，就先锋作家群来说，他们是最后一班搭上文学语境的作家群，所以他们一出场就受到了很大的关注，像苏童、余华等，他们可能一部作品就成名了。后来的80后作家，他们直接走入了市场化，被读者普遍接受。但是70后作家是处在夹缝中的一代，他们在时代的大背景下，前有60后作家，后面有80后，在商品大潮的推动下，他们反而在时代中被遗忘了，本来他们是要被推出的一代，但是时代的潮流却将他们淹没了。另一个方面，我觉得70后作家是经历了改革开放以来的完整的一代，这本来是他们的优势，但可能是作家个人表现这个巨变的时代的能力有限，不光是70后作家的问题，也是这个时代每个人的问题，50后、60后作家也难于表现当下的生活，这个时代是难于表现的，所以只能回到历史中去。对于70后作家，我自己阅读比较多的是刘玉栋和赵月斌的小说，我觉得他们写的东西，还是比较缺少历史的因素，也缺乏先锋的探索。像余华、苏童等人，都有自己的特色和烙印，但是70后作家自身烙印式的东西目前还没有这么明显。在经济的裹挟下，在这样的时代中，70后身上的突围的任务依然很艰巨。

张丽军：好，接着你和妥东刚才所说的，我也想谈一点先锋文学。我们知道先锋文学是那个时代的氛围，但是70后作家对于后先锋的书写也是很突出的，像刘玉栋早期的小说是带着很强的先锋气质的，但后来他们可能选择了另一种服从他们自己内心的写作。当然也有对先锋性坚持得很好的，像河北的作家李浩，他的《镜子里的父亲》等，还是写得很犀利的，山东范玮的作品也写得很魔幻，还有瓦当的作品也有粗粝的先锋性，包括鲁敏的作品。我们说先锋的本意就是多样性的、异质性的。先锋对应的是常态，先锋是求变的，它要求对语言的锤炼，等等。刚才黄加秀提到的一个很重要的问题是如何表现我们的时代，这个时代是我们共处的，我们就生活在其中，感受着生活的每一刻的变化，但是恰恰是身处其中，我们失去了把握它的重要的视角。就像我们去开会的时候，诗人西川说我们这个时代的人缺乏对这个时代中心经验的把握。对于时代精神的把握，这是对知识分子的最大考验，如何掌握、处理它们，这是对每一个作家的考验，对批评家、知识分子的考验。一方面我们有优势，另一方面又有着巨大的迷茫。好，我们继续。

袁　雪：我觉得李云雷是70后作家中比较特别的一个，他早期的小说也有一些先锋性的探索，但是后来就有了一些比如《舅舅的花园》等这种代入感很强的作品。他曾经说过，有个人经验才有故事，他的小说中的个人记忆是他的叙事动机，而且小说中通常以第一人称"我"来讲述小时候发生在村庄里的故事。比如《少年行》《花儿与少年》《舅舅的花园》等，故事中充斥着"我"与小伙伴之间的纯真的友情，与女同学之间懵懂又美好的爱情，特别是他也会涉及很多亲戚之间互帮互助的温情。我想独生子女的这一代，等他们长大之后，可能就体会不到亲戚的这种感觉了。但是随着主人公从村庄中走出去，去县城读书，他渐渐地就与自己的乡村之间产生了一种隔膜，他开始拒绝和自己的母亲聊天，他开始沉浸在书本的世界里。我觉得李云雷作为一个批评家对于生活有着强烈的批判精神，包括他在《假面告白》这篇小说中，有很多自己的想法，提出了很多问题，比如读书的问题，读书与农村的问题，读书难道就是要离自己的乡村越来越远？这些问题都充斥在他的作品中。他强调知识分子应该走出书斋，写出贴近现实的故事，写出中国故事，不能仅仅坐在书斋里，凭自己的想象去虚构。我觉得这也是目前为什么许多人对文学失去兴趣的一个重要原因。

张丽军： 袁雪有自己独特的个人经验，说得非常好。她提到了像李云雷一样既是批评家又是作家的另一种写作。我最近写了一篇关于李云雷的评论，李云雷的文学创作非常有自己的特色，袁雪刚才也提到了，比如他写个人的情感记忆、家族等，都是与他个人相关的东西。他的语言没有先锋的特色，也没有很大的悬念，无技巧，但是饱含着深深的感情，这是李云雷的创作特点。另外一个既是学者、批评家，又是作家的是梁鸿，之前任职于中国青年政治学院，现在在人大，她的创作也非常出色。包括现在在苏州大学的房伟老师，我之前读过他的几部小说，房伟老师的小说写得口味比较重，写得很血腥、很暴力、很过瘾。这也是70后作家展现和表达自己思考的一种独特的方式。

苗立群： 刚才同学们提到70后作家突围的问题，这个突围是从哪个意义上突围呢？是涂文萍所说的从文学史的意义上突围呢，还是从蔡昊韦提到的从接受的角度突围呢，又或者是说从作品自己的价值或者说对这个时代的中心经验的把握上突围呢？它所承受的问题在哪里？当然这个问题比较多，所以我就选择了从阅读受众的角度来思考。刚才蔡昊韦提到70后作家的受众面比较狭窄，我觉得它不是70后作家的问题，这也是纯文学作品共同的问题，纯文学"叫好不叫座"，网络文学"叫座不叫好"，在学院派接受这里就比较局限。我最近接触的作家叶炜，他创作过一个三部曲《富矿》《后土》《福地》，但是他早期的创作是在网络上进行的，后来有一个向纯文学转型的过程。他早期的作品尤其是偏向网络的作品，可以看到明显的套路性质的东西，他有模仿的东西，但是又没有网络文学中那种草根的精髓，离网络文学中的爽文还存在一定的距离。越是从文学创作的角度去试图模仿，越找不到网络文学那种轻松娱乐的东西，反而会显得很尴尬。《富矿》中一开始就有一种神秘的特色的东西在里面，但是在《山西煤老板》里这种纯文学性质的东西急剧萎缩。其实它背后的内涵是丰富的，但是体量的原因，很多东西都没法呈现出来，又因为网络文学对话的通俗性问题，很多东西又难以表达得深入彻底。所以我觉得70后作家在面临突围转变的时候，立足于自身特色，扎根大地，抓住自己的优势，这是他们应该坚持的。

张丽军：嗯，很好，我觉得这个思考很有特色。其实叶炜也是属于学院派的作家。我想一个作家要给他足够的空间，对于成长中的作家我们要雪中送炭，对于成名的作家要严格、苛刻地批评，而不是锦上添花，对于像余华这样的作家需要的是批评，批评更珍贵。当然作家也应当具有一种使命感，要不流俗，不为市场所裹挟，要有使命感和文化的自觉之心，去做文化的传承和创新，这是一种更高的要求。

许　豪：我想谈两点：一是代际研究，二是付秀莹的创作。看论文的时候我在想，为什么要生硬地把他们分为一代一代的人，这样的命名是否有意义？老师你也是70后，可能你与他们不认识，但是你还是觉得他们写的跟你有联系。但是我们是90后，我们看60后、70后的作品，觉得他们写的东西都离我们很遥远。就我个人而言，我看70后的作品感觉与看50后、60后作家的作品没有什么差别。为什么我们不说鲁迅时代的那些人是几零后呢？可能因为生长环境的不同，他们身上的一些共性构成了一些我们可以概括的东西。这是从同一个横面上来看，如果从我们中国发展的纵向来看，无论是哪一个时代的人身上都有一些共性。对于70后的作品我读得不是太多，在付秀莹写《陌上》之前，我读过她的一些中短篇小说，当时也没有把她归类于70后，只是觉得她写的小说很吸引我，她是我读过的作家之中比较有自己风格的一位作家。我比较喜欢读一些故事性比较强的作品，但是付秀莹的作品给我的感觉就像是中国传统的水墨画，她不是很强调故事性，强调的是意蕴。她的文字如同温水一般，不像冰水那样凉，也不像热水那样奔放。她写过一篇小说《旧院》，在看到她这部小说之前，我自己也曾经写过一些像姥姥家的红叶之类的文字。我感觉我们两家的院子都是一样的，都是那样方方正正的，里边住着我姥姥的几个儿子。我就想为什么她一个70后作家写出的作品能跟我一个90后产生共鸣，而我对同时代的网络文学不感兴趣呢？所以我就想知道代际研究是否有意义，抛去年龄，付秀莹写的东西真的深得我心。她给我的感觉就是她真正在讲中国故事，她写的那种单位的故事、大院的故事，这是只有我们中国人才能够明白的故事。付秀莹的作品中融入了非常多的中国传统美学因素，从这个角度来讲，她写的东西也是一种先锋，像我们现在也是叫中国经验、中国模式。我们 90 后有属于自己的故事，这可能是父母、老师所不能完全理解的。

张丽军：许豪同学说得非常好，其实代际研究有它的局限性，也有它独特的价值。但是我想说的是付秀莹的《旧院》与《陌上》是不一样的，你说的感觉是《旧院》的感觉，我不知道你读《陌上》，是否还是这种感觉？

许　豪：《陌上》给我的感觉就是一个村子里有各种不同的人物，他们有着不同的性格与人生轨迹。别人眼中的她可能与她自己写出来的人物有所差距。

张丽军：其实刚才提到的《旧院》，我个人认为它不是先锋，它依然是一种常态的书写，语言、故事是传统化的，但是它依然打动我们。它讲述的是中国千百年来，我们都熟悉的农村与农村、家庭与家庭之间，甚至个人与个人之间情感纠缠的故事，我们都能找到共同的东西，这是一种风格。但是《陌上》是另一种风格，讲述了中国当下正在发生的故事，是一个裂变的故事。在这个大时代之下，写出人们的情感欲望、迷茫和痛苦，写出不同的人的不同风格，这是一个时代的剖面，它讲述了我们时代正在发生的现实，这个现实不同于《旧院》，已经成为一种新的空间书写。所以我觉得付秀莹的这部作品是非常优秀的，呈现出 70 后作家的风格，写的是我们这个时代的风格，这是 50 后、60 后作家很难写出来的。所以孟繁华老师有一段话，他认为 50 后作家已经过去了，他们写不出当下活生生的东西来。这段话是有道理的。像贾平凹依然写《带灯》这样的作品，依然写当下活生生的作品。贾平凹的"活生生"与付秀莹的"活生生"是不一样的，付秀莹的"活生生"是带有痛感的，她就在其中生活，是其中的一个主人公。他们的迷茫、困惑与挣扎，是一样的。而贾平凹是远观的，依然是一种很高的角度来俯视这种现实。我觉得付秀莹的作品写得非常好。我们继续来谈。

侯君伟：怎样创新，怎样突破，怎样区别个性与共性之间的关系，怎样看待个人与国家的关系,我得出了一些看法。首先就是70后作家缺少一个或几个杰出作家的带领,还有一个就是涉及作品的成色、读者的接受,还有评论者的能力。他们选择一个比较敏感的话题进行讨论,缺少了对作品主题的分析。现在很多文章在讨论美学的时候,倾向于胡塞尔的现象学,而忽视了黑格尔的美学。现在出现了一个趋势就是胡塞尔的那一套占领了整个文坛,他们忽略了莱布尼茨的源头,整个文坛的思维方式呈现出一种偏激。所以,我认为评论家不要去管大众舆论怎样诠释,做好自己应该做的工作就好。其实我们很多人研究问题都存在问题,像有些人研究逻辑学,只注重形式逻辑而忽视了概念逻辑。

张丽军: 侯君伟同学说得非常好。对我们评论家提出了要求,我自己也很惭愧,我们需要进一步做好工作。

成志雄: 我看了一点关于徐则臣的访谈,看到了这样一个问题,涉及两个方面。第一就是作家形式技巧方面不够成熟,没有长篇意识。他们的长篇只是不小心把中短篇写长了。

张丽军: 他们是真的没有长篇意识吗?还是长篇意识不够。

成志雄: 这只是他的意思,不是我的看法。第二个方面就是批评家们没有跟上,没有出色地将他们介绍到这个社会中去。如果我们非要划分70后作家群的话,这里边就有一个时间概念。虽然我们有着改革开放的经历,但是我们越是在新生事物的开始,越是不够自知。我感觉70后作家在一个非常尴尬的位置,他们前边的人经历了"文革",还没有把故事写完,当他们要写一些新东西的时候,他们又没有下一代活泼,他们正好处于一个错节的年代。我在初中的时候读到的作家大多是冯唐这样的,像现在的初中生,大概没有人不知道韩寒、郭敬明吧。

张丽军: 现在中学生读他们吗?我女儿最近在读贾平凹的《自在独行》,我都还没有看过这部作品,我都不知道她是从哪儿买的书。当然,每个家庭都不一样。我想问根据你了解,今天的孩子在读哪些作家?

成志雄: 当今的孩子在读一些电影作品。以前我们办辅导班,他们都是一些初中生、高中生。他们与你的交流能真正地敞开心扉,没有太多代际。我认为70后在先锋盛行的时候他们还小,在多元化活泼的时候他们又老了。

张丽军：成志雄讲到了他对作家困惑的理解。但我想说的是任何时代、任何事物的潮流总是会过去的，但真正好的作品是抗拒潮流，打破潮流的。我想70后能否写出更深刻的东西来，而且写出真正的好作品，就是最大的问题，也是最大的挑战。任何人都要以作品进行挑战，挑战自我，挑战时代，挑战已有的经典，不在于年龄，而在于在这个年代是否还能够写出真正好的作品来。

王　博：我感觉70后作品表达的内容发生了变化。我是以徐则臣的《耶路撒冷》为例，看了几篇论文，都是讲作家的处境与困境。但是我觉得70后作家并不尴尬，也许它的内容呈现碎片化，但是它是有精神内核的。比如说他们对大和堂的保护，对耶路撒冷的追求，以个人的追求探索精神的寻根。你不能够说它的内容是碎片的，因为它确实真实地复制了70后作家当时的生存境遇。以小说为例，我们并不是要强加它与历史的关系，因为书写的本身就会带有一些历史。张莉老师说50后、60后多喜欢向下的文学，尖锐而又咄咄逼人，这可能是他们对人性的一种拷问。而70后作家是富有宽容性和弹性的，在小说中没有表现过多的历史因素。当下的写作展示了70后的生存困境，真实地表达了他们生存的现状，也可以说这些作家是具有创作使命感的。刚开始大家都说70后作家如何突围，但是我觉得这个不能算是他们的写作困境，这只是他们的写作现状。

张丽军：王博同学谈得非常好，是对徐则臣《耶路撒冷》的一种厚重的思考与认定。刚才王博同学提到了张莉，我觉得张莉是一位非常优秀的批评家，她的《在逃脱处落网——论"70后"作家的创作》写得非常好，我也曾推荐给我的学生阅读，我们大家可以继续一起阅读交流。

王珊珊：我想谈一下70后作家写作中呈现出的丰富性，他们生活的丰富性与历史给他们的土壤是对接的。他们的作品中写到了很多人，但是同一个人的笔触，也可以伸向多个层面，你可以写乡村，也可以写城镇，也可以写城市。他们的写作具有个人经验，是相对真实的，是具有说服力的。第二点我想说一下，他们文字表达方面的丰富性，用文字这种更小的单位来表达他们的文学思想。总体来说，他们的语言把握得很细腻，更有颗粒感。

他们对不同的空间进行书写，方式也会发生改变。相对以前的作家来说，他们的文字表达可能更细腻，更灵活一点。总体来看，70后作家风格不同，着力点不同，表达方式也不同。但是我觉得这是他们对多样化生活的反映，可能每个人对生活的反映面不同，可能过一段时间我们会发现他们对生活的反映更真实。他们的丰富和多样就是时代的丰富和多样。

张丽军：王珊珊同学的表述是非常具有质感的，对我们的70后做了充分的肯定。结合她自己的阅读感受，谈到了70后作家的丰富性，以及他们语言的颗粒感，这些都可以继续思考。

徐晓倩：我觉得70后作家之所以被称为被遮蔽的一代，或者低谷的一代，是因为他们只是处于转变的时代，他们没有一个时代的立足点。比如反思小说可以立足于对"文革"的反思，寻根小说可以立足于民间，而70后作家没有一个立足点。我觉得这是其中一个方面，再一个就是张清华老师说70后作家是立足于现实的一代，他们表现的是日常的琐事，但他们无法进行触及灵魂的表达。我觉得这也是他们处于困境的一个原因，他们个人的经历无法与时代的经历进行很好的接洽。我们不否认个体，但是要成为一个时代记录者，就要把个人经历与时代经历很好地进行结合。王安忆说过一段话，她说，你们不要说是看我的书长大的，因为再过几十年我们就是一代人了。我感觉这是一个作家在否定代际研究，但是我觉得作为研究者来说，以代际研究找出他们之中比较优秀的作家与作品，这是一个我们可以努力的方向。

张丽军：徐晓倩同学说得很辩证，非常好。

刘仁杰：我想就70后作家谈一个问题。张莉老师的作品《持微火者》出版以后，陈思和曾经做过一个访谈，他提出了一个问题，说70后作家是这几年刚刚关注的一个群体，但是没有一部作品像《废都》那样能够掏心掏肺地把自己的感受写出来。这是否是陈老师对70后作家的一种偏见？如果是一种偏见的话，70后作家应该怎样看待这种偏见？

张丽军：你怎么样看待这个问题？

刘仁杰：我觉得陈老师的观点还是有一些偏见的。70后作家群处于夹缝之中，缺乏一些先锋性的探索精神，再加上审美观念的转变，时代精神对作者的压迫,就成了这个作家群体的一种特点。

张丽军:有压迫就萎靡不振了吗?你觉得70后哪部作品是掏心掏肺的呢?

刘仁杰:我读过阿乙的一些作品,感觉《鸟,看见我了》这部作品对生活的展现及对心灵的感受能够与我的内心情感相依。

张丽军:仁杰为我们提供了一些新的线索,像阿乙、阿丁这些作家还是非常优秀的。我读过阿丁的一部作品《我要在你的坟前唱歌跳舞》,我觉得写得非常精彩。至于陈老师提出的这个问题,70后作家能否突破自我,能够写出掏心掏肺、直面生活、无所顾忌、大胆勇敢的东西,这也是一种期待。

王含:我想谈一下鲁敏。我读了她的《伴宴》,说实话,我不太认可她的这种写作方式,因为我觉得她的叙事方式特别单一。后来,我又读了她的另一部作品《墙上的父亲》就非常有感触。对我个人而言,我比较喜欢鲁敏对于家庭和乡土的书写,但是她对城市和现代的表现力度不够,不能很好地表现自己的想法。以前我看过张清华老师对鲁敏的一篇评论,包括鲁敏自己也写到,她对人性深处的绝望特别感兴趣,特别想写这方面的内容。鲁敏善于对人性深处细微的波动进行把握,她将这种把握用一种特别尖锐的方式表达出来。我觉得鲁敏是在这个浮躁的时代对于个人创作一直坚持的作家。

张丽军:好,谈得非常好。像鲁敏、魏微等70后女性作家,心理描写达到了很高的高度。

吴加艳:我比较认同前面同学的说法,认为70后作家没有赶上好时候。我在想为什么我们对70后作家不够了解,我们对作家的了解大多来自课本,但是现在课本之中很少有70后作家的作品,还是以鲁迅为主的五四文学占主导,70后作家成长起来还是一个非常漫长的过程。我看了三位70后作家的作品,一位是徐则臣,一位是刘玉栋,我感觉他们两个可以归为一类,他们的小说都体现出一种饥饿感,人物都有一种顺从,但又有一种小反抗,所以他们在内容和形式上没有大的突破性。另外一位是我非常喜欢的作家葛亮,我认为他的风格与其他作家是非常不同的,他的小说历史感特别强，历史感源于他的家族和经历，而且他写得非常细腻，我感觉葛亮是一位未来可期的作家。

张丽军：说得非常好，这几位男作家都选得非常好。徐则臣、刘玉栋、葛亮这都是非常可期的作家。尤其是葛亮，这是一位非常优秀的70后作家。他的短篇小说也非常精彩，像《阿霞》；他的长篇小说《朱雀》，写得非常有历史感，重重叠叠，人物的情感相互缠绕，一层又一层，一重又一重，有历史积淀的深厚，南京六朝古都的气息都写到里边去了。但是我觉得他非要把人物写得特别细，有一种不自然的感觉，有时候留白显得更好。

孙悦如：我想谈一下70后作家的困境。他们写的一些题材大都是怀旧题材，但是我们读到怀旧题材的时候都期望读到一些新的东西，像余华写得那样血腥，像莫言写得那样粗犷。70后作家写得中规中矩，不能够让读者深入进去。像余华、陈忠实写的东西，我经常都会看哭了，但是70后作家，给我的感觉不够。他们面对集体记忆，可能比五六十年代的人更薄弱了一点。其实我在阅读的时候并不在乎他们是哪个年代的作家，但是70后往往是被遮蔽的一代，可能与他们自身话语与集体意识的关系处理不够有关。

张丽军：我在文章中也提到70后作家是太听话的一代，而文学需要叛逆，叛逆是一种断裂，与传承是相对而言的。

于　露：我比较喜欢读一些厚重宏大的作品，例如陈忠实的《白鹿原》。我读过李云雷的一些作品感觉不够宏大，里面对吃烧鸡的细节描写得很细致。他写的是常态的故事，也是平淡的，我觉得读他的作品能够勾起我小时候的回忆。我在想70作家为什么要突围，他们突围也不一定会成功。我觉得他们要想取得关注，就必须迎合市场经济，但是他们又不愿意去迎合市场经济。他们的坚守是值得敬佩的，用他们的体验去书写我们这个时代，可能很多年以后他们又会重新进入我们的视野，这是时代赋予他们的。

张丽军：于露同学说得非常好，为什么要去写那些宏大的，写那些尖锐的，写那些暴力的，不去写不可以吗？写温情就不可以吗？完全可以。但是我们这个时代需要史诗，仅仅书写个人是不够的，要从小我走向大我，要将个人记忆与时代记忆、民族记忆,以至于人类的记忆结合起来。我们需要伟大作家,小作家同样需要。这是一个重视史诗的国度。

李玉翠: 我觉得70后作家不需要做出改变,他们要写出自己的本性。

杨　雪: 我想谈一下对《爱情到处流传》的看法。这部小说讲了一个非常普遍的故事,就是一个女人婚外恋的故事。这种婚外恋放在今天,一般会引起人们道德上的唾骂,但是这篇小说在一种悲伤之外,还有一种诗意的美好。像陈思和老师所说的那样,民间的客体世界是指一个精华与糟粕并存的藏污纳垢的世俗化形态。乡村对于男女之事是非常开通的,又是非常保守的,就像《红高粱》中的爷爷和奶奶的故事,很难用我们现在的道德进行评判。我觉得在这个物质丰富、爱情贫乏的年代,付秀莹对以往的乡村爱情有一种精神眷恋。

张丽军: 说得非常好,我借用陈思和老师的一段话就是,人类思想的边际远比人类物质的边界更广阔。

张艳丽: 我不同意前边于露同学的看法,我认为70后作家不缺乏宏大主题。我看了上节课老师推荐的《非凡的大姨》这部作品,我感觉好的作品应该与时代进行对话,无论是从个人出发,还是从宏大主题出发都应该很好地与当下进行对话,让我们看了都会有一种思想共鸣或者感同身受,产生我们自己的感想,这种作品是好的作品。我觉得70后作家徐则臣的作品《如果大雪封门》写了青年人的奋斗,他写的那种精神传递,我们是能够感受到的。

袁盼盼: 我觉得70后作家需要影视化,让更多的人关注他们的作品。一方面他能够对更多的人产生影响,另一方面对作者来说也是一件好事。他不应只局限在自己的思想里,虽然小众化也是一件好事,但是我觉得70后作家应该先走出来迎合大众,产生更大的影响。

宋　欣: 每个时代都有自己的作家,但是每个作家的表现方式又不是一样的。我觉得每位作家在进行创作的时候都有自己精神上的信仰,就像徐则臣的《如果大雪封门》和《耶路撒冷》这两部作品,它们都在追寻一个精神上的核心。这种信仰具有双面性,一方面潮流会过去,另一方面造成了创作方式上的创新性的缺乏。

王老师： 我是 70 后，有着同样的感受，想对同学们说一段寄语吧。希望大家做擦亮星星的人，因为历史和社会的原因，很多 70 后作家被淹没了，但他们依然是这个时代忠实的记录者。每个时代都要有每个时代的歌者，所以希望我们帮他们洗去尘埃，闪耀我们文学的星空，希望我们能做点石成金的人。

张丽军： 我们谈得非常好，非常精彩，有很多观点，也给了我很多启发，我们需要不同的声音。老师的声音是其中之一，我们也在不断发展，不断思考，就像我们王老师所说的，我们愿意为他们做一些工作。我想说的是，一代人的生活，一代人的思想，一代人的情感，它不能是空白，我们要把它呈现出来，给历史一个交代，这是我们的责任。当然更大的责任还应该是作家的责任，不要埋怨这种遮蔽，埋怨没有提供文学的黄金时代。我想可能对任何作家来说，都会面临这种困境，可能 70 后作家面临的是多重的，更艰难的，但是他们依然需要用作品说话，去确立自己的时代，确立自己的地理坐标，确立自己的面目和风格，这是对他们的最大挑战。就像刚才同学们提到的，我们都是一代人。像我们今天在谈论徐则臣、刘玉栋等人，可能再过几十年、上百年，后来的读者谈莫言与张炜的时候，可能跟我们就都是一代人了。但是我们为什么依然在谈论 70 后？因为我们在关注我们的境遇，我们的痛苦，我们的生活，我们的情感，我们就生活在这个时代，所以我们用代际研究呈现对于时代的思考，对于时代的批判，对未来的关注，这就是它的意义和价值。好，我们今天就到这，每次与同学们交流我感触都很大，非常感谢各位同学不离不弃地一起学习！非常感谢！

三 论坛与演讲

论现实的、可能的与理想的生活

——"院长论坛"的演讲

张丽军

山东师范大学文学院

亲爱的同学们：

大家晚上好！

非常高兴有机会来跟大家交流，我们平常谈学术的机会很多，今天我们谈一下生活与个人以及文学的关系。从生活出发，这是我个人的一种阅读体验。今天我们谈两本书和三种可能的生活方式，之前我们谈到一个人的成长受多种资源的影响，但是我想无论对我还是对各位在座的朋友来说，有一本书对我们影响是非常大的，那就是《平凡的世界》。网上依然不乏对《平凡的世界》这本书的探讨，最近《光明日报》还有一篇文章在探讨这本书，它依然与我们的生活有着千丝万缕的关系。我和朋友们谈到，以往我们乡村的孩子读书很少，都交换着图书看，小时候买一本连环画都要和父亲请求很多次。我的父亲是一个乡村的木匠，每次父亲赶集卖东西时，我和父亲一起去，父亲有时给我一点零花钱，我就去买书看，记得当时的《小雷音寺》才一角几分钱。那时候农村孩子没有太多书，我们就一起交换连环画册，乡村的阅读是很贫乏的。像我们这代人都是在乡村学习，我们的书都是交换看的，四五年级时我们同学间流传看《呼杨合兵》，书都已经破损很严重了，但我们依然读得很兴奋。我们民间的文学读物也有很多，比如赵树理等，我们都是看这些长大的。我们小时候另一种学习资源是广播的声音，我记得我上初中时家里有了一台收音机，每天中午12点听山东广播电台的《新闻纵横》频道，拿着小板凳或是小椅子，听新闻评论员讲政治，这是乡村少年获取知识的一个重要途径。后来我上初中时开始看《半月谈》杂志，评论员的文章都很棒，我开始抄评论员的文章。这两种渠道获取的都是有限的知识，当时八十年代的乡镇都有新华书店，我记得当时买过一本绿封皮的《复活》杂志，后来我大爷家的姐姐在看《简·爱》，我觉得那本书很打动我，简·爱有着坚韧、顽强、自尊、独立的人格。

收音机虽然给我打开了一个新的世界，但《平凡的世界》依然是对我有很大影响的一本书。快上高中时，在广播中听到田润叶当老师后写了一封信给孙少安，当时田润叶曲折的内心世界，爱而不得的感受和少安辗转反侧的情节让我听得如痴如醉，田间地头我都在听。2005年读博期间我参加了在山大举办的一个在读博士论坛，当时我与南开的历史学博士住在一起。我们两个人交流时，他说我当时特别喜欢文学，可是考现当代文学没有考上，后来考了历史学。他说他非常喜欢《平凡的世界》，我说我们是听广播长大的一代，不是看书，我们同龄人都是听广播读完的《平凡的世界》。后来我了解到1990年前后，《平凡的世界》分上下两卷，上卷书还没出版广播就开始播放了，李野默解读得非常好，把自己的感受和理解穿插其中。后来上了大学我终于买了一本《平凡的世界》，开始在宿舍看，后来到水房看，因为晚上要熄灯，刚开始站着看，后来倚着墙看，最后看累了蹲着看，一定要看完，而且当时看完后心情澎湃，抑制不住那种感觉，就写了一篇很长的文学评论，后来那个本子找不到了。读硕士时，舍友有学古代文学的，也有学现当代文学的，我硕士读的是文艺学专业，我们在一起讨论这本书，大家形成一个共识，我们这代人的成长都受到这本书的影响，它成为我们的精神资源，一个乡村的少年走出农村来到城市，孙少平成为楷模，一种榜样理想的状态。后来我来山师工作，让我很惊讶的是有很多人喜欢这本书，之前我教的一个函授生，每年都读《平凡的世界》，每次都读得泪流满面，很真诚，这样的故事有很多。有一个函授生做论文时做《平凡的世界》，我问他原因，他说他就是孙少平，他爸就是孙少安。兄弟两人的命运在一对父子身上展现出来，它对中国乡村影响巨大。后来我认为《平凡的世界》犹如当代乡村少年的文学圣经一样，对一代人影响巨大。

《平凡的世界》为什么会有这种效果呢？2005 年我到鲁院评论班学习时，李敬泽主席有非常好的文学感觉，他在给我们上课时提到，他本人并不是非常喜欢这本书，他思考为什么千千万万的人喜欢《平凡的世界》，因为我们大多数人的生活都没有得到确认，我们很多人的生活就像秋天的落叶一样，很多落叶都被掩埋于地下，一岁一枯荣。我们都是平凡的人，都如野草一样，《平凡的世界》让我们看到生活的影子，生活得到书写和呈现，我们这样平凡的人是艰难的，主人公用劳动去改变千千万万的生活，这是它的价值。但文学阅读的两极现象也不可忽视，我一个特别有才华的师兄不喜欢《平凡的世界》，他家境很优越，后来卖掉房子去法国留学，在法国时他骑着摩托车送外卖，他意识到生活的不容易，但是他依然不喜欢，因为这本书描写的世界与他无关。

城市和乡村的孩子的生命世界是不同的，当我们阅读时发现那个世界无比的真实和现实。小说开场写孙少平吃饭的场景，他和郝红梅最后去吃最差的饭，那种无比艰难的事情是很多乡村青少年的经历。这一个家庭生活的真实感也打动了我们，书中描写了一个非常好的场景，孙兰花的丈夫王满银卖老鼠药被抓起来，家里乱成一锅粥，少平回家后成为家庭主心骨，安抚好奶奶和其他家人，他还煮好了猪食，这种生活无比真实，这种家人的情谊令我们感动。还有就是友情，金波的自行车是两个人一起骑，他的自行车坏得特别快，这种兄弟间的友情让人动容，这些爱的温情特别多。孙少平有钱之后寄钱给父亲置办三口窑，这关乎一个老人的尊严和父亲在村中的地位，让老人觉得自己的儿子出人头地了，这其中有一种很深刻的文化。

最近我在看中国社会科学院赵汀阳的一本书《论可能的生活》，这个题目也很打动我，我们都生活在现实之中，但是我们都在渴望一种理想的生活，但理想与现实生活之间有一个可能的生活，人是具有智慧的动物，我们期望过一种更好的生活，我们希望我们的生活是有意义的、有价值的，有着对美好生活的向往。什么是幸福的生活？我们想过的生活，我们觉得自由的生活，运用马克思主义的观念就是人的自由而全面的发展，换一种文学的话语来说就是生命的自由舒展，生命是不受压抑和限制的，是可以舒展和自由的，不是按部就班的和司空见惯的生活，这是我们希望的理想的生活。我们都想要理想的生活，理想和现实的生活不是对立的，而是互相支撑的。我们想要理想的生活，首先要从现实出发。对于孙少平来说，这是一个穷困的简陋的家，没有资源，有的是父母的爱和关怀。我们小时候对金钱没有很大的概念，我们关心的是父母的爱，这是金钱所买不来的最重要的东西。红尘中的人，像白蛇为什么不马上成仙，织女为什么从神仙变为普通人，这都是源于爱。生命有死亡和衰老，但我们有爱，在生命变化中感受人与人之间的关怀和对爱的期待，这是最美好的东西。

书中还有一个细节打动我，孙少平计划从农村走出来，到地级市找一份工作，过一种父辈没有过的生活，这是一种可能的生活。高加林卖馒头的细节也打动我们，高加林看画报，上面有飞机等现代文明事物，反映的是时代的变迁，日益蓬勃发展的社会，见证了改革开放历程，这种新的生活是吸引我们走出来的东西。乡村少年看到外面有广阔的世界，要到外面去看一看，去探索外面的世界，孙少平来到黄原，带着期望和梦想，但现实依然很残酷。印象最深刻的细节就是，孙少平白天背着大石板，背上都是伤痕，但是晚上他围着被子，点着煤油灯去读俄罗斯文学。昏暗的煤油灯，破旧的棉絮，一个少年在读书，这个场景多么动人，这是那时代人的精神追求。我初中时去读李泽厚的《美的历程》，后来我发现上海工人有的在读《美学三讲》，那一代人求知的精神特别动人。现实生活无比痛苦，但依然选择用知识改变命运，追求理想的生活，这是那一代人的理想信念，这是孙少平打动我们的重要原因。生活虽然不是理想的，但我们依然要拼尽全力去追求可能的生活，去改变自我。这首先要改变自我，时代是很难改变的，但世界永远不变，改变的只是我们的容颜。有的人生下来想要改变世界，可是他最后只改变了自己，可能改变了自己就改变了世界。

我们说什么是爱情？我们今天的书很少谈爱情，《平凡的世界》其实是一本谈爱情的书，这个爱情是基于平等，基于尊严的。爱情不是给予，不是要舍弃，不是我救赎你。爱情是平等，是尊重，是内心的敬意，是感动。所以我想这里是一种真正的理想的爱情，它以尊重、以平等、以理解为前提，特别动人。田晓霞来找孙少平，孙少平在大牙湾当了一名煤矿工人，对方是这么好的学历，这么好的家庭，这么好的工作，这么漂亮的姑娘，相比之下，他当然很自卑。这种描写都是非常真实的，体现了这个人物的现实性、真实性。但田晓霞却没多想，这就是她爱的煤黑的掏炭工、烧炭工，她看到的是尊严。上海大学蔡翔教授的作品《革命／叙述：中国社会主义文学—文化想象（1949-1966）》讲了一个劳动美学的问题，什么是社会主义？社会主义倡导劳动的意义，没有人是不劳而获的，劳动创造价值，劳动创造美，劳动才是最美的。跟凡·高画里的靴子一样，这个靴子是劳动者的靴子，它是一种神性的东西。但是今天这个时代人们渴望的还是不劳而获。我对这个言论特别难过，有人说，一个人辛辛苦苦奋斗几十年，不如嫁个好老公，不如找个好媳妇，找个好媳妇或好老公就改变了。这当然是现实的一方面，但它是一种可怕的情趣，对劳动的蔑视，对劳动的遗弃，其实一个人所有尊严的建立无非是基于劳动。后来我想，不是你的东西永远不是你的，你也不会珍惜，你也得不到人的尊重，这是永恒的。所以我们从田晓霞身上看到这种对劳动的尊重和理解，我爱的人，他的工作不重要，他什么职位不重要，他是一个用劳动来获得尊严和价值的人。这点我特别感动，这才是一种真正的生命和生命之间的理解。他们都是用自己的劳动获得主体地位的人，他们才会有真正内心的平等。同时我看到孙少平也不简单，一方面他认清他的现实，他不断地想可能的生活，心中理想的生活，去努力靠近，去改变自我。后来我再一次读这本书，突然发现这里面还有一个细节被忽略了，就是煤矿。我之前以为这个煤矿就是一个挖煤的地方，是一个出卖最低价劳动力的地方，但后来我发现不是，这个煤矿是个现代型的大型企业，它和我们一般意义的煤矿是不一样的。一般的煤矿工人到工厂里是靠劳动和出卖力气来赚钱，但是你可以发现，这个煤矿里是那种先进的、大型的设施，而孙少平有一个梦想，他希望进行煤矿技术的学习，把相应的煤矿管理经验和技术学过来，来改造这个现代化的煤矿。这是孙少平所设计的理想，他想要改变它，要和现代化相对接。这里边还有一个细节，也很好。主人公孙少平获得一个乒乓球的奖励，他坐着火车去领奖，有的人甚至看不起他穿着工作服。他心里突然想，你有什么看不起的，这个火车呜呜地跑，它燃烧的是煤，这个煤是我们挖出来的。煤是现代工业文明的血液和能源，这一点我觉得很多读者也没有读出来，孙少平的工作是与工业社会最相关的东西，他很骄傲。所以孙少平这种生活的理想有自己的规划和蓝图，但是田晓霞的去世让他从理想的云端坠落。

我对这本书非常赞美，从自己的生命生活经验出发的赞美。但后来听到很多人的批评，我也在思考，这本书真的好吗？为什么那么多人批评它呢？它有没有局限？要是过于赞美它，也不是最好的研究方式。我后来换了一种信念来看待它，看到了它的局限，它没有把这段经典的、理想的爱情写下去，田晓霞在洪水中报道，在最深处被洪水卷走了，如果不是这样呢？如果救下来会怎么样？会怎么写？那就是从爱情进入了婚姻和生活。我们总是说相爱容易，相处难，爱情是美的，婚姻是现实的。像鲁迅的《伤逝》一样，爱会让人忘记所有的苦难，对苦难视而不见，所有人都无比神圣，但生活是无比具体的，无比现实的。在一个从爱到婚姻，从理想到世俗，从情到物的转变过程中，如何来写田晓霞？如何来写孙少平？这是一个巨大的挑战，是路遥回避的过程。我想，如果这本书继续写下去会更有价值。一个人如何在日常生活中抗拒日常生活对人的消磨，对热情的消磨，对爱的消磨，去抵御它，去抗击它，去捍卫它，是我们更想看到的。鲁迅的《伤逝》里面说爱情必须有说服力，爱情必须时时更新、生长、创造。在这儿，爱如何继续生长？这可能是一个更艰难的问题。路遥觉得很难写，其实这也是一个对自我的挑战，当然这个我们可以继续探讨，这是我的理解。他要把这种爱情写出从云端坠落下来，又从理想回到现实中去。其实所有的文学作品，包括好的小说都是悲剧，喜剧可能就世俗了，如果小说写成一个大团圆的结局，过上幸福的生活，那就是童话了，就是白雪公主的故事了。我们的现代小说不是这样，它要写成一个悲剧。其实这个悲剧太缺少转折，太缺少耐心，如果继续往下写，还可以有更大的空间，更大的挑战。我们看到孙少平他爱的人，他的理想，他所有的情感的核心一下子没有了，像一个梦一样突然破灭了。无比痛苦的孙少平回到现实中去，他去安慰他的师娘，他的师傅在煤矿中出了事故，他又回到了地面，回到大地深处，他在这安下心来，这是孙少平的几条线索。从最苦难的现实出发，不断去探索可能的生活，到理想的生活，最后重新回到地面来，这是孙少平的生命的情感和立场。

我们看另一条线索，就是孙少安的线索，孙少安一开始也无比现实，他知道一个家庭没有那么多钱供孩子们去读书，他就不读了。这就是今天中国的现实，农村家庭要供一个大学生不容易，特别是在我们那个时代。我记得我上中学的时候，我那几个舅舅说上什么学呀，我父亲诱惑我说，别上学了，跟我做个木匠，每天我来做个门，你去卖，钱你拿着多好。我说我不要，我不感兴趣，我要去上学。父亲便说，只要你想上我就供你上。我觉得我父亲这一点做得很难得，有些人心里十分想上学，但是家里不支持。当然我能够走出来，和我这个家族有关系，我大爷家的哥哥是我们村第一个大学生，还有一个路标可以参照。就这样，我能继续获得上学机会，但是也不是所有人都有机会。所以我跟很多朋友们说上学是一种权利，不要以为天经地义，不想上学，父母非要逼着上学，很多参加工作的人都无比珍惜读书的机会，他们认为在大学中安安心心读书是一生中最美好的时刻。所以我想对孙少安来说，他很清醒地知道，这个家供不起更多的孩子读书，谁来牺牲？谁来承担？只能是他。在这里我们看到了中国文学中的长者形象，像鲁迅，家里没钱还想读书怎么办？考取官费留学，国家出钱就没有压力负担了。1902年鲁迅去日本，回来之后把弟弟周作人带出去了，后来鲁迅回国，周作人还在日本学习，拿到学位。这就是中国人的家族文化，很重要的文化。所以我们看到孙少安作为长子，像巴金笔下的觉新一样，这个家需要有人来承担义务的时候，长子责无旁贷。孙少安很自觉地不读书了，要承担起家庭的重任。

孙少安在农村的生活处境也很困难，村里的书记不喜欢他，因为觉得孙少安打自己女儿的主意，所以时时防着他，孙少安做很多事情都不顺手，但是他依然想要去改变生活。他要到外地去学习烧砖窑的技艺，回来办一个砖窑厂。这需要很多钱，怎么办？去贷款，后来砖厂开起来了，师傅跑了，砖烧坏了，钱都搭进去了，如果你是孙少安会有多大压力？后来他碰到一个支持他的人，让他贷款重新办了企业，请了一个真正的师傅，才烧出好砖来，企业开始做大。这就是改变现实。孙少安没有理想的生活，但是他愿意改变现实，改变生活，这是一种可能的生活。后来村里很多人希望他能收他们进厂干活，孙少安有一颗博大的心，虽然并不需要那么多人，但他尽可能去接纳这些乡亲。我个人认为，孙少安就是乡村的一个改革家，是乡村的一个领路人，是一个往前行走的人。他跟孙少平有不一样的道路，他是无比坚实的大地上的行走者和探索者，可能进步很小很小，但是对于他来说，对家族和村民来说，这都是前所未有的事情。所以我想，即使在农村里他也是寻求一种可能的生活，努力去改变自己和乡亲们的命运。

《平凡的世界》里的主人公，还有一个是兰花，孙少安的大姐，她是一个更现实的女性形象。其实我看到这个女性时特别忧伤，这个贫困的家庭没有人关注她，没有人关爱她，当二流子王满银对她表达爱的时候，她发现还有人爱我，还有人愿意跟我组建一个家庭，她就接受了这份爱，也很珍视这份爱。虽然王满银是个二流子，到处不务正业，但如果换个眼光说，这个人其实很有想法，而且还会唱歌，酸溜溜的情歌打动了她，这就是一个很生动的人物形象。情感的慰藉让兰花一直坚守这个家，丈夫到哪里去，回不回来，她都不管，但她得把家守好，这是很多中国农村女性的形象代表，无比真实，也非常动人。还有一个人物兰香，兰香是家里最小的妹妹，是真正实现理想的生活的人。家人这样吵闹，爷爷骂，妈妈哭，奶奶闹，家养的猪也叫，到处都不省心。兰香却特别乖，特别懂事，当哥哥熬好了猪食，自己就去喂猪，不声不响，这是穷人的孩子早当家。当兰香考上大学之后，哥哥带她去逛商场，少平要给妹妹买一套内衣，对妹妹关爱的这个细节很动人。但城市生活和乡村不一样，妹妹学习成绩特别优秀，和班里一个家境非常好的男孩子相爱，虽然她家境很一般，但她有一种非常优越的、镇静的、充满光芒的东西吸引人。所以她几乎是彻底改变了身份，成了城里人，过上了一种理想的生活，她是里边唯一一个真正改变命运的人。

其实小说里边还有很多人物形象也很生动，像田润叶，她一直觉得自已有爱而不得的痛苦，嫁给一个人，婚姻一直别别扭扭，但自从她的丈夫出了事故之后，她突然学到一份非常坚实的、踏实的东西。还有郝红梅和田福军的儿子田瑞生，他们的形象也很真实生动。金波是一个很浪漫的人，当了解放军战士，爱上了一个藏族的少女，这肯定是非常美好的爱情。里边的人物每一个都不重复，每一个都特别生动，特别坚持。包括里边写到田晓霞的父亲田福军，这个高干形象写得很动人，他做地委书记的时候进行改革，去调查当地的小商店，去看他们货品的销售情况，这些细节特别感人。

路遥做了大量的工作，我觉得这部小说里边的人非常可感可敬，非常真切动人。他给我们提供了多彩多样的生活和可能性，而对于一个人来说，这就是我们的一生。主人公立足于现实的生活，苦难的生活，但他心中有梦想，不断开阔自己的视野，开拓自己的精神空间、生命空间、生活空间，带来一个新的领域，新的可能性的探索。这就是中国改革开放一个时代一代人的梦想和生活的展现。

现在我越来越认识到，其实《平凡的世界》也是我们改革开放这一代人的心路历程。像我们这一代人，都是这么读出来的，从乡村来到城市，到了很多地方，我们做着坚实的工作。所以孙少平、孙少安的形象就是我们千千万万的当代中国青年人的形象，而且这个形象依然在鼓励着我们，这是它的价值和意义。徐则臣的《耶路撒冷》里面也写到大合堂村庄里的青年们从花街走向四面八方，他们要到世界各地去。这就是一代中国人的形象，我们从乡村走到城市，从城市走到世界，这是一个当代中国人的精神的途径，或者一种心灵途径的变迁和发展历程。所以孙少平提供了一个生命的模板，一种可能性，一个精神的蓝图，它在激励着我们。事实上，今天的中国城市化水平越来越高，虽然我们的生活已经变得和孙少平那个时代大不一样了，但是这种从苦难现实中改变自我，探索自我，探索可能的生活和理想的生活的精神追求是永远动人的。

八九十年代文学有很高的理想性。今天的中国文学丢失了一个东西，就是理想。刘玉栋的小说《年日如草》写出了世道人心，一个叫曹大屯的青年来到城市，和他化肥厂师傅的女儿结合了。其实这是一个很荒唐的决定，因为这个女人爱上另一个人，有了孩子，他们就结婚凑合着生活。他们开了一家蛋糕店，过着不温不火的生活。后来曹大屯离婚了爱上蛋糕店的一个女员工，两人结婚在一起。这里边有两个细节，一个是他曾经的暗恋对象发现丈夫出轨了，想要找他来收拾她丈夫的情人，说给他一笔佣金。曹大屯一想，钱很重要，他把钱收下了，却没有帮她办事，因为他已经有了法律意识。他想，我要是做了就犯了法，你也犯法了，这钱我还是当我的生活基金吧。曹大屯他拐弯了，包括后来他前妻需要他来证明房产来源时，他支吾着欲言又止，想要她多少给点补偿。那个淳朴的天真的少年，在城市生活中找到一个灰色的地带，他知道要补偿费，知道在城市怎么混日子了。他和孙少平截然不同，孙少平不会这样，孙少平有心中的东西，他用劳动和双手去改造现实。这就是世道人心，好的小说要写到世道人心里来。

前两天我写过一篇文章，像白毛女爱上今天的黄世仁。很多人说白毛女爱上黄世仁，这是一件很搞笑的事情，这个比喻太极端了。我们今天会说，就想变成白天鹅改变自己的命运，许多人是通过这种方式而不是通过正常的途径去改变生活、改变自我，这可以说是今天我们的世道人心正在变的东西。所以《平凡的世界》为什么打动我们？因为它有理想光芒的照耀，有爱情的光芒，这些最美好的东西在感动着我们，在改变着我们，让我们去思考什么是真正的生活，什么是现实的生活，什么是可能的生活。实际上，我在思考这本书的一个新的角度，主人公他们在无比现实的生活中，探寻心中的理想生活，又在探寻中一步步去改变，这提供了很多很多的可能性，并且激励和影响着我们。就在今天，《平凡的世界》依然是很多大学阅读排行榜的第一名，学生喜欢阅读这本书不是没有缘由的。

事实上，我想不管是贫困还是富裕，不管是城市还是乡村，只要还有这种苦难，还有这种现实和理想的距离，它就有意义。它要我们去寻求改变，寻求可能的生活，而不是按部就班的、一成不变的生活。所以我们每个人要去改变生活，去创造一种自由的、可能的生活，这是我们所有生活的意义和价值。

前两年，我在读宗白华的《艺境》和《美学散步》，他的《艺境》里面写到天空的流云,他看到世事变化犹如流动的流云,他还想到这就是生命的常态。什么是生命的常态?就是我们最古老的《艺境》里谈到的,"艺"就是变化,千变万化就是生命的常态,也是大自然的常态,这种所有生命的常态就是人的常态。而只有变,这个生命才是流动的,才是鲜活的,才是美的。而我们所有的痛苦都来源于对秩序的认可,对固定的墨守成规,对生活的按部就班。我们看很多电影说,你看这个人他腐烂了,因为他不再往下行走了,他在原地踏步。我们的生命得以维持活力就在于不断地往前行走,不断地变化。这是我想跟同学们交流的,要让生命运动起来,让我们的生活、精神流动起来,去获得生命的活力。好的,我先交流这么多,后面大家可以交流一下。

听　众: 张老师,我说一点。刚才你说了一点对我有所启发,就是关于田晓霞死亡的处理。我之前对田晓霞死亡的处理没有怀疑过它的合理性,我现在要写一篇论文,和《穆斯林的葬礼》中韩新月的死亡做比较,因为这两部作品是同一届茅盾文学奖的获奖作品,对我的触动都很大,我看的时候在思考它这种死亡美学是怎么打动我们的。刚才老师说了之后,我在反思路遥让这种爱情以悲剧结束,我为什么没有怀疑过或者说我为什么认可它,因为我觉得路遥本身一些东西是有很大欺骗性的,他在《早晨从中午开始》中提到了人物性格本身的发展,他在写完田晓霞死了这个情节之后,他很激动给他的弟弟打电话,哭得泪流满面地说,我们的田晓霞死了。我看到这个情节之后觉得很动人,可能确实是人物性格发展。刚才老师说了之后,我又回顾了一下路遥的人生经历,我提出一点来,不知道有没有合理性。路遥他的第一个初恋女友也是北京知青,跟他后来的妻子同住一个小区。在那个年代,路遥把他的一个招工指标让给了他的初恋女友,他的女友当工人之后就把路遥给甩了。这件事对路遥打击特别大,后来他的一个同村的朋友也回忆说路遥在冬天穿着一身白衣服说要给自己戴孝。这个情节,我记得很清楚。到后来他有机会去延安大学读书的时候,跟很多人都说过他一定要找一个能跟他一起上大学的人,最后还是找了和他初恋女友一个小区的林达,不能说他没有爱情,可能也是有的,但是他的功利性很强。他在写《平凡的世界》,写田晓霞死了这个情节的时候,他跟林达的爱情也是名存实亡的。他就是个乡村少年，而林达是北京知青，他的爱情经历基本上就是孙少平和田晓霞这个模式，包括他跟他的初恋女友。我觉得路遥在现实生活中是不相信爱情的，从他跟初恋女友失败以后，他的功利性就很强了，他读大学的时候所有生活来源都是他的女朋友资助他的，等到他写《平凡的世界》后期的时候，他们两个人的婚姻关系基本上名存实亡，后来如果不是路遥得病，他们两个人早就办离婚手续了。

我们知道路遥经常出去写作，但他回家的时候没有一口热饭，因为林达这个人也是一个职业女性，她也很有才气，好像是做编辑，她在现实生活中符合不了路遥的那种需求。路遥在处理这个结局的时候，是不是在现实中已经对爱情绝望了，因为他的婚姻关系确实不好。我以前没有怀疑过它的合理性，看了之后就会觉得很感动，就像他自己也说，人物已经发展到这里了，她就必须得死，她看到这个小女孩她就一定得去救，后来我想想也是，为什么一定要在洪水中出现一个小女孩呢？没有小女孩，她就死不了。所以我在想这是不是他人生的一种折射。

路遥确实也是从农村走入城市，但是他的生活状态跟一个农民没有什么区别。我觉得至少在爱情方面他是失败的，他赶不上孙少平，可能他在现实中爱情的失败让书中人物的爱情截止在最美好的时候。

张丽军：我补充一点，文学写的是可能的生活，文学就像白日梦一样，在生活中达不到的希望在文学中得到补偿。生活中没有爱情，所以在文学作品中的爱情写得美，当然这也是种可能性，我是从小说叙事的角度来看这种可能性的。人物的叙事变化对故事的构成形成很大的挑战，路遥如何迎接这个挑战，这是有难度的。当然我想生活是绝望的，可能和文学内在的东西是相通的。也许我们会看到很多作家，他没有的东西也愿意写，文学中的爱情可能是更美好的。我们可以继续交流。

山东电视台导演：这本书刚出版的时候我也读过，因为网上好多评论，上周我也在看。有句话说，任何的作品都是作家的心灵史。路遥写《人生》也好，写《平凡的世界》也好，里面的孙少安、孙少平其实就是他自己的一个分身。我们看路遥的有关资料和经历，他的人生理想不是当作家而是从政，结果他失败了才转向了作家，通过作品表达他满怀的才情。我觉得正因为对于爱情的渴望、珍视，才使得他因为初恋女友的事情而觉得爱情就这样完了，他对情感进行了一种自我的了结，所以才会把田晓霞写死。其实我觉得作品中田晓霞的死很牵强，但是她的死就是路遥自身感情的一种了结，这一页就翻过去了。这一点与其说是对爱情的绝望，不如说爱情对他造成的创伤非常重，他过不去这个坎，就只能把她写死。我还是认同我之前说的那句话，包括莫言的作品也是这样，这些作品都有作家心灵的折射。

刚才张老师讲的时候，我突然想起我读大学的时候，好多人都是从农村里走出来的，好多学生都受到了《平凡的世界》的影响而考上了大学。我举个例子，我有一个同学，他生活的环境和状态与孙少平家是差不多的，后来考上大学，分配工作，后来成了市县级秘书，最近几年成了管理局的局长。这是个很现实的例子，他说如果我不看《平凡的世界》的话就很可能考不上大学。他的家庭和这本书中的事非常相似，特别是刚刚张老师提到图书的统计，这本书对大学生的影响是非常大的。我认为它是一本具有浪漫主义的作品，它的价值非常高，现在我们看大众对这本书的评价褒贬不一，但是我们不能否认它在当时那个社会中的价值，现在来看今天的作家作品，就觉得没什么营养，就像假的营养品一样。当时看《平凡的世界》给人的这种激励，这种震撼，是今天很多文学作品给不了的。陈思和老师是我非常尊敬的老师，但是他的评判我不太接受，在现在的文学作品中要找像《平凡的世界》这样的作品是找不出来的。文学作品对社会的价值、作用、推动力，包括审美意义可能是我比较看重的。现在的作家都是在写小我，写一些家长里短、鸡毛蒜皮的事，这种作品本身的含金量就非常少，所以看的人才会越来越少。这些作品自言自语的东西太多，对读者来说，对社会来说都没有多少意义。这是我重读《平凡的世界》很大的一个感想。

范伊宁：老师，我想从田晓霞死亡的角度来说一下。我们也质疑过，当时看完之后就觉得她的死太遗憾，太突然了，我们对她的死其实是有怀疑的。假如她不死怎么样？那她和孙少平的爱情将怎么继续下去？因为我们之前探讨过孙少平还要照顾他的师娘一家人，这些关系是有一点暧昧的。他责任心又很重，如果说之后他真的跟田晓霞在一起了，他对师娘的责任怎么承担？或者说抛开师娘的关系，就只谈他和田晓霞的爱情，两个人在相处的过程中肯定会遇到摩擦，生活还是很现实的，他们很有可能会成为刘震云笔下的小林和他老婆。她的死虽然让我们很伤心，但是在读者的心目中留下的却永远是爱情最美好的样子，你对她保持着一种最美好的想象。

张丽军： 把这种爱情放在了制高点，让我们来仰望它，这是悲剧的意义。

范伊宁： 每次想起这个情节就觉得太遗憾了，但是又觉得很美。可能他继续往下写这些鸡毛蒜皮的事会更有现实性，但是那种爱情的美好就不会这么深刻了。

张丽军： 所以我们说爱的过程很重要，日常生活中的东西是更有韧性的。之前推荐过的《白杨木的春天》，在这里面日常生活丰富、麻木又充满质感。好，我们继续交流。

听　众： 非常感谢张教授，听了各位老师的一些想法受益匪浅。《平凡的世界》是我四五年之前读的，因为上学的时候家里条件并不好，也没想过去读书。之前读的时候还没有这么多想法，但是读完之后给我最大的触动就是人怎么能这么坚韧呢！在那种困难之下，人能这样生存下去，包括他跟田晓霞之间的那种爱情，两人相去悬殊，但是这个女人就这么爱孙少平，所以我就觉得这个男人真正的魅力不在外在。

还有刚才张教授讲到了一个点，孙少平想挖煤挣钱给老家盖几座窑洞，这个对我特别触动，因为我小时候有这种感觉。张教授刚才说生命的流动，我觉得这个跟佛家的很多东西是连在一起的。世界本身就是一个非常无常的世界，我们的生命也是在无常中往前走的一个过程。我觉得他不是一种对欲望的满足，而是一种对美好的期待，怎样通过自己的努力成为一个改变后的自己。当你改变自己的时候，你周围的环境也在随着你的心在改变，你周围的人，包括你周围的磁场可能都在改变，所以说我自己也很受益，因为我本身也做幼儿教育。

我刚到山东做幼儿教育的时候，说实话就是为了赚钱，但后来去北师大学习，在学习的过程中我的观念转变了，现在的一个想法就是怎样在做好我自己的同时去感染我身边的孩子，我身边的孩子怎样去感染他们的家长。可能人的磁场就是在不断地扩大，这种美好的东西就是在不断地传递。我觉得人还是要活在一种纯净、美好、向往的状态中，虽然生活中确实有很多的艰难和困苦，但生活需要你在这种困苦当中看到一丝光明，看到你自己想要的一种状态。

张丽军：你们办民办教育的视野都很好，就像我们去参观学习一样，说得非常好。我们今天有很多第一次见到的面孔，大家一起来交流交流。

听　众：在那个年代读书是改变他们的唯一出路，但现在出路多了。刚才说到劳动，以前的时候一个人劳动能养活全家，现在就是山师的博士毕业能挣多少钱？能养活得了全家吗？也很难。刚才说白毛女嫁给黄世仁，我觉得这是很正常的事。所以说现在很多人就很迷茫，我能干什么？出路在哪里？

宋老师：我说一下我的看法。刚才很多老师都提到了一个现象，就是我们在看《平凡的世界》的时候很多读者都很喜欢它，但是我们再跟文学史结合一下的话，发现很多文学史里都没有提到《平凡的世界》，我觉得这也是一种现象，在我们的现当代文学史上很多作品都是属于这种现象。有的作品在文学史上可能评价很高，但是读者看了以后并不喜欢；而有的作品读者很喜欢，但在文学史上没有被提起或者说提及得不多。但我想这里就有两个问题需要追问一下。

像刚才这位老师讲的，他用一个真实的事例告诉我们70后、80后甚至是90后的人都非常喜欢《平凡的世界》，这些读者为什么会喜欢它呢？这部作品有什么地方能吸引这些有代沟的读者？我们文学史在选择作品的时候又是一个什么样的选择标准？这里我认为又牵扯到一个文学经典化的问题。

我还有一个问题想要追问一下，刚才张老师说李敬泽主席认为《平凡的世界》写了一种普通的平凡的历史。但就个人的阅读，我觉得里面有很多东西打动我，比如说孙少平他在面对苦难的生活中的那种坚韧，以及他在面对苦难时的那种善良的选择，这可能是打动我的。

张丽军：其实孙少平还有一个很重要的缺失，就是他没有专业素养。

作为真正的知识阶层的人，要有专业的素养和专业的能力，这是他在城市中的立身之本。你有专业的素养，你的技能是不被替代的，是很重要的。就像我们看到贾平凹写的高兴，他来到城市，为什么找不到工作，因为他是农民工，他不是技术工人，更不是一个有专业素养的人。而今天我想，我们在座的很多同学，你们都是具有专业素养的人，你们有更高的能力，更有资格和能力去追求一种更好的生活，实现你们的人生价值。我们说孙少平为什么走上了过去他没有想到的一条路，因为他没有作为一个真正的技术工人、技术专家来管理这个煤矿。什么和我们的专业有关，你的教育、你的能力、你的专业素养，这是我们的立身之本，这是判断我们劳动价值的一个很重要的因素。所以我觉得这条路还要继续往下走，形成你的专业素养，才是最好的，才是最有价值的。

听　　众：孙少平没有这种素养，可是他产生过这样的想法，他去煤炭学校学技术，这是一种萌芽，更高的一种追求，看到的是一片更广阔的天地。现在大学生满地都是，有专业素养的人太多了。

张丽军：现在很多孩子咨询我的时候我都会说，如果条件好，如果有愿望，如果很想继续读书的话，一定继续读下去，因为这个时代对专业提出了更高的要求。上次我们请美国学者宋明炜来讲课，我们要引入世界眼光，用世界的眼光，用全球的视野，来思考问题。这个时代对知识提出更高的要求，所以我们现在倡导终生学习，都是对专业技能进一步提升的要求。

听　　众：在我的家族里面读《平凡的世界》的有三代人，70后、80后和90后。70后是我的三姨，我三姨是家里第一个女文青，她非常喜欢读书，虽然她后来读到高中就没有再读了。她对我说她非常不喜欢这部小说，因为她觉得孙少平和田晓霞的爱情一点都不真实，一个高干子女和一个穷人的孩子不会在一起，她说他俩之间的爱情是小说里面才有的，现实中是不会发生的。我三姨当时自己谈了一个男朋友，因为我姥爷的阻拦没有成，她就不太相信爱情了。她很不喜欢孙少平，她觉得孙少平不像是一个很有能力的人，他只会讲、会说、会幻想而已。

80后是我的表姐夫，他就是受到书里面的影响然后考上了大学，他那一年非常真诚地跟我谈他的经历。他第一年高考的时候失利了，有一段时间不知道自己要干什么，很痛苦，他当时就在读这本书，因为他是一个农民，如果不读书的话，要么留在家里种地，要么就去打工，他不想这样。因为农村干活都是早晚趁凉快的时候去，他就非得大中午下地，就要让自己难受痛苦。太阳特别毒，在地里待一会背上就能晒曝皮。他拿着《平凡的世界》到地里去，一边看一边哭，一边哭一边写，他当时写了比那本书还要厚的笔记，写他的心路历程，高考失利后受的白眼，自己到底要怎么办，还有读了《平凡的世界》后很多的感想。第二年他又去复读了，他说他们班里复读的孩子大部分都是跟他有差不多经历的人，他很多同学都喜欢《平凡的世界》，尤其是男生，都觉得自己是孙少平。而且他觉得孙少平绝不是池中之物，他虽然在煤炭上，可是一直都有努力的想法，他相信，孙少平绝对不会一直待在煤矿。我当时读了之后，并没有多想，我不太相信孙少平有那个能力走出来，但是他就特别相信，而且他认为自己绝对比孙少平还要好，他说我最差也就是孙少平这样子，我一定会考上大学，走得很远。后来他也算比较成功，但是前两年过年的时候我问他对自己满意吗，他说不满意。他认为自己还可以更好。从少年读书到现在中年，他一直把孙少平当作激励自己的一个人物，他觉得我就是孙少平，我就走出来了，比他们走得更高更远。

90后就是我和我的弟弟，我的弟弟是一个理工男，他不爱看书，但是后来电视剧刚播的时候，他就找我要这本书，晚上不睡觉熬夜看。他说，虽然我们和孙少平的生活环境是不一样的，但是我觉得孙少平很厉害。他当时工作不是特别好，后来他转行了，就是这一两年的事，我觉得孙少平对他是有激励的。我对《平凡的世界》说不上很喜欢，我见过这样的人，我也知道孙少平为生活不断努力，可是我觉得他后来读书没读成与他自身是有关系的，不能老是怪环境。我对他不满意的一点就是你为什么甘心去做煤炭工人，而且他居然一待就那么久，一直也没有要走的样子，有点失望。简单说一下自己的读书体会。

张丽军： 很好，感谢这样的分享，这种分享其实是很重要的，我们说文学本身是客体化的，作家是客体化的，读者也是客体化的。我们内心的认同或者不认同，原因何在，我们就想听听发自内心的东西。个体的接受经验非常宝贵，这种三代人的经验更宝贵。

听　众：我跟她的感受不一样，可能是环境造成的。为什么孙少平要走上煤矿？那时候农村人在煤矿是最好的发展，是一个很好的选择，和现在不一样，现在选择多了，路宽了，那个时候没有几条路，农村干部、党委书记的孩子才能推荐到煤矿，别人都很羡慕。那时候工人都是我们很仰慕的，你的年龄和生活的环境可能感觉不到。

张丽军：但是孙少平有没有更高的愿望，走另一种途径，这个可能是一个问题。有没有继续分享交流的？

听　众：这本书是我在大学的时候看的，主要是看的电视剧，里面有一个女主角秀莲，大家没谈到。她在背后给少安的支持，我觉得也是很重要的。其实这方面可以多谈一谈。

张丽军：每一个成功的男人背后都有一个伟大的女性，真的是这样，女性是非常伟大的，这是发自内心的。因为女性承担着家庭和社会的重担，特别是家庭内部的，我们看不到价值的努力，这个是她最核心的东西，也是男性成功的核心。没有秀莲，少安不会成功，是秀莲给他一个稳定的家，一种往前进取的勇气和力量。秀莲这个形象也体现了中国女性的美德，任劳任怨，这个家庭是穷困的，在这个家里做儿媳，是多么的艰难，多么的不容易。

听　众：这种女性的传统好像逐渐消失了。

听　众：少安挣大钱以后，自己去办砖场，生活一步步变得美好，然后不断地给少平钱。我也在想他的生活会不会变好，到结尾的时候，我发现他并没有真正改变自己的生活状况。我就联想到我自己，我现在在医院里工作，老师刚才提到专业素养，读书是要去读一些提升自己专业素养的书，还是说重新看一些哲学方面的，或者重新开拓自己世界观方面的书？我在想少平当时在看的这些书，到底对他有什么改变？

张丽军：其实对少平来说，读书是非常有意义的，因为任何一个人成长都要取得一种精神的资源，从农村走到城市的少平更需要。少平也在寻找他自己的精神力量，像他读《钢铁是怎样炼成的》，他在寻找力量的源泉。其实我有时候对我的学生说，读书要有一种光芒，有时候我们开研究生交流会，同学看书没看书，看到什么程度，他的眼里有没有光芒，他说话的神情语气，你能感受到他知识的积蓄和他散发的能量。其实你说到专业素养的读书，这两个可以结合起来，一方面，我们的专业素养很重要，这是我们的核心素养，是我们安身立命的根本。另一方面，特别是医学界，我觉得更需要一种更宽广的哲学的伦理价值观的东西。其实对于我们今天这个世界，健康是第一产业，医疗事业是无比前锋的事业，我们都很期待，也很尊重。我们中国人，尤其在农村，有两个群体很受尊重，一个是医生，一个是老师。乡村医生非常受重视，因为你的生命就是乡村医生带来的。我记得小时候有一次发病，我的父亲和叔叔背着我去另一个村庄，打上针，后来吃药，大夫就用纸包一些小药片，不像现在恨不得把好几箱子药卖给你。我们说医者仁术，有时候也不一定是个人问题，而是体制问题。在这种体制下，我们可能需要通过多种不同的合力来优化它，来更人性化。所以我觉得专业和非专业结合起来，特别是读一点杂书，会让你更有情趣，更有雅好，让生活更美好。

听　众：乡村医生以后就要取消了，这些医生也不会向农村一带转移的。

张丽军：如果农村条件很好呢，能实现你的劳动价值呢。以后你要改变观念，乡村要比城市的生活更好。你看西方社会，乡村的生活质量要远远高于城市。有钱人、文化人都要到乡村去，会成为常态，包括我们现在人工智能、科技化的发展。今天大城市集中了所有的资源，但如果成为智慧城市的话，都会被扩散，都会均匀化，我们同样可以实现远程的、直接的、实时的到达，我觉得这个是有可能的。

听　众：现在社会的发展让人怀疑做一个上进的人还好不好，就像之前你说从前民办教师是一个好工作，但是待遇却跟不上，我认识好多人都辞职了，没坚持下来。还有一个例子，我有一个老大哥，他当时努力考学考到济南市，结果企业效益不好下岗了，他恨自己太努力了，在家里多好，拆迁就变成千万富翁了。

张丽军：这样的人太没出息了。其实无常的东西不是常态，拆迁的财富，你未必珍惜它。生活还要从常态来看，当然一个人的命运很复杂，你说他生下来就生在一个富豪家里,你怎么跟他比较,他含着金钥匙长大的,你以为他就快乐吗?未必。说不定他比农民更痛苦,说不定他看到农民的孩子没人管,到处跑,觉得更自由。所以生活是辩证法,你想什么都得到不可能,人就要在这样一个局限的空间下去寻找生命的自由、可能和理想的生活,去改变自己。你要是说一大笔财富没得到很痛苦,境界低了点。像欧·亨利的小说《麦琪的礼物》,我们生活很艰难,但是我们有爱,我们的尊严是用我们的劳动换来的,它是带有深深的情意的。所以我们说无论穷或富,爱是最重要的东西,对一个家庭也是这样。我父亲,一个木匠,在城里赶了一天集,他割了一斤猪头肉,说要赶回家,跟老婆孩子一起吃顿饭。我和我妹妹都在盼着爸爸,一个下午都在外面迎着,这是非常美好的记忆,它包含着很多情感。可能皇帝吃饭,一点胃口也没有,因为没有幸福感。

我们是人,所以我说生活讲辩证法,人和人不一样,可是我们要寻找一种让生命自由舒展的可能性。虽然我们知道生命也不可能自由舒展得像千佛山上的树木一样,在岩石里长大,那些长在岩石缝里的树的根把岩石都穿透了,这就是生命的力量,一棵植物都有这么大的力量,人的生命力也是如此。所以我们还是要寻求自由地舒展,我们有更多的可能性,而且我们同学都有比孙少平更好的条件,更好的时代。

因疫而思：论当代中国生态文学

——"稷下讲坛"的演讲

张丽军

山东师范大学新闻与传媒学院

亲爱的同学们：

大家好！

这场疫情突如其来，始料不及。对于研究者而言，任何事情都有其产生的原因和结果，疫情与人类社会的发展具有一定的相关性。当下，我们取得了这次疫情的阶段性胜利，让我们重新思考人类社会发展的模式，对文学艺术更具有反思、批判功能。疫情的根源在哪里，人们如何抗击疫情，如何制止疫情源头的出现，如何在这个世界上获得诗意美好的心灵，这是文学界、艺术界、学术界的共同梦想。这场疫情的出现，与人类社会发展模式和人们的思想状况有一定的关联。在工业化进程中，人类凭借自己拥有的知识获得了有史以来最为强大的力量，人类进入加速时代，从而极大程度地改善了物质生活状况，创造了灿烂的文明。然而，与此同时，人类渐渐进入了一个从未如此严重的危机时代：人类赖以生存的地球母亲遍体鳞伤，从地下到太空没有一处不存在严重污染。

以往人的万物有灵论宇宙观，在很大程度上制约了人类的自大心理和贪婪欲望，维护了宇宙生态系统的平衡。工业化以来，人们对于人与自然的关系有了新的思考，人类把自己从自然中分离出来，把自身理解为在自然外，理解为在世界外部对世界进行操作计量的主体。结果是，自然作为按照物理学法则支配的一个可操作的精密装配起来的机械，站立在人类面前。人把自然视为物或经济的存在体，不再作为充满神性的存在。这样，大自然也就不再是神秘的、令人敬畏的、充满生命力的神，而是一个可以从中榨取巨大物质利益的、为人类这个宇宙中心存在的客体对象。自然也就从那个完整的、有生命的有机整体，变为一个毫无感知、毫无内在价值、毫无目的的冷冰冰的机械工具。原始的有机论宇宙观被这种新机械论宇宙观所代替。至此，自然一旦被认为是外在于人类的实存客体，就被从人类的道德关怀中排除了。文艺复兴将人视作宇宙的灵长、万物的尺度，通过热情地颂扬人的欲望的天然合理性来挑战中世纪教会的黑暗统治，把人从教会的渺小形象中解放出来，发现了人在宇宙的中心位置，然而不幸的是，文艺复兴也打开了金钱崇拜和享乐主义的潘多拉盒子。解放的热情和对人的理性的信心使得人们忽略了，以高扬人的欲望的天然合理性来挑战教会统治的这种解放其实是一柄双刃剑。

诺贝尔化学奖得主保罗·克鲁岑指出，自18世纪晚期的英国工业革命开始，人与自然的相互作用加剧，人类成为影响环境演化的重要力量。在过去的一个世纪，城市化的速度增加了10倍，更为可怕的是，几代人正把几百万年形成的化石燃料消耗殆尽。从2000年开始，在世界范围内和全球化语境下，科学家们逐渐接受了这样的观点：地质史上一个新时期已经开始，这就是"人类世"。他们认为，今天的时代变化已经超出以往所有的时代。德国学者哈特穆特·罗萨在《加速：现代社会中时间结构的改变》中提出了"社会加速理论"。他认为，人是一种时间性存在，时间是人的精神肉身，时代的加速带来的不仅是时间的改变，更是精神和心灵结构的变化。余华的小说《鲜血梅花》中也提到了古代进京赶考路途波折，与当下高铁速度的巨大差别。

对于这些变化，人类需要重新思考和调整人与自然的关系。恩格斯提到："我们不要过分陶醉于我们对自然界的胜利。对于每一次这样的胜利，自然界都报复了我们。每一次胜利，在第一步都确实取得了我们预期的结果，但是在第二步和第三步却有了完全不同的、出乎预料的影响，常常把第一个结果又取消了。"为了说明这些道理，恩格斯举例说："美索不达米亚、希腊、小亚细亚以及其他各地的居民,为了想得到耕地,把森林都砍完了,但是他们梦想不到,这些地方今天竟因此成为荒芜不毛之地,因为他们使这些地方失去了森林,也失去了积聚和贮存水分的中心。阿尔卑斯山的意大利人,在山南坡砍光了在北坡被十分细心地保护的松林,他们没有预料到,这样一来,他们把他们区域里的高山牧畜业的基础给摧毁了;他们更没有预料到,他们这样做,竟使山在一年中的大部分时间内枯竭了,而在雨季又使更加凶猛的洪水倾泻到平原上。在欧洲传播栽种马铃薯的人,并不知道他们也把瘰疬症和多粉的块根一起传播过来了。……因此我们必须时时记住:我们统治自然界,决不像征服者统治异民族一样,决不像站在自然界以外的人一样,——相反地,我们连同我们的肉、血和头脑都是属于自然界,存在于自然界的;我们对自然界的整个统治,是在于我们比其他一切动物强,能够认识和正确运用自然规律。"本次疫情给我们整个世界按下了暂停键,它让我们思考危机与救赎。

欧洲学者胡塞尔提出,当下人们的危机是一种精神上的危机。海德格尔说:"现实的危险早已在人的本质处影响着人了。框架的统治对人的威胁带有这样的可能性:它可以不让人进入一种更加本源的揭示,因而使人无法体会到更加本源的真理的召唤。"也就是说,"今天,人在任何地方都不能跟他自己亦即不能跟他的本质相遇了"。海德格尔的话也深刻地阐述了人自身所面临的严重的存在困境:人类处在自然生态和精神生态的双重危机之中。

哪里有危险,拯救的力量就在哪里生长。当下,污染无处不在。面对自然生态危机和精神生态危机,现代许多文学艺术家敏锐地感觉到人对自然的戕害,和由此而引起的人与人、人与社会、人与自我的疏离,他们以对自然和生命的挚爱写出了优美的充满哲理的生态文学。生态文学就这样作为人类反思自身的审美艺术形式诞生了,生态文学被认为是环境的文学,呈现了文学界与艺术界对这一概念的不断思考。比如最开始,具有代表性的是美国自然文学。17世纪第一批欧洲移民来到自然生态完好的美洲大陆,面对风景如画的自然风光,17世纪的约翰·史密斯在《新英格兰记》中以清晰质朴的散文语言,表现了新大陆的生机与活力。18世纪的乔纳森·爱德华兹在他的《自传》和《圣物的影像》中,把内心的精神体验与外界的自然景物融为一体,表现大自然为"精神世界的影子",渐渐确立了自然文学的主体和文学风格。

亨利·大卫·梭罗就在这样一种时代背景中走进大自然,寻求一种真实自然的内在精神生活,在其创作中对经济至上的物质主义进行了强烈的批评:"他的田里没有生长五谷,他的牧场上没有开花,他的果树上也没有结果,都只生长了金钱。"陷入物质主义的人们是发现不了大自然本身体现出来的生命之美的。"他已经预见到不顾自然环境、盲目追求发展的工业文明将会给人类带来的恶果。他相信,无论是一个人还是一种文化,一旦与荒野脱离,便会变得微弱而愚钝。于是,在'文明的沙漠中保留一小片荒野的绿洲',便成了梭罗最执着的追求。"研习大自然,在大自然中"认识你自己"。梭罗又以自己对大自然独特的认识体悟,以优美的文笔满含深情地创作了包含生态中心主义思想的、具有划时代意义的生态文学作品。

梭罗创作的《瓦尔登湖》对美国自然文学进行了改写,扩充了自然文学的表现内容和精神内涵,表达了工业文明与自然之间的生态冲突。梭罗在瓦尔登湖进行俭朴生活的实验和与大自然进行心灵交融的精神体验的"研习大自然"的方式,被后来的美国生态文学作家继承。可以说,美国自然文学发展到梭罗那里,被提升到了一种新的境界:生态文学。梭罗的《瓦尔登湖》开篇提出,经过爱默生的允许,梭罗在 1845 年做出了一个惊人的决定:到瓦尔登湖畔去过一种物质贫乏但精神富有的生活,在大自然的怀抱里,静静地聆听大自然的启示,体验一种从未有过的全新的健康的生活。"1845 年 3 月后,我借来了一柄斧头,走到瓦尔登湖边的森林里,到达我预备造房子的地点附近,就近砍伐一些箭矢似的高耸入云的还年幼的白松来做我的木材。……铁轨也在春天的阳光下发光了,我听到云雀、小鹞和别的鸟雀都到了,来和我们一块儿过这新的一年。那是愉快的春日,人们感到不满的冬日正跟冻土一样地消融,而蛰伏的生命开始舒伸了。"梭罗的心灵也随着瓦尔登湖的春日暖阳的照耀而舒展了,自由了。他就在自己建造的小木屋里度过了两年两个月零两天。在这期间,他过着自给自足的简朴生活,用大部分的时间来观察自然、聆听自然、体悟自然,这些观察、聆听、体悟和思索后来就成了《瓦尔登湖》一书。

　　梭罗创作的《瓦尔登湖》是一部经典的生态文学作品。梭罗在这本书中首先批评了资本主义社会中经济至上,人的心灵被物质奴役的状况。人类要摆脱这种被金钱奴役的命运,只有彻底抛弃旧的生活和生产方式,过一种简单而拥有丰富内在精神的生活。为此,人应该"根除一切非生活的东西,划出一块刈割的面积来,细细地刈割或修剪"。也就是说,人的生命中应该有一块是属于精神心灵的空间,使人能感受到自由、诗意与美。这种观点对于今天的人类来说,是一副最好的清醒剂。《瓦尔登湖》不仅批判了资本主义的金钱至上、享乐至上的生产生活方式,而且更重要的是,它还以真挚纯朴的感情描述出了一个生机盎然、洋溢着生命气息的活生生的瓦尔登湖。瓦尔登湖没有一处不是有机的、富有生命活力的。梭罗不仅欣赏狐狸的小夜曲、蚂蚁的厮斗、潜水鸟的"狂笑"、瓦尔登湖冰块分裂的"咳嗽声",而且还为杂草的存在价值辩护:"难道我们不应该为败草的丰收而欢喜,因为它们的种子是鸟雀的粮食?"梭罗不仅把动物、植物和人视为一样有着生存的权利,而且还把无生命的自然物也视为富有生机活力的生命有机体。"世上没有一物是无机的。路基上的叶形的图案,仿佛锅炉中的熔滓,说明大自然的内部'烧得火旺'。大地不只是已死的历史的一个片段,地层架地层像一本书的层层叠叠的书页,主要让地质学家和考古学家去研究;大地是活生生的诗歌,像一株树的树叶,它先于花朵,先于果实;——不是一个化石的地球,而是一个活生生的地球;和它一比较,一切动植物的生命都不过是寄生在这个伟大的中心生命上。"在梭罗看来,一切动物、植物和人都是平等的,都不过是地球这个中心生命的寄生物,谁也没有权利去剥夺另一个生命的存在价值与存在权利。一切动物、植物、人和其他无机物都是一个生命主体,都应该值得尊重和关怀。其内在结构是一致的。所以梭罗笔下的每一自由的事物都是富有诗意的,都有着生命的律动,都是美的存在,"一条鱼跳跃起来,一个虫子掉落在湖上,都这样用圆涡、用美丽的线条来表达,仿佛那是泉源中的经常的喷涌,它的生命的轻柔的搏动,它的胸膛的呼吸起伏。那是欢乐的震抖,还是痛苦的战栗，都无从分辨。……每一支划桨的或每一只虫子的动作都能发出一道闪光，而一声桨响，又能引起何等的甜蜜的回音来啊！""人类的存在又与自然生命的悸动何干？这里，梭罗表达了一种不自觉的生态中心论的思想。""一个湖是风景中最美、最有表情的姿容。它是大地的眼睛；望着它的人可以测出他自己的天性的深浅。"梭罗笔下的"瓦尔登湖"则是表现梭罗生态文学思想的"眼睛"，从这优美的"眼睛"里流泻出了人与自然万物作为共同拥有生命尊严和内在价值的生命有机体而闪烁出来的熠熠光辉。今天，很多读者喜欢《瓦尔登湖》，它正成为现代人类的一部绿色《圣经》。

在梭罗的影响下，"如今的一个以自然为主题、在不同地理环境中协作的美国自然文学庞大作家群已经形成，从中，我们可以看到昔日梭罗的传统：以西部的优美胜地山脉为写作背景的约翰·缪尔；扎根于东部卡茨基尔山的约翰·巴勒斯；写美国西部沙漠的玛丽·奥斯汀；在弗吉尼亚州写汀克溪的安妮·迪拉德；还有在犹他州写盐湖的特里·T·威廉斯。"后面我们介绍的中国的诗人苇岸都受《瓦尔登湖》的影响。现在我们分享苏联"自然哲理小说"。直到20世纪70年代，生态文学一直处于无名状态。这一时期，苏联涌现出了许多生态文学作家，其中以艾特玛托夫、特罗耶波尔斯基、阿斯塔菲耶夫、拉斯普京等人为代表。

苏联作家瓦连京·格里戈里耶维奇·拉斯普京在1976年创作的《告别马焦拉》是一部疏离式的生态文学作品。小说讲述了这样一个故事：安加拉河中的叫马焦拉的小岛，由于当地人们要修建一个水电站而面临被淹没的危险。这件事引起了马焦拉村里几十户人家的争论。因为水库淹没的不仅是马焦拉这个小岛上人们的房屋，还有祖祖辈辈的坟墓，以及与岛和林紧密联系着的历史、传统、传说、风俗等，是整整一个世界。对此，有人反对，有人惋惜，有人赞成。在反对的人中，最坚决的是村中"所有老太婆中最老的老太婆"达丽雅。达丽雅劳动了一生，一人养大了六个孩子，其中两个死于战争。她经常思考人活着为了什么，她认为人生在世，要对世上的一切负责。

她对安德烈说："这土地难道只归您一个人？咱们大伙儿都是今天在，

明天就不在啦。大伙儿都像跑江湖卖唱的瞎子。这块地是大家的——咱们的祖先在这儿待过,咱们的子孙还要到这儿来。咱们在这块地上只能占一小份儿。……老一辈把它交给了你们,是让你们活一辈子,然后再把它交给晚辈。他们可要追究你们的责任的。老一辈你们不怕,晚辈可是要追究的。"她常常谈到忙忙碌碌的人们在生活中乱转是多么的没有意义。她说:"他以为他是生活的主人,可是老早啊就不是主人了,他早就松手放开了生活。生活骑在人头上去啦,想要什么就跟人要什么,用鞭子赶着他。人只得快跑。"被科技革命冲昏了头脑的利欲熏心的人们是听不进达丽雅的劝告的,马焦拉最终还是被新建用来发电的水库淹没了。小说提出了一个深刻的思想,人不是地球上永恒的主人,土地并不属于我们每一个人,我们只是暂时借住的房客,我们无权随意毁坏土地。土地上不仅有我们赖以生存的各种自然资源,而且每一寸土地上还留有祖先的历史、文化、风俗等构成的独特而完整的精神世界。所以,马焦拉小岛的淹没,不仅是人们物质形态家园的丢失,更是人们精神家园的严重破坏,这是一种无根的状态。生态文学从现代人所面临的存在困境入手,通过分析生态文学诞生的根源背景、生态文学概念的界定与内涵、生态文学的存在形态,从中获得启示,寻找自然生态危机和精神生态危机的深层原因,探求人与自然、他人、世界进行精神交往的全新价值理念,呼唤人、自然、宇宙和谐相处的新时代。

事实上,在生态文学发展过程中,美国的蕾切尔·卡逊发表《寂静的春天》是极为重要的一部作品。《寂静的春天》的第一章是《明天的寓言》,特意选了几个段落与大家分享。

沿着小路生长的月桂树、荚蒾和赤杨树,以及巨大的羊齿植物和野花在一年的大部分时间里都使旅行者感到目悦神怡。即使在冬天,道路两旁也是美丽的地方,那儿有无数小鸟飞来,在出露于雪层之上的浆果和干草的穗头上啄食。郊外事实上正以其鸟类的丰富多彩而驰名,当迁徙的候鸟在整个春天和秋天蜂拥而至的时候,人们都长途跋涉地来这里观看它们。另有些人来小溪边捕鱼,这些洁净又清凉的小溪从山中流出,形成了绿荫掩映的生活着鳟鱼的池塘。野外一直是这个样子,直到许多年前的有一天,第一批居民来到这儿建房舍、挖井筑仓,情况才发生了变化。

从那时起,一个奇怪的阴影遮盖了这个地区,一切都开始变化。一些不祥的预兆降临到村落里:神秘莫测的疾病袭击了成群的小鸡;牛羊病倒和死亡。到处是死神的幽灵。农夫们述说着他们家庭的多病。城里的医生也愈来愈为他们病人中出现的新病感到困惑莫解。不仅在成人中,而且在孩子中出现了一些突然的、不可解释的死亡现象,这些孩子在玩耍时突然倒下了,并在几小时内死去。

一种奇怪的寂静笼罩了这个地方。比如说,鸟儿都到哪儿去了呢?许多人谈论着它们,感到迷惑和不安。园后鸟儿寻食的地方冷落了。在一些地方仅能见到的几只鸟儿也气息奄奄,它们战栗得很厉害,飞不起来。这是一个没有声息的春天。这儿的清晨曾经荡漾着乌鸦、鹈鸟、鸽子、樫鸟、鹪鹩的合唱以及其他鸟鸣的音浪;而现在一切声音都没有了,只有一片寂静覆盖着营田野、树林和沼地。

农场里堕的母鸡在孵窝,但却没有小鸡破壳而出。农夫们抱怨着他们无法再养猪了——新生的猪仔很小,小猪病后也只能活几天。苹果树花要开了,但在花丛中没有蜜蜂嗡嗡飞来,所以苹果花没有得到授粉,也不会有果实。

曾经一度是多么引人的小路两旁,现在排列着仿佛火灾劫后的、焦黄的、枯萎的植物。被生命抛弃了的这些地方也是寂静一片。甚至小溪也失去了生命;钓鱼的人不再来访问它,因为所有的鱼已死亡。

在屋檐下的雨水管中,在房顶的瓦片之间,一种白色的粉粒还在露出稍许斑痕。在几星期之前,这些白色粉粒像雪花一样降落到屋顶、草坪、田地和小河上。

不是魔法,也不是敌人的活动使这个受损害的世界的生命无法复生,而是人们自己使自己受害。

上述的这个城镇是虚设的,但在美国和世界其他地方都可以容易地找到上千这种城镇的翻版。我知道并没有一个村庄经受过如我所描述的全部灾祸;但其中每一种灾难实际上已在某些地方发生,并且确实有许多村庄已经蒙受了大量的不幸。在人们的忽视中,一个狰狞的幽灵已向我们袭来,这个想象中的悲剧可能会很容易地变成一个我们大家都将知道的活生生的现实。

此外,蕾切尔·卡逊还用数据说话。环境污染并没有使人类觉醒。随着科学、经济的进一步发展,人类控制、改造大自然的能力进一步增强了,人类利用高新技术合成了许多人工化学物质,曾给人类带来福音,但也同样带来意想不到的副作用。她在《寂静的春天》中指出:"合成杀虫剂使用才不到 20 年,就已经传遍动物界及非动物界,到处皆是。我们从大部分重要水系甚至地层下肉眼看不见的地下水潜流中都已测到了这些药物。""在美国,合成杀虫剂的生产从 1947 年的 1 亿 2425.9 万磅猛增至 1960 年的 6 亿 3766.6 磅,比原来增加了五倍多。这些产品的批发总价值大大超过了 2.5 亿美元。但是从这种工业的计划及其远景看来,这一巨量的生产才仅仅是个开始。""不过在这千百万年的全部过程中,这种'难以置信的精确性'从未遭受过像 20 世纪中期由人工放射性、人造及人类散布的化学物质所带来的如此直接和巨大的威胁的打击。"人工合成杀虫剂、人工合成化学物、人工制造的放射性物质,这些大自然中不曾有的或潜藏在地下的有毒物质被人类制造出来,而这些有毒物质在现代已广泛进入了地球的每一个角落,毒化着地球生态系统,并且引起生命遗传基因变异,改变了千百年以来生命基因的稳定性,从而带来可怕的生态灾难。地球已陷入了深深的生态危机中,这已不再是危言耸听,生态运动从一个浅层的、仅仅是一个环境保护的运动,进入一个深刻的、要改变人们生产模式、生产机制、生活方式的一个深层的变化,堪称一个深层的生态运动、生态中心主义的呈现。

现在我们来看另一位思考者,利奥波德和他的大地伦理学。1935 年,受到梭罗的影响,利奥波德在家乡写了一本书。他在许多废弃的土地买了一个农场,进行改造土地、复垦,他在这种生活中写了一本书叫作《沙乡年鉴》,这本书和《瓦尔登湖》一样,具有同样重要的位置。他提出他对土地进行的思考,他认为,今天应该建立一种大地的伦理。土地是一种生命的有机体的一部分，我们应该尊重整个大地。不仅因为它有用，它还是活的生命体。他这本书写得非常的美，我们选一段跟朋友们来分享这个美的文学，美的艺术。他说："野生的东西在开始被摒弃之前，一直和风吹日落一样，被认为是极其平常而自然的。现在我们所面临的问题是：一种平静的较高的'生活水准'，是否值得以牺牲自然的、野外的和无拘束的东西为代价。对我们这些少数人来说，能有机会看到大雁比看电视更重要，能有机会看到一朵白头翁花就如同自由地谈话一样，是一种不可剥夺的权利。"

我记得前两年的时候，我到山东的东阿去，我们爬一座山，在山上，突然看到一群大雁飞来了，正值9月，东阿旁边就是黄河，天边是大雁，特别震撼。我们的城市生活看不到大雁，听不到大雁的声音，看不到翅膀震动的美，所以他说看到大雁要比看到电视更重要，看到一朵白头翁的花，如同一种自由谈话的权利一样，同样不可剥夺。我们自由地谈话，跟朋友们交往，生命得以须臾的自由。他在《像山一样思考》中写道："在一个静谧的夜晚，燃着低低的篝火，昴星挂在悬崖边时，静静地坐着听听狼的嗥叫，尽力地去想起你所见过的所有事物并试着去理解。然后你会听到一阵极度和谐的共振，它的乐谱嵌入成千上万座小山，发出的是动植物生存或死亡的音调。这种节奏跨越了几个世纪。"这段文字让我想到美国作家杰克·伦敦的《野性的呼唤》。那种生命的野性的力量，自由的力量，让这些思考者建立起一种新的伦理观念，去思考大地所有生物的平等。美国一位生态哲学家罗尔斯顿说，在这一个生态系统中，人是具有最高智慧的物种。当人用一种欣赏的方式去对待大自然，他就超越了自然，因为大自然中其他的事物都不具有这种欣赏或尊重的态度。他说得特别好，在大自然所有的生态系统里面，只有人类是有智慧的存在，它懂得去欣赏，去尊重。当然我们知道，一只狼它就要吃羊，就要吃兔子，它在维持着一种生态的平衡。但是我们人是有自由的意志，是有理念的，是有思想的，有情感的，有关怀的，这就是人类的使命和责任。你是这个食物链最高的存在，你要维护这个系统的平衡，要尊重这些规律，所以他提出人和自然的关系的调整。

从人类社会来说，人和自然有三种关系。第一种关系是一种万物有灵论，天人合一。过去人与自然是合一的，但这种合一是不自然的，人恐惧自然，人恐惧老虎，恐惧狮子，恐惧蛇。所以人要膜拜自然，不自然地去敬畏自然，是被迫的。当人有了科学的力量之后，我们把自然当成一个客体，而人成了主体，自然要为人服务。砍伐森林要创造价值，要创造金钱，人和自然分离，人不再认为自然有灵性，我们叫去魅的自然，这是人和自然关系的第二种，就是主客分离。今天认为应该用第三种方式来处理人与自然的关系，就是人有意识地、自觉地去实现人与自然的和解与交融。这是罗尔斯顿提出来的，今天我们很多学者都称之为自然的复魅。让自然重新复魅，具有灵性，人尊重大自然，这种主客交融也是胡塞尔提出来的。他认为人不应该把自然视为一个客体，他提出一个新的理念，叫交互主体性，主体间性。我们和自然都是主体，不是我要征服你，而是我们互为主体，我们都是需要被尊重的，我们是平等的，是互相欣赏的。就像李白的诗歌一样，"相看两不厌，只有敬亭山"；像辛弃疾的诗歌一样，"我见青山多妩媚，料青山见我应如是"。其实自然与人应该是互相欣赏的。这是我们从世界角度看生态文学的发生、它的根源，以及人类思想界的思考。他们认为自然生存的危机背后是精神生存的危机，需要重建人的理念，人的生活方式和生产制度。

接下来，我想跟同学们一起分享我们中国的生态文学之路，中国当代的生态文学写作。中国人非常具有生态智慧，中国有一个悠久的自然美学的传承和基因，出现了很多的山水田园诗。中国的文学带山带水，孔子提出："智者乐水，仁者乐山。"有爱心的人喜欢水，有智慧的人喜欢山。山山水水，就像欧阳修的《醉翁亭记》一样，"醉翁之意不在酒，在乎山水之间也"。这是一个中国儒家文化。中国道教文化同样深刻，更接近一种生态智慧。老子说有四大——天大，地大，人大，道大。天大、地大到人大，人只是其中的一部分。"人法地，地法天，天法道，道法自然。"自然是一种最高的存在，自然是一种最高的智慧。这就是我们今天生态文学最为核心的命题，大自然的就是最好的。老子把人提出来，要人知道满足，知道有限性，就像苏轼的《赤壁赋》中说的，"哀吾生之须臾，羡长江之无穷"。在今天这个世界,人口众多,资源是有限的,但是苏轼说江上的清风和山上的明月是无穷无尽的精神宝藏,是一个无穷无尽的精神空间、生命空间、情感空间。我们生命的格局,不仅仅是一个生存意义的,还应该是一个情感意义的,所以我们看到中国文化里面始终是牵挂着山水,牵挂着田园,牵挂着江湖的。这是中国文人的一种生命哲学智慧。

中国很多生态文学作家同样做了很好的思考,我向朋友们推荐几位中国生态文学的优秀书写者,我们公认的非常优秀的作家,第一个是中国生态文学作家于坚。他是一位深居云南的诗人,他的诗歌写得特别好,像《那人站在河岸》。他说,"那人站在河岸/那人在恋爱时光"。恋爱是最美好的状态,最美好的阶段,"一生一次的初恋/就在这臭烘烘的河上开始"。我们可以想象两个相爱的人牵手行走在河畔,可遗憾的是,这个河畔不再是波光粼粼、清澈明净的小河,而是一条臭烘烘的河流,这就是今天很多国家和地区的现状。被污染的河流,"一开始就长满细菌/口痰和粪便糊在上面/是他自己的口痰/是他的城市的口痰/泡沫抱着鼠尸旋转/和他的初恋一起跳舞……那人沉默不语/他不愿对他的姑娘说/你像一堆泡沫"。他找不到关于美的比喻,美的比喻是需要物来呈现的,但他找不到身边美的呈现,"河上没有海鸥/河上没有白帆/他想起中学时代读过的情诗,十九世纪的爱情诗也在这河上流过/河水有鸳鸯/天上有白云"。这也让我想到我的童年,我小时候在农村长大,渴了捧起河边的水就可以喝,今天我们可以喝吗?这都让我们感慨万千,所以当我们看到于坚的诗里说,他想起中学时代读过的情诗,他找不到爱情的对应物,他周围的世界,他曾经的河流,他不敢对他的姑娘说,"你像一堆泡沫/臭烘烘的泡沫"。这就是诗人用诗来呈现他对生态的渴望,对蓝天白云的渴望。我们今天如何表达爱情,这又是一个新的文学话题。

另一位也是非常伟大的诗人,也是年轻早逝的诗人,叫苇岸。他的文学作品《大地上的事情》,被称为中国版的《沙乡年鉴》。他写过的一段话,他说:"在我阅读、写作面对的墙上,挂着两幅肖像,他们是列夫·托尔斯泰和亨利·戴维·梭罗。"可见梭罗在世界上产生了巨大的影响,很多朋友让我推荐看什么书,我说读读梭罗。中国作家诗人苇岸的《大地上的事情》，非常朴素，我选几段给同学们分享。

  黎明，我常常被麻雀的叫声唤醒。日子久了，我发现它们总在日出前二十分钟开始啼叫。冬天日出较晚，它们叫得也晚；夏天日出早，它们叫得也早。麻雀在日出前和日出后的叫声不同，日出前它们发出'鸟、鸟、鸟'的声音，日出后便改成"喳、喳、喳"的声音。我不知它们的叫法和太阳有什么关系。
  在山岗的小径上，我看到一只蚂蚁在拖蜣螂的尸体。蜣螂可能被人踩过，尸体已经变形，渗出的体液粘着两粒石子，使它更加沉重，蚂蚁紧紧咬住蜣螂，它用力扭动身躯，想把蜣螂拖走。蜣螂微微摇晃，但丝毫没有向前移动。我看了很久，直到我离开时，这个可敬的勇士仍在不懈地努力。没有其他蚁来帮它，它似乎也没有回巢去请援军的想法。
  麦子是土地上最优美、最典雅、最令人动情的庄稼。麦田整整齐齐摆在辽阔的大地上，仿佛一块块耀眼的黄金。麦田是五月最宝贵的财富，大地蓄积着精华。风吹麦田，麦田摇荡，麦浪把幸福送到外面的村庄。到了六月，农民抢在雷雨之前，把麦田搬走。

  苇岸的《大地上的事情》写得特别的朴素，但是有一种动人的力量，这是一个中国诗人对大地、对生命、对自然的赞美，发出一个中国人对于中国自然美传统的、当代的、动情的咏叹。
  接下来我们向朋友们推荐另一位生态文学的写作者，呈现一种生态文学精神维度的作家，就是我们山东省的张炜老师。张炜老师这几年也写了很多的生态文学作品。我们知道他的作品有很多很多，像他的《古船》《九月寓言》《你在高原》，还有《我的原野盛宴》。他的生态文学思想，对大自然的书写，从一开始就非常丰富。张炜老师有些作品很集中地呈现了生态智慧与生态思想，我个人认为张炜的《融入野地》是中国生态文学里的精神宣言，这是一篇很长的散文，写得非常饱满。我们去年曾经邀请张炜老师来山师与研究生和本科生对话，他讲了童年生命和大自然给他的创作的泉源力量。我跟朋友们一起欣赏《融入野地》的几个段落，他的文字写得非常棒。

城市是一块被肆意修饰的野地，我最终将告别它。我想寻找一个原来，一个真实。这纯稚的想念如同一首热烈的歌谣，在那儿引诱我。市声如潮，淹没了一切，我想浮出来看一眼原野、山峦，看一眼丛林、青纱帐。我寻到了，看到了，挽回的只是没完没了的默想。辽阔的大地，大地边缘是海洋，无数的生命在腾跃、繁衍生长，升起的太阳一次次把它们照亮……当我在某一瞬间睁大了双目时，突然看到眼前的一切都变得簇新。它令人惊悸、感动、诧异，好像生来第一遭发现了我们的四周遍布奇迹。

我极想抓住那个"瞬间感受"，心头充溢着阵阵狂喜。我在其中领悟：万物都在急剧循环，生生灭灭，长久与暂时都是相对而言的；但在这纷纭无绪中的确有什么永恒的东西。我在捕捉和追逐，而它又绝不可能属于我。这是一个悲剧，又是一个喜剧。

……

当我还一时无法表述"野地"这个概念时，我就想到了融入。因为我单凭直觉就知道，只有在真正的野地里，人可以漠视平凡，发现舞蹈的仙鹤。泥土滋生一切；在那儿，人将得到所需的全部，特别是百求不得的那个安慰。野地是万物的生母，她子孙满堂却不会衰老。她的乳汁汇流成河，涌入海洋，滋润万千生灵。

这就是自然的奇迹，生命的奇迹。所以张炜说，我要融入野地，去寻找力量，去寻找故乡。在这样一个野地里如何去寻找呢？如何找到这种源泉？张炜提供了一个方法就是每个人的故乡、故地。谁没有故地，故地连接人的血脉，故乡是人的血脉。中国人还有一种地缘的血脉，同一片土地的血脉，所以张炜老师提到，故乡是一种根源，是一种联系。人是在故土上生长着根须，人要无时无刻地联系故土，联系童年和故乡，所以张炜说我要融入野地，去寻找那个滋养万物的力量，永不衰老的力量，寻找生命最初的感动。

张炜老师还有一本散文集，叫作《芳心似火》，里面提到了人、土地和自然的依恋。他提到在中国的道教文化圣地栖霞发生的故事，指涉山林大地与人之间的关系。其中有一个故事是这样的：一个人到山林里去打猎，忽然看到了一泓清泉，在喝了这里的泉水之后，这个人感觉眼睛特别明亮，从身体到精神都有一种特别的愉悦感——明目明心。在回家的路上，他突然想，这么好的泉水，怎么可以只喝一次呢？于是他又回到泉眼旁边，决定将这个地方牢牢记住，如此往返三次之后，就将这个地方牢牢记在了心底。回家之后，他告诉家人，从明天开始，他要搬到山上居住，一个月回一次家。于是，他在山上凿出了一个山洞。这座山上的石头很奇怪，外面很硬但里面很软，越往里凿，石头就越软。山洞凿成之后，亲人定期给他送去粮食和物资，开始还能够见到这个人，随着时间的流逝，半年之后就再也没有见过他的身影。这个故事暗喻了人与自然的关系，写出了人在自然山林中的归隐，在这种归隐中获得了另一种生命的愉悦感。此外，张炜在这本书中，还提到了动物与人的转换：有一只老乌龟成了精，每年都会到山林中与人下棋。但有一年，他没有出现，原来是被人捉住了。后来这只乌龟逃了出来，人们根据他腋下的标记，最终确认了他就是从前那只下棋的乌龟。《芳心似火》中讲述了很多胶东半岛奇妙的故事，涉及了对人的书写、对自然的书写，对人与自然关系的重构，里面有很多故事都非常精彩。大地与月亮是自然给予人的芳心，人要学会心与心的对接，用心感受自然万物的美妙。

今年，张炜老师又出版了一部新的非虚构作品《我的原野盛宴》，集中性地将原野呈现给我们。这部作品讲了很多故事，例如：一个少年与外祖母在一片树林中的小木屋里生活，这片林子与大海相通。突然有一天，来了一位捕鱼的老人，他告诉外祖母，不知道是什么动物在山里准备了一场盛宴，瓜果琳琅满目，野果酿成的各种颜色的酒也摆在那里。是什么动物在庆祝节日呢？老人说，这是难得一见的盛况，于是他在这场宴席中喝醉了。这本书也提到了很多声音，其中有一种叫作"发海的声音"：孩子夜晚睡不着觉，听到了外面的大海发出的呜呜呜的声音，就问祖母这是什么声音，祖母回答说，这是"发海的声音"，就是大海深处发出的声音，而海边是风平浪静，这个声音需要隔得很远才可以听到，并且不是所有人都可以听到的。有一位爷爷说，不对，这个声音不仅代表着大海深处波澜不平，也意味着海边不再风平浪静。于是孩子与这位爷爷打赌，发海的时候，海边是否也有大风浪。于是他们结伴来到海边，却发现大海无比安静——从海洋深处发出的声音，在遥远的地方才可以听到，用心才能听到，在海的近处是听不到的，大自然的声音是需要用心聆听的。祖母对孩子说，孩子啊，在树林中有万种声音，需要我们仔细用心倾听，才能够领会万种声音的美妙，这是一场原野的盛宴，是大自然赠予人类的天籁之音。因此，《我的原野盛宴》是一部具有中国传统美学意味与中国智慧的生态文学作品。这本书写了很多的植物与动物，里面有一棵很大的李子树，周围的动物、植物都将它作为庇护，它像母亲庇护着孩子。里面还有很多紫色的植物，例如一种紫色的洋槐紫穗槐。林子里有很多高大的乔木，还有一些植物是矮小的灌木，紫穗槐就是这样的灌木。孩子问祖母，紫穗槐有什么用呢？祖母说，如果没有这些紫穗槐，林子就不是这样了，就不会有这么多的花花草草，林子是一个多层次的存在，每一株植物都有它独特的价值和意义，都需要我们去尊重、理解、呵护。孩子是跟大自然最相通的，孩子是最热爱动植物的，孩子是最纯真的。丰子恺曾经提到，他的内心被四样东西所占据：天地、神明、艺术和孩子。而张炜老师在这本书中特别提到了孩子的视野、孩子的眼睛、孩子的声音与大自然的互动，而里面的老人也像老小孩一样天真。而这些老人和孩子甚至可以看到原野的魔法、林中的奥妙、动物植物的灵性。张炜老师用一个孩子的视野去写童年和大自然，强调童年生态与自然生态给予人类的意义和价值。童年是纯净澄澈的，孩子的眼睛看到的都是天真烂漫。

很多作家也是如此，沈从文自小在湘西长大，他说自己的童年看到的都是各种各样的野果，听到的是各种各样水的声音，这就是美妙无比的大自然给予他的深刻记忆；迟子建在黑龙江的漠河长大，将自己称作是"极地之女"，她的《额尔古纳河右岸》也体现出带有中国智慧的生态美学色彩。从沈从文、迟子建、张炜和莫言那里，我们都能感受到童年的深刻影响，感受到属于民间的、充满野性的精神气息和生命力量。韩少功老师也提出，文学不仅要书写进城，还要书写返乡故事，书写原野与童年记忆。

这些作家的创作是从心中流淌出来的，是大自然的呈现，这些故事是自然的一部分，是美的一部分，作家就是美的记录者和书写者。张炜老师提到，为什么很多人澄澈的眼睛变得浑浊？因为我们污染了太多的东西。《我的原野盛宴》不仅讲述了一个个有生命的动植物，有生命的大海，有生命的林子，还有林子里的各种声音等待人们用心倾听，自然与童年等待人们去热爱它、维护它。中国作家对生态文学的书写达到了一个很高的维度，这源于中国古典生态美学传统与文化传统，延续着对自然的吟诵与传唱，同时具有对人的精神生态建构的意义和价值。

　　中国文学中所包含的智慧是独特的，东方美学是从山山水水中抽象出来的美学。在这个特殊的时期，在这个人类对自己的文明与文化进行反思的时期，我们更应该看到中国文学的独特存在与独特价值。中国当代社会对生态文化非常重视，我们国家提出了生态文明概念。在生态文明贵阳国际论坛 2013 年年会上，习近平提出，走向生态文明新时代，建设"美丽中国"，是实现中华民族伟大复兴的中国梦的重要内容。中国将按照尊重自然、顺应自然、保护自然的理念，自觉地推动绿色发展、循环发展、低碳发展，把生态文明建设融入经济建设、政治建设、文化建设、社会建设各方面和全过程，形成节约资源、保护环境的空间格局、产业结构、生产方式、生活方式，为子孙后代留下天蓝、地绿、水清的生产生活环境。习近平提出的"美丽中国"理念，对于进一步展开生态文明和 21 世纪生态文学研究，具有高屋建瓴的理论启示意义和强烈的现实指导价值。生态文明理念是人类对世界反思的新的美学表达，最重要的就是在日常生活中铸就生态文明、塑造"生态人"，实现一个自觉的天人合一的新时代。实现从"经济人"到"生态人"的转变，恰恰体现了人作为最高物种的智慧与谦卑。只有成为"生态人"，我们才能够创造生态的艺术、生态的文学，实现一个"复魅的自然"，让自然重新具有神性与灵性，实现人与自然的和谐共处与诗意生存。这也是艺术的使命，正如陀思妥耶夫斯基提到的，美将拯救世界。我们应当从马尔库塞提到的"单向度的人"向实现"新感性"转化，用新的艺术的感性让人的灵性复苏。

　　疫情给这个加速的社会按下了暂停键，人类将何去何从，人类如何处理与自然的关系,依然是一个需要我们全体人类思索与回答的问题,而文学艺术在其中承担着重要的使命。正如沈从文曾提到的,我们需要重新想,重新做,重新开始。新时代、新文明、新文化与新的生态文学,都让我们重新思考,重新开始。让我们从读书开始,在读书中获得新生活、新生命、新自我、新世界!

五四青年演说：最美的年华里最知心的相遇

张丽军

山东师范大学文学院

各位领导、各位导师、各位亲爱的研究生同学：

下午好！

非常高兴，也非常荣幸来参加山东师范大学第二届研究生"学术十杰"颁奖典礼暨"五四青年演说"活动。在这里，我对获得学术十杰的各位研究生及其导师表示热烈的祝贺和对各位组织者表示由衷的敬意！这个活动非常好，体现了一所高水平研究型大学的学术导向和精神价值诉求，就是让从事学术思考的研究生具有荣誉感，营造一种人人讲学术、时时刻刻谈学术的良好学术氛围和探求真理的浓厚校园文化氛围。

现代大学教育的奠基者蔡元培先生曾经在北京大学就职演说中谈到，大学者，研究高深学问者也。学问、导师、学生是一所大学必不可少的重要组成部分。而在这些要素中，研究生的学位点是我们学术研究的重要的依托平台和物质保障。有学位点，才会有研究生；有学位点，才会有研究生的导师；有学位点，才是一所研究型大学具备的重要资质。

作为导师，要像爱护眼睛一样珍惜学位点。事实上，一个学位点的授权，尤其是博士学位点、一级学科博士学位点的授权，都是许多代学者不断努力奋斗、不断进行学术积累的重要成果。就我所在的中国现当代文学学科而言，我们学科最早获得授权是在1954年，政务院在中国四所大学开展研究生教育试点工作，山师的现当代文学学科就是其中之一。1981年，山师的现当代文学学科获得国内首批硕士学位授权点，直到1998年，才获得博士学位点的授权，这是山师第一个文科博士学位授权点。到2007年，山师的中国现当代文学成为国家重点学科。事实上，学位点的获得是不同的学者先生努力奋斗的结果，所以我们要倍加珍惜。2016年，中国语言文学一级学科，成功入选山东省首批一流学科。我在这里向为山师学位点拼搏奋斗的前辈学者致以深深的敬意！

培养新一代山师学人，是我们今天各位导师矢志追求的学术使命。珍惜学位点的最好方式，就是要提高研究生的教学培养质量。曾几何时，山师研究生生源从全国各地汇集而来，我们在这一时期培养了一批非常优秀的学者，他们今天活跃在各个重点大学的当代学术领域，在国内具有很大的影响力。事实上，我们今天的硕士、博士研究生培养面临很大的危机和挑战，那就是我们的生源的问题，这是一个不容乐观的情况。因此，如何提升研究生的培养和教学质量，这是目前我们面临的最紧要的问题，也是我们山师学子能否走出山东、产生重要影响力的关键问题。就我而言，这几年对研究生的培养，我主要从以下几个方面做了一些工作：第一，鼓励学生撰写学术论文。我的研究生在毕业前，一般都会有三到四篇学术论文发表，多的会有六七篇，有的还会在核心和C刊上发表。思想是在语言中形成的，要鼓励学生把思想探索、审美体验表达出来。第二，不定时组织学术研讨会。研究生从中感受到老师是如何做学问的，寻找到学术研究的路径。第三，定期举行读书交流会，分享各自的阅读经验，互相激发学习兴趣。第四，注重研究生人格修养、综合素质的提升。对于研究生培养来说，不仅仅要读书，写论文，还要进行心灵的培育、人格的培育。

在这个特殊的日子，我对研究生"学术十杰"进行祝贺的同时，也提几点要求：

一是研究生要有与导师平等对话的勇敢的心。"得天下英才而教育之"，这是做老师最大的快乐。导师与学生之间要有一种平等对话的态度，《论语》本身就是孔子和弟子对话的结晶。西方的柏拉图和亚里士多德之间同样是平等对话的关系，这种对话表现在真理面前的平等性上。我对研究生说，不要要求老师给你一个答案。对于人文学科来说，有些问题可以有很多个答案，而且每个答案只要能够言之成理，自圆其说，它就是合理的。要发出不同的声音，尤其是发出不同于老师的声音，这才叫学术创新。亚里士多德说："吾爱吾师，吾更爱真理。"研究生学习要有一种探索真理、平等对话的一往无前的勇气，这也是五四精神的最核心的意蕴。

　　二是研究生要有一颗文化传承与创造的自觉之心。孟子说，我善养吾浩然之气。中国古人说吾心即宇宙，宇宙即吾心。中国古代士大夫文化，讲求修身、齐家、治国、平天下。遗憾的是，当代一些知识分子精神与心胸萎缩，正如北大教授钱理群所批判的"精致的个人主义者"，这是非常可怕的。我们培养研究生就是要培养一颗博大的心灵，如鲁迅所言"无尽的远方，无数的人们，都与我有关"。我的博士导师曾经语重心长地对我们说，学生是老师学术生命的延续，高度重视研究生学术能力的提升、文化自觉心的培养，要有一种传承和创造文化的使命感。

　　三是研究生要有一颗求知的、爱的、美的心灵。研究生正处在人生最美好时期，我们在探索学术的道路上相遇。我多次跟学生说，我们今天能够坐在一起谈文学、谈人生、谈理想，互相切磋、互相学习是非常美好的事情。所以我们要珍惜这个机会，不仅提升我们学术研究能力，更要让它成为滋养我们内心的机会。让文学滋养我们的心灵，让心灵互放出光芒。一个眼睛里放射出光芒的人，内心是有知识的，是有爱的，也自然是美的。

　　在千万人中，在最美的年华里，在思想最需要精神锻造的时候，我们相遇在一起，做最知心的精神对话，这是我们的研究生教育，这就是我们的师生缘。愿知识、才华、健康、爱、美与我们一生相伴。

　　谢谢大家！